有爱的青春陪伴者

失控
Shi kong

君约 著

广东旅游出版社
中国·广州

图书在版编目（CIP）数据

失控 / 君约著. — 广州：广东旅游出版社，2022.3
ISBN 978-7-5570-2659-2

Ⅰ. ①失… Ⅱ. ①君… Ⅲ. ①长篇小说－中国－当代 Ⅳ. ①I247.5

中国版本图书馆CIP数据核字(2021)第255209号

失控
Shi Kong

君约 / 著

◎出版人：刘志松　◎总策划：胡晨艳　◎责任编辑：何方　◎责任技编：冼志良
◎责任校对：李瑞苑　◎策划：雪人　◎设计：颜小曼 Cain酱　◎封面绘制：果果卿

出版发行：广东旅游出版社
地　址：广东省广州市荔湾区沙面北街71号
邮　编：510130
电　话：020-87347732
印　刷：长沙鸿发印务实业有限公司
地　址：长沙黄花工业园三号
邮　编：410137
开　本：889毫米×1194毫米　1/32
印　张：10
字　数：297千字
版　次：2022年3月第1版
印　次：2022年3月第1次
定　价：42.80元

版权所有·侵权必究

如本图书印装质量出现问题，请与印刷公司联系调换。联系电话：020-87808715-321

目录
Contents

第一章 ♦ 001
他叫什么名字

第二章 ♦ 030
你不要我负责吗?

第三章 ♦ 060
你怎么知道我不想你

第四章 ♦ 093
我和你一起生病好不好

第五章 ♦ 119
我有男朋友了

第六章 ♦ 152
我不信你

目录
Contents

第七章 ✦ 173
希望你以后都好好的

第八章 ✦ 197
太难过了，我不想分

第九章 ✦ 235
我没把你当弟弟

第十章 ✦ 290
我可以亲你吗

番 外 ✦ 307
她很好

SHIKONG

第一章

他叫什么名字

2015年的儿童节,殷遥过得不太顺利。

她拍到了Yin Studio开业以来最糟糕的模特。

那天晚上,黄婉盛打来电话,她还在棚内,当天的拍摄还剩最后一套。模特换好衣服,在背景板前就位,殷遥看一眼光线,说:"反光板撤掉。"一旁的调光师立刻上前照做。

也许是急于收工,模特终于有了点开窍的苗头,助理汀汀站在饮料桌旁看着殷遥按快门,长长地舒了一口气。

这模特明显是个新人,镜头感和表现力极差,甚至还有点听不明白话,倘若不是搭上甲方高层的关系,以她白天的表现,恐怕三年内都进不了Yin Studio的摄影棚,更不用指望让殷遥给她掌镜。

可这行业就是如此,找对了人,就什么都有了指望。

晚上九点,拍摄终于结束。

甲方执行主编邀请大家一道去用夜宵,殷遥直接拒绝。等甲方人一走,汀汀过来叫大家去休息室吃夜宵。

大家一边收东西,一边喊"谢谢老板",紧绷了一天的影棚内瞬间松乏了。

汀汀告诉殷遥:"黄小姐又来了电话。"

殷遥给黄婉盛回电,讲完几句就径自离开摄影棚。

等汀汀再见到她,已经是吃完夜宵散场时。大家走出休息室,看到殷遥从二楼办公区出来,她换掉了衬衣、长裤,穿一件黑色中长裙,沿着楼梯走下来。

头顶那束轨道灯太亮,她的肩颈白得有些晃眼。

同事们都不是第一回看她工作完即刻换装,早已晓得他们殷老师上工下工两个样子。据说她母家是苏州人,她的长相气质都随母亲,生了一副抱不动相机的模样,上工时却不娇不弱。只是离开摄影棚,不扛机器了,她爱穿裙子,也爱玩,交际不少,像这样一收工就赶场子的情形并不少见。

大家见怪不怪地和殷遥打招呼,只有新来的实习助理看呆了,等人走远仍挪不回眼,惊讶道:"殷老师穿得这样好看,是见男朋友吧?"

没人回答他的问题,大家默契地一笑了之,只有调光师大哥一脸沧桑地拍拍他的背:"老板的八卦少说。"

殷遥是打车走的,黄婉盛发来的地址并不陌生,到了附近,司机找不到地方,全靠她指路。

侍应生认识殷遥,妥帖地引她去包厢。

进门便看到了黄婉盛,到底是女明星,整桌人就数她最亮眼。

黄婉盛招手:"遥遥!"

殷遥走过去,除了几个作陪的年轻女孩,其他都算熟脸,个个都有"某总"或"某公子"的名头。这是哪种饭局,一看便知。

殷遥还未落座,就有人开口:"殷小姐姗姗来迟,该罚吧。"

立刻有人笑着驳道:"什么殷小姐,叫殷老师。"

"什么殷老师,叫殷老板!"

说话的是靳家的小公子靳绍,他天生花蝴蝶,哪儿有局,哪儿就有他。这人语调夸张,惹得一桌人都笑,笑完才正经说起话。有人问殷遥:"昨儿见你哥哥,说你成了工作狂,家都不回了?"

殷遥坐下来,说:"您也知道,我哥哥好凶,没劲得很,他管我像管小学生,我哪敢回他那儿?"

她讲话音色一贯柔软,明明在抱怨,听起来更多的却是兄妹亲近的意味。

靳绍哈哈大笑,深有同感:"你哥哥是真没意思,放我两回鸽子了!"

这话题一转,几个熟识的便跟着吐槽,殷遥趁他们说话的空当吃东西,这家的甜点是她心头好。

黄婉盛小声地提醒："少吃点,太甜。"

殷遥说："我又不是女明星。"

"是是是,你不用控制体重。"黄婉盛调侃,"今天拍哪位帅哥,这么敬业?"

"不是帅哥,"殷遥边吃边答,"女模特。"

黄婉盛："漂亮吗?"

"没你漂亮。"

黄婉盛嗤笑："又哄我。"

聊了一会儿,时间不早,几位"上了年纪"的先走了,留他们年轻人继续。桌上又推杯换盏,靳绍吆喝着,连罚殷遥三杯。

今天无人管束,殷遥也很放肆。

喝到五分醉时,侍应生引了个人进来。殷遥以为自己喝高了眼花,直到听见靳绍和那人讲话,喊他"津南哥",才确定真是他,梁津南。

梁津南看起来像是刚谈完事情,穿一身剪裁讲究的衬衣西裤,瘦削挺拔,搭上得天独厚的一张脸,只要站在那里,轻易能成为焦点。

从头到脚,一身压死人的贵气。

包厢里几个小姑娘都看向他。

他在靳绍身边落座,目光越过满桌的盘碟杯盏,落在对面。

梁津南的眼睛长得好,看人的时候眼底深得像藏了别样的情意。他薄薄的唇动了下,似乎要开口,靳绍却在这时喊着要罚他的酒,又叫身边一个漂亮女孩去给他倒酒。

只要有靳小公子张罗着,就没有一秒会冷清。

在这热闹中殷遥起身去洗手间,她没去包厢里那个,推门出去了。

黄婉盛跟过去:"梁津南怎么来了?"

"不知道。"

殷遥面色平静,黄婉盛也分辨不出她心里究竟如何,只说:"早知道,不叫你来了。"

"没关系,迟早得碰上。"

"那……"刚要开口,手机响了,黄婉盛走到一旁接电话。

殷遥听她讲了两句便知道是她新交的男朋友,两个人因戏生情,在一起不过一个月,正是如胶似漆的时候,可惜通告排满,只能见缝插针地找些碰面机会。

黄婉盛讲完电话,见殷遥靠在墙边笑着看她,有点儿无语:"你看戏呢?"

"嗯。"殷遥打趣道,"他来接你过儿童节吗?"

黄婉盛被她逗笑:"是啊,你跟我一道走吧。"

殷遥摇摇头:"我不做电灯泡。"

"那你怎么回去?"

"等会儿叫周束过来就行了。"

周束?

"那个小模特?"黄婉盛惊讶,"还没散啊?"

"嗯。"

黄婉盛:"你喜欢他?"

也许是酒喝得过头,殷遥的脸有些红,眼神也不太清明。她答非所问:"他挺可爱的。"

黄婉盛走后,殷遥独自在走道窗口靠了一会儿,回到包厢,那几位公子哥儿已经在里间开了局,搓起麻将来。

真是好兴致。

外间空荡荡,桌上酒却剩不少,殷遥给自己倒了一杯,接着给周束发微信,问他在不在北京。发完她就放了手机,好像并不是一定要等到回复。

此时此刻,在朝阳区的另一头,周束正开开心心地撸串儿。

夏天夜晚的大排档,烟火气十足,一个人喝酒也不显得孤独,况且周束今天心情好,因为明天又有活儿干,要给一个品牌走台,那个品牌从前他想都没想过。

虽然对方没讲明,但他能猜到是因为殷遥。

周束一直觉得自己走了狗屎运。

大概一年前,他最穷的时候,接了几个项目都没结到钱,实在被逼得没办法,打听到那个赖皮编辑的行程,混进棚里堵他,结果差点被对方叫人打了。

就是在那时碰到殷遥,她当天也在,随口帮他讲了两句话,他免了一顿胖揍,还顺利拿到签单要回了账。

他等在停车场,等到殷遥出来,跑去跟她道谢,她当时给了他一张名片,他循着手机号加到微信。后来她有次吃饭,忽然发消息让他过去,再后来不知怎么的,偶尔有饭局,她就会叫上他,几次之后,旁人看他的目光就有些暧昧。

周束也想过人家是不是看上了他,毕竟他是个模特,自问身材没得说,脸也过得去,不过后来多相处几回他就不这么自恋了。

殷遥根本不碰他。

周束年纪不大,江湖经验不浅,人也聪明机灵,他在这一行摸爬滚打过,知道脸皮厚点活得好,进了这行还装个屁的清高。

不管对方是出于什么想法,他都挺乐意的。

于是就这么一直持续到现在。

这半年来通告多了不少,虽然殷遥从没直接给他什么,但那些人是看谁的面子找他,周束心里很清楚。

只是这次的机会来得出乎意料。那天接到电话他特别兴奋,但挂掉后又有些手足无措。他觉得,这次的走台不是谁看殷遥的面子就会主动给他的,所以很可能是她亲自开了口。

这种人情就太大了。

厚脸皮的周束产生了一点心理负担。

这点负担和兴奋相比几乎可以忽略,但他是憋不住事的人,几罐啤酒下去,忍不住要找个人说说。

周束十七岁离家北上,漂泊五年,身边来来往往称兄道弟的不少,但真正算作朋友的就一个——室友肖樾。

周束最落魄的时候曾经在肖樾那儿白吃白喝三个月,加上房租,差不多剥削了人家一部戏的片酬，这种落难兄弟情还是很经得起考验的，他几乎什么事都不瞒肖樾。

肖樾今天杀青，快凌晨的夜班飞机回北京，现在还在兰州。

周束给他发微信，把事情讲了，问出自己的困惑：你说，她到底图什么，她又不喜欢我，我又没献出什么，值不了这么大回报吧，我这是不是有点儿……德不配位？

周束一贯乱用成语，反正意思到了就成。

结果等了半天才有回复，点开一看，差点气绝。

肖樾：是有点儿。

这家伙平常当面聊天话还多点，微信上简直闷蛋一个。

周束正准备一个电话打过去，忽然又来一条消息，一看是殷遥发来的，他立刻回了。

几分钟后，殷遥发了定位过来，问他有没有空。

周束对她充满感激，自然不会拒绝，他匆忙结账，叫了辆车。

路途不算近，这个点该堵的地方还是堵。

周束不清楚殷遥那边什么情况，以为和以往一样，喊他过去是陪着吃饭喝酒，谁知到了地方，却看到殷遥在包厢门口跟一个男人拉拉扯扯。

他赶紧跑过去。

殷遥这时挣脱了梁津南，她站不稳，往前扑跌，周束及时扶住了她，闻到她身上浓郁的酒气，又见她脸很红，神色不对，就知道她喝多了酒。

周束没见过她这个样子，有些担心："殷遥姐？"

殷遥靠在他身上，回头看了一下，声音含混不清："走啊。"

"哦哦。"周束赶紧拿过她手腕上的包，扶她进电梯。

街上依然灯火绚烂，人潮攘攘。

周束叫了出租车，把人扶上车，问她是不是回家。

殷遥头晕得厉害，晚风一吹，醉意更甚，她浑浑噩噩地说了句"随便"，一沾座便昏睡过去，叫都叫不醒。

司机师傅一连问了几遍"去哪儿"，周束没辙。他跟了殷遥这么久，还不知她住哪儿，她从没带他回过家。想找个酒店也不行，他现在身上就一部手机，没带证件，翻了翻殷遥的包，她也没有。

周束无奈："大哥，您先走着，先走着！"

司机师傅是个实诚人，自个儿瞎开了两条路，憋不住了说："这么走着不是事儿啊，您到底是去哪个地儿，有个准话没有？"

殷遥睡得丝毫没有要醒的意思。

周束一咬牙，把自己住处的地址报给了司机。

他当然不是想做什么，只是殷遥这个样子，也只能带回去。他那小破床至少可以让她睡个觉，反正他明早四点就得出门，沙发上凑合几个小时没问题。

对，就这么办。

殷遥睡了好长的一觉，醒来头痛欲裂，记忆残缺不全。

宿醉果然要命。

她躺着没动，拿手遮住眼睛，缓了两分钟，转过头，借着窗口照进来的充沛阳光看了看这个陌生的屋子——墙上的画报、半敞着门的简易衣柜以及衣柜里的衣服……

这是周束的房间。

屋里很安静，殷遥轻轻吸了一口气，撑着手肘坐起来，将放在床尾的包拿过来，摸出手机摁了摁，仍然黑屏。

没电了。

殷遥想了想，确定今天没有拍摄，便很坦然地继续坐着。

五分钟后，她起身下床，开门出去。

客厅没人。

这房子不大，结构一览无余，两室一厅的老房子，装修早已过时，白墙上留了些斑驳的污迹，瓷砖地面磨损过度。

屋里收拾得一般，沙发和餐桌上都放了杂物，玄关那边的墙面有排挂衣架，挂着球服和棒球帽，鞋架最底层卡着个篮球。

一眼能看出是男人住的屋子。

殷遥确定了卫生间的位置，过去上厕所。

卫生间倒不算小，分了两小间，洗手台在外面，殷遥出来洗手时看到镜子里的自己，长发凌乱，一脸残妆，实在狼狈。

她用了洗手台上的男士卸妆水和洗面奶，这时听到对面卧室门打开的声音。

殷遥以为是周束，没有在意，直到冲掉脸上的泡沫才转头看了一眼，这一看，视线就顿住了。

不是周束。

沙发那边，一个瘦高的年轻男人，穿着黑色的运动卫裤，他手里一件同色T恤，还没来得及穿上。

殷遥在这一瞬间反应过来——原来这房子并非周束一个人住。

那男人显然也是刚睡醒，头发都乱了，有一小撮微微翘了起来。他侧身靠着沙发背，低头轻轻拉扯T恤领口的吊牌，裸露的颈肩和手臂的线条有些吸引人。

殷遥抬手抹了抹眼睛上的水珠。

肖樾拆完吊牌，将手里那件T恤翻了个面。他往卫生间走，一抬眸，看到了洗手台前的女人。

他愣了下，脚步停住。

原本以为是周束在洗漱。

对视了几秒，两个人都反应了过来。殷遥看到他漆黑的眉微微蹙起，她开口说："抱歉。"

肖樾轻轻点个头，没有说话，转身往回走几步，把衣服穿上了。

殷遥走出来，把卫生间让给他，她一边抹脸一边往周束的房间走。

肖樾洗漱完，回房拿到手机，看到周束早上六点给他留了微信消息，拜托他帮忙照顾一下殷遥，给她弄点吃的。

肖樾没有回复，将手机丢到桌上。

这时听到敲门声，他转过头，房门开了小半，殷遥站在门口，她已经擦干了脸，不再是刚刚满脸水珠的样子，她笑了一下，问他可不可以借用充电器。

肖樾转身走去床尾，在背包里翻找。

殷遥靠着门框，看了看他的房间，和周束那间不太一样，这间更大一点，有飘窗，有书桌，墙面很干净，没贴那些花哨的画报，飘窗上有把吉他。

她往床那边看，视线却被挡住了，肖樾走过来，把手里的充电器递给她。

这么近的距离，殷遥清楚地看到他的脸，皮肤很好，偏白，衬得唇有些红，她注意到他的眼睛很黑，睫毛长，双眼皮是扇形的。

她接了充电器，对他说谢谢，回房间给手机充上电，重新开机。

屏幕亮起来，时间已经是上午十点二十。

紧接着是一堆新消息提示。

殷遥依次看完，只回了两个人，一个是薛逢逢，她工作室的另一位主理人。薛逢逢说今天晚上回来，要跟她确定下周的拍摄，让她把晚上八点后的时间空出来。殷遥很乖地回：好。

另一个是周束，他发了两条，早上六点一条，说他去工作了，八点又一条，问她醒了没有，殷遥让他专心工作。

在等手机充电的这段时间，殷遥欣赏了周束收集的画报。把墙上和桌上那些都看完以后，她无事可干，去了客厅。

肖樾正在收拾桌子和沙发上的杂物，殷遥站在门口看了一会儿，他专心做他的事，头也不抬，显然并不想搭理她。不过他事情做得其实也不仔细，只是把东西随意地拣到墙边的几个收纳盒里，都不分类。

也许是职业病，殷遥不自觉地以摄影师的眼光看他。

他没有周束高，但身体比例很好，腿长。从她现在这个角度看，侧脸轮廓分明，下颌线条利落清晰，眉眼鼻唇，都适合入镜。

她在想：如果他笑起来，会是什么样？

肖樾收拾完了，殷遥以为他要开始拖地或者做点别的，他却忽然抬眼看过来，问："你饿了吗？"

这是今天他第一次跟她说话。他的声音和殷遥想的一样，有些低冷。

殷遥微微顿了下，没有回答。

肖樾又说："周束让我给你弄点吃的。"

殷遥就明白了。

本来她没想麻烦别人，打算等手机电量充到百分之三十就把充电器还他，然后打车走人。但她现在点了头。

肖樾在沙发那边，殷遥走过去，离他几步距离，问："你这儿有什么吃的吗？"

"你想吃什么？"他比殷遥高不少，讲话时微微低头，垂着眼眸看她，声音依然低冷，语气也很随意疏离。

他和周束太不一样，周束永远都不会用这样的语气跟她说话。

殷遥想了想："你什么都会做？"

肖樾眉尾微微动了下，不知道是不是看错了，殷遥觉得他的眼里似乎有点嘲弄的意味。

"不会。"他说，"我叫外卖。"

殷遥："……"

二十分钟后，外卖送到了，顺带一支牙刷。

肖樾订外卖时，殷遥告诉他她还没有刷牙，他便让外卖小哥顺手带了一支。

殷遥吃完了一份面，手机电量已经到了百分之七十。她把充电器还给他，收拾好自己的东西离开了。

殷遥哪儿也没去，回家洗了个澡，然后一头钻进暗房洗照片。她现在是个商业摄影师，Yin Studio 接的活儿她只在工作室做完，家里的暗房是她自己的天地，她私下拍的东西，喜欢就冲洗出来。这地方，她从不让别人进来，尤其是薛逢逢，那家伙一定会指着她鼻子骂她不务正业。

薛逢逢野心勃勃，殷遥在商业摄影这条路上能走到今天全靠她的鞭策。

薛逢逢去纽约一周，对殷遥来说仿佛放假，但是今天她的假期结束了。

晚上七点半，薛逢逢提前到了。

殷遥刚叫来甜品，还没吃上几口，就被掠夺了。薛逢逢有她家入户门的密码，随时随地空降，根本避之不及。

"我是不是早说过了，你要戒糖，不能放纵，你要和女明星一样控制自己，你看婉婉。"薛逢逢一边吃，一边给殷遥上课。她长殷遥三岁，今年二十八，天生女强人气质，上个月剪了个利落的短发，这种气质立刻加倍。

殷遥反驳："可我不是女明星。"

"怎么不是？"薛逢逢十分自得，"咱们工作室要是开不下去了，我立刻转行做经纪人，推你进娱乐业，以我的能力，你是觉得你红不过婉婉？"

殷遥觉得好笑，不明白她的自信从何而来。

"你以为女明星很好当吗，靠脸就行了？婉婉走到现在很容易吗？"

薛逢逢振振有词："脸当然是第一重要。"

殷遥轻轻一笑，问："如果我做女明星，一定黑历史漫天，薛老板你要出多少公关费才能给我洗白？"

她一句话把人堵得无话可说，薛逢逢脸都黑了，沉默了三秒，问她："我问你，你跟那个小模特，断了没有？"

殷遥摇头："还没。"顿了顿，又说，"不过，应该快了。"

这是私事，按理说，薛逢逢没有资格管，但作为朋友，她还是要劝一句："我告诉你，你不要玩得太过火，重蹈覆辙。"

殷遥微微一僵，难得低下了头，说："我知道。"

隔天，殷遥飞海南拍摄，为期四天。

这期间，她没联系周束，也没告诉他要去海南，结果周五晚上收到了周束的消息，说想请她吃饭，问她有没有空。

殷遥回复他：我不在北京，周日吧。

周束好像特别开心，给她发了个很欢乐的表情包。

以前他没这样过，殷遥看着那个猪猪转圈的小动图，笑了出来。

殷遥的拍摄周日上午结束，她赶下午的飞机回北京。

周束约了她晚上吃饭，那是一家杭帮菜。相处这么久，周束已经了解她的口味，点的菜基本都是她爱吃的。

周束请她吃饭，主要就是为了感谢那次的走台机会。

殷遥不觉得那算什么，没想到他这么开心。

"那天的秀我还没来得及看，你走得怎么样？"

"挺好的。"周束想想还很激动，"我还从来没有走过这种，感觉真的很不一样，第一次觉得自己真的像个模特。"

殷遥看着他，笑了："周束，你还想去走更大的舞台吗？"

周束猛点头："当然想啊！"

"那我下周再告诉你一个消息。"殷遥说。

周束眼里一亮,有点不敢相信:"真的吗?"

殷遥点头:"嗯。"

"可是我……"他想说"可是我没有付出什么",但是看殷遥的样子,好像也并不想要他献身,他只好把话又憋进了肚子里。

这顿饭,周束吃得非常开心,结束后他将殷遥送回工作室。

临走的时候,殷遥忽然叫住他。

周束以为有什么事,几步跑过去,却见殷遥沉默了一会儿,问他:"你那个室友……他叫什么名字?"

周束被她问得愣了一下,没想到她会问这个。也不太确定她是出于什么想法,但他还是很快回答:"哦,他叫肖樾!"

"肖樾?"殷遥念了一遍这名字,接着问,"他也是模特吗?"

"不是啊,他是演员。"

殷遥回国仅三年,除掉工作上接触的艺人,其他的了解不多,平常电视看得也少。她问:"他演过什么?"

作为好友,周束当然对肖樾的作品有些了解,但肖樾演的几乎都是小配角,常年徘徊在男三号到男八号之间,而且也不是什么知名度很高的剧,唯一演过的一个男二号,那部剧压到现在还没播,估计说了殷遥也不知道。

他在脑中搜索半天,终于想起肖樾去年有部古装戏,他演一个小皇子,虽然戏份很少,结局凄惨,在宫廷争斗中死了,但由于长得好,扮相也好,得了一点讨论度,他记得那段时间肖樾的微博粉丝小涨了一拨。

他把这个剧告诉殷遥,说:"肖樾在里面演那个静王!你看过吗?"

殷遥摇头:"没看过。"

周束于是又继续想。

殷遥看着他的表情,笑了:"算了,我就随便问问。"

"那……"

他还想再说,但殷遥打断了他。

"你回去吧,我上去了。"她朝他挥挥手,转身上楼。

周束回到住处，已经快到九点，一开门就闻到一股食物的香味儿。他走到厨房门口："又整什么好吃的了？"

肖樾关了火，回他一句："牛排饭，吃吗？"

"虽然很香，但是我现在好饱啊。"周束心情很不错，懒洋洋地靠在门边，"哎，今天殷老师问到你了。"他现在和殷遥熟了，在她面前喊"殷遥姐"，私下聊天还是习惯像以前一样称呼她"殷老师"。

肖樾正往盘子里夹牛排，没有回头，说："问什么？"

"先问你叫什么，又问你是不是模特，我说你是演员，然后她就问你演过什么，我就跟她说了说。不过我看她也挺忙的，平常嘛总是飞来飞去的，大概不看电视吧，也不怎么知道。"周束对他一贯坦诚，一股脑把话都告诉他。

肖樾装好了牛排和饭，端起盘子往外走。周束跟在他身边，下了个结论："我看她好像对你有点感兴趣。"

见肖樾在桌边坐下，还不接他的话，周束有点儿忍不住了，走过去坐到他对面："说实话，肖樾，你觉得她怎么样？"

肖樾："什么怎么样？"

周束说："各方面。"

"我又不了解。"

"怎么不了解？"周束一笑，别有意味地说，"那天不是见过嘛，你说，她漂亮吗？"

肖樾抬起头，开了桌上的一罐啤酒，又丢给他一罐，说："漂亮的，你见过不少吧。"

"那怎么一样？"周束接了啤酒，也没说怎么不一样。

等两个人把啤酒都喝完了，周束才重新起了话头："肖樾，她跟其他人挺不一样的，不是那种侮辱人的人，如果你……"

肖樾打断了他："想什么呢？"

周束抿了抿唇，低头说："我就是觉得，太难了。"

他其实想帮肖樾一把，但肖樾似乎从不在意这些。

认识这么久，周束知道，肖樾也不是那种清高得要死、一本正经的人，他过得很随意，可能就是真的不太在乎，演戏也只是因为喜欢，不会特地为了这个去钻营。

见周束沉默了，肖樾说："我知道你为我好，不过没那么严重。"他语气随意，嘴角微扬了下，轻轻笑了一声，"而且，你的殷老师，未必对我有那个意思。"

"怎么未必了？"周束抬起头，眉毛扬起，"你长成这样，哪回不是小姑娘先看中你，我可被你衬得都成路人脸了！"

肖樾又笑了："你可不就是路人脸？殷老师眼神不大好。"

"肖樾！"周束一个啤酒罐砸过去，被对方稳稳接住，又砸了回来。

两个年轻人闹了一个来回，刚刚那点沉闷的气氛就被打破了，男人之间本就没那么多细腻话可说，到此打住。

周五这天，殷遥要去上海，刚登机就收到纽约那边回过来的邮件，她看完，直接将邮件推送给周束。

这就是她说的好消息，所谓的更大的舞台。

她在底下敲了一句：你考虑两天，周一有空的话，就来工作室找我吧。

之后便关掉了手机。

等到落地开机，发现周束给她回了好多条，看得出来他非常激动，看样子是连两天都不用考虑了。

上海的拍摄只要一天，隔天上午殷遥就空了，她独自逛了逛，准备回去时，正好看到黄婉盛更新了朋友圈，是在片场拍戏的花絮图。殷遥临时起意，决定趁这空闲转道去横店探她的班。

这个季节，天气已经慢慢热了起来，可拍戏是不分季节的，殷遥过去时，黄婉盛正在拍一场冬天的戏，她抽不开身，遣了小助理去接殷遥。

到了广州街那边的片场，只见剧组人员忙忙碌碌，很多群演等在旁边。殷遥一眼找到了黄婉盛，这种天气，她穿着厚厚的戏服，外面还罩个毛茸茸的斗篷，看着就很热。

小助理很懂事，帮殷瑶撑着伞。

殷遥问："她这么拍了多久了？"

小助理说："早上五点多就来了。"

"每天都是吗？"

"嗯，有时候要拍夜戏，一整晚就别想睡了。"小助理也有点心疼，"最近拍的都是冬天，天天都要穿这么多。"

殷遥心想，薛逢逢果然异想天开，做女明星哪有那么容易。

一场戏过了，黄婉盛得空，终于可以脱了厚衣服。她过来跟殷遥说话，又去叫小助理给大家买水。她一向做事妥帖，在剧组总是受欢迎。

她头上都热出了汗，还要把小电扇给殷遥。

殷遥很无语："你干什么呢，在我面前还要八面玲珑？累不累？"

"谁跟你八面玲珑了？"黄婉盛一笑，"这不是感激你千里送温暖嘛。"

"哪有千里！上海到横店才多远？"

"那也不容易。"黄婉盛看了看她，"你最近怎么了，都有黑眼圈了？"

"没怎么，忙了点，"殷遥问，"你什么时候杀青？"

"早呢，起码还要一个月。"

殷遥看那边又开始了，这回拍的是几个男人的戏份，有个打扮得看起来挺像主角的。她问："那个是男主角？"

"嗯。"黄婉盛说，"江一轩，最近刚红起来的，其实已经拍了很多年戏了，但你肯定不认识他，你看他帅吗？"

"就那样吧。"殷遥凑近了，小声说，"鼻子不太好看。"

黄婉盛笑出声来，同样小声说："你们摄影师都这么挑剔吗？什么样的人入得了你的眼啊？哪有长得那么完美的，我看你那个小模特长得也不算帅啊。"

"我又不是图他好看。"殷遥说。

"那你图什么？"

殷遥没回答，停顿了下，忽然说："不过我最近遇到个好看的。"

黄婉盛惊讶，问她是谁，她却不说，只是笑了下："以后再告诉你吧。"

殷遥在片场待到天黑，等黄婉盛收工、卸妆，然后跟她一道回酒店。

晚上洗了澡，两人出来玩，黄婉盛带她在附近逛了逛。

横店这地方一年四季都挺热闹，剧组来来往往，把周边带得一片繁荣，一到晚上，店铺外都支起了小摊子，到处都有三三两两的人凑在一起吃东西。

很多人还穿着戏服,看上去偶尔会让人有穿越之感,颇有些滑稽。

两人沿街吃了些东西,溜达到九点。准备回去时,黄婉盛收到一条消息,问殷遥:"时间好像还早,我带你去玩玩吧,不过人会有点多,嫌弃吗?"

"去哪儿?"

黄婉盛却不说,只是笑了笑,殷遥就懂了:"明白了,走吧。"

地方不远,就在前面一条街。

黄婉盛其实是去见男朋友。自从上次儿童节一别,两人至今没碰上面,不是在剧组,就是跑宣传,时间总是错开的,所以今天晚上即使殷遥在,她也不想错过这个机会。

不过两人现在没公开,她不能以这个名头,只当是去见上次合作过的同事,顺带见见相识的导演和制片。

是一间大包,人不少,一看就是庆祝杀青,有人在唱歌,有人在聊天,包厢里嘈杂吵闹,光影憧憧。

屏幕上放一首情歌,是个十分干净的女声,唱得婉转空灵。

殷遥一眼看过去,谁都不认识,她视线绕了一圈,忽然停在左边角落。

那边靠近点歌机,角落有张小沙发,坐了三个人,肖樾坐在最边上,长腿微微屈着。在略微昏昧的光线中,殷遥一眼认出了他。

太巧了。

也许从前早有过类似场合,只是因为不相识,所以从未关注。

但殷遥转念又否定了这个猜测。他长得如此合她眼光,如果真的见过,怎么会不多看一眼?

黄婉盛在业内人缘好,这包厢里大半人都与她有些私交,从进门起她就没闲下来,费了好些时间一一寒暄到位,几个未曾合作过的年轻小演员也由旁人引着,过来同她问好。

这方面,殷遥远不如她处事玲珑,所以 Yin Studio 所有拍摄以外的事务全由薛逢逢做主。眼下这种场合,她也没兴致凑热闹,随黄婉盛去和导演打了招呼,之后就坐到沙发一角。

手机振动了下,邮箱里新进了一封邮件。殷遥无事可做,趁空回了。

发送完,她抬头看一眼,黄婉盛已经完成社交任务,这会儿正走过来,坐到她身边。

殷遥不知她矜持个什么劲儿,低声说:"你不去陪陪那个谁吗?我怕人家恨我……"说着,轻轻推了她一把,"去吧。"

"知道了。"黄婉盛递了一罐饮料给殷遥,起身去另一张沙发坐。

殷遥的视线转个方向,又看向最左边那张小沙发。

肖樾此刻低着头,在看手机,身旁不知何时换了人,坐了个长发姑娘,不知同他说起什么,他微微侧过脸庞,仔细倾听,然后摇了摇头。也许是太吵闹,那姑娘再次靠近他,这回几乎凑到他耳边,又讲了句话。

殷遥看了几秒,不晓得这种场合有什么悄悄话好说,只知道那姑娘快要亲到他脸颊。

他果然很招人。

过了一会儿,大屏幕上换了首歌,那姑娘终于起身唱歌去了。殷遥看见他依然低头,手指摁着手机,似乎在忙些什么。

也许只是此刻太空闲,一时兴起,殷遥给周束发了个消息:肖樾的微信,可以给我吗?

一两分钟后,周束将名片推送过来。

殷遥点开,看到肖樾微信用的是本名,头像是黑白的大提琴剪影。

殷遥点了添加,没有留消息。她用的也是本名。

发过去之后,殷遥再次望过去,见他忽然也在这时抬头,若有似无地朝这个方向看了一眼,很快又低头继续做自己的事。

殷遥等了十分钟,才等来一条提示。

她翻了肖樾的朋友圈,没多少内容,多是转发,最近的一条是前天的,是他拍的一张照片,有只灰色小猫咪,背景似乎是在拍戏片场。

殷遥往后翻,想看他自己的照片。

她的好友列表里也有些合作过的男演员和男模。长得不错的都酷爱晒自拍,可肖樾显然不是这种,一直划到末尾只看到一张,而且不是自拍,是他和别人的合照,很多人,像是某部戏开机的时候。

殷遥看完了,抬头见他已经离开小沙发,坐到点歌台那儿帮别人切歌。

凳子太矮,他坐在那里显得很不和谐,但那个位置光线要亮很多,殷遥看清了他今天的衣服，似乎是休闲风的黑色衬衣，偏宽松，显得气质有些正经，又有些懒。奇怪的是，这两种感觉在他身上并不矛盾。

殷遥意识到自己看他太久，但今晚这里确实也没别的什么值得关注，便继续看他给人切歌。

待到十点，黄婉盛同大家道别，带着殷遥先撤。

晚上，殷遥留在酒店与黄婉盛同住，第二天下午离开，她先返回上海，因为薛逢逢昨晚到了，今天办完事，连她的机票一块儿订了。

如果殷遥早知道这趟会遇到谁，她宁愿一个人走义乌机场回京，可哪有那么多"早知道"？

她傍晚到机场，薛逢逢已经在等，原本两人有说有笑，开心得很。进了候机室，薛逢逢忽然如同见了鬼似的，变了脸色，狠狠地拽了殷遥一把。

殷遥很疑惑："你干吗？"

她顺着薛逢逢的视线望过去，脸微微一僵。

前面不远的地方，有个熟悉的身影。

梁津南来沪开会，带着助理，也是今天返程，恰巧也是这趟航班。

他当然也看到了殷遥，刚往前走了两步，就见薛逢逢看敌人似的白了他一眼，拉着殷遥去了候机室的另一边。

他顿了顿，止住了脚步，浓眉微微皱了起来。跟在他身旁的助理上前说："梁总，是遥遥小姐。"

梁津南不说话，脸色也不好看，在原地站了一会儿，回到座位坐下。

助理踌躇着，朝那边看看，又走回来，问："您不过去？"

见梁津南仍然不说话，他也就不敢再多问什么。

候机室的另一边，薛逢逢黑着一张脸，半天缓和不了，倒是殷遥开口劝她："至于吗，你那么生气干吗？小心气坏了身体。"

"我能不生气？"薛逢逢额角都有些抽搐，"这还是我今年第一次碰见他，你们俩这是什么孽缘？"

殷遥很无辜："机票又不是我订的，是你让我过来跟你一道走，我原本要一个人回去的。"

"我要是知道会碰到这个衣冠禽兽，我就带你坐高铁，或者，走回去也可以。"

薛逢逢说得咬牙切齿，殷遥有意活跃一下气氛，笑了笑："你也说得太狠了吧，'禽兽'都出来了？"

然而气氛并没有活跃起来，因为薛逢逢立刻就叫道："他不是吗？他把你骗成什么样子，你跟这种人青梅竹马，真是上辈子造了孽，这辈子脑子喂了狗。"

殷遥僵了一下，不说话了。

薛逢逢意识到话说得过头，转过脸自个缓了缓，等情绪平稳了，才又开口："幸好你现在认清了，什么都来得及。要钱有钱，要色有色，咱们俩的事业又蒸蒸日上，也算否极泰来。"

语气好了很多。

殷遥知道她是在找补，就顺着台阶点了头，捏捏她的手："是啊，多亏了你。"

薛逢逢很受用，看了看殷遥，不再提这破事，问她："去横店怎么样，婉婉好不好，玩得开心吧？"

殷遥点头："嗯，还好，就是我看她拍戏很累，大夏天穿棉服，你还说做女明星容易，我看她比我们还累。"

薛逢逢不以为然道："那赚得也多。"

"我们现在赚得也还可以吧？"殷遥问，"我的日薪是多少来着？"

薛逢逢哼了一声，只说："不要这么容易满足。"

殷遥便又很乖："我知道，我会努力的。"

两人心情都好转了，殷遥把包放下，说："我去下洗手间吧。"

她上完厕所，洗了手出来，看见梁津南的助理等在外面。

这个助理她很熟悉，那些年她在美国，偶尔梁津南没空，都是他帮着梁津南飞过去，有时候是给她捎点东西，有时候纯粹就是帮忙带几句话。她那时候天真烂漫，觉得梁津南把她捧在心上。

现在想起，都是讽刺。

对方和从前一样叫她："遥遥小姐。"

殷遥知道不该迁怒，但也并不想再理任何和梁津南有关的人。她往前走，对方又跟过来，语气有些急切地说："梁总并不是有意的，他到今天仍放不下您。"

殷遥停下脚步，回过身："你就是要说这个吗？是他叫你来的吗？"

"不是的。"对方踌躇片刻，又说，"只是看梁总和您闹成现在这样，我心里很不好受。"

殷遥沉默了下，说："跟你没关系。"

她一句也不想再多说，快步走了。

登机后，薛逢逢发现座位并没有靠得很近，松了一口气。

殷遥全程睡觉，到首都机场落地，北京在下雨，有工作室的助理来接。

拍摄的事情讨论到十点多结束，殷遥深夜坐薛逢逢的车回家。

外面忽然又下起雨，一路上，车窗被雨滴糊得朦胧不清。

她很累，虽然飞机上睡过，但依然精神不佳，混混沌沌，摸出手机玩，见朋友圈有些更新，依次划下去，看到两个小时前，肖樾发了一条，是夜色里雨后的小球场。

这是哪里的球场，殷遥也不知道。

她看了一会儿，手指动了下，给他点了个赞。

殷遥这晚睡得极差，总做些乱糟糟的梦，凌晨三点醒来便无法再睡，她想找些事情做，于是在暗房里待到天亮。

六点钟，她出来洗了澡，看到落地窗外逐渐苏醒的世界。

晨光大好。

独自在家享受了无所事事的半天，午间补了觉，下午两点钟殷遥才不紧不慢地去工作室。今天她没有拍摄，但 Yin Studio 的三个影棚都没有空着，有两个被租用，另外一个是自家的一位签约摄影师在用，拍摄对象是周束。

这是上周就安排好的，准备工作早已做好，方案也是她亲自定的，只是昨晚才和摄影师敲定在今天，也是昨晚十一点才通知周束。

殷遥去 C 棚看拍摄进度，她进去时，上一套复古风的刚好拍完。周束正要换衣服，看到她来，很激动，又有些顾忌，小心翼翼地冲她挥了下手。

见殷遥笑了，他也笑了，然后才跟在拍摄助理身后进了化妆间。

摄影师喊殷遥过去看片，和她讨论了一下。

等他们开始了下一套拍摄，殷遥就离开影棚，回办公区。

周束五点半拍完，来咖啡厅找她。

殷遥详细地和他说了纽约那边的情况，向他确认："你真的考虑好了？"

周束很认真地点头："这么好的机会，我肯定不能放弃，就算以后没有拼出什么结果，我也不会后悔的。"

殷遥对这个回答很认同，朝他点了点头，说："如果遇到什么困难，可以用邮件联络我。"

周束经过这几天，已经从最初激动的状态逐渐走向冷静。他犹豫了下，鼓起勇气问："殷遥姐，你为什么对我这么好？"

"有吗？"殷遥说，"我只是觉得你条件不错，应该要有更好的机会。"

"可是如果我走了，就不能……"周束没有往下说，迟疑地看着她，意思很明显，如果他离开北京，就不可能再随叫随到，和她像之前一样。殷遥这样做，是给了他天大的好处，同时也断了和他的关系。即使那其实算不上什么关系，也到底是有些牵扯。

殷遥自然听懂了，可她难得地语塞了，不知如何回应。

她需要逢场作戏，但薛逢逢给她灌输了一套很朴素的道理，和任何男人都不要牵扯太久，久了容易习惯，容易失控，容易不清醒，人一旦不清醒就离重蹈覆辙不远了。

周束挺可爱，也知趣懂事，从不得寸进尺，如果是他的话，殷遥其实不需要有顾虑，但一年也足够了。

她不接话，周束也就不再等答案，有些失落地说："我知道了。"

殷遥把杯子里的咖啡喝完，站起身："剩下的时间你把自己的事情处理一下吧，下月初就可以出发。"

周束也站起来，点点头。

殷遥向他走近两步，轻声说："祝你以后有好的前程。"

她正要转身，周束忽然上前抱住她，小声地说："谢谢你。"

他很快就松手，快步离开了。

周束推掉两个可有可无的通告，订了三天后回重庆老家的机票，他没有经纪公司，孤家寡人，也没其他的私事要处理。

他想在去美国之前回家看看，北漂了这么多年，加起来也没有回家待几天，倒不是因为忙得抽不开身，主要是一直没有混出名堂，不好意思回去。

票订好，周束收拾了行李，肖樾回来了，买了啤酒和吃的。

这个月 NBA 有比赛，勇士与骑士的几场总决赛，他们有两场没看，打算今晚补一下。

这样一熬，看完就到了凌晨。

桌上横七竖八扔了不少空的啤酒罐。

周束喝了不少，回顾过往，讲起这些年的经历。末了说到殷遥，他情绪复杂，因着酒意，显得有些唠叨："你知道嘛，她专门找了摄影师给我拍片，那么大的摄影棚都给我用，帮我铺好了路……她今天对我真的好温柔的，说祝我有好前程，当然以前也不凶就是啦。"说着，声音低下去，沉默了好一会儿，才又说，"如果再跟她久一点，我觉得我搞不好会真的喜欢上她的。"

肖樾侧过头，看向他。

周束揉了揉自己的脑袋，忽然又笑着说："真奇怪，除了上学的时候，我还从来没有喜欢过谁呢。"他拿手肘推了推肖樾，"哎，你有没有喜欢过人啊？"

肖樾看他一副喝高了的样子，抽走了他手里的半罐啤酒，起身收拾一桌的垃圾。

六月剩下的一半日子，殷遥在日本度过，十天都在东京。项目结束后也并不想立刻回去，于是独自去了奈良，直到薛逢逢催促，说工作室常合作的那家时尚杂志发了慈善晚宴的邀约，让她必须要去，她才在月底返程。

北京已经非常炎热。

殷遥到家几乎没有休息，洗个澡换身衣服，就开车走了，她按薛逢逢给的位置去银泰试礼服。

店里的经理推荐了一套黑色礼服，殷遥换上，很合适，也就不再尝试别的。

就这样，五分钟试完，时间还早，她去六楼柏悦酒吧坐了会儿，等到准备离开才记起是开车来的，于是像从前一样给周束拨了电话，拨通才想起已经……

正准备挂，那头却接通了，周束似乎很高兴，问她是不是有什么事。

殷遥只好开口，结果得知周束此刻在重庆老家，她更觉得这个电话拨得不恰当，立刻说：“没事，我叫代驾。”

那头周束语气很急地说：“别叫代驾了，你喝多了，万一睡过去，多不安全。我叫肖樾来，他今天有空！”

殷遥原本要说她只是喝了酒，并没有到喝多的地步，但忽然听到肖樾的名字，不知出于什么心理，她迟疑了一下，没有拒绝。

周束又说：“你就在那儿等着，千万别走哦！”

殷遥于是把那家礼服店的名字告诉周束，说：“我在那儿等。”

挂了电话，她依然在酒吧玩，也不知过了多久，手机振动了一下。

殷遥点开，干干净净的对话界面有了第一条消息——

肖樾：我到了，没有看到你。

她收起手机，起身下楼。

远远看到站在店门口的身影，肖樾不知是从哪儿过来，一身运动风，黑色系，T恤和锁口长裤。他目光一直看着左边一家儿童品牌店，直到殷遥走近。

殷遥朝他笑了一下，他依然是淡淡地点个头。

殷遥看到他右边眉下有道暗红色伤痕，面积不大，但在好好的一张脸上就有些明显。

她再一看，发现他下颌也有道印子，像是擦伤。

或许是她看得太直接，他忽然微微侧过脸，声音有些冷淡：“可以走了吗？”

殷遥说：“等会儿，我拿一下衣服。”

她进门去取礼服，肖樾并没有跟进来，直到看见她拿着挺大的一个盒子出来，才朝她伸手。

殷遥把盒子递给他，去往地下停车场。

肖樾走在她身后。

进了停车场，左转，往前没走几步，殷遥脚步忽然停下。

前面有一辆红色车，两个打扮精致的年轻女人迎面走来。

殷遥在这一瞬间回过身，拉了肖樾的手，要走另一边，这时已经晚了，身后传来声音："遥遥姐。"

她身体立时僵了一下，人顿在原地。

肖樾也怔了怔，手心里温热又柔软，他下意识地要抽回手，却察觉到殷遥在微微发抖。

白迎迎已经走过来，声音清脆："遥遥姐，好不容易碰上，你怎么躲这么快？"

殷遥松开了肖樾的手，回过身。

白迎迎今天穿一身纯白色裙装，袅袅婀娜，妆容明艳，脸上挂着笑，看了看殷遥，说："好巧。"

见殷遥不接话，她又看看肖樾和他手里那个盒子，道："原来你也来拿礼服。"说完又抬头，仔细打量肖樾，目光别有意味，"遥遥姐又换了伴儿，这个挺帅的。"

殷遥应了一声："是啊。"

白迎迎朝她走近一步，温温柔柔地说道："那最好了，不然我怕你伤心。不知道你听说了没有，我跟津南哥的婚期已经快要定了，家里正在看日子。"

殷遥没有接话，她又说："不知道你愿不愿意来，我让你哥哥给你带个帖子？"

"不用了。"

"你是还没有忘记津南哥吗？"

殷遥脸色很差，抿了抿唇，讥诮地朝她笑："当然没有忘记，他在床上表现很不错，我替你试过了，恭喜你。"

白迎迎立时变了脸，像被踩了尾巴似的，尖着声音叫道："你贱不贱！真可怜！"

"没你可怜。"殷遥笑了一声，"至少我不会靠家里安排男人。"

白迎迎气得脸发白，被旁边的闺蜜扶住。

殷遥不再理她，径自走了。

她杀敌八百，自损一千，掐着伤疤也要跟人斗嘴，要是薛逢逢在，一定骂她有病。

夜色深重，车一路平稳行驶，窗外霓虹如河流一样蜿蜒。

七月天气总是神奇，好端端又下起暴雨。

雨停后，路上堵成长龙。

肖樾停了车，在这间隙，转头看了殷遥一眼。她坐在副驾，半侧着脸，从上车起，一直沉默。

车里有些闷，肖樾没问殷遥的意思，将两边车窗降下了。

雨后晚风凉爽温柔，殷遥恍然间回过神，望向沿街热闹的店铺，过了一会儿，低下头，手指轻轻抚过眼睛。

大约只有那么一两分钟，她又抬起脸，很安静地看窗外。

城市的夜晚永远流光溢彩。

肖樾将一切看进眼里，收回视线，什么话都没说。本来就是和他没什么关系的人，他也并不热衷于管陌生人闲事，现在已经因为周束管了她一回，又一回。

路况转好，车流重新涌动。

车子行驶起来，窗口吹来的风更大，殷遥仍然那样靠着座椅，偶尔抬手将被风吹乱的长发拨到耳后。

前方道路畅通，往前不知行了多久，汽车转弯，驶入一条相对冷清的道路，街道两旁有些小小的店面。

肖樾忽然将车停了。

殷遥转过头，他已经解掉安全带，开门下车。

在路灯的光线里，殷遥看到那高高的身影几步走上人行道，穿过行道树，去了路边的一家小店铺。

是个奶茶店。

大约五分钟后，他提着袋子返回。

殷遥看着他上车，看着他将手里的袋子递给她，是一杯珍珠奶茶。

她愣了一下，伸手接了。

肖樾重新系好安全带，发动汽车。

半个小时后，到了殷遥的工作室。

车停稳，殷遥手里那杯珍珠奶茶刚好喝到见底。她情绪好了许多，对肖樾说："我帮你叫车。"

"不用。"他低头解安全带。

殷遥已经从包里摸出手机，很快地操作完："已经叫到了。"

她身体微微侧向他，捏着手机，将司机接单的界面给他看。

肖樾闻到她身上淡淡的香气，又有些奶茶的味道。

殷遥说完，拿了车钥匙，一手提着装奶茶杯的袋子，一手拿好自己的包，开门下车。她绕到车尾，去拿后备厢里的礼服，肖樾走过去："要我帮你拿进去吗？"

"不用了。"她背着光，表情不甚清晰，说完，弯腰把盒子提出来，放在地上。

后备厢角落还有一束花，薛逢逢昨天用了她的车，也不知是从哪儿收来的。殷遥一并拿了，把花抱在怀里，关了后备厢，抬头看向肖樾。

这个角度，光线将他的脸庞照得很清晰。他皮肤真的好，有种温玉般的光泽，只是那两处伤这样看就更显眼。

殷遥问："你脸怎么受伤了？"

肖樾顿了一下，说："拍戏时擦了一下。"

殷遥还想再问，这时候手机响了。她低头看了下，说："司机来了，那你回去吧。"

肖樾点头，转身往外走，忽然又听到身后的声音——

"肖樾。"

他回过身，看见殷遥提起手里的袋子："谢谢你的奶茶，好甜。"

她怀里抱着大束的红玫瑰，站在柔黄的灯光里微微一笑，眉眼弯起，和一个小时前银泰停车场里那个她仿佛两个人。

殷遥抱着花和礼服去办公区，依然有不少人在。

修图师在加班，这很正常，可是今天不止修图师在，还有她的助理汀汀，连新招的实习生小助理也在。

汀汀看殷遥拿着一堆东西上来，立刻上前去接。看到有一大束红玫瑰，汀汀有些惊讶，眼神都不一样了。相较于其他同事，她和殷遥要亲近一些，便大着胆子问："殷老师，谁送的花啊？这么大一束。"

殷遥说："我也想问呢，薛老大还在吗？"

"在啊。"汀汀说，"在办公室呢。"

殷遥更觉得奇怪，问："你们今天怎么都这么晚？出什么事了吗？"

"唉，还不都是那个程怡默嘛。"汀汀皱着眉告诉殷遥，"赵老师给她拍的那套明明挺好，人家杂志方都觉得可以了，但她怎么都不行，还点名说要让你给她重拍。薛老大气得要死，偏偏人家杂志方特别给她脸，又把图打回来了。薛老大打算先让修图师再试试，实在不行恐怕真得让你上了。"

这个程怡默，殷遥知道，因为最近太红了，随便上个微博都能看到她，算是新晋的小花，之前她一直没什么存在感，演了部古装戏，突然就红了。但是，殷遥不知道工作室和程怡默有合作，看来她去日本的这段时间，薛逢逢做了不少事。

殷遥把礼服交给汀汀，抱着花去找薛逢逢。

殷遥进去前先敲门，没听到声音，才将门开了一条缝，看到薛逢逢在打电话。殷遥便走进去，将花放到沙发上，乖乖站在一边等她讲完。

薛逢逢挂了电话，殷遥就说："你辛苦了。"

薛逢逢看怪物一样看了她一眼。

殷遥："我听说你遇上了麻烦。"

"是啊。"薛逢逢语气很是气愤，"这个程怡默，一张整容脸，这才刚红几天，作妖倒是挺厉害的。"

程怡默整容这事儿老早就传了，人家自己没承认过，但薛逢逢坚定地认为就是整了。

殷遥问她："你打算怎么办？"

"能怎么办？甲方是上帝，我早告诉过你，咱们拿钱办事，人家出得起钱，我们就得尽力让人满意。"她说完又哼了一声，"不过这个程小花，我放进黑名单了。"

"所以……我可能要给她拍?"

"不急。"薛逢逢说,"你先做好心理准备吧。"

殷遥点头。

聊完公事,殷遥指了指沙发上那束来路不明的玫瑰花:"那花在我车里,哪来的?有人追求你啊?"

薛逢逢一噎,脸色都变了:"谁有那胆子追求我?"

她这样就是不承认了。殷遥一眼看穿:"你脸都红了。"

薛逢逢:"你眼神不好吧?"

殷遥走过去,靠着薛逢逢的老板桌,低声说:"你如果告诉我,我也告诉你一件事。"

薛逢逢看了看她,感觉她不像是在套路自己,问:"什么事?"

"你先说。"

"好吧,好吧。"薛逢逢懒得磨蹭,一口说道,"靳绍那小王八蛋送的!"

殷遥愣了三秒:"……不会吧?"

这是什么人间奇事?

殷遥:"他追你啊?"

薛逢逢:"他脑子被驴踢了。"

"好吧。"殷遥心里震惊,又颇有些钦佩靳小公子虎胆雄心。

这时,薛逢逢已经等不及了,开口:"哎,你不是有事要告诉我?"

殷遥表情微微僵了下。

薛逢逢看她这神情,心里有了数:"跟梁津南有关?"

殷遥点头,停顿了下,说:"我今天碰到了白迎迎。"

薛逢逢皱眉:"那个尖叫小鸟儿?"

白迎迎叫起来声音很有特色,薛逢逢原来喊她"尖叫鸡",后来自己买了个尖叫鸡,觉得尖叫鸡挺可爱的,白迎迎不配,于是有了这称呼。

殷遥点头:"在银泰。"

薛逢逢瞪她:"情敌相见,分外眼红,你不会跟她打起来了吧?来来来,我看看你受伤没,受伤了要说啊,我明天去替你报仇。"

"逢逢，"殷遥轻轻地吸了一口气，"梁津南要结婚了。"

薛逢逢听完一愣："前段时间不是在传婚约要取消吗？"她虽然不想殷遥跟梁津南再有任何牵扯，但也不乐意看白迎迎如愿。

殷遥摇头："我不知道。"

"你现在有什么想法？"薛逢逢看着她，"是不是到今天你才彻底死心了？彻底认识到梁津南是个彻头彻尾的浑蛋？他从始至终都在骗你，就趁你在国外一无所知，跟你谈着恋爱呢，还在国内有个未婚妻，那么多年都不告诉你，说什么婚约不是他乐意的，让你给他时间，现在倒好了，无话可说了吧。他真是屁用没有，一张嘴净会说些恶心话，骗身骗心，你还惦记个屁。"

殷遥默不作声。薛逢逢到底是对她心疼更多，站起身，摸了摸她的脑袋："好了好了，你今天要是想哭，我不骂你，好吧。"

殷遥摇头："不想哭。"

薛逢逢惊奇："你大老远跑来，跟我说这事，不是为了借我肩膀？"

"就是跟你说一下。"殷遥推了推她，"回去吗？我累了。"

"得得得，回去吧，我今晚去你那儿睡，免得你想不开。"

殷遥："……"

自然是薛逢逢开车。

到家已经过了十一点，殷遥浑身疲倦，她先洗了澡，窝在沙发上。薛逢逢难得对她开恩，给她买了甜点。她一边吃，一边划着手机看今天的新邮件，看完之后，想起件事，点开微信，找到肖樾的头像，发了一条消息：你到家了吧？

正准备退出界面，却看到上面显示"对方正在输入"，殷遥便等着。

很快跳出新消息：到了。

殷遥又回复：好，那你早点休息。

她停顿了下，又发一条：晚安。

发送完，殷遥放了手机，把剩下的甜点都吃了，起身去刷牙。

临睡前，殷遥起来拿手机设闹钟，才发现她发的那条消息，肖樾在三分钟后回了她，两个字：晚安。

第二章

你不要我负责吗？

七月到来，殷遥面临两件不太幸运的事，其中之一便是那个非去不可的慈善晚宴。

那晚，媒体记者挤作一团，影视界、时尚界的人去了大半，当然也有不少公子名媛。

殷遥与白迎迎擦身而过，幸好现场无数相机，白迎迎巧笑倩兮，端庄稳重，两人没有再次上演银泰停车场的狗血戏份。

殷遥只希望这次之后再也不要与她有碰面的机会。

另一件事是，殷遥最终还是没逃过为小花程怡默拍片。

不过在薛逢逢看来，这件事算因祸得福，程怡默团队出了大力气，那套照片后来在网上铺天盖地，被粉丝吹上天，顺带着连殷遥的知名度也上涨一波。

薛逢逢管理着殷遥的微博，每天记录涨粉进度，喜笑颜开地换算成身价增长值。

于是接下来的两个月，殷遥的行程排得满满当当，到九月底，她终于扛不住，和薛逢逢讲明太密集的拍摄对摄影师本身就是一种消耗，她在短时间拍了很多人，甚至连思考的时间都没有。

薛逢逢还算讲理，答应考虑她的意见，还给她放了短假。

持续的忙碌过后，突然放假，殷遥反倒有点儿恍惚，无所顾忌地睡了一天，傍晚和远在横店的黄婉盛煲了半小时电话粥，她们上次见面还是在七月初那个晚宴上。

一晃眼，已经过了夏天，入秋了。

挂掉电话，殷遥随意地翻着朋友圈，忽然意识到好像有很久没有看到肖樾的动态。

她从列表里找出肖樾，看到聊天界面的消息停留在七月二十号。

那天她瞒着薛逢逢偷偷喝酒，夜里没有回家，窝在工作室的沙发上，半醉半醒，原本要给她那久未联络的亲哥哥发消息，结果在微信通讯录里点岔了一行，发给了肖樾。

"今天是妈妈的生日，你是不是忘记了？"

这句话没头没脑，想来肖樾一定是很疑惑，在深夜十二点还回复了她。

而殷遥那时大约真的喝高了，头脑发昏，看到他的头像和名字，不知怎么就走偏了道，她醉眼蒙眬地在微信里撩了他，次日醒来全然不记得，后来看到微信里那些胡言乱语，才知道自己多荒唐。

殷遥一时不知怎么处理，鸵鸟心态地将这事儿搁置了。

之后的两个月她又是棚拍，又是外景，还要飞来飞去赶行程，忙得没有空隙，再也没有联系过肖樾。

殷遥不确定肖樾是不是将她拉进了黑名单，于是点进他的头像，发现以前那些动态还能看到，只是近期没有再发。

她将那晚发的荒唐话又看了一遍，越发觉得自己过分，平生第一次赞同薛逢逢说的：喝酒误事。

她不确定自己对肖樾什么想法，是因为单纯觉得他长得很合心意，还是因为周束走了，她身边空了下来，迫切需要有人来填补，抑或是其他什么原因，让她酒后在社交工具上欺负了他。

但殷遥很清楚，如果没喝酒，她是不会干出这种事的。

归根到底，还是喝酒的错。

毕竟周束跟了她一年，她都从没碰过，甚至连言语调戏都没有过。

犹豫一会儿，她到底还是敲了几个字过去，问肖樾：你在北京吗？

过了十分钟仍不见回复，殷遥心里渐渐不抱希望，放下手机去暗房。

等她洗完照片出来,已经过去一个多小时,七点半了。

这时候看了下手机,发现那条消息居然有了回复——

肖樾:嗯,刚到家。

殷遥看了两秒,没有多作考虑,她去衣帽间换了一身长裙,拿上车钥匙出门,刚走没一会儿,又忽然折返,进卧室取了个东西。

这个时间,路上出奇堵,殷遥开车过去很费劲,又花时间找位置停车,幸好还记得地方,她上楼敲门,等了一两分钟才有人来开,却不是肖樾。

殷遥和那赤膊大汉面面相觑,心想这是肖樾的新室友吗?

"我找肖樾。"她说。

大汉还没回答,里头就传来女人的声音:"老公,是谁啊?"紧接着是孩子的哭声。

殷遥顿了两秒,说:"抱歉,我走错了。"

她疑心是自己记错,又往下走一层,看看门上的画儿,觉得不像。她蒙蒙地站在两层之间的楼道里,给肖樾发消息:你住在几楼?

等了两分钟没有回复,她便拨语音电话。

但肖樾并没有接到,他在洗澡,洗完才看到十分钟前殷遥发来的消息,还有一个未接的语音通话记录。

他回拨给她。

那头很快接了,手机里传来风声,然后是殷遥的声音:"肖樾?"

他应声:"嗯。"

殷遥说:"你是住在3栋还是4栋,我刚刚走错了门,你……"

"我搬家了。"

殷遥愣了愣,问:"你现在住哪儿?"

他没有回答。

两头都是沉默,电话里只剩轻微的风声。

过了几秒,肖樾丢下毛巾,往门口走:"我现在过来。"

地方不远,打车十五分钟。

殷遥站在小区空空的门卫亭旁,看到有辆出租车驶近,停在路牙边。

车门打开了。

路灯昏暗,殷遥走过去,认出是肖樾。他下了车,仍然开着车门,示意她坐进去。

殷遥说:"我开车来的。"他才关上车门,让司机走了。

殷遥闻到他身上有些淡淡的香,像是洗发香波的那种味儿。光线不好,看不清他的表情,只听到他问车停在哪儿。

殷遥便领他过去取车,他技术很好,在狭窄逼仄的位置也能很快将车开出来。车开上了大路,他才开口:"找我有事?"

殷遥想起自己是为什么而来,应了声"嗯",却没有说是什么事。

肖樾居然也没有再问。

殷遥原以为他可能不愿意带她去他的住处,但他却径自把车开了过去,停在小区外。殷遥跟着他进电梯,到了二十楼。

是个一室一厅的loft公寓,简洁的灰色调,一楼有客厅、厨房和卫生间。看起来虽然不大,但感觉比之前那房子要好。

殷遥问:"我要换鞋吗?"

肖樾说不用,她便走进去。

客厅的灯光很柔和,落地窗上层开着,有风吹进来,小沙发上放着吉他,旁边有本装订的册子,摊开放着,密密麻麻的文字旁做了很多标注。

是他的剧本。

殷遥停在沙发前,垂眼看着那把吉他,肖樾走过来。

殷遥问他:"这个你会?"她指着吉他。

肖樾:"嗯。"

"你现在可以弹吗?"

"弹什么?"

"随便。"殷遥把吉他拿起来递给他。

肖樾看了她一眼,接过来,坐到沙发的另一边。他低着头,微微垂眸,殷遥便看到他长长的睫毛。

他弹了一小段旋律,抬头看她。

殷遥问:"这是谁的曲子?"

"不是谁的。"

殷遥便想到了:"是你自己编的?"

他没有否认。

殷遥笑了下:"很好听。"

肖樾放下吉他,起身去倒了杯水过来。

殷遥站起来,离开沙发往前走几步,看了看这屋子,在落地窗边回过身,问他:"是因为周束走了,所以你才搬家吗?"

肖樾点头。

殷遥走回来,顺口问:"周束怎么样了,他有没有和你联系?"

肖樾没有回答,将手里那杯水放到茶几上,直起身,漆黑的眼睛忽然看向她:"你这么晚过来找我,是为了问周束的事吗?"

突然的反问令殷遥微微一顿。

他说话的语气很淡,就那样站着,与她隔着几步的距离。落地台灯的光线从左边照过来,他半边身体在阴影里,脸庞轮廓清晰分明。

不知怎的,殷遥忽然觉得他和她想的有些不一样。

她静默地站了几秒,开口说:"上次我在微信上说了一些话,是因为那天喝了酒,很不清醒,都不知道做了什么,我不是有意对你……"

她想说"不是有意对你性骚扰",但那几个字没说出口。她拿起包,取出特地带来的一瓶香水,走过去递给他:"是柑橘味儿的,不知道你喜不喜欢。"

见他接到手里,低头去看,殷遥心里轻松了很多,说:"那我回去了。"

她提着包往门边走,经过肖樾身旁,手忽然被轻轻拉了下。

大约只有一秒,殷遥还未反应,他已经松开了。

"我送你下去。"

殷遥说不用了,可他已经过去换鞋。

殷遥开车回去,到家后,她像完成了一桩大事,趴在沙发上懒懒地瘫了一会儿,然后爬起来去洗澡,临睡前才看到肖樾发来的微信,他问她到家了没有。

殷遥回复他,说已经到了。

回完消息,她放下手机,难得轻松地上床睡觉。

明天没有拍摄，真好。

殷遥用一瓶男式香水换来自己的心安。

后来……

大约是在很久很久之后，殷遥和黄婉盛聊起这件旧事，后者笑得颇夸张，笑完拍她的肩，真心实意夸她好手段。

"想想啊，一个漂亮姐姐忽然深夜发那么多旖旎又撩人的话，转头就消失两个月，没有一点交代，偏偏那点孟浪话好死不死吊在那儿，让人一不小心就看了一眼，又看了一眼，再怎么心如止水，也得把自己给看出点儿心思来，何况他才二十三岁而已，又不是什么混迹花丛身经百战的老男人……"

但那是很久以后的事了。

在此时此刻，殷遥还不至于拿她和肖樾的事去与谁分享。

这一天过后，殷遥继续享受自己的假期。

不知靳绍那家伙从哪儿得知她最近歇着，隔天就打来电话约她玩。

这群富家子弟日子过得悠闲，多是借着创业之名拿家里的钱搞点自己欢喜的事，譬如开个酒吧、弄个俱乐部，赚不赚钱无所谓，玩得开心比较重要。

靳绍就开了家很有文艺气息的清吧，即使他这个人浑身上下都跟文艺没什么关系。

上个月酒吧刚刚开业，殷遥那时在香港忙着工作，错过了，所以这次她给靳绍面子，晚上应约去他的酒吧玩。

去了才发现地方比她想的还要大，装潢也确实够文艺，大约是消费不低，来玩的人不多，倒也不吵闹。

靳小公子客气，亲自接待，顺便给她显摆自己的调酒功夫。

殷遥坐在吧台前，看着台上驻唱歌手弹唱一首温柔的民谣，不知怎么想起那天晚上肖樾低着头弹吉他的模样。

靳绍看她一副入神的样子，探身凑过来："你不会看上了我家的歌手弟弟吧？"

殷遥收回视线，接了他的酒。

靳绍笑得意味深长："真看上了，哥哥给你牵线。"

殷遥抬起头："我记错没有，你比我小两天是不是？"

靳绍挑了挑眉："记性倒是好，怎么样，听说最近你身边好像没男人了？"

殷遥反问："那你最近身边有女人吗？"

"有啊。"

"有你还给薛逢逢送玫瑰？"

靳绍噎了一下，咳了咳，端起酒杯佯装喝酒。

殷遥问："你什么想法啊？如果是玩玩，我劝你算了啊，别说她不可能理你，我也反对。"

"那要不是玩玩呢？"

"不是就更没意思了，你们这种人的婚姻能自己做主吗？"

殷遥一针见血，靳绍明知她没讲错，却又好面子，扬着嘴角一笑："至于嘛，这才哪儿跟哪儿，怎么就谈到婚姻了？"他忽然顿了一下，身子俯过来，看着殷遥，"我看是津南哥的事影响了你吧，他婚期定下了，十月十八号，你知道吧？"

殷遥捏着吸管轻轻搅动鸡尾酒："听说了。"

靳绍啧了一声："那个白家小姐，津南哥以后有得受了。"

殷遥没接茬。

靳绍看看她，慢悠悠道："遥遥，咱们这些人中，我发现就你一个聪明的，先是早早改姓出走，现在更绝，敢光明正大交往模特弟弟，女孩家名声都可以抛掉，我看是真能断了你家里人的念头。"

"不是我聪明。"殷遥朝他笑了一下，"是你们舍不得。"

舍不得什么呢？自然是家里能给的那些东西。

靳绍听懂了这话，轻轻一笑："你这个人还真挺有意思的，难怪津南哥那么惦记着你。"

"能不能不提他了？"

"嗯……"靳绍沉吟了下，"我呢，哪边都不站，说句公道话，其实那几年他骗你，自己也特不好受，分手吧，他是真舍不得，也一直在跟家里争。昨儿我还见了他，瘦了不少，精神也差，还同我打听你最近过得好不好。"

看殷遥没什么表情，靳绍停了停，又说："你们俩这算是有缘无分吧，不如看开点，找个别的男人，正儿八经谈个恋爱，也就释怀了，是不是？"

殷遥："你是在开解我吗？"

"算是吧。"靳绍又一笑，"怎么样，要不要给你介绍？保证和我一样，够帅够有型。"

"算了，你介绍的我怕消受不起。"殷遥将杯子里的酒一口饮尽，"而且我们审美不同，我不喜欢你这一款。"

"那你喜欢哪款？给个参照？"

殷遥不知想起什么，笑了笑，没回答他："生意兴隆，我走了。"

后面几天假殷遥没有出门，在家过着没有时间的日子。

她在这点空闲里，了解了一下肖樾。

但凡是个演艺界的人，网上资料都能搜到不少，殷遥很轻松便能找到一些信息，譬如他的身高、体重、生日等，也能看到他拍过哪些戏。

肖樾生日在下个月，也就是说，他还没满二十三岁，比她小两岁半。

殷遥找到之前周束说的那部戏，看了他在的那几集，虽然戏份很少，但扮相惊艳，这戏去年上的，但是两年前拍的，他堪堪二十出头，广袖绫袍，博带飘飘。殷遥没在现实中见过他笑，倒是在戏里看到了。

她看完这些，忽然就想找肖樾，给他发了消息。

这时是十一点多，她问他睡了没。

肖樾在一个小时后回复：没有。

殷遥：这么晚？

他又回一条：刚拍完夜戏。

殷遥：你在哪里拍戏？横店？

肖樾：上海。

殷遥顿了一下，告诉他：好巧，过两天我也要去上海。

肖樾没有回复。

殷遥又发了一条：我拍摄完，可不可以去找你？

至于要找他做什么，她也不知道，甚至没多想就这么发了。

等了两分钟，没有反应，殷遥觉得他不乐意，便又敲：那算了。

刚要点发送，肖樾回复了：我可能没有空。

殷遥删了编辑完的那条，重新发：那到时候看情况吧。你休息，不用回我了。

他果真没有再回。

殷遥假期结束，开工两天后去上海。

这回并非她独自去，除了她惯用的造型师，薛逢逢和助理汀汀也在，连头带尾工作四天，她在结束的前一天晚上联系了肖樾。

这次她拨的语音电话，没等一会儿，他就接了。

殷遥问他："你明天有戏要拍吗？"

"上午有。"

"我下午就结束了，傍晚过来找你？"

他在松江那边的影视园，而殷遥在静安。

她等了一会儿，听到微低的一句："我过来吧。"

不知他是不是在片场，电话里很嘈杂，几乎要盖过他的声音。

殷遥想了想，说："要不，约个地方，去外滩走走？"

"好。"

"那在……十六铺码头见，晚上六点半，好吗？"

殷遥听到他应了。

时间地点都定好，这样就算约到他了。

好像也不是很难。

薛逢逢洗完澡，见房间没人，往露台看一眼，发现殷遥的身影。她的眼睛像雷达一样扫视了一下，走过去："鬼鬼祟祟的，干什么见不得人的事儿？"

殷遥已经挂了电话，回过头："没干什么。"

她走回房间，薛逢逢打量着她，怀疑地说："你神色不太对，刚跟谁打电话？"

殷遥面不改色:"一个朋友。"

"谁啊?"

"你不认识。"

"你居然有朋友我不认识?"薛逢逢审视地看着她。

"是啊。"殷遥不再多说,进了卫生间。

第二天下午五点半,拍摄结束。

殷遥回酒店换衣服,却被临时告知要和甲方老板吃饭。这应酬是薛逢逢应下的,这种事务一向都是由她接洽,她做决定都不需要问殷遥的意思。

"我告诉你啊,必须要去,人家给面子,能打人脸吗?"

薛逢逢是说一不二的人,对于工作上的事,她们早约法三章,意见相同时好说,意见不同时,薛逢逢说了算,这是当初 Yin Studio 初创时她提的唯一条件,殷遥那时一口答应,全然没想到会有今天这种境况。

"只是吃个饭而已。"殷遥试图商量,"以后我都去,今天不去可以吗?"

答案自然是不可以。

殷遥只好给肖樾发消息,说她要晚点到。

晚饭吃的上海本帮菜,薛逢逢很喜欢,全程和甲方相谈甚欢,殷遥心不在焉地坐到七点,去了卫生间就没再回去,等坐上出租车再给薛逢逢发消息,说她不太舒服,先回酒店。

到了约定的地方,很轻易就找到了肖樾。

他站在灯下,倚在栏杆边,应该已经等了很久。

殷遥自然愧疚,走过去,也靠到栏杆边:"抱歉,我迟到了。"

肖樾偏过头看她。

两人都背着光,对方的表情看得并不清楚,殷遥不确定他有没有生气,解释道:"临时有个饭局,没能推掉。"

他终于"嗯"了一声。

殷遥于是笑了:"你什么时候来的?你没回我,我怕你不来了。"

"我不来,你会怎样?"肖樾忽然开口,声音明显是低哑的。

殷遥一顿,听出了异样:"你生病了?"

"没事。"他转开了脸,看向对岸的夜景。

殷遥看着他脸庞的轮廓,沉默了一会儿,说:"你不来,我会挺失望的。"殷遥这话很坦诚。

他不来,她当然会失望。

其实,她坐在出租车里就想过,他没有回复消息,或许是生气了,不想再搭理她心血来潮的邀约,她翘掉饭局跑去外滩也未必会见到他,但她还是来了。

人的情绪真是奇特,上一秒坐在酒桌旁意兴阑珊,认为人与人之间那些你来我往的虚伪社交实在无趣,下个瞬间却乐意赶去黄浦江边,和一个并不熟的男人一起看斑斓灯火。

殷遥发现肖樾又微微侧过头看她。

只遗憾光线实在不好,不然她想看他此刻的眼睛里有没有高兴一点。

江边风大,天气也已经转凉了。

殷遥注意到他穿得很少,上身好像还是那件款式蛮好看的黑色衬衣,上次在横店见他穿过,但仔细看看,又觉得并不完全相同。

"你冷吗?"她问。

"不冷。"他手从栏杆上放下来,站直了身体,"就打算站在这儿吗?"声音还是那样低哑,语气却松散了许多。

殷遥看了看周围:"那走走?"

"嗯。"

本来也无目的地,便也不用挑方向,只是随意往前。

江边夜景实在好看,也难怪不论什么时候来,游人都不少。两人并排走着,中间空了大约一只手臂的距离。

殷遥又问出之前那个问题:"你是不是生病了?嗓子哑成这样。"

肖樾没否认,说:"昨晚发烧。"

殷遥顿了一下,肖樾脚步却没停,不知不觉将她落了两步远。他回过头,目光看过来,殷遥上前问:"那现在呢?"

肖樾说:"早上就不烧了。"

"你上午还拍了戏?"

他应:"嗯。"

殷遥没再说话,不知在想什么。肖樾看了她一眼,又往前走几步,到了一盏路灯下,光线亮了许多。

他听到殷遥低声说:"抱歉,我不知道你生病,还约你出来。"

从松江赶过来并不近,又在那样下班高峰的时间,还让他独自在江边等了近一个小时。殷遥忽然觉得他脾气比她想的要好,换了她,她未必高兴。

这时,她又想起了什么,停下脚步问他:"你吃饭了没?"

肖樾摇头。

殷遥有点想敲自己的脑袋。她平常只顾拍摄,很多需要操心的琐碎细节都不用她亲自沟通安排,日子久了,心都糙了,考虑不周全。

"对不起。"

肖樾高她大半个头,她和他讲话时微微仰着脸,夜灯冷白的光兜头倾泻,落在她身上,她化淡妆,白皙的脸,黛色的眉,不算张扬的唇色。

"我带你吃饭,你想吃什么都可以。"这句她几乎是不假思索、脱口而出。她说的是"带你吃饭",而不是"请你吃饭",像是拿他当小孩儿似的。

肖樾眉目微动,唇线一扬,忽然就笑了。

灯光像是落在了他漆黑的眼里。

殷遥怔了一下,原来现实和屏幕里并不一样,眼前这张脸庞清朗生动,与二十岁的他相比,多了几分不同的味道。

肖樾看着她:"我想吃什么,你都会满足我?"

殷遥:"嗯,你想吃什么?"

他没答,只转头往前看了眼,说:"走吧。"

殷遥跟着他,走过古城公园,去了豫园老街。

他并没有要吃山珍海味,只领着她走进一间汤包馆。

肖樾确实是饿了,但昨晚刚生了病,今天上午也并不舒服,他食欲不怎么样,点了两笼汤包,没有吃完。

殷遥坐在对面,见他放了筷子,问:"你减肥啊?"

肖樾抬眼。

"我听说演员都要减肥。"殷遥笑了下,"我有个朋友,女演员,她吃得比鸟还少,说这是演员的职业素养,所以你们男演员也要减吗?"

肖樾眸光温淡地望着她:"你看我要减吗?"

殷遥摇头:"你身材很好。"

他不接话,喝了口水。

殷遥也不再问,起身过去结了账。

街上依然繁华热闹,出了汤包馆,肖樾问:"要逛逛吗?"

"嗯。"

沿路很多卖小工艺品、纪念品的店铺,小吃也很多,游人免不了要去看、去尝。

他们两个却很少驻足,在人群中一路往前,彼此之间仍保持着不近不远的距离,偶尔讲上几句话。

到了稍稍拥挤的路段,冲出几个玩耍追逐的小孩儿,殷遥没留心,被撞了一下,感觉身后有温热的手掌扶了她的腰。

她转过头,肖樾已经松手。

两人分别时将近十点,出租车先将殷遥送回去。她在酒店门口下车,扶着车窗探身看向里座。

肖樾也侧过头。

殷遥问:"你什么时候拍完戏?"

"还有两周吧。"

两周也不算很久,殷遥说:"好。"

她在非常昏暗的光线中看了他两秒,笑了一下,没有再说别的话,往后退远,关上了车门。

车很快开走。

殷遥转身走进酒店。

这个夜晚很不错,殷遥进房间时心情很好,如果没有薛逢逢的盘问,就更好了。但她今晚行踪委实诡异,即使是粗线条的人也会觉出不对劲,何况是洞察力一流的薛老大。

殷遥做好了心理准备,仍然被质问得毫无招架之力。

"我的直觉告诉我,你没有说实话。如果像你说的,只是一个很普通的新朋友,你至于一定要在今天见?撒谎都要逃去见人家?你完全可以通知对方,换个时间再约。这么多年来你在私事上可是放过我很多次鸽子,为什么这个人,你就要区别对待?"

薛逢逢眼神锋利,没有错过殷遥脸上一丝一毫的变化:"说明对你来说,对方比我还重要?这也叫普通朋友?那我算什么?点头之交?"

殷遥企图解释:"其实对亲近的人我会随意一些,关系一般或者不太熟的,会比较……"

"放屁吧,不熟的你理都不会理。"

殷遥:"……"

"老实交代吧。"

殷遥没有说话。

她也不明白,为什么此刻不愿意将肖樾的名字说出来,似乎他是她心里独有的一份隐秘存在,明明从前她和周束的事从没有瞒过谁。

薛逢逢见她这样,误会了,冷哼了声:"你这么遮遮掩掩,不会是梁津南吧。"

殷遥皱了眉:"当然不是。"

"最好不是,你沾上他就倒霉,清醒点。"

薛逢逢后来没再继续问,殷遥不知道她是不是已经认定那个猜测。

殷遥洗完澡,本要给肖樾发条消息,但一看时间,猜想他应当还在路上。

她回了堆积的邮件和一些信息,发现朋友圈有条更新,肖樾在一刻钟前发了一张被雨水模糊的车窗照片,彩色的霓虹留在玻璃上蜿蜒的水纹里。

殷遥走到露台,果然在下雨。不同于夏天的疾风骤雨,这种秋雨又凉又潮湿,连绵拖沓,不知要下多久。

殷遥发了一条消息给肖樾:下车时小心别淋雨,你到了告诉我一下。

肖樾没看到这条。他拍了那张雨窗照片后,合着眼靠在车里,不知怎么就睡着了,到了地方才被司机叫醒,头痛得厉害,结了车钱,回到房间倒头睡去。

第二天上午没有他的戏，闹钟也没定，他睡到很晚醒来，才看到殷遥的消息。

他不懂她从前对周束是不是也这样。

回北京后，殷遥面临了连轴转的半个月。

在这之后，薛逢逢做主搞了个团队活动，在京郊找个山庄，工作室成员集体去玩，也就是传统意义上的"团建"，为期三天。

殷遥待了两天，周六提前回了，因为黄婉盛好不容易回来跑宣传，有半天空闲，殷遥便见她一面。

两人约了在靳绍的酒吧碰面。

黄婉盛瘦了许多，殷遥看出她状态不怎么好，一问，才得知她和男朋友吵架了，据说吵得很厉害，濒临分手。

殷遥问她："因为什么吵架？"

黄婉盛也说不出个所以然，摇头笑笑："双方压力都太大吧。遥遥，我感觉这段日子都要喘不过气了，憋得慌。"

殷遥："他不想公开吗？"

黄婉盛笑笑没说话。

殷遥也不知怎么说，对这种事她没有经验，又了解得不多，只好问："你喜欢他吗？"

黄婉盛点头："喜欢啊。这年头，遇到个喜欢的多难，是吧。"

"是啊。"殷遥也赞同，"那……再争取一下？"

黄婉盛点点头："我也这么想。"

聊完这个，她说："不说我了，你怎么样，最近漫天都是梁、白两家的婚事，明天应当会很热闹，我很多朋友都收到了帖子，你们家也会有人去吧。"

殷遥说："是啊，我哥哥肯定会去的，他们曾经是好兄弟。"

"你哥哥那时不是因为你和梁津南闹翻了吗？"

"那又怎么样。"殷遥笑笑，"和梁家有利益往来啊。商人嘛，总是利益第一的。"

黄婉盛问:"你还好吧?"

殷遥"嗯"了声:"没事,也不是第一天知道他要结婚,没什么。"

黄婉盛低头笑了下,叹气:"你说,人的感情怎么就这么难?"

是在说殷遥,也是在说她自己。

殷遥也笑笑:"大概是因为没有遇对人。"

跟错误的人纠缠,自然是一地鸡毛,惨不忍睹。

傍晚,殷遥与黄婉盛分别,驱车回家。

出了电梯,看到门口那个身影,她的脚步停住了。

上一次见梁津南是在虹桥机场。

甚至不用问他是如何找到她住处,又是如何应付了门口的保安,在北京,他不缺手段。

梁津南看殷遥停在那儿,往前走一步。见她立刻后退了一步,他一僵,脸色有些苍白,眼神复杂地看着她。

他不说话,她更是紧抿着唇。

这栋楼一梯一户,不会有旁人来。

梁津南便就这样一声不吭地站着,面前只有短短数十步距离,如今像是隔了山海几重。

他们自小相识,殷遥十四岁没了母亲,同小姨远走美国,与所有人断了联络,除了他。那几年他与她恋爱,机票堆了几沓。他长她四岁,拿她当宝贝宠,她生病在电话里喊他,他听了不知多难受,坐深夜的红眼航班也要去看望。

他活了二十九岁,再没有这样对过任何一个女人。

梁津南终于还是往前走了一步,喑哑的声音说:"我只是来看看你。"

殷遥还是沉默,他的脸就越发苍白:"你不要这样子,同我说句话,行吗?"

殷遥于是开口,声音艰涩冷漠:"听说你明天结婚,恭喜。"

梁津南淡淡地笑了一声,眼中似有痛苦,自嘲:"我就知道你没有好话。"

殷遥看着他,声音低了下去:"你这样站在我家门口,真的没有必要,我今天好累了,想快点进屋休息。如果话说完了,可不可以请你离开?"

梁津南再说不出话来,从她身旁走过,到了电梯门口。

殷遥按指纹开门,正要进去,听他喊:"遥遥。"

她脚步没动,也未回头,几秒后,便又听得低哑的一句:"一切的事,都是我对不住你。"

殷遥径自进屋,关上了门。

十月十八日,梁津南和白迎迎大婚。以这两家的商业声望,婚礼自然是很轰动,殷遥当天没怎么上网,仅是看看朋友圈,也没能避开相关消息,总有那么几个受邀出席的人要晒一晒现场盛况。

殷遥晚上七点离开工作室,回家取了之前买的礼物,去找肖樾。

她知道他前天已经从上海回来。这段时间,他们一直有些联系,不太频繁,他回消息也不甚热情。

这期间,他的生日过掉了。

她记性不怎么样,明明上次搜他资料看到过,结果还是忘了,一句"生日快乐"也没说,隔了两天才记起,便买了礼物,打算等他回来补送。

殷遥把车开出去,才想起没有提前问他在不在家,转念一想又觉得没关系,横竖她今天空闲,又懒得做其他任何事,他若不在家,她便等等好了。

一路堵车,殷遥也不着急,她今天真的不赶时间,车里放一首老旧的德语情歌,一路听过去。

结果真被她料中,肖樾果真不在家,她在门外敲了两分钟也无反应。

殷遥索性下楼,独自在周边闲逛,很巧,附近有家饼屋,有新出炉的巧克力蛋糕卖,她临时起意,顺手要了一个,提着蛋糕重新回到肖樾的门外。

肖樾九点多回家,在门口捡到个人,殷遥穿薄薄的灰色毛衣,靠在门和墙形成的角落里,低着头玩手机,脚边一个圆形小熊图案的蛋糕盒。

殷遥听到声响,抬起头,见是肖樾,立刻就笑了。

她收起手机,站直了身体:"好久不见。"

其实并没有多久,十九天而已。

进门后,殷遥发现他的屋里摆设有些变化,小沙发移到了墙边,显得客厅宽敞一些。

殷遥坐在餐桌边,肖樾拆开她带来的蛋糕。她没说为什么买蛋糕,他也没问。

他的头发比上次见到时要长一些,垂着头的时候,头发遮住了额,神色有些散漫。

殷遥问:"你今天去做了什么?"

"朋友聚了下。"

他切好一块蛋糕,放到她面前。

殷遥觉得他似乎又有些冷淡了,可上次在外滩江边他分明还对她笑了,在豫园老街散步时,也聊得不错。

她不明白,也懒得细想,低头吃蛋糕,眼睛随意地往四周看了下,看到桌角那个超市塑料袋,里头有他刚刚带回来的东西,蔬菜和肉之类的。

看来他会做饭。

她记起第一次在周束家见他,他说不会,给她叫了外卖。

殷遥料想他那时对她应该是没什么好印象,并不乐意多搭理她。

那现在呢?

肖樾将那袋菜直接塞进冰箱,顺手拿了饮料过来给殷遥。

她一直低头吃蛋糕,没再说话。

肖樾淡淡地瞥她一眼:"你不喜欢喝这个?"

殷遥抬头,看了看手边的饮料:"还行。"

肖樾也低头吃蛋糕。

浓郁的巧克力味儿,甜得腻人,他完完整整地吃完一块。

殷遥起身,把自己吃剩的蛋糕连同小盘子一起丢到垃圾桶。她走到前面落地窗边吹风,忽然有种感觉,今天来这一趟挺自讨没趣,他好像并不欢迎。

有了这个体认,也不好再多待。她转过身,走回桌边轻轻地对肖樾说:"打扰你了,我先走了。"

肖樾一愣,见殷遥已经拿起椅子上的包,走向门边。

他微蹙了眉,站了两秒,跟着走过去。

这处空间狭窄逼仄,头顶一盏玄关小灯,堪堪站两个人,显得拥挤又昏暗。

"我送你下去。"

殷遥说不用,可他已经站到门边。

殷遥看着他,忽然又迟疑,不太甘心就这样离开,但也不清楚究竟想从他身上得到些什么。她顺手把包放在窄窄的鞋柜上,取出准备好的礼物,递到他手里。

肖樾看了一眼,抬眸。

"生日礼物。"

见他没动,她走近一步:"不知道合不合适,我帮你戴吧。"

她又将东西拿回来,拆了包装,轻轻扣住他的左手腕,低着头帮他戴腕表。她身上极淡的睡莲香味儿萦绕在空气里。

也只是那么几十秒的时间。

"好了。"她松了手,抬起头。

肖樾视线微垂,静静地看着她,睫毛落下的影子映在他眼底淡青的皮肤上。

殷遥有些走神,她移开了眼,低头看向角落白墙,却在这时听到他低低的声音:"你对谁都这样吗?"

殷遥怔了一下:"怎样?"

他却又不说话了,微红的唇抿了抿,眼睛还是那样看着她。

殷遥想了一会儿,说:"你不喜欢吗?那我收回。"她去解他手腕上的表带,被他捉住了手。

殷遥推了他一把,他肩背靠到门上,温热的手掌仍然握着她。

肖樾的背碰到身后门板时,发出了不轻不重的声音,殷遥便又觉得自己刚刚那一下推得重了。可他面色没什么变化,看向她的目光依然含义不明,只是掌心的温度似乎又升高了,她的手被他握得发烫。

不得不说,男人的力量不能小瞧,但凡他不想松开,真是怎么努力都挣脱不了。

不知道他为何突然这样与她闹,她觉察到他有情绪,但那情绪源于什么,她并不完全明白,毕竟她此刻连自己的心思都不甚清楚。

即使说出口的话潇洒，做出的姿态也决绝，但梁津南大婚到底是影响了殷遥。她今晚无处可逃，不想见任何了解她旧事的朋友，这些天以来，那些如出一辙的关心她已经反复感受，今天不再需要。

她带着礼物来找肖樾，其中究竟有几分是逃避，很难计算。

或许殷遥的确也存有另一份心思，私心里觉得肖樾很不错，和他发生点什么也未尝不可。

然而，今晚他看起来情绪怏怏，态度也冷淡，可见并不乐意见她，现在倒好，还和她闹起了脾气。

殷遥何时哄过男人，和梁津南那一段虽然结局惨淡，但在相处时她总归是被宠的。周束就更不用说了，知进退，懂分寸，完全称得上"又乖又懂事"，这也是为什么她留了周束那么久。

还真没应对过肖樾这一类的。

殷遥看了他一会儿，到底还是朝他笑了笑："既然你喜欢的话，那我就不收回了。"

肖樾没有接话。

殷遥低头看了一眼，说："你抓得我好疼。"

肖樾目光微微一动，总算松开了她。

殷遥低头，一边揉着手指，一边很诚实地告诉他："那几天特别忙，我差不多每天都要通宵，就没记起你的生日，只好补送礼物了。"

这听起来像很诚恳的解释。

"你经常要通宵？"他总算重新跟她讲话。

殷遥奇怪地感觉到自己在听到他的声音时忽然轻松了。

"不是经常，"她抬起头，语气平和地说，"没有你们拍夜戏那么频繁。"

"你怎么知道我们拍夜戏？"

殷遥："上次在上海，我跟你说过我有个朋友，女演员，总是要减肥的那个，你不记得了？"

肖樾："有点印象。"

"她就总是要拍夜戏。"殷遥说，"我看你们挺辛苦的，你累吗？"

"还行。"

气氛明显缓和，两人在讲着话，却仍站在这狭小的地方。

肖樾先意识到了这一点，说："你现在要走吗？"

殷遥反问："你想让我走吗？"

"随便你。"他眉轻挑了下，淡淡地回她一句。虽然这么说，却没再去开门，也绝口不提送她下楼的事，径自走回客厅。

殷遥笑了一下，跟着走过去，说："那我再待一会儿。"

肖樾捡走沙发上的两件T恤，又将吉他拿到一旁，整个沙发都空了出来。殷遥自觉地坐过去，也不用他招呼。

肖樾去了楼上卧室，没过一会儿走下来，把手里的遥控器递给她。

殷遥靠在沙发上看电视。

她极少看电视，这会儿只是随意挑了个电视台，正在播放晚间电视剧，看上去像是个青春偶像剧，服装挺时髦，但里面的演员她一个也不认识。

肖樾在楼上的浴室洗了澡，换了宽松的长裤和灰色的薄卫衣，坐到沙发的另一边看剧本。

见殷遥调低了音量，他转头说："你看你的，不用调小声音。"

殷遥便继续看，偶尔转头看他，见他手里捏一支笔，时不时画一下，又或是写几个字。

他的姿势其实不怎么端正，背后靠了个抱枕，吹得半干的头发有些乱，整个人坐在那里安安静静的，不受干扰，仿佛她这个人并不存在。

殷遥觉得肖樾和周束真是不同，如果是周束，这会儿想必会有些顾及她，也许会努力想些话题陪她聊天，又或者弄些什么东西招待她。

十点过后，殷遥接到了薛逢逢的电话，她一时没防备，被突兀的手机铃声惊到，看到来电人，便走到阳台落地窗边接通电话。

薛逢逢劈头一句："你怎么不在家？跑哪儿去了？"

殷遥一愣，继而反应过来："你现在在我家吗？"

"你说呢？"隔着电话，薛逢逢的分贝依然不减，"我这不是想着今天这么个特殊的日子，怕你心里过不去，难受，想不开，一个人躲着哭多可怜，我想想就看不下去，特地赶来关爱你，你倒好，人都不见了。"

殷遥听到这些，一瞬间就有些头痛，平静地说："逢逢，我没有想不开。"

薛逢逢认定她是嘴硬:"你在我面前可以诚实点,今天一整天也没见你说几句话,食欲又不好,午饭才吃了几口,下午刚完工就跑没影了,连汀汀都看出来你反常,你还装什么坚强。说吧,在哪儿喝酒呢?我来接你。"

殷遥:"……我没喝酒。"

至于在哪儿,她当然没法说。

那头,薛老大已经没了耐心:"那你到底在哪儿?位置发过来,我去接你。"

"不用接,我自己开车的。"想到今晚回去要和薛逢逢一起睡,免不了又要说到梁津南,殷遥就很烦闷。

她知道薛逢逢真心在意她、担心她,关于她和梁津南的事,薛逢逢也是最清楚最理智的旁观者,可现在她就只想找个安静的地方待着,并不需要任何安慰。

想了想,殷遥做了个决定,说:"逢逢,我今晚不回来了,你不要等我。"

薛逢逢在电话那头一愣。

"我找了个酒店住,你别担心。"殷遥说,"我现在要睡觉,就先关机了。明天见。"

讲完,她挂掉电话,将手机关了机,走回沙发边。

肖樾看着她。

殷遥于是问他:"我晚上能不能借你的沙发睡?"

殷遥的问题,肖樾没回答,后来是她自己做了主:"那我当你答应了,我就睡这儿了,明天早上走,你不用管我。"

肖樾总不至于赶她出去。

睡前,他拿了一床薄被下来,殷遥还在看电视。

肖樾在沙发边站了一会儿,说:"要不,你去楼上?"

意思是他睡沙发。

殷遥拒绝了:"我不占你的床。"而且,他那么高,长手长脚的,哪睡得了沙发?

肖樾没再多说,转身上楼。

殷遥去卫生间洗漱。洗手台上放着一支新牙刷,她刷了牙,用了肖樾的卸妆水和洗面奶。幸好他们这一行的男人都不缺这个，刚好方便了她。

殷遥收拾完并没有睡觉，又回到沙发上，将电视换了个台。

她头一次看这么久的电视，至于看了些什么也不太清楚，就觉得听着声音挺放松的。

凌晨一点多，殷遥睡意沉沉，摁了遥控器，扯了薄被盖上，迷迷糊糊地睡着。

沙发毕竟不够宽，随意翻个身，被子就滚掉了。

夜里降温，她也睡得无知无觉。

肖樾清晨醒来，天还未大亮。

他换了衣服下楼，客厅里仍是一片昏暗，深灰色的窗帘拉得严严实实。

肖樾开了墙边的落地灯，调到最低的亮度，看到被子落在地板上，沙发上的人正睡得昏沉，她毛衣没脱，微微蜷着身体，面朝向里边，凌乱的长发盖住了半张脸庞。

肖樾过去拾起被子，重新给她盖好。

殷遥在睡梦中似有所感，忽然翻了个身，又把被子弄掉一半。她脸庞朝向了这一边，肖樾看到她的眉心微微蹙着，似乎不太舒服。

他重新把被子拉上来，盖住她的手臂。殷遥身体动了动，不知怎么就醒了过来，她混混沌沌的，在落地灯暗黄的灯光中睁开眼，有些恍惚，像是认不出眼前的人似的，看了几秒，忽然伸手摸了摸肖樾的脸。

肖樾往后退，她已经勾住他的脖子，头抬起来，在他左边脸颊亲了一下，大约是太困了，亲完就靠到他脖颈边，轻声说了句："早啊。"

微微涩哑的声音含糊又温柔，像在梦里说话。

殷遥再次睡醒，是闹钟响起的时候，外面天已经很亮，太阳也已升起，透过窗帘的缝隙漏进一束窄窄的光。

殷遥模模糊糊地摁掉闹钟，看了一眼时间，早晨七点半，她立刻起身，发现微信小群里，薛逢逢已经发了工作消息过去。

算了下时间，从这边赶到工作室，如果路况好，应该不会迟到。

殷遥一分钟都不敢耽搁，飞快地刷牙洗脸。

收拾好后，她拿起包就要出去，将门开了一半又突然回头，在茶几上找到笔,没看到便笺,便将字写在了肖樾的剧本封面上:我工作去了。

末尾留了个"Yin"。

肖樾回来没看到殷遥,并不意外,她昨晚说了早上要走,即使她没说,不告而别这样的事也很符合她的作风。

肖樾独自吃早餐,多买的那份后来也没浪费,因为他的助理小山来了。

肖樾没有生活助理,小山是他的经纪助理,主要是管他工作方面的事。

他们公司内部管理混乱,小山进来的时候是公司的实习生,本来要做的是生活助理,不需要多少专业经验。不巧,当时负责肖樾的执行经纪突然离职,他就被莫名其妙安排上了,就这样角色不明地跟了肖樾两年,跑组、宣传什么都做,去年考了演出经纪人资格,现在也算有个名义上的经纪人身份,只是工作内容依然没变。

小山是个淳朴的乐天派,积极乐观,做事踏实,对待自己一入行就接手的这么一个艺人掏心掏肺,他大早上赶过来就是为了告诉肖樾拿到了一个很不错的角色。

"我就说了,你那场戏试得特别棒!那几个都没你长得好,演技又那个鬼样子,只要导演不瞎都知道要选谁,嘿,看来这导演眼睛还真挺亮堂的哦!"小山兴高采烈,两口就把粥喝完了,"你是不是知道我要来,这早饭都给我整好了!"

肖樾如他所愿地点个头,小山更高兴了:"嗨呀,太体贴了。"

肖樾将餐桌留给小山,上楼拿了昨天换的衣服下来,丢进洗衣机,转头看到旁边置物架的隔板上有一串女式手链,是殷遥的。

肖樾看了两眼,将手链收到手里。

小山已经吃完东西,站在沙发那边拿着肖樾的剧本看,见他出来,叫道:"这是谁写的?"

"不是有编剧的名字?"

"哎,不是!我不是说编剧,"小山拿着剧本过来,指着封面上,"你看你看,就这字,这、这……女孩儿写的吧!这不是你的字啊!"

肖樾的视线落在他指的地方,微微一愣。

寥寥几个小字，秀气清晰，只是署名十分潦草。

小山口中念念有词："这个是Y……Y什么？Ym？"

他还没分辨清楚，手中剧本被肖樾一把抽走。

小山更觉得有猫腻，好奇地问："这是谁啊？"

肖樾不答，小山便说："你是不是谈恋爱了啊？其实谈恋爱也没关系的嘛，不要这么紧张。"反正公司也没明文规定不能谈恋爱，谈得低调点就好咯，只是挺好奇肖樾是和谁谈，这么久也没发现他对哪个女孩儿有意思。

小山还想再问，突然打来的一个电话阻挠了他。

公司要开急会。

小山顾不上打探八卦了，匆匆忙忙地离开。

得知殷遥并非不告而别，肖樾不大想承认，可他心里的确有点舒服了。他坐到沙发上把玩着她的手链，看出是旧款，有明显的磨损，起码戴了五年以上。

玩了一会儿，他又没了兴致。

她不缺钱，这么旧的东西还留着，只可能是很重要的人送的。

又想起早上，她在这里亲了他，当时那样子显然是将他当成了别的人，而她自己一定又浑然不记得了。

她总是做这种不认账的事。

殷遥一直忙到中午，午饭后休息时才发现手链忘拿了。

她在微信上问肖樾有没有看到她的手链，但是直到傍晚收工都没有收到回复。

殷遥以为他有事在忙，没有看到。她晚上留在工作室做事，结束后给肖樾打语音电话，过了好一会儿才接通。

肖樾似乎是在外面，能听到他那头喧闹的杂音，他的气息声在电话里也有些明显。殷遥问："你不在家吗？"

他"嗯"了声："在外面。"低沉的几个字夹在风里。

"哦。"殷遥说，"我的手链好像落在你家里了，你有看到吗？"

"看到了。"

"那我过来拿一下，你什么时候回家？"

那头沉默。

殷遥疑惑："肖樾？"

"我在朋友这儿打球，离你工作室不远。"他声音淡淡的，"你的手链在我身上。"

这意思很明显，她想要，就过去拿。

殷遥只好说："给我发个位置吧，我现在来找你。"

挂了电话，殷遥看到肖樾已经发了消息来，就一条，除了一个定位图，多一个字都没有。地方确实不远，是个室内篮球馆。

殷遥开车过去大约二十五分钟。

周围停车方便，她给肖樾发了消息，坐在车里等他。

五六分钟后，看到对面门口出来个人，身量颀长，穿纯黑的运动帽衫，裤子和鞋也是同样的黑色。

他穿过人行横道走过来。

殷遥开了车内灯，将车窗完全降下。

他走近，殷遥便感觉到一道阴影投过来，遮住了大半的光。

肖樾站在车窗外，没说话，手掌在她面前摊开，她便看到自己的手链。

她伸手拿过来，对他说了声"谢谢"。

"不用谢，你为条手链跑过来也不容易。"

他语气冷淡，殷遥甚至从中听出了一点轻微的嘲讽。她抬头，见他站在原处，低着头，居高临下地看她，表情不太清晰。

隔着一道车门，这样讲话实在不方便，殷遥问他："你要不要上车坐会儿？"

肖樾站了两秒，绕到另一边，开门坐进了副驾。

殷遥低头往左手腕上戴手链，神情很是认真。肖樾瞥了她一眼，面沉如水，唇微微抿紧。

"这么宝贝，前男友送的？"

殷遥一愣，侧过头看向肖樾。这样近的距离，借着车内灯能看到他额发被汗浸得半湿，眼睫似乎也是，显得眼睛更黑。

两人对视着。

车里气氛明显凝滞。

窗外的风倒是更大了些,吹得树叶簌簌作响。片刻后,殷遥先别过了脸,目光看向正前方:"是我妈妈送的,她已经去世十一年。"

肖樾一怔,愣住了一秒。

殷遥说完低了头,没再多讲其他。

车里安安静静,前面马路上驶过一辆辆的车,声音近了又远。

半晌,肖樾低低地说了一句:"对不起。"

他是真心道歉。

殷遥转头看看他,摇头说:"没关系。"

他那句话确实问得令她意外,但她并没有生他的气,连她自己都觉得奇怪。

静默几秒,殷遥对肖樾说:"昨晚谢谢你收留我,我睡得很好,我给你留了字,看到了吗?"

肖樾点头,语气明显缓和了:"看到了。"

殷遥又问:"你怎么跑这么远来打球?"

肖樾:"之前约好的,有几个朋友。"

"哦,我以为你特地给我送手链呢,都带在身上了。"殷遥目光不明地看着他,似乎想从他脸上找到些什么,停了一下,她忽然说,"你今天不回我消息,是没有看到,还是不想理我?"

答案当然是后者,但肖樾没有回答。

殷遥看着他的表情,也就明白了,低头笑了笑:"你讨厌我啊?"

她问出这个问题,看到肖樾的眸光明显有些变化,但他依然不给答案,沉默过后淡淡地反问:"问这个干什么?我是不是讨厌你,重要吗?"

"重要啊。"殷遥抬起头,看进他漆黑的眼睛里,"前男友的东西没什么好留的,我都扔了,你信吗?"

肖樾被她的眼神看得怔了一下。

殷遥却在这时又靠近了些,轻声问:"我早上是不是亲了你?"

她清楚地看到他的表情变了,沉静的眼睛里有来不及掩饰的惊讶和其他的情绪，她便知道了，那不是梦。她真的亲了肖樾，即使并不是有意的。

现在谴责自己已经没有意义。

也不知是不是肖樾的眼睛蛊惑了她，她一鼓作气地说："你不要我负责吗？"

风似乎在一瞬间停了，树叶也不再吵闹，这短暂的几秒，只听到对方的呼吸。

殷遥心口微热，等了片刻也无回答，一时进退两难。她微微低头，手腕忽然被握住，肖樾将她往前拉了一把，低头亲了过来。

这个吻虽然起势有些凶狠的意味，但在真正碰到殷遥时已经大打折扣，甚至有点温柔。也许是刚运动过，他身上有种热腾腾的气息，轻易将人裹挟。

殷遥想伸手去搂他的脖子，可手腕被他拉着，她动一下，他就握得更紧。

和殷遥早上那个蜻蜓点水的吻比起来，他要厉害多了，殷遥只能通过隐约感觉到的急促心跳判断他其实是紧张的。

等他亲完，殷遥的身体已经热了。纠缠的呼吸分开，他湿热的唇在她脸侧停了片刻，松开了手。

殷遥别开脸，调整呼吸。

肖樾低头喘了口气，说："要我负责吗？"

殷遥："……"

她不由得失笑，眼睛弯了弯，不答他的话。

肖樾温热的目光看着她。

车里有种异常的静谧。

但这静谧没有持续多久，肖樾的手机突然响了。他摸出手机接通，是他场馆内的朋友打来电话，问他跑哪儿去了。

电话里那人嗓门过大，东北腔，咋咋呼呼："哎，咋地，转个眼，你人就没啦？我琢磨着这儿都是一群大老爷儿们，也没个女妖精，谁把你小子勾走了？说吧，在哪个盘丝洞呢，哥们儿去救你。"

声音一清二楚。

殷遥听得笑出一声。

肖樾转头看她一眼，告诉电话那头的人："你们先玩，我有点事，晚点过来。"

他跟朋友讲话，语气有种随意自然的懒散，讲完也不等人家应声，一下就把电话挂了。

殷遥饶有兴味地看着他，眼里有淡淡的笑意："你朋友挺有意思。"

肖樾"嗯"了声，也不躲她的目光。

窗外的风吹了许久，他汗湿的头发已经干了，脸庞在灯光下更显得清俊，让人忍不住要多看一眼。

不可否认，刚刚那个瞬间，他们都放任了冲动，那么冲动之后呢？会后悔吗？

殷遥不知肖樾怎么想，但她是不后悔的。

也许之前尚有几分踟蹰，但此刻已经觉得这一步走得不错，至少她坐在车里，和他一起吹着晚风，有种奇特的安宁感。

殷遥问肖樾："你不过去和朋友玩吗？"

"不急。"他像是在等她说点什么，又像是单纯想在这里再坐一会儿。

"你最近不用拍戏吗？"殷遥说，"昨天好像看你在看剧本？"

"嗯，过几天进组。"

"过几天？"

"二十二号走。"

殷遥想了下，今天是十九号。

"这次去哪儿？横店？"

"杭州。"肖樾告诉她，"这次是时装戏。"

殷遥点点头，停顿了下，说："那我只有两天可以见你了。"

这话让肖樾的眼神起了些变化，他嘴角微不可察地扬起一点，然后若无其事地应了声："嗯。"

殷遥似乎在思索什么，说："可我明后天都有拍摄，晚上见你，好吗？"

肖樾点了头："好。"

殷遥便笑着说："好了，那你现在先去陪你朋友吧，我不想被当作蜘蛛精。"

肖樾顿了一下，也笑了。

他在她面前鲜有特别明显的笑容,除了在上海那次,这是第二回。殷遥觉得真奇怪,他不笑的时候挺清冷,天然与人有种距离感,一旦像这样笑起来,又眉目疏朗,眼里藏着星河似的,每一次都惊艳。

　　她光明正大地欣赏,然后夸了一句:"你这样很好看。"

　　殷遥的夸赞坦诚真实,只是过于直接突兀。肖樾看了她一瞬,不甚自然地移开目光,看向车前放置的一个小小毛绒猴,他伸手将那小猴拿过来,放在手里玩了会儿,又放回原处。

　　"那我走了。"他侧过头说。

　　殷遥点了头。

　　肖樾打开车门。

　　殷遥轻轻地拉住他的袖子,指了指他玩过的小猴:"那个要不要带走?"

　　话里戏谑明显,问完看着肖樾的表情,她眼里又有了笑。

　　肖樾这时探过身,在她脸侧亲了一下,什么也没说就下了车。

　　殷遥看着他走过人行横道,到了那一边,他回过身,朝这里看了一眼,然后走了进去。

　　半分钟后,手机里来了一条新的微信消息——

　　肖樾:开车小心。

　　殷遥笑着回复:好。

　　到此刻为止,谁也没有正式说什么,可这个晚上的愉悦一分一毫都无法作伪。

第三章

你怎么知道我不想你

殷遥挑了首曲调轻快的英文歌,一路听歌回家。

其实路途比平常更远一些,但莫名觉得时间过得好快,没有多久就到了。

殷遥坐电梯上楼,走出电梯便是一愣,和前天一模一样,有个人站在她的门口,只是这回不是梁津南,是她的哥哥谢云洲。

殷遥五个月没见他了,乍一看到,真有点儿愣,甚至没找到话说。

"傻站着做什么?"谢云洲瞥了她一眼,皱了眉,"你是不吃饭还是怎么回事,瘦成这个样子。"

殷遥看他一身精致西装,连领带都系得好好的,猜测他应该是忙完公事直接过来的。他天生适合穿这种正装,身形挺拔,脸也算英俊,难怪脾气那么臭也有女人前赴后继。

"我没有不吃饭。"她答了一句,没有多余的话说,走过去开门。

她进屋,指了指沙发:"你坐吧。"

谢云洲根本没理她,径自在客厅走了几步,环顾一番,认真程度活像下乡视察危房的领导。

殷遥也不理他,把包一丢,进了洗手间。等她出来,总算看到谢总已经在沙发上就座。这人从小养出一身矜贵气,坐在那儿都和旁人不一样,像是等着人上前伺候似的。

殷遥从冰箱里拿了罐装咖啡放到他面前的茶几上:"不好意思,没烧热水,也没有你家里那种高级咖啡机。"

谢云洲看了她一眼,眉又皱了。

殷遥也不管他的脸色,说:"你不喝那我喝了。"

她开了罐,坐到沙发另一边:"你来我这做什么?"

谢云洲脸色沉冷:"我不能来?"

"我又没说你不能来。"殷遥语气冷淡,"你不是很忙嘛,我怕耽误你日理万机。"

谢云洲哼了声:"冷嘲热讽的功夫倒是见长。"

"比不上您。"

两兄妹互相讥讽一通,脸色都不好看。

气氛僵了一会儿,谢云洲先开了口,语气有所缓和:"明天我叫老高给你找个人,过来照顾你,收拾屋子做个饭。"

殷遥一口拒绝:"我不需要,我又不是大小姐。"

谢云洲蹙着眉头,脸色僵硬。

"我每天都工作得很晚回来,不在家吃饭,没你活得那么精致,"殷遥声音低了点,"谢谢你的好意。"

"随你的便。"谢云洲气大了,拂袖而去。

屋里安静下来。

殷遥起身,拉开整排的落地窗帘,在窗前站了一会儿,视野之中是无数灯火。她看了几分钟,转身去洗澡,快洗完的时候,听到手机铃声,她裹着湿漉漉的头发,赤脚走出来。

语音电话接通,听到肖樾的声音:"你到了吗?"

殷遥心情好了点:"嗯,我到了啊,你呢?"

"在车上了。"

"那还要多久?"殷遥一只手拿着手机,另一只手不断抹着顺着头发滑到脸上的水珠。

"十分钟吧。"

"哦。"

说到这里本该要挂了,但肖樾却没提,他视线跟随窗外霓虹移动,随口问道:"你在做什么?"

殷遥一脸的水珠,抬手抹了抹脸,说:"我刚在洗澡,还没洗完呢,就听到电话响了。"

电话那边静了一下,几秒后殷遥听到肖樾说:"那你去洗吧,我挂了。"

"好,注意安全。"

"嗯。"

这天晚上,殷遥收到了肖樾主动发来的"晚安"。她回复后,他又发了一条:手机号。

殷遥:?

肖樾:我没有你手机号码。

殷遥明白了,当初是她通过周束加到他的微信,他们至今还没交换过联络方式。

她将号码发过去,肖樾回复了他的。

殷遥将那串数字存入通讯录,输入他的名字。

刚输完,手机就振了起来,来电界面显示"肖樾",她点了接听:"怎么了?"

"……手滑。"

殷遥:"……"

她笑了出来,从沙发上起身,往卧室走:"怎么不说话了?"

电话里静了片刻,隔了几秒,听到他微低的声音在那头问:"明天看电影,行吗?"

肖樾的话让殷遥感到意外。

她觉得肖樾是她很难用眼睛去预判的那种人,明明看上去冷淡疏离,好像对什么都不会过分在意,偏偏又有跟她闹脾气较劲的时候,而且较起劲来还挺有胜负欲。她最初觉得这人矜持被动,一定很难取悦,可现在他却主动约她看第一场电影。

这感觉有些奇特,也让殷遥觉得有趣。说起来,他们认识不到五个月,她对他知之甚少,还有待继续了解。

至于看电影的事,殷遥当然不会拒绝他。

第二天有一整天的活儿，棚拍加外景，上午结束后殷遥草草地吃了东西，下午整个拍摄组在几条胡同间辗转，收工时间比计划中晚了半小时。

回到工作室天已经黑透，殷遥在餐厅吃完东西，没歇上几分钟，又被薛逢逢召去开一个临时讨论会。

殷遥一边听薛逢逢讲，一边低头瞥手机，已经过了七点。

她和肖樾约在七点半。

原本打算收工后回家换身衣服，因为有外景拍摄，为了方便活动，她今天穿得很随意，毛衣和牛仔裤，加上平跟鞋，怎么看都不是约会的打扮，但现在回家换衣服显然来不及。

薛逢逢火眼金睛，殷遥只不过走神了两分钟也被她看出来，她手伸过去，严肃地在殷遥面前敲了敲："想什么呢？"

殷遥仿佛开小差被老师抓住的学生，立刻集中精神。

等这个会开完，时间只剩下十分钟，只够殷遥补个妆。

汀汀下班前找殷遥签字，恰好看到她在涂口红，问了句："要出去啊？"

"嗯。"殷遥给她签了字，向她打听，"薛老大走了没有？"

"没走吧，刚刚还在呢。"

汀汀刚走，殷遥就收到肖樾发来的消息，他已经到了。

她避着薛逢逢，离开工作室，看到停在外面路边的出租车，上前拉开后车门。

殷遥坐进来，肖樾又闻到熟悉的睡莲香味儿，很清淡。

她好像只用这一种香水。

车驶入道路，肖樾问她："吃过饭了？"

"嗯，吃了。"殷遥侧过头，车里是暗的，只能借沿路灯光看一看肖樾。其实昨天才见过，时隔不到二十四小时，他的脸庞当然不至于有什么变化，但殷遥发现他今天戴了副细框眼镜，挺好看，只是那种清冷感显得更重了点。

殷遥问："你近视啊？"

肖樾点头："轻度的，不影响。"

"那怎么戴眼镜了？"

"不是要看电影吗？"肖樾说，"买的座不太靠前。"

他声音淡淡的,回答得颇有些正经。

殷遥笑着看他:"所以说,你今天是奔着电影来的?"

肖樾微挑了下眉,顺着她的话说:"不然呢?"

殷遥当然听出他是故意的,眼里笑意不减:"哦,我懂了。"

肖樾选的地方离殷遥的工作室不远,不到一刻钟的车程。

商场人来人往,喧闹得很。

他们径自去二楼影院,选的是一部国外的悬疑片,时长两小时。

进去前,肖樾问殷遥要吃点什么,她只要可乐,他去买了两杯。

放映厅里已经快坐满,殷遥跟在肖樾身后,台阶很暗,他将手伸过来,殷遥便拉住,随他往后排走,找到位置坐下。

看电影时,两人都很安静,没有交谈。这片子前半段节奏不错,后半段就崩了,拖沓无聊。殷遥今天起得早,一整天忙下来累得不轻,离结局还有四十分钟的时候,她有点儿撑不住,睡着了。

肖樾盯着她看了一会儿。

殷遥歪着头,脑袋靠着椅背,长长的头发铺在右侧肩膀上。

她的呼吸很轻,从始至终,姿势都没换一个。

电影散场时,放映厅里的灯亮了,周围嘈杂吵闹,殷遥醒了过来。有短暂的片刻,她是完全蒙的,揉着眼睛问:"发生什么事了吗?这么多人……"

肖樾难得看到她这么傻的样子:"现在在哪儿,你知道吗?"

殷遥赖在座位上缓了缓,渐渐地从恍惚中回神,记起来:"啊,电影完了吗?"

肖樾:"嗯,完了。"

殷遥反应过来,顿觉愧疚:"对不起,我睡着了。"

他只说没事。

离开影院,走出商场,晚风一吹,殷遥那点残存的睡意很快消失,整个人清醒起来。

穿过一片小广场,沿着石阶走去道路,肖樾在路牙边停步,回过身:"你现在回去吗?我叫个车?"

一株行道树遮住路灯洒下的光,他恰好站在阴影里,殷遥无法看清他的表情,只觉得今晚自己似乎扫了兴,不知他是否有些失望。

真是奇怪,昨晚他们之间的气氛分明很好,怎么今天反倒有种莫名的生分。

这难道是冲动之后的冷静?

殷遥不知肖樾是否有同感,但这让她觉得不太舒服。

她想补救,便说:"要不我们走走吧,也不算远。"

肖樾:"你不累吗?"

"我不是已经睡了一觉?"

"也是。"

也许是看错了,殷遥觉得他讲这句时好像笑了。

他们在深夜的路灯下沿着人行道往前。

殷遥主动提起那部没看完的电影,问后续如何。肖樾寥寥几句给她讲明剧情,比电影本身更吸引人。殷遥听完,说:"你果然是为了电影来的。"

这是之前在车里调侃他的话。

肖樾朝她看去,她这时走上路口的斑马线。

对面显示红灯。

她停下脚步,侧过头说:"可我是为你来的。"

这分明是另一句调侃,可她的声音在夜风里显得过于温柔,轻易让人失神。

对面跳了绿灯。

殷遥伸手牵他:"走了。"

短短四米斑马线,转眼走完,殷遥没有收回手,过了一会儿,发觉肖樾轻轻地将她的手指握住了。之后,他一直没松开,殷遥便觉得自己的左手热了一路。

好时光总是过得飞快,原本一刻钟车程的路,走完居然也没费多久。

这个时间,大家都已经下班,夜色里的 Yin Studio 一片宁静。

肖樾送殷遥进去,殷遥看了看空荡荡的办公区,临时起意,问他:"要不要上去坐会儿?"

肖樾："方便吗？"

"方便啊，只有我们两个，当然方便。"说完觉得这话怪怪的，听起来像要拐他过去做些什么似的，她便又解释，"我没别的意思，就是……也许可以喝杯咖啡？"

肖樾没有拒绝，殷遥带他上楼，去了自己的办公室。

她是真的要给他冲咖啡。

殷遥的办公室不小，设计感是有的，只是简洁得过分，色调以灰白为主，走进去只觉得"空"和"冷"。

肖樾坐在沙发上，翻看手边的一本时尚杂志，抬起头时，看到殷遥在茶水间忙碌。他起身走过去，站在门口看着。殷遥端了热咖啡走来："可能没汀汀泡得好，你将就一下。"

"汀汀是谁？"

"我助理。"

肖樾接过杯子。

殷遥看着他的唇："小心烫到。"

肖樾尝过之后说："不错。"

"真的？"

"嗯。"

他又低头慢慢地喝一口。

两人就站在这一处，一个喝咖啡，一个看着，其实有点儿傻。直到一小杯咖啡喝到快见底，殷遥才说："不过去坐吗？"她指指沙发。

"我该回去了。"肖樾稍稍垂眸，目光落在她白皙的脸庞上，"有件事和你说。"

"什么？"

"昨天我说二十二号去杭州，现在改了，明天要走。"

殷遥一愣："明天什么时候？"

"上午。"

殷遥顿了顿，没有说话。

肖樾将她的表情看进眼里，似乎研究了一番，然后淡淡地问："你舍不得我吗？"

殷遥回他一句："其实也没有多舍不得。"

肖樾盯着她看了片刻，眼里明显有了笑意。

殷遥有点儿恼火，将他往后推了一把，他的身体贴到门框上，殷遥抬手摘掉了他的眼镜，踮脚亲他。

这一出实在突然，肖樾还真没有防备，他后退时脚碰到地板收口处的扣条，甚至趔趄了一下。

殷遥觉得他的唇又热又柔软，她尝到咖啡的味道，也赞同他那句"不错"的评价。

她认为肖樾应该也不讨厌被亲，因为他并没有反抗，到最后甚至还有所回应，不仅低头迁就她的身高，还轻轻抱了她的腰。

殷遥于是抬手搂住肖樾的后颈，与他更亲近。他的嘴唇是湿润的，身上的气息清爽干净，颈后皮肤的温度缓缓升高。她想感受他的一切。

今晚的约会到此刻为止，殷遥才觉得不算虚度，弥补了电影院里被她睡掉的那部分。

整片办公区阒然无声，喘息的声音因此清晰可闻，发酵成不可避免的旖旎氛围。

这大概是殷遥在这里做过的最放肆的事。

放肆完了，她低头缓了缓，靠到另一边的门框上，脸颊的红晕未退，眸中像浸了些潮湿的雾气，她手里还拿着肖樾的眼镜，好像拿着战利品一样。

与他对视的时候，她眼里内容丰富，有志得意满的狡黠，有迎难而上的挑衅，余下都是愉悦。

如果她再仔细一些，就能看到肖樾微微泛红的耳朵，只怕会更加春风得意。

呼吸平顺以后，殷遥才将眼镜递回去："还你。"

肖樾不接，她便放进他口袋，手被反捉住。本以为他要报复，却只是被他稍稍捏了一下手指。

"我走了。"有些郑重的语气。

殷遥于是也收敛："好，我帮你叫车。"

她这样说，便不管他拒不拒绝，为他叫了车，将人送到楼下，道别后，看他出门走远，身影没入夜色中。

殷遥回身上楼，走到台阶处，听到意料之外的一声："殷遥。"

她转过身，是肖樾突然折返，他站在自动打开的感应门外，脸庞清隽，微扬着眉梢说："你可以给我打电话。"

不需要他说这个，殷遥也一定会这么做，但她此刻的关注点不在这里，她惊讶于肖樾刚刚叫了她的名字。

这还是头一次。

殷遥走下台阶，朝他点头："好啊。"

肖樾没有多做停留，得到回应就走了。

感应门重新关上。

这几天于殷遥来说，原本可能会是不好度过的一段时间，但因为肖樾，她几乎没有去想梁津南，也隔绝了关于他婚礼的一切消息。热门话题一天一换，更迭频繁，一周后便再也看不到有人谈论梁、白两家的联姻，而小花程怡默疑似恋爱的消息成为近期的头条。

殷遥最初得知这事是午间吃饭时，无意中听见汀汀与两个拍摄助理聊天，但她没多关注，也没有兴趣。毕竟与程怡默的交集仅限于之前的那次拍摄，后来程怡默主动关注了她的微博，薛逢逢代她回关。殷遥有自己的私人号，不上这个挂着她大名的认证号，对此并不知情。

程怡默的绯闻发酵好几天，殷遥才后知后觉地发现八卦的另一个当事人她也认识，当红男演员凌凡。

在殷遥这里，他有另一个身份——黄婉盛的男朋友。

记者的偷拍照画面模糊，仔细看能辨认出的确是程怡默，但男方只有背影，有人通过他当天的服装深扒了一番，才将目标锁定凌凡。

男女主角都是有名有姓的一线演员，关注度自然低不了，新闻消息每天推送后续进展。

几天以后，程怡默和凌凡先后站出来辟谣，口径统一，只说是朋友。

网友吵吵闹闹，没个定论，随着时间推移，事情不了了之，往后旁人提起，也只会说程怡默曾经是凌凡的一个绯闻对象。

　　从始至终，殷遥没在话题里看到黄婉盛的名字出现，她微博最近一周无更新，朋友圈也是。

　　殷遥担心，想问一句，又想到她可能已经承受许多这样的问候。

　　十一月初，北京气温骤降。

　　黄婉盛新戏杀青，从厦门回来，殷遥傍晚收到她的消息，晚上驱车去机场接她。

　　天正下着小雨，寒气逼人，殷遥接到人，见她清减了不少，容色困倦。

　　黄婉盛上车便给殷遥递来个盒子："给你带了礼物。"

　　她总是如此，但凡换个新地方拍戏总要带点什么。

　　将人送回家，殷遥没立刻走，也不知道黄婉盛怎么想的，大晚上非要给她做沙茶面，连酱料都带了个齐全。

　　殷遥看她在厨房煮面，一举一动都温婉动人，觉得凌凡大概脑子有洞。

　　面做好了，殷遥坐在桌边吃。黄婉盛就在对面看着，她向来意志坚定，这个时间绝不会再吃任何东西。

　　等殷遥吃到一半，黄婉盛开口："你怎么都不问问我的？"

　　殷遥抬起头："你想说吗？不想说就算了。"

　　"在你面前有什么想不想说的？"黄婉盛的脸色并没有多沉重，甚至还笑了一下，"你肯定猜到了，也不是什么大事，分个手而已。"

　　"新闻里那些是真的？"

　　"谁知道呢？"黄婉盛笑笑，"他的演技可是被张导夸过的，骗骗我也未必很难，可我还得费力气去分辨，戏里同他飙飙演技是挺过瘾，戏外就算了，我嫌累得慌。"

　　她想得这样通透，殷遥也就没什么话好说，毕竟她的人生经验不足以指导黄婉盛，安慰人的功夫又不怎么样，于是闷头把面吃了。

　　黄婉盛看了看她，问："这么好吃吗？"

　　"还行。"

　　"你最近怎么样？没什么事和我说？"

　　于殷遥而言，薛逢逢是催人奋进的严师型朋友，黄婉盛则属于另一种，她不爱做评判,却乐意接纳,殷遥在她面前一贯坦诚,和肖樾的事也没打算对她隐瞒,但现在聊这个显然不合时宜,便没有提及。

她们说起了别的话题。

殷遥说:"忘了跟你说,你没猜错。"

"什么?"

"谢云洲……"她停顿了下,不大情愿地改口,"我哥哥,前段时间来了我家。"

黄婉盛立刻明白了:"我就说吧,你们两个犟脾气,先走下台阶的肯定是他。"

殷遥说:"你没看到他当时的样子。"

"什么样?"

"无法描述,就像视察扶贫项目,你想象一下。"

黄婉盛听得笑出来:"这么夸张?我想象不出来,你哥哥挺有意思,刀子嘴豆腐心。"

"你要是跟他相处了就知道,可不是刀子嘴那么简单,他嘴巴坏起来比我刻薄百倍,能讽刺得你怀疑人生。"

黄婉盛笑道:"你说得我都好奇了。"

殷遥见她好像开心了点,说:"有机会的话,让你体验一下。"

晚上十点,殷遥从黄婉盛家离开,取了车,先翻看丢在副驾的包,找到手机,果然有新消息。

她坐在车里给肖樾回复:我刚刚在朋友家,手机落在车里。

消息发出了,她也没走,车停在原处。等了一两分钟,有新消息进来。

肖樾:什么朋友啊?

他们最近聊天频繁,几乎每天都有联系,说话的语气已然熟稔许多。

殷遥回复:女性朋友。

肖樾:懂了。

聊天中回这么两个字,特别能终结话题,殷遥差点要问:"你又懂什么了?"

就在这时,肖樾的电话打了进来。

刚接通时，电话那头十分聒噪，有很多人讲话，夹杂着最近流行的一首网络歌曲的旋律，还有不太清晰的争吵，后来那些声音渐渐远去，很快消失。

殷遥说："你在哪儿？刚刚好吵。"

"在外面，在吃夜宵，我现在出来了。"

殷遥不清楚肖樾找了个什么地方打电话，听起来很清晰，有轻微的风声。

她调侃地问了句："你能吃夜宵啊？不怕胖吗？"

之前他们曾经讨论过一回，关于演员减肥的事，那时肖樾反问"你看我要减吗"，当时好像不大想理她的样子，这次倒是明确地回答："我没有胖，有做运动。"

哎，好像误解了她的意思。

"我知道。"殷遥笑道，"又没说你胖，你急什么。"

肖樾似乎有点无语，不再跟她继续这个话题，问道："你今天收工很晚？"

"没有。"殷遥说，"今天不算晚，天没黑就结束了。"

"那你微博……"

殷遥清楚地抓住了重点："你看我微博？"

"……"

电话里静默，他不回答。

气氛有点儿尴尬。

殷遥知道肖樾绝不会对她承认，不过，证据如此充分，也不需要他承认。她挺想笑，但忍住了，说："那微博不是我在用，是薛逢逢管的，她是不是又发了我深夜拍摄的花絮？"她直白地告诉他，"假的，那不是今天。"

"薛逢逢"这个名字，肖樾不是第一次听殷遥提起，知道是她的合伙人。

"她总干这种事，以后你别看那个微博了。"殷遥说，"我从来不上的。"停了下，说，"你不会关注了我吧？"

肖樾顿了下，眉微微蹙起："没有。"他的声音与情绪一样，突然就低了。

殷遥却没听出来，只说："那就好，你关注了，我也不知道，我现在连密码都忘了，没法回关你。"

肖樾听完就意识到他误会了殷遥，她并非那个意思，他心里又因此阴转晴，应了声"嗯"，说："我懂了。"

"嗯。"殷遥也应了一声。

两人忽然都没说话，电话里有几秒的静默。

殷遥想了想，说："你什么时候回来？"

"还不能确定，可能没那么快。"这部戏里肖樾戏份不少，最近因为有演员临时请假去跑宣传，剧组进度被拖慢，受到影响的不止他一个。

肖樾等了片刻，没听到声音，风却更大了。他转个身，背对着风口，抬手遮在话筒处："殷遥？"

"嗯？"

很奇怪，他每次叫她的名字，都会让她心头一动。

"你怎么不说话？"他不自觉地皱了眉，声音有些闷。

"没怎么，本来以为你应该快要拍完了，已经好多天了吧，"殷遥故意说，"你都不想我。"

这话刚说完，殷遥就被后面的汽车喇叭声惊了一下，她刚刚将车开出停车位，但没走，还特地看过，后面没车，现在不知怎么就冒出一辆，她挡了人家的道。

殷遥着急让道，匆匆地告诉肖樾："先不说了，我现在得把车开出去，晚点再找你。"

她挂掉电话，将车开走。

回去后，她把车停好，才有空再碰手机。

殷遥走进电梯，低头解锁，看到一条未读消息——

你怎么知道我不想你？

这条不到十个字的消息让殷遥顿了一下，忘了摁楼层，她停在电梯里，想象不出肖樾如果站在她面前，会以什么语气说这样的话。

他并非那种将甜言蜜语挂在嘴边的男人，更不喜欢频频表达自己的感情，殷遥甚少能从他口中得到一句好听话。

所以，他发这么一句，也的确值得她多看两遍。

今天还有一点也令殷遥意外，她没想到肖樾会看她的那个官方微博。薛逢逢管理出来的微博画风一定像打了鸡血一样，不用看都能想象到，走的应该是充满干劲热情勤奋的路线，有她努力工作的花絮，有转发合作方的微博，说不定还夹杂一些鸡汤。

不知道肖樾看到那些是什么想法。

因着这个由头，殷遥一时兴起，也想看看肖樾的微博，因此登录了停更很久的账号。她的私人号不公开，昵称也与本名毫无关系，没有任何与时尚圈以及人像摄影相关的内容，只放了一些工作之外拍的照片。

殷遥去搜了肖樾的微博，是认证号，很容易就找到。首页原创内容很少，大部分是转发的参拍剧集信息，发博频率不高，有时几个月才更新一条，底下评论区也有粉丝呼号"哥哥你怎么又消失了""你再不出来我就哭给你看"这种话。殷遥饶有兴味地往下翻，她之前不关注这些，并不了解，觉得很新奇。

原来现在的粉丝是这样表达喜爱的。

在肖樾微博逛完一圈，殷遥顺手点了关注。

周末两天，殷遥依然忙碌。直至新的一周到来，她继续兢兢业业工作了三个整天，从早到晚在薛逢逢面前保持勤奋乖巧的姿态，薛逢逢说什么，她一律点头称是，开讨论会也积极表达意见，薛逢逢被哄得心情舒坦，晚上吃饭时颇为满意地说："你这几天表现不错，挺让人省心。"

殷遥看她舒坦了，于是见机行事："有件事想问你。"

薛逢逢正喝着汤，头都没抬："问。"

"这个月有没有要往南边的活儿？"

"南边？哪个南边？海南？

"不用那么南，"殷遥说，"上海、杭州这些。"

薛逢逢说："月底上海倒是有一个。一个珠宝品牌，找了那个谁……沈菁，对，找了她做代言人。"

殷遥对这个代言人没兴趣，只问："方案谈好没有？"

"早沟通好了，是因为你这边最近没档期，我只能给压在那儿，时间还没定，说不定得拖到下月初。"薛逢逢回答完才觉出奇怪，"不是……你问这个干什么？"

平常从不主动问，今天却积极得过分，一看就不对劲。

殷遥想了想，说："你能不能帮我沟通下，提到这周？"

薛逢逢一愣，不知她葫芦里卖的什么药："你是不是忘了，你这周已经排满，哪儿来的时间飞上海？"

不对。

薛逢逢意识到被她带偏了，立即将重点拉回来："你什么情况？"

殷遥能有什么情况。

不过就是因为某人的一条消息，她这几天心心念念想找个机会去趟杭州而已。

但殷遥当然不能这么说，思来想去也编不出个正当理由，只好说："这周日的行程我看过，往后推一下应该没什么影响吧，我知道他家负责人和你交情不错。"

"没错，是没什么影响，就是我一个电话的事，但是，"薛逢逢逻辑清晰，目光犀利，"很明显，你还是没有回答我的问题。"

"……我想去吃上海菜。"

薛逢逢："……"

殷遥胡诌的理由当然不能令人信服，但鉴于她最近几天的表现，薛逢逢最后还是帮她调了行程。

这件事殷遥不打算提前告诉肖樾。

当她这么想的时候，已经意识到，她是想给他一个惊喜。

殷遥觉得有点儿神奇，她以为这辈子所有的激情已经在梁津南身上耗尽，她曾经想给梁津南一个最好的惊喜，所以在他毫无预料的时候回国，决定和他彻底结束异地，结果现实给了她当头一棒。

没想到现在她竟然还会有兴致做这样的事，真是神奇。

殷遥周六收工，晚上坐夜班飞机出发。在上海的拍摄只需一天，按照正常行程，她本该当天返京，但她没走，拍摄一结束，收拾好东西，一分钟也没耽搁，乘高铁去了杭州。

殷遥在途中给肖樾发消息，得知他已经收工，这时是晚上九点。

她这些天都在与肖樾联络，早已了解他们拍戏的那片范围，连剧组住的酒店都从他口中问到。

高铁到站,已经过了九点半。

殷遥坐上出租车,出站时外面在下雨,幸好室外温度与北京相比要高得多,只是连绵几天的雨水让空气变得潮润,夜晚如果有风,就会给人一种袭入骨髓的湿冷感。

殷遥白天工作时并不觉得冷,穿得不多,此刻坐在车里才觉得这风吹得人凉飕飕。

半个小时后,车到达酒店门外。

殷遥站在酒店对面的便利店门前,给肖樾拨了个电话。等了一会儿,电话接通,听到肖樾的声音,除此之外,还有水流声。

殷遥问他:"你在干吗?洗澡吗?"

"嗯。"他应了,"我关下水。"边说边折回浴室,关了花洒。

房间里安静下来,肖樾正要开口,听到电话那头响起汽车鸣笛的声音,紧接着就听殷遥问:"所以你现在光着吗?"

"……"

肖樾自觉地略过了这个问题,伸手拿浴巾擦身体。

殷遥没等到回答,叫他一声:"肖樾?"

他应了,问她:"这么晚,你怎么还在外面?"

"你怎么知道我在外面?"

"听到车声了。"

"哦。"殷遥说,"所以,你穿好衣服,能不能下来?"

肖樾一愣,拿浴巾的手顿住了,不确定她是不是在开玩笑:"你说什么?"

电话里风声明显,过了会儿,听到殷遥说:"我在你酒店对面,有点冷,我进便利店里等你。"

24小时便利店灯火明亮,隔绝了雨夜的潮湿和阴冷。

殷遥沿着货架走了一圈,在柜台旁的置物架前停下脚步,计生用品和糖果摆在一起貌似是所有便利店统一的陈列逻辑。

她拿了盒润喉糖,结过账,走到靠窗的窄桌边坐下,将行李箱靠在墙边。如果是白天，从这个位置可以看到对面酒店的大门，但现在因为反光，透明玻璃成了模糊的镜子，店外的一切都无法看清。

殷遥吃了颗糖，摸出手机放到桌上，一只手撑着脑袋，一只手划着手机屏幕，查看明天的班机信息。

她看得认真，连身后的脚步声也未察觉，直到身旁突然有阴影挡住了光，她转头，视线往上，看到一张英俊年轻的脸。肖樾穿黑色外套，里面一件白色线衫，头发还是半湿的。

"你怎么不吹头发？"殷遥仰着脸看他。

肖樾在她身旁坐下，没回答这个问题："什么时候来的？"

"就今天，给你打电话的时候刚下车。"

"从北京过来？"

"不是，从上海。"

殷遥抬手摸了下他的头发，又湿又冷："吹个头发才几分钟，我又不着急，你该不会是跑下来的吧？"她脸上带了点笑，半认真半调侃地看着肖樾。他好像清瘦了点，脸庞在暖白的光线下精致细腻。

肖樾没应声，视线在她脸庞上停了会儿，目光往下，看了看她身上的衣服，将外套脱下来给了她。

殷遥微微一愣，拿着他的衣服，看到他起身去拿墙边的行李箱，身上只剩件单薄的线衫。

"你不是冷吗？"见她没有动静，他侧过头说了句。

殷遥算是懂了，这人真是矜持得要命，连一句"衣服给你穿"都不乐意说出口。

殷遥跟在肖樾身后，站在斑马线外等红灯。他的外套穿在她身上，过于宽松，袖子多出长长一截。

红灯的指示数字从"5"跳到"1"，肖樾半侧过身，牵了殷遥的手，过了马路再松开她。

酒店前台的年轻姑娘正在忙着帮几位住客登记。

殷遥听见肖樾说："身份证。"

她朝他看去，眼中有些讶异："我不能跟你住吗？"

肖樾脚步微顿了下，侧眸觑她一眼，朝电梯的方向走去。殷遥紧跟着他，进了电梯，看他摁了楼层"6"。

殷遥靠边站定，看着电梯里的镜子，发觉自己穿上肖樾的衣服实在滑稽。她低头扯了扯衣服的前襟，抬起头，肖樾正看着她，只不过视线对上时，他很快地转开了。

殷遥好笑地说："你知道什么叫欲盖弥彰吗？"

肖樾神情有一丝僵硬，转开的视线这时又转过来，眉眼略微严肃地看着她："不知道，你解释一下。"

殷遥更觉得好玩，这回真忍不住笑了一声。她笑得有些开心，也不说话，露出洁白整齐的牙，眉眼生辉。

她感觉到，他们在电话里、微信上聊得多，聊熟了就比较自然，但这样见面是不一样的，有那么点生疏也很正常。

电梯"叮"一声响，六楼到了。

殷遥跟着肖樾出电梯，走到走廊尽头，看他刷卡开了门，将卡置入墙上开关内，房间里一瞬间亮起来。

她走进去，将包放到桌上，看了看整个房间，觉得他们这个剧组应该挺有钱。

屋里比较暖和，殷遥脱掉了肖樾的外套。

"我去下厕所。"她拿了包，往卫生间走，被他拦了一下。

"等会儿。"肖樾转身进去，将换下的衣服胡乱地捡了丢进脏衣袋，出来告诉她，"地有点滑，别摔了。"

"嗯。"

殷遥出来时，肖樾不在房间，电视开着，不知他做什么去了。

手机上倒是有条信息，叫她先洗澡。

殷遥到这时才觉得真的有些疲倦，她坐到小沙发上，身体放松下来，懒懒地瘫靠了一会儿，漫无目的地摁着遥控器，看着电视上节目不断变幻，最后停在一个益智类综艺上。等精神稍微好一点，她起身，打开行李箱找衣服，然后进了浴室。

洗完澡，肖樾已经回来了。

他站在前面窄窄的露台上，靠着栏杆打电话，像是在和经纪人谈工作上的事。桌上有份意面和一杯牛奶，都是热的。

所以他刚刚是给她弄吃的去了。

殷遥坐到床边擦头发，眼睛看着露台上肖樾的背影，见他握着手机讲话。过了一会儿，他侧过脸朝房间内看过来，视线在她身上停了停，又转了回去。

殷遥吹完头发，非常自觉地坐到桌边吃面。

她的确是饿了，面的味道很不错。

肖樾讲完电话走回来，殷遥吃完一口面，转过头看向他："谢谢。"

"慢点吃。"他在床边坐下，低头接收了小山发来的文件，点开看了一眼。

殷遥问他："你很忙吗？"

肖樾抬起头，说："不忙。"

"那你都不和我说话。"

肖樾顿了顿，似乎没有想到殷遥这么说。他微蹙着眉解释："没有不和你说话，你不是在吃东西吗？"

哦。原来他是这个逻辑。

殷遥搞懂了："那等我吃完？"

"嗯。"

虽然肖樾这么说，但殷遥看得出他今晚确实是忙的，因为没过一会儿，又有人打来电话找他。应该是剧组的人，他讲完电话说要去一趟五楼，会尽快回来。

殷遥自然不能耽误他工作，点点头，看着他出门。

后来，一份面全被殷遥吃干净了，一点不剩。肚子一旦填饱，人就容易犯困，她洗漱完，整套护肤工作都结束，肖樾还没回来。

殷遥不想就这样睡觉，坐在沙发上一边看电视一边等他，结果把自己看得睡意蒙眬，眼皮渐渐不受意志控制，睡了过去。

肖樾赶在十一半之前回到房间，看到殷遥以一种明显不太舒服的姿势睡在沙发里，她身上裹着酒店的浴袍，里头是件丝质睡裙，蜷着身体，浴袍下边露出一双白白的腿。

肖樾走近，她依然无知无觉，脑袋搭在抱枕上，乌黑的长发有些凌乱，有一绺被压在脸颊下。她卸了妆,脸还是很白,唇是自然的淡红色。

肖樾俯身将她抱起来,感觉到她的重量比他想的还要轻。

殷遥正在熟睡中,只微微动了下,脑袋本能地寻找依托,靠到肖樾的胸口,柔软温热的身体紧紧贴着他。

肖樾将人抱到床上,盖好被子。

等他去了卫生间回来,见殷遥已经换了个姿势,好像睡得不舒坦,脸颊微红,额上出了些汗。他迟疑了一下,然后掀开被子,帮她脱那件厚重的浴袍,刚替她解了腰带,褪掉一只袖子,就发觉她不知什么时候睁了眼,半梦半醒地看着他。她眼里像被水珠拂过似的,有种朦胧的潮润。

肖樾一愣,停了动作:"你醒了?"

殷遥声音温温地问他:"你什么时候回来的啊?"

"刚回来。"

殷遥撑着手肘想坐起来,肖樾扶了她一把。

殷遥将另一只半掉不掉的浴袍袖子脱掉,清醒了些,抬眼问肖樾:"我今天过来,是不是打扰了你?"

肖樾顿了下,干脆地摇头:"没有。"

"是吗?"殷遥这样低低地说了一句,目光看着他,"可我觉得你好像并不高兴,对我也很冷淡。"她这话说得稍微有点重,其实他不擦头发就跑下去,又将衣服给她,还弄了吃的来,怎么说也算得上细心体贴了。

肖樾听了这话,果然有些愣怔,唇微微抿紧。

"怎样叫不冷淡?"他看她几秒,眼神渐渐深了,像被激了一下似的,低头凑近,嘴唇停在她脸颊边,先是轻轻碰了一下,然后往旁边移,和她的唇挨到的时候,他胸口有些起伏,声音很低,是不太高兴的,"你也没有亲我,不是吗?"

他以为,她一见面就会亲他的,虽然便利店里不方便,但等红灯的时候明明可以的。

殷遥又一次没搞懂他的逻辑,所以冷淡=没有亲?

她想开口问,肖樾已经不给机会。

呼吸交错中,殷遥脑子一热,也顾不上什么逻辑,伸手抱住他,想咬一下他湿软的下唇，却没狠下心。

夜风从开了小半的阳台窗户钻进来，吹得落地窗帘胡乱地摇摆。

殷遥先推开了肖樾，别开脸喘着气。

"你是在……拿肺活量跟我较劲吗……"她脸庞泛红，气息十分不稳，显得有点无奈，但在看到肖樾笑了的时候，这无奈就没了。

真不容易。

殷遥想说点什么，最后却也是笑了一声，微微歪着头看他："高兴了？"她伸手触摸他漆黑的眉，"为什么那么不爱笑？笑起来多好看。"

她如此亲昵地碰他，语气也十分温柔，这种气氛会让人不自觉地放松下来。

肖樾任她触碰，视线始终在她身上，这时候才开口问："你去上海是工作吗？"

"是啊。"殷遥非常坦诚地告诉他，"本来是定在月底的，但我想见你，就调到这周了。我告诉薛逢逢，我想吃上海菜。"她眼睛弯了弯，倾身靠近他，"其实我对上海菜一点兴趣都没有。"

她靠得这样近，只要一低头就能看到一些不该看的，肖樾状若随意地移开了视线，说："今天累吗？"

"有点。"她去牵他的手，感觉他掌心很热，"你怎么了，这么热？"

肖樾："没怎么。"

殷遥注视着他："你是不是有点紧张？"

"我为什么要紧张？"他抬了抬眉，语气平静地说，"你不是累了吗？累了就睡觉。"

"好。"殷遥松开了他的手，"那你关灯。"

肖樾起身去关了灯，坐到床的另一边，掀开被子。

殷遥躺下来，在黑暗中握他的手，感觉到他的手心还是又热又潮。

她也不是没想过要和他做点什么，但真的不巧，今天不方便。当然，她猜想，肖樾应该也接受不了这么快的节奏。他看上去很慢热。

刚想到这里，殷遥就被轻轻地抱住了。

男人的身体很暖，胸膛坚硬，手臂有力。殷遥闻到他头发上很清淡的奶香味,她记得酒店的洗发露上写着"牛奶精华萃取"。

本来以为艺人都很讲究,这些东西都有自己专用的,原来他这么随意。

不过,这个味道不错。

殷遥想和肖樾说话,开口叫了他的名字,却听到他微微低哑的声音说:"你现在不要说话。"

殷遥:"……好。"

她真的就不再说话,也不再动,整个房间里过分寂静。

殷遥已经很久没有和男人躺在一张床上,确实有些不习惯,但现在这个人是肖樾,她并不想推开。大约是真累了,再不习惯也渐渐有了睡意。

意识陷入混沌之前,她似乎感觉到肖樾亲了她的脸。

不知他是不是松了手,殷遥恍惚中觉得身体一沉,跌进了梦里,隐隐约约听得含糊的一句:"我哪有不高兴?"

殷遥不知道自己这晚究竟何时睡着,身体按照她最近的生物钟在早上六点准时醒来。

房间窗帘是拉着的,外面没有雨声,但貌似依然是个没有阳光的阴天。

殷遥揉了揉脸,转头看身边的男人。他侧着脸,眼睛闭着,呼吸平稳。她在昏暗的光线中摸了摸他合在一起的眼睫,手指往下,轻轻地描摹他挺直的鼻梁。

这是她第一次看到肖樾熟睡中这样安静又毫无防备的样子,仿佛对他做什么都可以。殷遥忽然想到很早以前初次见他,他那样冷淡地与她保持距离,与此刻对比一下,很有趣。

她自问,那时候可没想过要将他拐上床。

人与人的缘分真是无法预料。

殷遥不再打扰他,轻手轻脚地起床。

在她快洗漱完的时候,肖樾也醒了。隔着一道墙,水流声不大,他躺在床上听了一会儿,眼睛看向亮着灯的卫生间。

过了片刻,他掀开被子坐起来,开了灯。

没刻意去看,但灯一亮,就不可避免地看到放在床头柜上的黑色文胸。

他顿了一下,移开视线。

殷遥洗过脸,做完护肤工作,走过来,正好碰见肖樾脱了那件睡觉穿的灰色棉T恤,光着上身,在拿挂在衣柜里的一件黑色衬衫。

他穿好衬衫,听到声响转过头,一边扣扣子,一边看她。

殷遥最喜欢他穿这种风格的衬衣,之前看他穿过两回,不那么正式,偏偏又有其他休闲款的衣服没有的感觉,好像那天在他微博下看到他粉丝的描述是:又酷又帅,又冷感又欲。

真佩服小女孩们的表达能力。

肖樾关了衣柜门,走过来,在柔黄的射灯光线里看她的脸。

"睡好了吗?"一夜过去,他没说过话的嗓子有些涩哑。

殷遥点点头,反问他:"你呢?"

肖樾也点了头。

殷遥看他眼下依然有些淡淡的青色,猜他这段时间可能也拍过夜戏。

一起睡醒后的一两句清晨对话,多纯洁都难以避免那么点暧昧。殷遥目光温温和和地看着肖樾,抬手帮他扣了还没扣上的那粒扣子。

"今天你要工作吗?"

"嗯,不过没那么早,八点半过去。"他站着不动,任她帮忙,垂着眼眸认认真真地看她,"你今天……"

"我十一点的飞机,所以八点多也差不多要走了,萧山机场好像不太近。"殷遥说完,注意到他的眼神黯了一下,笑了,"还有两个小时呢。"

其实两个小时算什么呢,一天的十二分之一而已。

肖樾没有说话,见她有绺头发乱了,几根发丝贴在脸颊处,抬手帮她理了一下:"早餐想吃什么?"

"都可以。"殷遥想了下,"三明治,牛奶?不,不要牛奶,我想喝咖啡。"

"好。"

肖樾洗漱完就出去了。

殷遥趁这个时间脱掉睡衣,换好衣服。今天杭州没下雨,但气温也不高,她套了件中长款的毛衣开衫,将行李箱收好,拉开落地窗帘,去露台舒展身体,靠在栏杆边呼吸新鲜空气。

这段时间她工作上绷得很紧,难得偷到这半天空闲。

无所事事地站了五分钟,殷遥在露台的藤椅上坐下来,照例查看新邮件,很意外地发现有一封是周束发来的。

邮件很短,周束没有多说什么,只说寄了礼物给她,是寄到工作室的,问她有没有收到。

殷遥没有回复,想着回去后先问下汀汀再说。

这时听到有人敲门,殷遥起身,本以为是肖樾回来了,打开门才发现不是他。殷遥愣了下,手还握在门把上,门外这位穿着绿裤子的圆脸男孩她并不认识。

小山同样也是一愣,甚至比殷遥更惊讶,看看她,又抬头看看房间号,一脸蒙:"我没走错啊!"

"你找肖樾吗?"殷遥问他。

"是啊。"小山又是一愣,这回将她上下打量了下,忽然瞪大眼睛,惊诧得一时不敢相信,"您……您是殷遥?殷遥老师!"

殷遥意外:"你认识我?"

据薛逢逢所说,虽然她在国内时尚摄影师行列中排名已经算靠前,但在大众中知名度一般,走在路上基本不会有人认识。薛逢逢曾经因此提过建议,认为她暴殄天物,浪费美貌,希望她不要那么排斥出镜,也不要拒绝媒体采访和宣传活动,甚至还劝她尝试接受某些电视节目的邀请。

现在突然被人认出,倒让殷遥觉得奇怪。

小山连连点头:"我看过您拍片的!两年前在望京!"他当时刚进公司,还没有跟肖樾,只是作为实习生在时尚部打杂,哪个项目缺人手,就被塞过去。

小山之所以记得殷遥,是因为一点小插曲。他帮艺人整理衣服,出了点小差错,被公司时尚总监劈头盖脸地骂了一顿,最后是摄影师提了个补救想法,被采用了。那个摄影师就是殷遥,当时 Yin Studio 刚创立半年,远不如现在这么有名。

惊奇和兴奋之余,小山很快发现了核心问题:啊,所以殷老师为什么会出现在这里?她和肖樾是什么关系?

殷遥比他冷静多了，笑了一下说："是吗？我不太记得了。不过你找肖樾的话，他现在不在，你可以进来等。"

"哦哦哦，好的好的！"小山现在脑子有点短路，听了她的话，不加思考就进了门。

殷遥指指小沙发："坐着等吧。"

小山是娃娃脸，有点微胖，看上去年纪比肖樾还小。殷遥问了句："你是肖樾的朋友吗？"

"哦，不是不是，我是他助理，"小山笑笑，"兼经纪人吧。"说完，他有点憋不住，"殷老师，您……"

话没问完，门外响起磁卡感应的声音，是肖樾回来了。

他手里拿着早餐。

小山霍地站起，瞳孔发亮，冲肖樾眨了眨眼，目光中充满着八卦的色彩。

肖樾没指望他这么早来，但既然来了，他也不太惊讶，走向殷遥，给她介绍："我经纪人，小山。"

"啊，我和殷老师已经认识了！"小山抢着说道。

他现在很心急，只想听肖樾怎样介绍殷遥，可是他插的这句嘴却弄巧成拙，没等到肖樾继续说，殷遥就已经接过话："是啊，刚刚认识了。"她接过肖樾手中的早餐，"你们聊吧，我去那儿吃。"她指指露台。

肖樾说："三明治有点小，所以多拿了煎蛋，你不喜欢就放着。"

"嗯。"殷遥拿着早餐去了露台。

小山将他们的互动看在眼里，内心十分激动，几乎肯定了自己的猜测，但仍然觉得这事跟天方夜谭似的，要不是亲眼所见，真让人难以相信。

所以，真的是女朋友吗？！

他俩到底是怎么认识的？！

什么时候开始的？！

为什么他完全不知道？

小山搜索记忆，确定公司从来没有安排过殷遥给肖樾拍片。其实这不用想，根本不可能嘛，不讨论其他行业，单就演员来说，现在能让殷老师拍片的就没有二线以下的，就今年来看，连二线的都不多了。

脑子里被一堆问号塞满，小山突然福至心灵，猛然想起某天在肖樾家里看到的那个剧本，一瞬间茅塞顿开——原来不是 Ym，是 Yin！

在这一刻，小山对肖樾真是刮目相看。平常拍戏跟同组女演员几乎没有互动，连个绯闻都没法炒，顶着一张那么好看的脸，几年也没个女朋友，突然就来个这么劲爆的。

真是争气了一回。

小山百感交集，莫名欣慰。他眼里光芒难掩，碍于殷遥就在露台，只能将一腔激动压下，用力地拍了拍肖樾的肩。

殷遥坐在露台吃早餐，顺道看看微信上黄婉盛发来的消息。黄老师最近休息，沉迷于厨房，日日钻研，大清早起来做早餐，还拍图给她直播。

殷遥夸了一通，回完消息，抬眼看向房间内，小山还在和肖樾讲工作上的事，殷遥并非刻意想听，但还是听到了几句。

五分钟后，他们谈完了。小山过来同殷遥打过招呼，然后就离开了。

肖樾走来露台，在殷遥对面坐下。

"不穿外套，不冷啊？"殷遥看了看他。

肖樾："还好。"

殷遥将他那份早餐推过去："牛奶好像不太热了。"

"没事。"肖樾抬眼看向她，停了一下才说，"我不知道小山会这么早来，你介意吗？"

"介意什么？"殷遥喝了口咖啡，反应过来，"你是说他看到我在这里？"

肖樾没有说话，低头切开煎蛋。

殷遥就明白了："你是觉得，我会介意被小山看到我和你在一起？我不介意啊。"她反问，"你呢，会对你有什么影响吗？毕竟他是你的经纪人。"

她看着肖樾，发现他好像笑了一下。

"没什么影响。"他抬眼看她，"你吃饱了吗？"

"嗯，饱了。"殷遥指指自己的盘子，"我没吃这个。"

"没事。"肖樾将她的煎蛋夹过来，自己吃了。

殷遥将咖啡喝了一半，靠在椅背上看着他吃东西。有些人真的是不能多看，越看越好看，做什么都好看。

殷遥想和他聊聊天，便主动找话题："你现在演的那个角色是怎样的？"

肖樾似乎有点意外，看了她一眼才说："是个纨绔子弟，不太努力的那种，是个……不怎么讲理的人。"

殷遥继续问道："怎样不讲理？"

肖樾想了一下，给她描述："比如你撞了他，但他没受伤，也要缠着你，还要跟进你家里。"

殷遥笑了起来："是吗？那这个角色和你很不像。"

肖樾也这么认为："嗯。"

"在这部戏里，你有感情戏吗？"

殷遥颇好奇地看着他，见他明显迟疑了一下，然后说："暗恋算吗？"

"暗恋？"

"嗯，他喜欢的人，都不喜欢他。"

殷遥眼里露出惊讶，转瞬笑了起来："这么惨。"

她笑得有些开心，脸上表情很生动，肖樾嘴角微扬："你这是幸灾乐祸？"

"是啊，我现在对你这部戏有兴趣了，到时候我要看一下。"她说。

肖樾没应这话，喝了口牛奶。

他唇上沾上一点点牛奶，殷遥静静地看着，几秒后，轻声说："那些人是不是有点眼瞎，怎么会都不喜欢你？"

肖樾目光看过来，静默地与她对视片刻，纠正："不是我。"

不是他，是他演的角色。

殷遥笑着点头："对，不是你。"

她看着他将剩下的三明治和煎蛋都吃完了，时间已经过了七点半。

剩下的时间过得更快，他们并没有做别的什么，只是继续坐在露台，但话其实也没有说多少，就到了该要走的时候。

殷遥知道肖樾要赶去片场，没指望让他送，她准备自己叫车，没想到肖樾已经安排好了。

"我让小山送你，他在开车，就快来了。"

殷遥觉得其实不用这么麻烦，但她不想拂了他的心意，点头："好，那我现在先下去吧，免得让他等。"

她走过去拿墙边的行李箱，转身的时候，看到肖樾跟了过来，就站在她身后。

"不用下去，他会来房间。"

"哦，那好。"

殷遥抬头看肖樾，他却没让开，又走近一步，将她挡在了这片地方，低头亲她。

殷遥一只手还握在行李箱的拉杆上，这个吻她有点没想到，因为身高差，她猜肖樾应该亲得不太舒服，于是微微仰起头配合。

相比于昨晚，他今天温柔许多，慢慢地亲她的嘴角，然后是唇，只是到后来动了舌头，才稍微有点凶。他拿手掌垫在她后颈，将她背脊轻轻地压在墙壁上，气息急促，在她脸侧停了几秒，没给她缓一缓的时间，又再次靠过去。

殷遥还感觉到他这时伸手过来，准确地找到箱子的拉杆，然后摸索着扣住了她的手腕。

这好像快要成为他亲吻的规律，喜欢拉她的手，还不许她动。

幸好敲门声响了，打断了这件事，不然殷遥不知道他究竟想亲几次。

两人都喘着气，脸庞泛红，互相对视一眼。殷遥看向门口，应该是小山来了，她以眼神提醒肖樾。

肖樾松开她的手，走去开门。

小山对刚刚屋内的亲密一无所知，只看到殷遥站在墙边，行李箱也在旁边，便问肖樾："殷老师收拾好了吧，萧山机场可真挺远的，是要早点去吧？"

殷遥拉着箱子走过去："嗯，现在就可以走了。"

"行。"小山特别利落地接过她的行李箱，对肖樾说，"那你赶紧收拾收拾去片场吧，我保证把殷老师送到！"

肖樾点了头，对殷遥说："路上注意安全。"

"嗯，好。"

小山已经拎着箱子走出去，殷遥伸手搂了肖樾，对他说："北京见。"

殷遥坐上车，发现天气已经转好，此刻多云，隐隐有要出太阳的趋势，等车开出去没多久，天果然放晴了。

　　从昨晚十点到现在，她在这里停留不到十二小时，经历了绵绵夜雨，又迎来大好阳光。

　　车里暖融融，殷遥靠着座椅，猜测肖樾现在应该已经在片场。

　　她想起一件事，看了看前头开车的人："小山？"

　　"哎，殷老师，怎么啦？"

　　殷遥没迟疑，说："早上你和肖樾说话，我不是故意想听，但是听到了几句，他之前拍的那部戏怎么了？"

　　小山愣了愣，反应过来："哦，您说那部啊。"提起这个，他心里就有些气愤，告诉殷遥，"就是突然接到消息，咱们那个角色的戏份剧方找人重拍了，也就是说那部戏除了片酬照给，其他就算白忙活了。其实也不奇怪，谁叫人家来头大，脸长得那么随便，演技又烂，投资方就是乐意费这么大劲来捧，这也不是第一回了！"

　　"以前也有过？"

　　"是啊！"小山叹口气，"但以前最常遇到的就是角色定了又被换掉，或者开拍几天突然换人，像这次这么过分还是少有的。虽然肖樾他早就习惯了，也不怎么在意，但这次确实太欺负人。您不知道，当时拍那个戏可辛苦了，也没个替身，什么都是自己上，脸还受伤了，差点留疤！您说他长成那样子，留个疤可就算毁容了，得多冤啊！"

　　殷遥想起那次肖樾来银泰接她，脸上确实是带着伤的。

　　她没有说话。

　　小山意识到说这种不开心的事有点影响气氛，弄得人心情不好，转而换了轻松语气说道："算啦算啦，也没什么，他现在拍的这部挺好的，说不定会火呢！哎，殷老师您看过他这部戏的造型嘛，可帅了！"

　　"是吗？"殷遥说，"我还没看呢。"

　　"那晚点让肖樾给您发。"

　　殷遥"嗯"了声，没再多说，低头用手机搜索了他们刚刚说的那部戏，找到出品方的信息，看到有个"长凌影业"。她截图给靳绍发了过去，问：

这是不是你小舅舅的？

靳小公子几乎秒回：是啊，你这记性不错啊。

紧接着又发一条：你怎么关心起这一茬来了？

殷遥：现在不太方便，晚点给你打电话说。

靳绍：干脆晚上来我酒吧呗，今儿热闹，你家黄老师也来。

殷遥：OK！

前头开车的小山从后视镜里看了殷遥一眼，见她似乎在忙着，也就知趣地保持沉默。

虽然接触不久，但小山挺会看人，他感觉到殷遥还算随和，没有架子，但也不是特别开朗爱说话的性格。偏偏肖樾又是个闷罐子，这一个摄影师，一个演员，也不是同行，不知道他们在一起的时候都交流些什么。

不过有一点倒是没得说，这两人不论是脸还是身材都足够相配，站在一起实在养眼。

往后想一想，就算肖樾将来红了，要公布恋情什么的，殷老师这样的也没什么可被挑剔的吧。再反方向想一下，就算他们分了，将来被扒感情史什么的，有这样的前女友也不显得跌份儿，怎么想都稳赚不赔。

小山这一路兀自脑补了很多，越想越觉得肖樾确实是有几分本事的。

殷遥在机场与小山分别，独自进了候机厅，她乘坐十一点的飞机回北京，准时参与下午的拍摄。

晚上收工后，殷遥去了靳绍的酒吧。

一段时间没来，酒吧生意依然惨淡，几乎快要沦为靳绍那帮纨绔朋友自娱自乐的地方。

黄婉盛早已经到了，靳绍正在给她调酒炫技。

那边台上的驻唱歌手已经换了人，殷遥坐下来听了听，觉得比不上前一个。她问靳绍："干吗换？"

"听腻了啊。"靳小公子还是那副喜新厌旧的样子，十分自然地说，"再好听，天天听，总会听腻的吧。"

见殷遥一副不能理解的样子，他打了个比方："再好看的人，你天天看，也会倦吧，倦了就没意思了。"

黄婉盛笑着接话："你们男人的道理都是这么无赖的吗？"

靳绍耸耸肩。

黄婉盛摇摇头，放下酒杯，起身去了洗手间。

靳绍向殷遥抬了抬眉："对了，你打听我小舅舅干吗，看上他了？"

殷遥没理他的胡说，直接把事情告诉他，问："能帮忙吗？"

"能帮是能帮，小事而已，不过……"他拖长了音调，眼神意味深长地打量着殷遥，"这人是谁啊？不跟哥哥交代一下？"

他一旦自称"哥哥"，殷遥就想翻白眼，不过今天她态度良好，只说："还不到跟你交代的时候，以后有机会，带来见你行了吧？"

靳绍听到这话，眉一挑，一副了然于心的表情："懂了，小模特走了，找了新人了是吧，速度够快啊。行吧，你连自己亲哥哥都不求，又难得用我一回，总归要给你办好了！"

"那谢了。"殷遥没解释，停了下，说，"你低调点，行吗？"

"懂，你不想让他知道。"靳绍笑得颇有兴味，"跟了你的人也是命好，你还挺宠的啊，对谁都这么厚道。"

眼见他越说越没个正形，殷遥回驳一句："不是你想的那样。"

"那是怎样？"

"其实……"殷遥想说这一个不一样，就见靳绍目光突然看向门口，脸上表情变了变。

殷遥顺着他的视线回过头，看到那道刚进门的身影。

靳绍自言自语："今天还真是热闹了……"他立刻向殷遥撇清，"可不是我叫他来的，他昨天才来过，我以为他今天不来了呢。"

殷遥没吭声，他继续说："看来是又吵架了。他这婚后日子过得实在是差，白家那位作天作地的，这才结婚多久，天天吵！"

殷遥懒得听这些，眼见那人要过来了，她转回身，低头喝那杯起泡酒。

梁津南并没有看到殷遥，径自走过来，容色疲惫，目不斜视地坐到吧台正对的那张高脚凳上，与殷遥隔了两个空位。

靳绍给他拿酒。

这时黄婉盛回来了，看到这情景，愣了愣："遥遥？"

梁津南闻声一顿，侧眸看过来，视线便不动了。

眼见气氛僵着，靳绍尴笑着打圆场："那个什么，今天……有点儿巧啊。"

殷遥没有转头，拉了黄婉盛一把，让她坐下。

她们两人的酒都剩一半，殷遥说："喝完吧，别扫兴。"

梁津南就这样看了殷遥一会儿，收回视线，一言不发地喝酒。靳绍将他的表情看在眼里，叹了口气，凑上前问候："还好吧？是不是又吵了？白姑娘不嫌累啊？"

梁津南没有说话，唇色苍白。

靳绍看了看他："津南哥，你该不会在生病吧？"说着，还真伸手去探他的额头，"服了，我说你这人过的什么日子！发着烧呢。"

靳绍声音不低，黄婉盛听得一清二楚，看了看殷遥，见她已经将那杯起泡酒喝到见底。

"我走了。"殷遥起身，对靳绍说了句，拉着黄婉盛走了。

梁津南看着殷遥走得毫不犹豫的背影，头疼得厉害，低哑地开口："遥遥真的半点都不在意我了。"

靳绍看他这副可怜的样子，说道："行了，津南哥，自怨自艾有个屁用啊。我说你要么好好收服你老婆，安心过日子，你要是实在这么放不下，那也还有条路，日子长着呢，大不了离婚呗，把人追回来不就行了？"

殷遥和黄婉盛沿着广场往前走，人群熙熙攘攘。

黄婉盛先开口："你怎么样啊？"

殷遥："没怎么样啊。"

上了街道，人少多了。殷遥手机响，是肖樾打来电话。周围噪音太多，她没接，摁掉后给他回消息：在外面，回家再找你。

黄婉盛看着她，觉得有点奇怪："谁啊？"

殷遥转头看了她一眼，说："之前就想告诉你的，我遇到个人。"

黄婉盛微微抬眉，有些讶异："嗯？"

殷遥笑了下："特别好看。"

黄婉盛这下更惊讶了，还不曾从殷遥口中听到过这么高的评价。这家伙看男人的眼光一向极其挑剔，能从她口中得到一句"好看"都并不是很容易。所以，是何方神圣长得这么符合她审美？

"真是稀奇，"黄婉盛说，"有照片吗？"

殷遥没有照片，但网络上有，可她却只说："我觉得照片拍不出那种感觉。"

"你亲自掌镜都不行？"

"不知道。"殷遥摇头笑笑，"我还没有拍过他。"

"没拍过？"黄婉盛很会抓线索，"所以不是你的模特，也不是合作过的艺人？"

殷遥点头："嗯。"

"那你们怎么认识的？"

殷遥想了想，又笑了下，说："就是个很意外的机会。"

她抬步沿着路牙往前走，黄婉盛从她的语气中琢磨出一点特别的地方。

"所以你们现在到哪一步了？算是……在一起？"

"算吧。"

殷遥答得很干脆，黄婉盛倒是一愣，不清楚这会不会与梁津南结婚有关，她只知道殷遥分手这三年，还没有认真开始过另一段感情，今天这样的坦白显得有些突然。但她并不习惯进行过多的刺探，于是只问道："所以呢，你感觉怎样？"

"不好描述。"殷遥试图表达清楚，但沉思过后也只有比较笼统的一句话，"我觉得和他在一起挺开心，我几乎不会再想到梁津南。"

她在无意识中用了这句"不会再想到梁津南"来佐证与对方在一起的感受，自己并没有觉察到有什么问题，但作为旁观者的黄婉盛却能体会到其中不能言明的深层意味。然而这种事，旁人的体会又有什么重要？

黄婉盛也只是对她笑笑，说："既然开心，那就行了。"

几天后，殷遥收到靳绍的消息，请他帮忙的那件事已经办好了。

为表感谢，殷遥请他吃了顿饭，这事就算过去了。

第四章

我和你一起生病好不好

十一月中旬,北京开始下雪。小雪、中雪转雨夹雪,接着是大雪,气温一降再降,就这么仓促地进入了凛冬模式。

殷遥等到月底,没把肖槭等回来,倒给自己等来了一趟差事。她因公事飞去纽约,原本只打算待三天,后来因为旧友邀请,留下来看了一场秀,没想到意外地在秀场碰到周束。

当天结束后,周束特别高兴,很热情地要请殷遥吃饭,殷遥因为赶时间就拒绝了他。

这本来不算什么,不过是故人偶然相逢而已。后来周束在朋友圈晒了秀场的照片,还配上几句感慨的话,在末尾他提到殷遥:"特别开心见到 Chinese fashion photographer Yin Yao."

典型的大男孩的分享方式,还中英夹杂,有点"中二"。

殷遥并没有放在心上。

她甚至没有去想,这一条肖槭也会看到。

肖槭三十号上午到北京,殷遥则是当天晚上七点半落地首都机场。肖槭过去接她,两人在出站口碰上面。

是重霾天气,一整天无阳光,气温在零度以下徘徊,到了晚上就更冷。

殷遥下了飞机就裹上羽绒服,看见肖槭站在出口的接机人群中,穿的是件运动款的防风外套,从上到下又是一身黑色系。

她一走过去，肖樾就接过她手里的拉杆箱。箱子很大，装了器材，重量不轻。

殷遥还没来得及仔细看看他，就被扯住了帽子。

"很冷。"肖樾只说了两个字，将她羽绒服的帽子拉上来，给她戴上。

殷遥将帽檐往后移了点，抬头看他的脸。原本还困得很，眼睛都快睁不开了，这会儿见到他，她又来了精神，朝他笑了："等很久了吗？"

"不久。"肖樾淡淡的目光落在她瓷白的脸颊上，注意到她脸上没带妆，眉眼是自然状态下的清秀干净，只是看起来有些长途奔波后的倦色。

"走吧。"

周围人来人往，殷遥本想做点什么，想想也不方便，只能放弃。她跟在肖樾身后，他一只手推着箱子，另一只手空出来牵她。

在这么冷的天气，他的手掌仍然是温暖的。

上了出租车，殷遥拉下帽子，低头整理头发，肖樾侧过头看她，手伸过去，帮她弄耳后的头发。

等他弄好了，殷遥顺势靠到他肩上，低声告诉他："我有点困。"

"睡一会儿？"

"嗯。"殷遥停顿了下，说，"不想去工作室了，直接去我家吧。"

没等肖樾回答，她告诉正在开车的司机要更改目的地。

对殷遥报出的地址，肖樾是陌生的。

之前都是送她到工作室，这是她第一次说要回家。

殷遥在车上睡了一觉，后来是被摇醒的。她恍恍惚惚地被肖樾牵下车，又见他取了行李箱，冷风一吹，她清醒了，转头看了看，这是她住的小区。

殷遥带着肖樾进去，引得门卫好奇地多看了几眼。

坐电梯上楼，按了指纹开门，殷遥探身进去，摸索着打开灯，然后让肖樾进门。

见他停在入户柜旁，她说："没有鞋换，就这样进来吧。"

客厅宽阔空荡，整排的落地窗帘紧闭，屋内风格与殷遥的办公室有八成相似，温馨不足，冷清有余。

殷遥进厨房去倒水喝，出来时看到肖樾停在沙发左边的置物格前。

她走过去，循着他的视线看向那个相框，里面是张合照。

肖樾说："那个是你？"

"嗯，我和我妈妈。"是她十二岁时拍的，照片里的小女孩很瘦，穿一件带蕾丝的白色棉裙，头发留得很长，笑得眼睛弯弯，文艺又乖巧。站在她身后的女人白皙美丽，气质温婉。

"我妈妈是不是很美？"

肖樾应声："嗯。"他半侧过脸，漆黑的眼睛看向殷遥，"你长得很像她。"

殷遥因为这话笑了："是吗？"

他点头。

殷遥抬了抬眉："我当你在夸我了。"

肖樾没接茬，倒是笑了一下，冷冷清清的一张脸立刻暖了起来。

殷遥有点受不住他这样，眼睛静静地看着，直把他看得不大自然，唇抿了下，然后收了笑。

殷遥回过神，收敛了："倒点水给你喝。"

她转身要走，却被拉住了手，回过头，看到肖樾淡红的唇动了动。

"亲一下。"他垂着眼眸，声音低沉。

殷遥眼里惊讶明显，但也没迟疑多久，踮脚靠近他。肖樾搂住她的腰，毫不含糊地吻了她。他这次貌似没什么耐心，也不铺垫了，直接就动了舌头。

明明说的是"亲一下"，等到松开手时，也不知亲了几下。

缓了片刻，殷遥坐到沙发扶手上。

肖樾依然站在原处，拿了置物格里的一本很有设计感的便笺本翻看。客厅的灯是冷白光，这样看过去，他面容如玉，很有距离感，不容亵渎似的。

可他刚刚还那样微微急促地在她颈侧喘息，整个身体都是热乎乎的。

殷遥觉得他身上有种矛盾的美感。

她在这一刻生出更贪婪的念头，不知道他在床上的时候会是什么样子？

坐了一会儿，殷遥起身去厨房倒水。

肖樾坐到沙发上。屋里暖气足够热，他脱了外套，只穿着里头一件灰色卫衣。他坐下来，才发现沙发上的墨绿色盖毯下有本厚厚的摄影集。

肖樾拿起影集翻看，看到里面夹了一张卡片，写有几句话，也有署名，时间是2015.11.03。

也就是这个月初。

昨天他看到周束的朋友圈，尚能说服自己殷遥只是去工作，可是现在这张卡片清楚地表明他们有其他的联系。

殷遥端着水杯过来，看见肖樾手上的影集。

那是周束寄来的，是个很难买到的合集。上次她从工作室取了快递，顺手放到车里带回家，一直没时间好好看一遍，就丢在沙发上。

她在沙发前的地毯上坐下，问："你也对这个感兴趣？"

肖樾抬眸，殷遥对上他的视线，顿了一下："怎么了？"

肖樾什么话都没说，将那张卡片递给她。

殷遥还是第一次知道这影集里有一张周束写的祝福卡片，她低头将上面的几句话读完，看了看肖樾的脸色："你是在不高兴吗？"

他不开口承认，也不否认，眼底有些压不住的情绪。

殷遥肯定了自己的想法："你是因为这个不高兴。"她迟疑了下，试着解释，"这是周束寄来的礼物，可能是因为我以前和他说过这个影集，他恰好看到了，就买来给我。"

她说完，仍然看着肖樾，已经感觉到他的眼神冷淡了许多。

殷遥隐约觉得自己知道肖樾在不高兴些什么，可思索一番，居然无从解释。他和周束是室友，他有什么不清楚？当初第一次见面，他就眼见着她在周束房里进出。

气氛僵在这里，殷遥也觉得不舒服。

她想再说点什么，却听到肖樾沉声开口："我和周束，在你这里都是一样的吗？"

殷遥怔了下，静默几秒，低声说："我没有抱过他，也没有亲过他。"

除了这一句，殷遥感觉此刻没有更合适的措辞来为自己解释。毕竟在旁人眼里，周束的的确确是跟了她一年，这个事实无法否认，她也并不想说些哄人的话去骗肖樾，自己做过的事如果连承担的姿态都没有，也太过分了。

殷遥仔细看着肖樾，屋里大约静了半分钟，她觉得他的脸色似乎好了一些，眼里的情绪也压了下去。

殷遥将手里那张祝福卡片放到茶几上，准备将水杯递给他，这时听到手机的来电铃声。

她起身走去入户柜旁，从包里翻出手机。

电话是薛逢逢打来的，无非是问她是否顺利，有没有安全到家。

殷遥接通后，应了两声，向她确认："我明天没有拍摄，是不是？"

"是啊，你趁这时间休息休息。"薛逢逢说，"后面又得忙了。对了，接了个新活儿，你要给凌凡拍一组写真，我排在下周。"

凌凡，也就是黄婉盛的前男友。

因为上次的绯闻一事，殷遥现在对他印象不好，但在薛逢逢这里因私废公是行不通的，因此也没什么好说，应了就是。

薛逢逢又说起今天工作室另一位摄影师的项目，殷遥认真听着，偶尔接一句。

她仍站在入户柜旁，就这样低着头讲电话，背影瘦削纤细。

肖樾盯着殷遥看了一会儿，低头合上手里的影集。他有点生自己的气，本不想做出那种"追根究底""讨个说法"的样子，偏偏还是问了她。

挂掉电话，殷遥走去沙发边，肖樾已经将影集放到一旁，站起身。

"你……"

"你……"

两人同时开口，又同时停住。

"你饿吗？"殷遥先说了话，"我有点饿了，不知道为什么，这次的飞机餐特别难吃，没有夸张，我真的吃吐了。"

"……"

于是后面的话都不用再说，现在的核心问题是解决饥饿。

厨房的冰箱门大开，肖樾微弓着背，低头查看冷藏室，他伸手拨开整排的咖啡、酒和饮料，拿到放在最里边的两袋面和几包酱料。

是上次黄婉盛从厦门带回来的沙茶面，盛情难却，殷遥那晚从她家拿了两袋，连同酱包一起丢在冰箱里，一直没有吃过。

而冷冻室内，还有之前薛逢逢买的一袋牛排。

这就是所有的食材。

殷遥看着肖樾开火起锅，然后站在那儿煎牛排。他个儿高，身形也好，即使是站在灶台前，在这烟火气中，也依然不乏朗朗出尘的味道。

她上次没判断错，他的确是会做饭的，一举一动有条不紊，不像之前薛逢逢煎牛排，手忙脚乱、鸡飞狗跳，差点把锅摔了，堪称"炸厨房"一号选手。

肖樾这时侧过头看了殷遥一眼，对她说："你出去等。"

"好。"殷遥顺从地离开厨房。

她趁这个时间去洗澡，只是还没来得及吹干头发，肖樾已经将沙茶面做好了。

殷遥拿着干发巾一边擦头发，一边走去看他的进度。

肖樾关了火，转头见她在厨房门外，身上已经换了家居服，头发是湿的。他眉微蹙了下，说："还没好，你可以去吹头发。"

殷遥今晚对他言听计从，又点点头，说："好。"

吹完头发，牛排和沙茶面都已经摆到餐桌上，殷遥走过去坐下，见肖樾低着头在看手机，好像是在回复重要消息。

她没有打扰，安静地吃东西，心里是有些惊讶的。

不知道他是什么时候学的做饭，味道很不错，显然不是新手的水平。明明他年纪并不大。

过了会儿再抬眼，见肖樾已经放下手机，开始吃面。

殷遥问："你够吃吗？"

肖樾误解了她的意思，抬眸看看她的盘子："你不够？"

"够了。"殷遥朝他笑了笑，夸赞一句，"好好吃。"

她想看肖樾笑一下，可他只是淡淡地点个头，说："你快吃吧，要凉了。"

"好。"她也不再说话。

吃完东西，殷遥主动去洗碗，肖樾没跟她争。

其实总共也没几个碗碟，但殷遥很少做这事，所以洗起来并不迅速利落，有点后悔之前拒绝了薛逢逢说的要装个洗碗机的提议。

磨蹭半天，总算马马虎虎地收拾好，她擦干手，走去客厅。

已经快要到十点。

肖樾还坐在餐桌边，见她出来，他拿了手机起身，说："我回去了，你早点休息。"

殷遥没有说话，目光在他脸上停了片刻，点了头，但她仍站在原处不动，也不提要送他出门。

肖樾等了一会儿，没有等到她的任何表示，他转身去拿自己的外套，走向门口。

到门边，被拦住了。

殷遥站到他面前，挡住了身后的门把，眼睛看着他。

明明知道此刻的举动显得幼稚无理，但她就是不想让他这么走了。她知道今晚的症结在哪儿，但好像依然没能解决问题。

殷遥很无奈，沉默数秒，说出一句："我那时候并没有遇到你啊。"

这话没头没尾，但肖樾听懂了。

她依然在解释那个问题。

殷遥停顿了一下，声音低下来，语气微缓："我也没有想到会认识你，我不知道怎么说……但是，"她走近两步，看向他眼睛，"你跟别人是不一样的，你相信吗？"

视线对了几秒。

肖樾没有回答信或者不信，只是主动牵住殷遥的手。他很轻地捏了捏她的手指。

殷遥于是去抱他，在他怀里抬起脸。

肖樾垂眸看她，过了会儿，他头低下来。

就这样在门边亲了。

不知是不是今晚这点小插曲意外成为催化剂，这次与之前不太一样，两个人都有些失控。

身体热起来，脑袋也容易不受控制，殷遥搂着肖樾的背，被他抱起来，放到入户柜上坐着。

身高的差距瞬间变了。

殷遥微微俯身，亲他的脸颊和耳朵，听到他微重的呼吸。

殷遥还想继续，肖樾克制地叫了她的名字，声音低哑，然后别开脸缓了缓。他身上反应明显。

殷遥眼里有些潮，看着他的脸庞，理智很难回炉，后来几乎是硬拽了回来。她仍坐在柜子上，背靠着墙喘息，直到被肖樾抱下来。

殷遥不太清楚他为什么停下来，但他不愿意，她当然不能勉强。

当潮热的空气重新冷却之后，旖旎的一切重归平静。殷遥靠在墙边看着肖樾，他衣服上有她弄出的皱褶，头发也并不整齐，从这个角度，仍然能看到他耳侧未褪尽的红晕。

她轻轻地笑了一下，引得他一眼看过来，眉微微抬起一些，眼神有些深。

殷遥便又收敛，静静地迎着他的视线：“为什么这样看着我？”

肖樾没答话，视线在她脸上绕了绕，嘴角有了些笑容。

殷遥总算看到他高兴了点，心情比他更好，问他：“你明天有工作要做吗？”

"嗯，有个宣传。"肖樾声音依然低沉，但不再哑得那样明显，语气几乎又恢复了之前的样子，淡淡的，仿佛刚刚那样热情亲她的人不是他。

殷遥露出遗憾的神色，又问：“那晚上呢，你有空吗？”

肖樾：“有空。”

殷遥点点头，表示知晓了。

两人之间依然保持着这样一两步的距离，后来是肖樾先走来，他站得很近，抬手碰了碰殷遥的颈侧，那里有个红印已经显现出来，经过一夜，明天只会更明显。

看了半晌，他低低地告诉她：“明天出门记得戴上围巾。”

肖樾那晚十一点离开殷遥家，去小山那里拿第二天新戏发布会上要穿的衣服。

小山见面就问："约会完啦？"他早猜到肖樾今天整个晚上都不见人影，一定是和殷遥在一起，毕竟这是拍戏刚回来，分别那么多天，回来先去见女朋友也正常，都是成年男性了，承受相思之苦不容易。小山对此表示理解。

肖樾没有否认："嗯。"

小山顺势提醒道："不过以后要是和殷老师出门玩的话，注意点，人多的地儿咱可以戴个口罩哈。"

见肖樾看过来，他挑了挑眉笑着解释："这新戏一上，粉丝肯定得涨一拨啊，保不齐以后出门就要碰上了。再说了，你本来就有那么一批挺死忠的粉丝，天天蹲你微博打卡表白的，不能因为数量暂时不多就不当回事，是不是？这要是真被粉丝认出来了，拍了照了，殷老师那边也麻烦吧，毕竟没到公开的那一步，咱还是得考虑周到，低调点好。"

小山虽然平常有些跳脱，但讲起这种工作上的正经事还是有那么几分专业性的。虽说以肖樾现在的关注度，他这个经纪人确实还没到要处理这种事的地步，但在这行里看多了艺人恋情的种种，多少也收获了一点经验，早早做好心理准备有利无害。

小山把话说完，看到肖樾点了头，他就放心了，紧接着切换到兴致勃勃的八卦模式："对了，我挺好奇的，殷老师看着温温柔柔的，但是吧，也不是很好接近的样子，你们两个怎么就……"他脸上露出想不通的表情，即使知道肖樾八成不会说，还是试探了下，"那什么，你们谁追谁的啊？"

果然，没有得到回答，只得到肖樾的一句反问："你问这个干什么？"

这就是不愿意说了。

小山知趣地笑了两声："行行行，不问不问。"心里却想，早知道我那回就问殷老师了，她可比你会聊天，说不准还乐意告诉我呢。

肖樾离开小山家，在路上收到新消息——

殷遥：我算了下时间，你应该到家了，对不对？

他回复：到了，你早点睡觉。

殷遥的回复很乖：知道了，现在就睡。

肖樾：晚安。

殷遥：晚安。

肖樾看了看几句对话，觉得催她睡觉的那句有点凶。其实是因为知道她今天乘飞机很累，在出租车上都能睡过去，但是文字发出来好像就会不一样。

第二天，殷遥整个白天都没有出门，所以没有用上肖樾那个戴围巾的建议。她早上很晚醒来，从镜子里看到颈侧的吻痕更加明显清晰，抬手碰了一下，依然能想起他昨晚是怎样亲在这里。

不是很想承认，但真的……

有点遗憾，没再继续。

人在面对自己时，也并非能做到始终坦诚，殷遥依然不太想承认，但她此刻思绪确实跑偏，甚至在想，倘若昨天她非要勉强，那肖樾会怎样？

殷遥兀自反思了一会儿，撇开这个念头。

一天的空闲令人心情愉快，即使是与自己相处也乐此不疲，殷遥试了新入的胶片相机，又在暗房洗出照片。

下午五点钟，薛逢逢来了，带来水果和甜品。

几天不见，殷遥觉得连薛老大都变得可爱了，居然又给她买甜品，这是难得的待遇。

她热情地拿咖啡招待薛逢逢，两个人难得和谐愉快地坐在沙发上聊天。说起要给凌凡拍片，薛逢逢很高兴，这会是个很有话题度的项目，几乎可以想象等这组片子出了，网络上必然会有一拨讨论。毕竟凌凡认知度高，死忠粉又多，只要在工作室账号上放点男神花絮，热度完全不用操心。

对薛逢逢的商人思维，殷遥给予理解。她没有提黄婉盛那一茬，毕竟这事从未公开，她作为无关人士，没有立场多说。

聊天原本一直围绕着工作，直到殷遥颈侧那点痕迹被薛逢逢捕捉到。

都是成年人，不至于单纯到辨不出那是什么，薛逢逢没有大惊小怪，很随意地问了句："最近有伴儿？"

殷遥注意到她的视线，不至于多尴尬，但多少有一丝不自然。

"这又没什么，正常需求。"薛逢逢不爱谈感情，但对这种事儿倒是持十分开放的态度，只是说道，"不过明天要拍摄，你自己想办法处理下，贴个创可贴什么的。"

她在殷遥面前百无禁忌，最后甚至友好地提醒一句："下次注意点儿，别瞎种草莓，这个地方贴个创可贴其实也挺欲盖弥彰的是吧。"

"……"殷遥觉得没错，是挺"此地无银"的，还不如肖樾的建议。

原本想着要约肖樾吃晚饭，但薛逢逢坐在这里没有要走的意思，看在甜品的分上，又偏偏几天没见，重色轻友赶人出门这种事殷遥也做不出来。

两人在家里待到六点多，薛逢逢拉着殷遥出去吃饭，甚至在电话里把黄婉盛也一起约上了，又说吃完晚饭去做头发，俨然是"girls'night"（闺蜜之夜）的节奏。

殷遥坐在车里，觉得今晚恐怕是抽不开身了，于是摸出手机给肖樾发消息，提前告诉他约会取消。

肖樾很快回复了，说没事，他也要去和朋友打球。

殷遥又说晚上给他打电话，他回了"好"。

本以为今晚不会再见面，哪里想到有些巧合实在奇妙。她们吃饭的地点本来定在银泰，后来是黄婉盛提议去她和几个艺人朋友一起投资的那家新店尝尝，就当作探店，于是就这样换了目的地，跑去工体那边。

是家湘菜馆。

黄婉盛是长沙人，投资的餐饮除了火锅就是湘菜馆。

她们是在包间吃的饭，兴致一来，殷遥又喝了酒，黄婉盛也陪她喝了，只有薛逢逢因为要开车，坚持不碰酒。她们没吃多少菜，但聊天聊了许久。

九点结束，从包间出来，经过零点厅，依然热闹得很，人不少，只有几张空桌。殷遥不过是随意看了几眼，忽然就注意到右手边最远的那一桌。

她最先关注到的是衣服，那件帽衫很眼熟，视线因此停顿一下，然后就看到熟悉的侧脸。有人递给肖樾啤酒，他身边一个戴棒球帽的男人在说话，一桌人都笑起来，他也笑了。

殷遥一时太惊讶，无意识地停下脚步，不由自主地看着肖樾。

黄婉盛走在殷遥身旁，口罩和帽子都戴得严严实实，她疑惑地碰了碰殷遥，声音被口罩捂得有些含糊："怎么了？"

脚步最快的薛逢逢此时已经到了门口，眼见后面两人像丢了似的，又往回走几步，不高不低地喊了声："遥遥。"

肖樾在这时侧眸，循声望过去，视线倏然停住。

他眼里的惊讶不亚于殷遥。

原本以为是个相同的字音，转头也只是下意识的动作，没想到会真的看到她。

目光只短暂地碰了碰，殷遥还没来得及朝他笑一下，薛逢逢就已经走来，站到她面前："怎么了你？"

殷遥对她说："我去下洗手间，你们先去取车，好吗？"

"行，你一会儿出来到路口待着。"薛逢逢带着黄婉盛走了。

殷遥仍站在原处，低头编辑一条信息，然后走去门外，沿右手边的台阶向前走了十几步。

她等了片刻，有人走了过来。

殷遥在半昧不明的灯下回过身看他，眼里藏着盈盈笑意："被我抓到了吧。"

肖樾看着她喝酒后微微酡红的脸，忽然抬了眉，短促地笑了一声："谁抓到谁了？"

对于这场偶遇，他们心情似乎都很好，饶有兴致地进行了这么幼稚的开场白。

殷遥不说话望着肖樾，神情很是放松，显出几分懒散自在。夜里有风，她的长发微微拂动。

肖樾看了看她："你喝酒了？"

殷遥大方承认："喝了啊。"

"那你还清醒吗？"

殷遥一笑："你觉得我不清醒吗？"

肖樾没答。

殷遥又问他："不是说去打球？你骗我的？"

"谁骗你了？"他说，"刚打完，才来五分钟。"

"哦。"殷遥点了点头，"那些是朋友？"

"嗯。"

殷遥："都是男的？"

肖樾微一抬眉，眼神在说：你不是都看到了？

殷遥又笑。

隔了几秒，肖樾也问："那些是你朋友？"

"嗯，短头发那个看到了吧。"殷遥告诉他，"我跟你说过的，薛逢逢。"她眨一下眼睛，"薛魔头。"

"看到了。"因她的表情和语气，他有点意外，"有这么厉害？"

"嗯，她一直特别厉害。以前做我经纪人时就已经很彪悍了，她帮我谈项目，别人都占不了我们便宜；她定的报价，没人压得下来；她如果发火，你就会知道什么是'没有硝烟的战场'。你知道她吵架时语速有多快吗？"殷遥告诉他，"是我的两倍，我总是惨败，所以很怕和她吵架。"

她十分自然地向他吐槽薛逢逢，就像在和朋友聊天。

肖樾目光温和地看着她："你也有怕的？"

"当然。"殷遥笑着，"你这话什么意思啊，觉得我很厉害吗？"

"嗯。"

他这么应了一声，眼睛有些随意地朝她脖子那里看去一眼。光线实在不够好，没法看清。

"好了吗？这里。"他抬手，指了下自己的颈侧。

殷遥愣了一下，转而就笑了出来，一个吻痕这么心心念念惦记着吗？

她将头发拨开，微侧了点脸庞，给他看那个地方："好了吗？"

他当真走过来，站到近前，略微低头去看。

殷遥忍俊不禁，怎么这么好玩啊。

她轻轻推了他一把："你还真看？"

"……"肖樾这才知道她是故意在逗他。

殷遥觉得太有意思了，大抵是酒意作祟，她心情放松过头，毫不收敛地说："干吗那么在意这个？因为是第一次吗？那你很厉害。"这是公然调戏了，调戏完她自己先笑起来，眉眼都弯了。

"有这么好笑？"肖樾淡淡地看着她。

"嗯。"

"你笑点很低。"

"是啊。"殷遥十分坦率地接受这个评价，"比不上肖老师，我好费劲也讨不到你一个笑。"今晚她吃饭时和黄婉盛讲话，两人喝了酒一直互相打趣,她"黄老师""黄老师"地叫个不停,这会儿十分自然地就叫出一声"肖老师"。

肖樾觉得她真有点喝多了,和平常不太一样,今晚总是笑,说的话也……不知怎么形容。

他早就了解到,她喝酒后爱乱说话,并不能作数,之后她只会无辜地说自己喝多了。

见肖樾沉默着,殷遥伸手拉他的袖子:"又不高兴了?唉,我就说了,好费劲也讨不了你欢心。"

肖樾觑她一眼:"你费什么劲了?"

"我不费劲吗?"殷遥的手指沿着袖子往下,拉住了他的手,人也靠近他。

她身上带着轻微的酒气,眼里仍然是笑的。

风吹来,她的头发贴上脸颊,凌乱地遮住视线,她抬手拂到耳后:"店里那么多人,我都认出了你,这不容易吧?"

她靠得更近,肖樾更清楚地看到她脸上的红晕。

殷遥也不管这胡同里会不会有人走过,只想往他怀里靠。在这点酒意中,她俨然又有了当年谈恋爱时的小女孩儿姿态,可她自己并没有察觉,微仰着脸说:"我撒了谎,就想在这里见你一下,你都不对我笑一笑吗?"

肖樾喉咙口泛热,到底是受不住她这样,他眸光动了动:"你真的……"

话没说完,他的脸略微别向一边,嘴边已经有了笑容。

"我真的怎样?"

"过分。"

带着很低的笑音。

殷遥轻轻地笑开了。

店里有几人吃完出来,沿着台阶走下去,聊天声响亮清晰。

肖樾松开手,殷遥也因这动静回过神,她的手机在这时响了,是黄婉盛打来的电话,催她快点。

殷遥挂了电话,看着肖樾:"我得走了,你进去吃吧。"

"送你过去?"

殷遥笑着拒绝："才几步路啊,你进去吧,你朋友都等久了。"

她踮脚,在他脸侧亲一下,然后走下台阶,挥挥手走了。

短暂的假期结束,隔天殷遥投入工作,连续忙到周末,这期间没见上肖樾。剧组有一些宣传活动,他要参加,跟着跑了三个城市。

周日这天,殷遥收工很早,傍晚完成外拍,早早回工作室。

和薛逢逢在餐厅吃晚饭时,她接到靳绍打来的电话,本以为又是约她去酒吧玩,打算一口拒绝,却听到靳绍讲了件正经事。

薛逢逢见殷遥脸色不对,问："那家伙说什么了?"

"谢云洲出了车祸,今天上午。"殷遥说。

"啊?"

"不是很严重,没什么生命危险,已经醒了。"

"哦。"薛逢逢与她毕竟相识多年,一眼看破,"所以你是在想要不要去看他,对吧?"

殷遥并不否认："你觉得我应该去吗?"

薛逢逢没有直接回答,拖长音调"嗯……"了声："说实话,其实我对谢云洲这人没什么偏见,虽然他脾气差、嘴巴坏,有时候让人挺想揍他一顿,但是当初也算很护着你了。白迎迎闹成那样,什么脏水都往你身上泼,以白家的做派,要是没他谢云洲,我可没那通天本领,事儿也压不下来,你顶个第三者的名头,白家再使点绊子,咱们工作室搞得成吗?这一点我可是记着了。"她讲到这里停了一下,两口喝完汤,站起来拍拍殷遥的肩,"毕竟是你亲哥哥,这事儿你自己决定。"

说是让她自己决定,其实已经有了立场倾向。

殷遥独自坐了片刻,把饭吃完,回办公室收拾东西。

十分钟后,她下楼取车,打了个电话给靳绍。

靳绍在医院大门口,站那儿等着,单一个姿势就显露出与旁人不同的气质。

殷遥走过去,靳绍开口说："我还当你不会来了呢。"随即看看她手里的水果,"这么客气啊,还带东西了?你又不是不知道他什么都不缺。"

"他不缺是他的事,走吧。"

"行行行,我领你过去。"靳绍边走边告诉她,"你来的这时间可真算巧的,谢家的人刚走。你哥哥受了伤,整个谢家都轰动了,这么一下午来了几拨人了。听说连老太太都想来看孙子,被劝住了。"靳绍啧啧两声,"我奶奶可没这么疼我。"

殷遥不接他的话,问:"他怎么样了?"

"还行吧,折了腿而已,想活蹦乱跳一时半会儿是不行了。"

说着话,就走到了病房。

病床上,谢云洲靠在床头看报,助理站在一旁说着什么。

靳绍喊他一声,他抬眼望过来,有点儿愣。虽说是小车祸,没多大危险,但怎么说也是遭了罪,他脸色明显差了不少,额头上还有些擦伤的痕迹。

殷遥走进去,一旁的助理过来接过水果,喊:"遥遥小姐。"

殷遥点点头,看了看病床上的人,沉默几秒,低声开口:"哥。"

谢云洲微怔了下,面上却没什么动静,也不开口叫她坐。

靳绍知道他好面子,但现在台阶都给了居然还不往下走,这人真是……

靳绍有点无语地过去拉谢云洲的助理,眼神示意,对方立刻懂了,说:"遥遥小姐,您坐这儿,我去给司机打个电话,还有些东西需要送来。"

殷遥:"好。"

靳绍"啊"一声:"对,那什么,我也不搁这儿耗着了,我还得回家一趟,我奶奶催了几回了。"

殷遥看向靳绍,靳绍朝她眨巴眨巴眼睛,然后转头对病床上的人说:"走了啊,云洲哥,你好好养养你那腿!"

谢云洲被他烦一下午了,话都懒得说,给他个眼神,就算应了。

靳绍早习惯这人的臭脸,毫不在意,凑近对殷遥蹦了句极不标准的粤语:"那遥遥,我走先,迟点打电话俾我。"最近他身边跟了个广东姑娘,天天逗着,模式一时没切换过来,对殷遥也用了那种浮浪语气。

谢云洲听得皱眉,冷声道:"你怎么跟遥遥说话?"

靳绍被他训得一愣。

谢云洲目光森森地看着他:"少把你那些浪荡习气用在遥遥身上。"

靳绍摸摸鼻子,难得地怂了:"行了,云洲哥,下回不敢了。"他从小就这德行,谢云洲一发火,他立刻能乖上几分钟。

殷遥推他一把:"快走吧。"

靳绍走后,殷遥在床边坐下:"你发那么大火干什么?"

谢云洲脸色阴沉:"你还护着他?"

"我护着谁了?"殷遥说,"我又没有替靳绍说话,我是觉得,你老发火有什么好处,伤身体你不知道吗?"

真是跟他半句话都不投机,殷遥暗自压住快要升腾的火气,怕他又要说出什么刻薄之言,她会忍不住顶嘴,于是起身去给自己倒水喝。这么好的贵宾病房,又宽敞又豪华,什么都不缺。

殷遥端着水坐回去,听到谢云洲说:"有牛奶,自己拿。"他语气缓和了很多,还给她指了位置。

殷遥因为这话顿了顿,抬头看他那张受伤后苍白的脸,问:"怎么出的车祸?你自己开的车?"

谢云洲点了点头,也没细说车祸是怎么发生的。

"你这么谨慎的人,开车都不知道当心,而且你还有司机,自己不行别逞能啊。"

谢云洲凉凉地看着她:"不能说点好听的?"

殷遥默了默,问:"腿怎么样了?"

"还能怎么样,"他说,"没那么快好。"

殷遥只好说:"那你好好养着吧。"反正有的是人照顾他,也轮不到她操心这个。

话讲到这里,她不知道还能再说什么。

其实气氛已经好了很多,不再那样剑拔弩张,自从上回吵架以来,还是难得有这样平静的片刻。

两人都沉默着,过了会儿,谢云洲突然说:"还是搬回家住吧。"

他说的"搬回家",是让殷遥搬回他那儿。

有一阵,他们兄妹俩关系还可以。殷遥听他的话,从薛逢逢家搬出来,去他那儿住了两个月,后来一言不合谈崩了,殷遥就搬走了。

他现在提这个,殷遥还是拒绝,但这次婉转许多:"不了,你不是看到了吗,我住得也不差,虽然比不上你那里,但够了。"

"你……"

"哥,"殷遥打断他,"我有我自己的想法,不想住回你那儿,也不想再回谢家,我已经改过一次姓,就不会再改回去。我不想住到你那里,然后再因为这些同样的事吵架。你有你的利益要考虑,你做什么选择我从来都不管,但不要把主意打到我这里来。"

她微微停顿,决定干脆趁这个机会一次说清楚:"在你们眼里,我是谢家出走的女儿,但在我这里,我只是殷遥,我随我母亲姓。就算谢家没有女儿,也不要盯着我,不要想着以后把我的婚姻也拿去当生意。"

谢云洲脸色铁青,但并没有发火,只问道:"说完了?"

"还有一点。"殷遥竟还笑了,"你明明都知道对吧?我私生活很不检点,又有梁津南那一出,你费多少手段帮我遮掩,我也变不成白迎迎那样清白无辜的闺秀小姐。谢家不知道会怎么看我呢,单单老太太的唾沫就能把我淹死吧,你为什么要让我去承受这些呢?"

"你怕别人的唾沫吗?"谢云洲语气沉缓,有一丝嘲讽地说,"你真怕,还总带着人招摇过市,生怕我不知道你跟小模特交往是吧?就是故意气我。"

"我也不想气你,谁让你固执又不讲理。"这句没什么火气,她声音低柔,倒有些亲昵。

谢云洲睨她一眼,少有地没有反击。他视线落在洁白的被子一角:"你真以为我让你回谢家,就是为了给自己多加一个砝码来同他们争那些吗?"

殷遥说:"我知道你不是,但你不用为我打算,我不需要再回去分那一杯羹,虽然我可能一辈子也赚不了那么多钱。"

她这个表态清楚明确,且理智冷静,并非像之前那样怒气冲冲地告诉他"我不要和你们谢家扯上一点关系",谢云洲将她所有的话都听进心里,垂眸沉默,半晌低问一句:"那我这个哥哥呢,你还要认吗?"

殷遥:"我今天不是叫了你吗?"是说刚进门的时候。

谢云洲不说话。

殷遥便又叫他一声，然后说："我想好好过我的生活，不想再跟你赌气，故意做那些你不喜欢的事，想想挺幼稚的。"

"你也知道幼稚？"谢云洲冷哼一声，"进步了。"

殷遥轻轻一笑："好了，我要走了。你给你助理打电话，让他来陪你吧。"

谢云洲也不留她，手挥一下："走吧。"

殷遥走到门口，又听得他唤："遥遥。"

她回过身。

"你有什么事儿找我，老找靳绍算怎么回事？"他那张脸上依然没有半点笑容，冰山似的，"我现在的一切也不都是从谢家拿的，你撇那么清幼稚不幼稚？"

殷遥怔怔地看他两秒，眼睛有些热，她很快地点头，挥挥手走了。

殷遥没有回工作室，也没有回家，她去找肖樾，因为他今天回来。

她原本告诉肖樾收工就去找他，但因为跑了一趟医院，因此迟了两小时，开车过去又遇上堵车，等赶到他家已经不早。

敲门后过了半分钟，肖樾开了门，殷遥看到他就说："我迟到了，来领罚。"

肖樾先是微顿，然后嘴角一扬，眼里晕开了笑。

殷遥跨进门，带来一身冬夜的凛寒，肖樾去摸她的手，有点凉，他微微握紧捂在手心。

殷遥便顺势抱他。

肖樾身上穿着毛衣，她觉得很软乎，脸在他胸口贴着，然后抬头，肖樾也在看她。

目光碰到一起，殷遥想亲，快碰到他的嘴唇时，他别开了脸。

殷遥疑惑地看着他。

"感冒了，还没好。"意思是不能亲。

殷遥皱眉："什么时候开始的？"

肖樾没有回答，松开手，往后退远一点，避开她，转过身轻微地咳嗽。

殷遥等他咳完，问："很难受吗？"又想起什么，走近一步，拿手去摸他的额头。

111

肖樾握住她的手："我没发烧。"他转身从边柜上拿出一双新拖鞋。

"给我的？"

肖樾点头，放到地板上。

殷遥换好鞋，直起身看他一眼："为什么生病都不告诉我？"他们每天都有联络，消息发了很多，每一次都聊得开开心心，但他就是一句都没提生病的事。

"告诉你也不能好啊。"肖樾眉抬起一点，面容温温地笑一下，声音有些不明显的沙哑。

瞥着殷遥的神情，他眸中有淡淡的光，片刻之后，说："那我也领罚吧。"

他生病的时候莫名显得比平常更温柔，这么一会儿，已经笑了两回。

一人领罚一次，扯平了。

"你还真是聪明。"殷遥往屋里走。

肖樾跟在她身后，见她走去沙发那边，他便去倒水。

"你别招呼我，我不喝水。"

他闻声转头看她一眼，依然倒了水过去，又拿了冰箱里备好的一块蛋糕给她。

殷遥脱掉外衣，坐到沙发上："你拿我当客人吗？这么客气？"

"你不是客人吗？"他弯腰帮她拆甜点的小盒，头也没抬地说道。

这是一句故意的玩笑话，殷遥自然听得出来，但她顺势应了声："对啊，我只是一个客人，所以待会儿我吃完蛋糕就该走了。"

"嗯，我会送你出门。"

"不用你送。"

也许爱情惑人的一点在于，你在向幼稚发展，做幼稚的事，说幼稚的对白，生幼稚的气。但你却未必会意识到。

客厅电视开着，声音不大，殷遥眼睛看着电视屏幕，安安静静地吃甜点。

肖樾在阳台打电话，和小山沟通事情，他讲话不多，偶尔咳嗽一下，殷遥便忍不住去看他。

打完电话，他走回来，上楼去卧室拿Pad下来，坐在沙发上看小山发来的资料。

殷遥转头，看到那好像是宣传稿，有一些他的照片，她想仔细看，他已经划过去。她半侧着身体靠过去，拿手指往上划动，总算看到照片。

"这张不错。"她手点了一下，停一会儿，再往上，说，"这张也好。"

肖樾侧眸，殷遥离得很近，脸颊就在他眼前，耳上一颗极小的痣都能看清，她下唇上沾了点奶酪。

他长久地看着她。

殷遥浑然不觉，认真地看完了所有的图，说："这些是小山挑的？"

肖樾点头。

"那他审美不错，你运气不错。你知道我朋友以前有一个助理……哦，也许是经纪人，每次为她挑的图都很……"她讲话时是笑着的，眼里很灵动，想着要用什么词和他描述。

肖樾仍看着她，手指抬起，指腹轻轻抹一下她的下唇。

殷遥想了几个词，还没拍板，被他的眼神勾得愣了一下，忘了在想的事情。

她唇抿了抿，觉得身体有些热，过了几秒，说："你再这样看我，我就不管你现在是不是生病了。"

殷遥声音很轻，语气并不严肃，甚至还带着一点笑，听起来很像是故意逗他。

她以为肖樾会因此避开她的目光，然而肖樾并没有当真，他又去碰殷遥的唇，将她右边嘴角的那点奶酪也擦掉。

殷遥顺势抓住他的手指，笑了一下，没有犹豫地将他腿上的Pad丢到茶几上，然后就去亲他嘴巴。

她不是在开玩笑，而是真的这么打算。

肖樾防备不及，等到反应过来，嘴里已经有了奶酪蛋糕令人沉溺的香甜味道。他在片刻之后拉回理智，躲避殷遥的亲吻，可她像是下定决心。

肖樾不想弄疼她，但不得不用了点力气，捏着她薄瘦的肩："不要乱来，会传染给你。"

他的气息已经乱了，墨黑的眼沉沉地看着她，皱着眉提醒。

"没关系，"殷遥趴在他怀里，"我和你一起生病好不好……"她呼吸不稳，整个身体都是软的，脖子和耳朵都已经漾起微微的红色，一点也不在乎他身上有多少感冒病毒。

其实殷遥之后还说了句话，她说自己抵抗力很好，不一定会传染，让他不要担心。可肖樾并没有听进去，因她此时的目光过分温柔，看向他的每一眼都像看最爱的人。

他胸口起伏，身体有难以抑制的冲动。

电视里正播放广告，配着节奏欢快的儿童歌曲，这声音显得清晰而突兀。

肖樾侧过头拿到遥控器，摁掉了电视。

他低头吻殷遥的唇，扣着她的手腕，将她压到沙发上。

她是看上他的身体也好，拿他当消遣也罢，他今晚都懒得计较了。

暖气将屋里烘得温暖如春。

肖樾从楼梯走下来，只穿了长裤，边走边将一件灰色T恤套到身上。

浴室的水声依然没停，哗哗地响着。

他走去收拾乱糟糟的沙发，捡起那件黑色文胸放在一旁，将纸巾连同茶几上的甜点盒一起丢进垃圾桶。

浴室的水流停了，殷遥贴在浴室门内叫他的名字："肖樾？"

肖樾闻声走去阳台，从烘干机内取出她的内裤，又拿一件他自己的干净T恤，到浴室门外轻轻敲两下。

殷遥将门开了道缝，肖樾看到她纤细的手臂，白皙的皮肤因为刚洗了热水澡微微泛红。他看了一眼，眼神起了些变化。

殷遥没拿到衣服，脸靠过来，贴着门缝看他："干吗不给我？"

她脸上都是水珠，眼里润润的，睫毛湿黑。

肖樾没答话，轻轻地握了握她的手指，将衣服给她。殷遥看过来，他已经转身走去客厅。

殷遥站在镜前吹头发，吹风机暖热的风扑到脸上，令她想起一个小时前，肖樾落在她颈侧的滚烫呼吸。她微抬起脸，下颌和颈上的痕迹便显得更清楚。他在她身上皱着眉喘息时一直亲她的耳朵和脖子，喑哑的声音叫着她的名字。

那时，他汗湿的眉眼实在令人心旌摇荡。

诚实地说，他很不错。

殷遥不太能判断他是不是第一次，她只有过梁津南一个男人，但她感觉肖樾应该没有多少经验。

头发吹干大半，只留了发尾懒得去管，殷遥走出浴室。

肖樾坐在沙发上，侧过头看去一眼，她身上穿着他的黑色T恤，很宽松也很长，一直遮过臀，只露出纤长白皙的一双腿。

殷遥走过来，在沙发上坐下，肖樾将身后的毛线盖毯拿过去，抖开搭在她腿上。

茶几上有他倒的水，还冒着热气。

殷遥端起来慢慢喝一口，感觉到肖樾在看她，便转过脸，对他笑笑："干吗偷看我？"

"这算偷看吗？"意思很明显，他是光明正大地看。

殷遥眼睛弯了下，笑容更深："那你在看什么？我有什么好看的吗？"

他唇微抿了点，并不回答，然而目光依然在她身上。

殷遥见他这样认真的表情，又起了戏弄之心，目光幽幽地看他几秒，说："你是不是想再来一次？"

本以为肖樾会同样沉默，或者转过脸去，但他并没有，反倒抬着眉回问："你想吗？"

然而他耳朵是有些红的。

殷遥笑起来，将水杯放下，轻轻扑到他怀里。

"歇一歇再来。"她低着声，带着笑，话里又有些忧愁，"不然我白洗澡了。"

她微湿的发尾扫过他颈侧，有洋槐花淡淡的香味，肖樾顺手揽过她的肩，让她稳稳靠着。

隔着特别近的距离，两人互相注视，呼吸可闻，像较劲似的，谁也不躲对方的目光。片刻之后，殷遥先认输，她纯粹是被肖樾的脸所惑，定力告罄，抬手轻轻触碰一下他的侧颊："你真的好好看。"

话音落下，看到了他脸上的笑容，不是那种克制又矜持的，怎么说……

嗯，有点灿烂。

殷遥看他淡红的唇，白而整齐的牙，更觉得他哪里都生得很合适，多一分少一分兴许就不会如此符合她的审美。

殷遥此刻有些奇特的想法。

如果没有认识周束，她还会不会遇到肖樾？

社会学上有个六人定律，两个陌生人之间的关系带大约是六个人，一个人能通过另外六个人来和世界上任何一个人建立联系。

但殷遥想，如果她不是通过周束，可能要很久很久之后才会认识肖樾，那时候，他很可能已经是别人的了。她自然不能去抢。

于是殷遥心里有一丝诡异的愉悦。她是侥幸得到了他。

身体的亲密的确能带来关系的显著进步。无论是殷遥还是肖樾，这个晚上都心情极好，仅仅是一起待在沙发上，说些听起来毫无内容的对话，又或是十分平常的身体触碰，也显得格外不同。

"你一直是这样吗？"殷遥问这个问题。

肖樾反问："我怎样？"

"就冷淡、内向？嗯……"殷遥斟酌着用词，"我修过一点点心理学，人的个性中有个气质类型，一般有四种，胆汁质、多血质、黏液质和抑郁质，我觉得你可能偏向黏液质，冷静、沉默、克制，但很有耐心……"停顿一下，她笑一笑，"我第一次见你，你好像很不喜欢我，特别冷漠。"

肖樾："那时我不认识你，不熟。"

"所以现在呢？"殷遥很高兴他进了坑，"你喜欢我吗？"

"……你知道的。"低沉的几个字。

"我不知道。"殷遥似乎一定要问出答案，"你点头或者摇头。"

但肖樾并没有如她所想，选择点头或者摇头。短暂沉默之后，他直视着她的眼睛："不喜欢你，为什么要跟你做这样的事？"

殷遥因为这个答案略微怔了怔，无话可说，除了伸手抱他。

不得不说，有时候习惯真的来得快且可怕，大约在肖樾怀里靠了一刻钟之后，殷遥就有些沉溺了，她喜欢他身上清淡干净的气息，也喜欢他温热紧实的胸膛，他想起身去给她弄点吃的，她却不乐意放手。

至此为止，殷遥头一次察觉到，她有了点当初谈恋爱的感觉。事实上，她这几年过得冷清且敷衍，从不会真正依恋哪个男人。肖樾似乎是个例外。

那晚零点过后，殷遥被肖樾抱上了楼。

他们的第二次，是在楼上卧室。

没有开灯，昏茫黑暗的深夜，人会格外放肆，且无节制。

殷遥果真白洗了个澡，结束之后，她根本不想再动，也再没有力气起来洗第二次，她被肖樾搂在怀里，起初还喃喃说着"我身上都是汗，腻死了"，不到两分钟，沉沉地睡了过去。

实在是太累，第二天早上，他们踏踏实实睡到太阳升起。

殷遥醒来时，整个脑袋里捣糨糊似的，乱糟糟，她窝在被子里睁眼，看见肖樾已经在穿衣服。

"好像是你手机在响。"他套上裤子，回头看殷遥一眼，"你躺着，我去拿。"

殷遥蒙头蒙脑地"嗯"了声，很快听到肖樾下楼的脚步声，接着是上楼。

他过来轻轻扯开被子，将手机递过去："是薛逢逢。"

殷遥立时一个激灵，接过手机看到来电界面，她顿了一下，接通，那头薛逢逢的声音炮弹一样发射过来："你人呢？都到点了，怎么回事？"

今天下午在天津有个项目，薛逢逢昨天说送她去，约好上午早点出发，开车过去，中午可以有时间休整一下。

殷遥迅速冷静下来："是这样，我临时改了主意，准备坐高铁去，路上可以节省点时间，也不用那么早出发，你今天也可以休息，一举三得。"

薛逢逢无语地笑了声："服了，我好不容易说送送你，你还不领情。行吧，懒得管你，你自己和汀汀约时间，让她提前去车站，别迟到了。"

"知道了。"殷遥面不改色地挂掉电话，抬眼，看见肖樾的表情，"你在看热闹吗？"

肖樾微敛眉："你今天有工作？"

"嗯，而且我还错过了时间。如果让薛逢逢知道我是因为男人误了工作，她说不定要在我脸上刻上'美色误人'。"殷遥揉揉眼睛，懒懒地看着他，"你作为那个美色，在古代可是要被赐白绫一道……或者是鸩酒一杯。"

肖樾嘴角扯了扯，有些严肃地驳道："你才是那个美色。"

"那你是昏君？"

"……"

殷遥笑倒，顺势搂住他脖子："不闹了，我真要走了。"

他点头，声音低而又低："好。"

下楼洗漱、换衣服，殷遥动作迅速。

收拾好一切，肖樾送她下楼。

取了车，殷遥降下车窗，说："很冷，你快上去吧。"

肖樾走近，从兜里摸出一样东西递给她。

殷遥有点惊讶地接过来，低头看一眼，是手链。

"为什么送我这个？"

"你有几次没戴了。"

"嗯。"殷遥告诉他，"因为那条坏了，送修了，你猜到了是不是？"

肖樾点头。

殷遥朝他招一招手，肖樾于是弯腰，低头靠近。

他们在空荡荡的地下停车场接吻。

第五章

我有男朋友了

人一旦有了期盼，无聊而重复的日子都变得可爱。

可遗憾的是，并不是总能心想事成，总有些计划之外的变化。

殷遥去天津这趟全都是外拍，对天气和光线有要求，可这种因素并不是完全可控的，中午天气还晴好，下午四点后突然变化，导致匆促收工，并没有拍完。如果没有赶来天津，倒可以直接取消，安排延期，但现在拍了一半卡在这儿就挺麻烦，如果往后找另外的档期，就还得再跑一趟，甲方也不愿意拖很久，积极与殷遥沟通，最后达成一致，决定放到第二天上午补拍。

于是当天晚上她就留在天津。

殷遥傍晚发信息告诉肖樾，他没有多说什么，只说"好"，等到晚上给他打电话，才察觉到他可能还是有一些失望。

"他们找你拍，不需要提前查好天气预报吗？"他语气随意地问出这样一句，声音经过听筒显得比当面讲话要低。

殷遥隐约听出那么点怨念的意味，回答他："查好了，但也不可能完全没有变化啊，你们拍戏不是也会这样嘛，有很多没法控制的因素，需要天晴的时候并不一定是好天气，需要下雨的时候也不一定会下雨啊。"

"我们会人工降雨，"肖樾说，"用高压水枪。"

"……"殷遥被他认真解释的语气逗笑了，要不要这么可爱啊。

她脑海里几乎可以想到他此刻的表情，一定是眉目严肃，如果是在她面前，他的眼睛一定很黑，会显得有些深邃。

殷遥的笑声通过电话传到肖樾耳里，他没有说话，沉默地听了会儿，她的笑让他觉得舒服。

殷遥沿着落地窗走两步，在摇椅上坐下，语气轻松地问他："你在做什么？"

"没做什么。"他说，"我刚从超市回来。"

"哦，你买了菜吗？"殷遥乘火车时，他们在微信上聊天，说好晚上要一起吃饭，她说要吃他做的菜，他答应了，问她要吃什么，他提前买好。

"没买。"肖樾说，"等你明天回来。"

"好，但是我可能会比较晚，要先去工作室，然后回家……"殷遥顿了顿，说，"要不，你来我家吧。"说到这里才想起问他，"你明天有空吗？"

肖樾："有空。"

"那下午一点可以吗？"

"好。"

于是就这么说定了。

挂掉电话，肖樾收到殷遥的信息：如果我迟到了，你就自己先进屋。

她将家里入户门的密码发给了他。

第二天上午的工作结束，殷遥没有休息，回北京后和汀汀一起去工作室，薛逢逢让她在餐厅吃饭，被她一口拒绝。

"我要回家。"她动作很快地收拾办公桌。

薛逢逢奇怪地看着她："你着什么急？吃了饭回去不行？"

"太累了，回去睡觉。"殷遥头也不抬地说。

薛逢逢总觉得她最近有点不对，但又说不出哪儿不对，揶揄道："家里藏着什么宝贝啊？"

"是啊。"殷遥心情甚好地朝她笑笑，"我走了。"

不等薛逢逢回答，她已经脚步轻快地出门，下楼取车，颇有些归心似箭的意味。

殷遥途中去趟商场，耽搁了一点时间，紧赶慢赶，还是没能准时到家，比约定的时间晚了半小时。

肖樾已经来了。

殷遥开门进屋,看到他的外套在沙发上,桌上有一些水果,显然也是他带来的。

她脱了外衣,将小箱子推到一旁,放下手里的纸袋,弯腰换鞋。

这时肖樾听到动静,走到厨房门外,他刚刚正在洗菜,手没擦,还是湿漉漉的。

殷遥直起身就看到了他,略有倦色的脸上露出笑:"对不起,我又迟到了。"

肖樾在餐桌旁抽张纸巾擦了手,朝她走过去。

殷遥还没动,他已经主动抱她,手轻轻地扣着她的腰。

"没关系,只是半小时。"他声音平静。

这什么意思,夸她进步了吗?

殷遥哭笑不得,搂住他的背:"我已经很努力赶回来了。"

"嗯。"肖樾没有松手,抱了一会儿,闻到她衣服上留香珠淡淡的香味,他不知道这是什么香,随意地问,"你换了香水?"

"没有,今天没用香水。"她说,"应该是衣服的味道吧,你不喜欢吗?那我下次不用。"

"我没说不喜欢。"他话里带了笑,显然心情很好,说完,松开手,低头就去亲她。

殷遥意识到肖樾似乎有了一些变化,她记得上次也是在这里,他想亲,还要特地先说一下。

他今天很有耐心,慢慢亲完,让她伏在他胸口平复呼吸,低垂着眼看她:"你好像很累。"

殷遥惊讶他能看出来,点头承认了:"昨晚酒店的床不是很舒服,我很晚才睡着,所以没有睡好。"

"你去睡觉吧。"肖樾说,"睡醒了再吃饭。"

"那你做完饭要叫我。"

他应道:"好。"

殷遥走到卧室门口,想起一件事,又折回,走到厨房门口对肖樾说:"你可以换鞋了,我给你买了,在门口的袋子里。"

"好。"

"不知道合不合你的脚,如果不合适,你也将就着穿一下吧。"殷遥朝他笑一笑,转身去了卧室。

门口有两个挺大的白色纸袋,肖樾找到一双灰白格的拖鞋,发现除了拖鞋,她还买了很多其他的东西,毛巾、牙刷、剃须用品、两套宽松的棉质T恤和长裤、两盒男士内裤、一打袜子,以及……两盒安全套。

肖樾怔了一会儿,看了所有衣物的尺码,她买的全都是他的号。

殷遥踏踏实实睡了两个多小时,后来是被肖樾叫醒的。她睡得昏沉,意识滞后,糊里糊涂地觉得自己还在天津,直到看到肖樾的脸才意识到已经回来了。

她一看时间,惊了:"为什么不早叫我?"

"你睡得很香。"特别累的样子。

"可是菜凉了。"殷遥皱眉。

"我热过了,现在起来吃。"

于是一顿午饭就这样变成晚饭。

肖樾做了三菜一汤,殷遥实在是饿了,消灭了不少,吃完才意识到什么,说:"我这儿好像没有蒸饭的锅。"她低头看看自己吃完饭的空碗,又抬头看向肖樾。

"你这儿缺的只是锅吗?"

殷遥笑着说:"我知道不止缺这个,辛苦你了。"她厨房的装备实在过于简单,只足以煎个牛排或煮杯牛奶。

肖樾冲她抬了抬眉,没再说话,又给她盛了半碗汤。

晚饭后,殷遥自觉地和肖樾一起收拾厨房,注意到他都添置了些什么,他挑的东西只有几个色,不花哨,白色、灰色最多,有个小锅是奶绿色。

审美不错。

这天晚上,肖樾没走。

殷遥把什么都准备好了，自然是没打算让他走。

她昨天晚上已经想过，他们两个工作都忙，最关键的是，时间还特别不固定，能完全凑在一起的机会少之又少，她明天拍完凌凡，晚上就飞曼谷，下次回来，肖樾可能已经进组，所以任何一点时间都不要浪费。

肖樾去洗澡的时候，殷遥独自在暗房玩。等她出来，肖樾已经洗好了，他在卧室擦头发，上衣还没穿，很完美的骨架，宽肩，窄胯，有略微明显的脊柱沟。

殷遥站在门口看他，她手里拿着胶片相机。

也许是职业本能，她几乎没有思考就按了快门。

肖樾听到声响回过身，愣了一下，看向她手里的相机。

殷遥仔细观察他的神情，见他面色没什么变化，看不出被冒犯后的不高兴。但不管怎样，她这样偷拍都很不妥当。

"你介意吗？"殷遥说，"介意的话，这张底片我可以废掉。"这不是数码相机，按一次快门就有一张底片来记录，不能毫无痕迹地删除，这是最忠实的记录，也是殷遥喜欢胶片的地方。

肖樾看了她一会儿，说："随便你，你想留就留着吧。"

殷遥有点意外："真的？"

"嗯。"

殷遥立刻就笑起来，什么话都没说，走进门将相机放在桌上，过去抱他。她有点太高兴，动作过大，把肖樾扑到床上："你怎么这么好说话？"

床被他们压得陷下去，殷遥从他身上抬起头，垂眸说："你不怕我拿你的照片做什么吗？"

"能做什么？"肖樾反问。

"比如……放到网上曝光一下，这也算裸照吧。"殷遥笑得很放肆，"所以你不要得罪我，知道吗？"

肖樾凝视着她，淡淡地笑了下，将她压到身下："你再说一遍。"

殷遥压根不怕他："我说放到网上给你粉丝看看，她们应该会看得很高兴吧，你……"话没说完，被他堵住了唇。

起初，殷遥还挺享受，很快就意识到，他又在拿肺活量跟她比。

她憋不住地推他，等他退开后，她眼睛都潮了，脸贴在他颈间喘息着，声音也有些哑了："我才不会给别人看，我自己收藏一辈子……"

认怂地说完这话，她很乖地窝在肖樾怀里，紧贴着他赤裸的胸膛。

可肖樾却因为她说的"一辈子"微微怔住，忍不住抬起头看她的脸。

殷遥被他火一样热的身体焐得脸都红了，眼睛潮潮地看他："我都认输了，你还想欺负我啊？"她说话的声音又软又低，嘴角有笑。

她甚少有这样服软认输的时候，肖樾专注地看着她，手指拨开她脸上的头发："我没想欺负你。"

"你还不承认？你刚刚快要把我憋死。"殷遥推他一把，被他握住了手。

肖樾轻轻地扣着她的手指，嘴唇碰触她的下颌，另一只手探进衣服里，解她里面那件的搭扣。

他有一点点急躁，好一会儿都没能解开扣子。

殷遥笑了一下，贴着他的耳朵低声劝慰："别紧张。"

他不愿意承认自己紧张，等她说完话，就来咬她的嘴，手上动作却没有停，又折腾了片刻，总算搞定了那可恶的扣子。

殷遥闭着眼，身体完全放松下来，配合着他，任由他怎样探索。她觉得，自己面对他时似乎太过放肆淋漓，但她并不想收敛。

他们身上很快就都有了汗，寂静的空间里有起伏不定的呼吸，夹着一点其他的声音。

意乱情迷到了极致，殷遥感觉到肖樾的动作忽然停了，她睁眼，看到他汗湿的额发，他的脸庞和眼睛都泛着红，定定地看了她两秒，从她身上离开，出去了，很快又回来，手里拿了样东西，边走边拆。

殷遥目光柔软地望着他，等他过来，她伸手夺了那东西，哑着声音说："我帮你。"

这个晚上，两个人都有些沉溺于此。

结束后很久，殷遥仍觉得很累，她安安静静地躺着，脸埋在被子里，肖樾帮她清理了身体，问："很累吗？"他声音有些沙哑。

殷遥点点头，从被子里探出脑袋看他，神色疲懒地说："我要累死了，你呢？"

"……还好。"他声音极低。

殷遥轻哼了声:"没你厉害。"她盯着他的脸庞看了半晌,笑了一下,将自己的手递给他。

肖樾攥住她纤细的手指,捏了捏,说:"你的手很小。"

"是啊。"她意味不明地看着他,"所以不够握你吗?"

她的眼神昭示着这话绝不是字面意思。

肖樾与她对视几秒,手掌温度升高,他唇抿紧,别开了脸。

殷遥无辜地笑着:"你为什么不看我,我又没有别的意思。"

肖樾不理她。

"好了,我错了,肖老师。"殷遥只好向他求和。

肖樾侧过脸看向她,微抬眉,淡淡地说:"你不是很累吗?乱说话没有好处。"

他在警告她。

殷遥很想笑,但她这回忍住了,只点点头:"我懂了。"

肖樾依然握着她的手。

殷遥忽然又起了兴致,问他:"你这样牵过别的女人吗?"

肖樾顿了一下,说:"拍戏有牵过。"

见殷遥不说话,他又说了句:"不多,只有几次。"

殷遥:"这跟次数又没关系。"

肖樾便微蹙了眉,不说话地看着她。

殷遥伸手去捏他严肃的脸,笑着说:"开个玩笑,你这么认真?"

她其实捏得很轻,肖樾没躲,等她捏完了才说:"你看上去不像开玩笑。"

殷遥便顺势"嗯"了声:"是啊,当然不全是开玩笑,你和女演员有亲密接触,我当然会吃醋。所以以后如果有这种戏份,你拍之前告诉我一下,行吗?我做好心理准备。"

这话只是她信口说的,她并没有这么强的控制欲,但没想到肖樾很郑重地点了头。

"好。"他看着她的眼睛,像在做承诺一样。

殷遥又有点想笑,心里却热热的。他好像是个很单纯的人,虽然有时候显得有点骄傲又不好接近。

她不再这样同他胡闹,认真地问:"你什么时候要进组?"

"这周六。"

"那我赶不上了。"殷遥告诉他,"我明天晚上的飞机去泰国,起码要下周才能回来,看来要很久见不到你。"

肖樾愣了下,似乎有点没想到。毕竟刚刚两人还缠绵亲密,现在忽然就面临分别的现实问题。

殷遥将他神色的细微变化都收进眼底,也同他一样失落,便凑过去抱他,轻轻搂着他安慰:"等我回来,如果有空我就去探你的班,好不好?"

肖樾点头,说:"明天晚上几点?我送你。"

"不用送,白天工作完,傍晚就走,和造型师一道,有工作室的车送去机场。"

"所以我明天也见不到你?"他的声音有些闷。

殷遥低"嗯"了声,故作轻松地同他说玩笑话:"所以你今晚好好珍惜,不然就没机会了,明天晚上我还不知道抱着哪个泰国小帅哥呢。"

肖樾没有应声,沉默片刻,侧过身,又将她压到身下。

"我轻一点。"他低沉的声音说。

殷遥隔天早上为了工作早起,她从床上下来时才五点半,肖樾还在睡着。但不知怎么,她收拾好东西走出卧室,他就突然醒了,恍恍惚惚地坐起身。

殷遥拿着东西走到门口,听到身后的声音。

"你要走了?"

回过头,见他赤足站在卧室门口,头发乱乱的,眼睛因睡眠不足微肿。

殷遥心头微动,看他几秒,笑一笑:"嗯,走了,你睡好了再回家吧。"

两人相识这么久,时常经历分别和重逢,但很奇怪,这次的感受好像和之前的任何时候都不相同。

殷遥莫名地不想经历道别场景,没有等肖樾过来,潇洒地朝他挥挥手,开门走了。

她赶去工作室，吃了早餐，开始一天的拍摄工作。

这是她第一次拍凌凡，毕竟是经验丰富的实力派演员，不需要多做沟通，他有很好的表现力，拍摄过程很顺利。

拍完后，有个小插曲。

凌凡主动说想同殷遥聊聊，惹得一堆工作人员注目，殷遥不好拒绝，领他去楼上咖啡吧。

不出所料，他果然提起黄婉盛。

殷遥听完，大概懂了他的意思："你的意思是想复合？"

凌凡直白地承认："是的。"

殷遥沉思过后，诚实地告诉他："但我看婉婉应该并没有这个想法。"

"我知道，她还是被记者乱写的那些新闻影响了。"凌凡说，"我最近确实联系不上她，想问问你，她最近怎样？"

"我也不太清楚，应该是暂时休息，上次听她说，这个月要进组拍新戏。"殷遥说，"你说她被娱乐新闻影响了，意思是那些不是真的吗？"

"当然不是。"凌凡有些无奈地笑笑，"你不是业内人，不明白很正常，我们这行宣传期传绯闻是很正常的营销手段，并不是事实。"

殷遥："所以，这种事是你完全避免不了的？"

"有时候很多事并不是自己能决定的，各种压力都不是外人能看清的。"凌凡叹气，"你要是交个我们这行的男朋友就懂了。"

殷遥愣了下，不由自主地想起肖樾。

凌凡没有再多说，只拜托她转告黄婉盛，如果可以，请回他一个电话。

殷遥答应了。

这件事在殷遥心里不算大，但也留下小小涟漪，让她思考起艺人的处境。她想，肖樾是不是也会遇到很多棘手的麻烦事，他会不会也压力很大。

只要一想到他那样的人可能也有被为难的时候，殷遥就觉得不舒服。

曼谷一去就是两周。专注工作的这些天，殷遥没有多少时间关注国内的网络新闻，只是偶尔空闲，会照常用私人号去看肖樾的微博。

他的粉丝涨了很多，评论区也比从前更热闹。看过评论才知道原来他新上的剧反响很好,他只是男三号,但很出彩,因此赢了一波人气。随意搜一下他的名字,就看到有几个电视剧博主夸赞他,还能看到他粉丝做的视频混剪。

那些视频看起来有点意思。有一天因为天气原因,无法外拍,殷遥便趁空窝在酒店看了一下午,什么正经事都没做。

回国已经是十二月中旬,北京又下雪了。

殷遥闲了一天,去参加谢云洲的庆生会,是靳绍组织的,地点定在他酒吧的二楼,不知靳绍用了什么招,那天晚上谢云洲竟然真的出席了。

到场的都是一些从小一起玩到大的人,缺席的只有梁津南。

靳绍的脑筋还算清楚,他没有邀请梁津南,所以当天的气氛还不错。

殷遥在谢云洲面前有些顾忌,只少少喝了一杯鸡尾酒。

那些男人都在瞎侃,她插不上嘴。小时候就是这样,只有她和白迎迎两个女孩,她从小和白迎迎合不来,后来就不再一起玩,于是常常是一堆男孩和她一个女孩,大家都嫌她拖后腿不好玩,只有梁津南喜欢和她在一起。

殷遥独自靠到沙发上,在男人们聊天的声音中给肖樾发消息:今天又下雪。

配了早上出门拍的一张雪景图。

收到他的回复:冷不冷?要多穿衣服。

没隔几秒,又一条进来:要不要打电话?

殷遥慢慢地敲字回复,想告诉他这边很吵,忽然听到右手靠窗的位置两个人说话的声音,有点模糊,她只听清一句。

"梁津南啊,可能要离婚了……"

那两人后面又说了几句,提到"白家大小姐蛮横无理"云云,殷遥没有刻意去听,将编辑了一半的消息删除,起身去洗手间,给肖樾打电话。

拨过去后提示正在通话中,她看了下,点了"取消",没几秒就有来电,果然是肖樾打来了。

殷遥站在角落接听电话,刚接通后没听到肖樾说话,只有类似于街道上会出现的嘈杂声音,过了会儿听到他在叫她的名字。

殷遥抬手关上旁边半开的窗户,将风声阻隔在外面。

"肖樾?"

"是我,听得清吗?"他说话时有轻微的鼻音。

"可以听到。"殷遥问他,"你怎么了,声音不对,不会又感冒了吧?"

"没感冒,我现在回酒店,在路上,外面很冷。"意思是冻的。

殷遥:"这么晚?"

"今天不算晚。"他说,"你在家了?"

"不在,"殷遥告诉他,"我在酒吧。"

电话里静了一下,听到他声音低沉下来:"你喝醉了吗?"

"没有。"殷遥笑道,"你干吗?是不是我在你心里就特别爱喝酒啊,说得我好像酒鬼一样。"

可这话说完,不等肖樾回答,殷遥自己就先心虚了。不怪他这么想,那次她留宿周束那儿就是因为醉酒,后来在银泰喝了酒还是他过来接的,再后来她喝多了还骚扰过他,加上那次在工体附近吃饭碰见他,她也喝了酒。

这么多前科,肖樾很轻松就能一句话给她堵回来。

殷遥做好准备被他反问到无话可说,然而他今天并没有这样,电话里有汽车鸣笛,之后传来肖樾的声音:"我担心你。"顿了下,又说,"我不在北京,你喝醉了,我没办法接你。"

殷遥微微一怔,心里因为这样坦白的关心变得柔软,诚实地告诉他:"我今天只喝了一杯酒。"

"真的?"

"嗯。"殷遥说,"而且是在朋友的酒吧,不骗你。"

说完,听到肖樾"嗯"了声,略停了一秒,他忽然问:"你想我吗?"

这话题转折得真突然。

殷遥反问:"你说呢?"

却不给他说话的机会。

"明知故问。"她轻轻笑道,"我还没有问你呢。"

肖樾:"你可以问。"

"我不。"

"……"

那头静默，殷遥又像得胜了似的，愉悦地靠着墙壁，她看着木质洗手台上的绿植，很享受彼此之间的片刻沉默，静得能听到对方的呼吸，有种错觉，好像他就在身边。

过了会儿，听到那边的动静，她问："你到了啊？"

"要进电梯了。"

"哦，那好吧，不聊了，我也要回去了。"她说，"你早点休息，回去就睡觉，知道吗？"

他低声应："知道。"

"那再见啦。"她准备挂电话。

肖樾叫住她："殷遥。"

"嗯，怎么了？"

肖樾停在电梯外，眼睛看着正在变换的楼层数字。他想问殷遥"你什么时候有空"，她说过有空会来探他的班。

但他站了几秒，最后只叮嘱道："你注意安全。"

"好。"

殷遥过去时，靳绍那群人还在兴头上，寿星谢云洲却已经受够了这种热闹，叫了司机来，在外面候着。

他自然要带殷遥一道走。

兄妹两个一起下楼，酒吧一楼依然凄清得很，殷遥却意外地在这里看到黄婉盛，她一个人坐在窗边的位置睡着，像是喝多了，状态不太好的样子。

既然遇到了，就不能将她一个人留在这里。

于是五分钟后，谢云洲被吐了一身。

他面色铁青地脱了大衣丢进后备厢，司机帮着殷遥把黄婉盛扶进后座，略为难地问："谢总，您是坐后边儿还是……"

话没问完，见谢云洲自己拉开车门坐进了副驾。

司机也赶紧上车。

殷遥将黄婉盛安顿好，看了看前边的人。她知道他最爱干净，一定气坏了。他长这么大都没这遭遇，谁敢往他身上吐啊。

殷遥确实觉得抱歉，但不知为什么，想想他刚刚那张脸，又觉得好笑，心道：还是婉婉厉害。

但道歉总是要的。

"对不起啊。"她说。

谢云洲半侧过脸，往后瞧一眼，阴沉着脸："你这什么朋友？"

"黄婉盛啊，女明星，你不认识？"

谢云洲冷冷地说："女明星遍地都是，我个个都要认识？"

"是是是，知道你忙。"殷遥停了停，认真地说一句，"谢谢了。"

谢云洲瞥了她一眼，头转回去，不再说话。

虽然谢云洲挺生气，但到了地方还是帮殷遥把人弄了上去。

殷遥去开门时，他一个人扶着黄婉盛。

也不知黄婉盛是不是意识不清认错人，殷遥开了灯，转头一看，就见她特别亲昵地靠在谢云洲身上，还要去抱他，被谢云洲扣住了手。

殷遥瞧着自家哥哥一脸寒霜，赶紧过去将人拉开，帮忙扶进屋里，安顿在沙发上。

"你要不要坐一会儿？"她转身问谢云洲。

谢云洲满脸的不高兴，沉声说："不要什么人都来往，净染了些坏习惯。"

殷遥顿了一下。

"我知道。"她说，"但婉婉是很好的人，她不像我，她一向很克制自己，很少喝酒，只是最近不太开心。"

"不开心就能酗酒？"谢云洲皱眉。

"哪有这么严重？"殷遥无奈，"你以为所有人都像你这么理智吗？好了，我不留你了，你回去休息吧。"

谢云洲也不再说什么，点个头就走了。

隔天早上，黄婉盛一无所知地在殷遥家里醒来，殷遥用两分钟给她解释完事情经过，笑道："你真的挺厉害。"

黄婉盛很惊讶，又很后悔："你哥哥很生气吧？"她一向不喜欢给人添麻烦，没想到难得放任一次就出了差错。

殷遥明白黄婉盛的心思，安慰一句："没什么要紧，他衣服多的是，不过是一件大衣而已，他也不稀罕。"

说完，她想起什么，问："你不是在横店拍戏吗？怎么在北京？"

黄婉盛揉揉脑袋："只是请假回来两天，有个代言活动。"

"哦。"殷遥没问她为什么去喝酒，"那今天走？"

"嗯，下午回横店。"

"你还要拍多久啊？这么冷的天。"

"还早呢，按计划，一月份杀青。"

殷遥知道黄婉盛现在拍的这部古装戏，她有特意关注过，因为肖樾也在这个剧组。演员就那么多，弯弯绕绕，总会在某部戏里碰上一回。

殷遥想起肖樾，心情就很好，有点高兴地对黄婉盛说："那我圣诞节去探你的班。"

十二月下旬，气温连续下降，北京整天刮风，寒冷彻骨。

殷遥的工作二十四号早上结束，到义乌机场没有合适的班机，她买到去杭州的机票，转车去横店。黄婉盛住的酒店在万盛街，她的助理留在酒店等着。

殷遥去房间放好行李，吃了东西，和助理小姑娘一道去片场。

这时是下午三点多。

横店的冬天并不比北京暖和，沿路到处都是裹着厚厚羽绒服的演员。这种横店特有的定制款加长加大，冬天拍戏的话几乎人手一件，曾经在网上红过一阵，有些剧组路透照被粉丝看到，有人甚至专门去定制同款。

小助理告诉殷遥："就快到了。"

片场是一个搭起来的景，殷遥不知道呈现在镜头里是什么样，但现场看起来有些粗糙简陋。

黄婉盛虽然是女主角，但今天戏份不多，殷遥过去时，她在角落里，坐在取暖器旁烘着手，妆发精致，里面穿的是戏服，外面也罩了件被子一样厚的羽绒服。

片场人员众多，有些混乱。

殷遥不确定会不会看到肖樾，听说他们拍戏会分两个组，他这次是男二号，戏份很重，也许要经常换组拍。

她在黄婉盛身旁坐着，有相识的演员认出她，过来打招呼。

聊了会儿天，小助理就来告诉黄婉盛，下一场有她的戏。

黄婉盛拍拍殷遥的手："你就在这儿待着，别乱走哦，冻死人了。"片场没有什么正经的取暖设施，只有这种自备的小太阳取暖器，效果很差。

殷遥坐了十分钟，身体暖和不少，起身和小助理一道过去棚里看黄婉盛。

黄婉盛正对着一个妆化得很浓的男人说话，她不论是台词功底还是表演方式都没什么可挑剔，一场过。

然后是下一场准备。

导演是黄婉盛一直合作的老朋友，早就认识殷遥，所以她不得不过去问一声好，也不敢耽误人家工作，自觉地退回旁边。

黄婉盛走来看她，笑道："你明知道来探班会面对这么多人，又免不了要打招呼，还是跑来了，是多爱我啊？"

殷遥回答："我另有所爱。"

黄婉盛没当真，仍然笑着问："你有兴趣看这些？不觉得我们拍戏很闷很无聊吗？"

"没觉得，还挺有意思的。"殷遥视线仍然看着那边。下一场的演员过来了，黄婉盛又说了句话，但殷遥没听清，她看到右手边走过去一个人，没来得及看清，只有一个背影。

肖樾穿一身玄黑的劲装，同色的束发锦带，又高又挺拔。

殷遥静静看着，直到那个人转身，看到脸，她就笑了。

好一个祸国殃民的小将军。

快要开拍，化妆师趁着最后一点时间稍稍给演员补个妆。

肖樾皮肤好，不用涂脂抹粉大半天，只要稍微注意点阴影感，让脸在镜头里更立体，所以化妆师随便抹两下就完了。

他走到旁边，有另一个男演员和他讲话，他略微低头，似乎思考了一会儿，然后面色认真地说了几句，像在回答对方。

殷遥一直看着。

一两分钟后，肖樾终于抬头，视线随意地往前。

殷遥的心跳莫名快了一些，然后发现肖樾的目光直直落在她身上。隔着一段不长的距离，中间有机器和不断走动的工作人员，她觉得肖樾好像愣住了。

几秒后，旁边的男人拍了他一下，又同他说话。肖樾像是陡然回神，脸侧过一些，听完那人的话什么都没说，眼睛又朝她看过来。

殷遥不知他此刻心里在想什么，只觉得他像是在克制自己。

是很激动吗？是不是想来抱她？

这样自恋地想着，她忍不住对他笑了一下。

周围有太多人，而且他马上就要工作，这些客观情况都不允许她有更多其他的表示。

也就是在殷遥这么想的时候，这一场开拍了。

和上一场用的是同一个祠堂布景。

整个棚里严肃起来，工作人员一一就位，围观的演员也都保持安静。

和肖樾搭戏的是上一场那个男演员，在戏里他是肖樾的大哥。这是一场兄弟争执的戏，两位演员都有不少台词，对情绪的要求也很高。

肖樾一上场就跪下了，听着那位大哥训斥。

从殷遥的位置，看到的是整个场景的侧面。她看到他垂头抿着唇，脊背却挺得笔直。

殷遥从台词中听出大概的剧情，赵小将军因为少年意气，在校场打了侯爷家的公子。

一段好长的训斥结束，肖樾突然起身，反驳兄长。这里要表现出他又气又委屈的心境，所以他抬头时是红着眼睛的，他台词记得很熟，气急败坏地顶嘴，最后抹了一把眼睛，又重新跪回去。

殷遥从来没见过肖樾这个样子，看完了这场有点回不过神，仍然沉浸在他刚刚的情绪里。

可惜，肖樾明明表现得很好，但因为那位大哥的情绪不到位，需要重拍。

导演把那位男演员叫过去讲戏。

在这间隙，化妆师递了张纸巾给肖樾，又去检查他的妆。

殷遥注意到，他好像又在看她。

她忽然意识到，待在这里是不是会影响他工作？

这样想了一会儿，在下一遍开始时，殷遥没再继续看，她和黄婉盛一道出去，回到角落里烤火。

冬季天黑得早，这才不到五点，外面天色已经很暗。

黄婉盛今天的戏份还剩一场，晚饭前就能拍完，她对殷遥说："你来得倒也赶巧，我今天没有夜戏要拍，等会儿结束就能走了，带你去吃点好吃的，今晚平安夜，街上应该还挺热闹。"

"你们这儿也过平安夜吗？"

"过啊，"黄婉盛说，"剧组还会发苹果呢。"

殷遥感叹："你们生活还挺丰富多彩。"

"苦中作乐罢了。"黄婉盛笑着问，"你想去哪儿玩吗？趁我有空，还可以陪你。"

殷遥没有说话，黄婉盛以为她在思考，便提议道："梦幻谷要不要去啊？一般游客来横店，好像都挺喜欢去那儿。"

殷遥摇头："不想去。"

"那你想玩什么？就陪我待在酒店吗？"

"婉婉，"殷遥向她坦白，"我除了来看你，还有另一个人要看。"

黄婉盛一愣。

"谁啊？"

"刚刚拍戏的那个。"

黄婉盛怔了一瞬，微微瞪大了眼睛，压低声音问："是肖樾？"

殷遥笑着点头。

黄婉盛看着殷遥的神情，想起她上次说遇到个人，立刻就明白了。

虽然很惊讶，但黄婉盛毕竟在这行里见多了八卦事，不至于震惊到拍大腿的地步，很快就平静下来："你们什么时候认识的？"

"六月。"殷遥说，"你那么快就猜到他，是不是也赞同我对他的评价？"

"是说特别好看吗？"黄婉盛一笑，"我要说不赞同，你不得跟我绝交啊？"

停顿下，她诚恳地说："你眼光是不错，他非常有潜力，已经明显在走上坡路了，现在这个角色他把握得很好，有血有肉的，等剧上了的话应该会再上一个台阶。"

殷遥:"你这样说话像经纪人。"

黄婉盛:"我是客观评价。其他的我也不了解啊,虽然在戏里我是他阿姐,但下了戏接触不多,他话挺少的,到现在还客客气气地叫我'黄老师'呢。"

殷遥说:"他有点慢热。"

"是吗?"黄婉盛笑着揶揄道,"可是……六月到现在,好像也才半年吧。"

"……"

殷遥低头笑了。

黄婉盛看到她眼里的神采,心里有些惊讶,说:"你要在这儿等他下戏吗?他今晚好像要拍夜戏的,估计等一下吃了晚饭就要转场到野外去,你是跟我回去还是怎么办?"

"跟你回去吧,我不想打扰他工作。"

"那好。"

过了会儿,助理又来叫,黄婉盛便去拍今天的最后一场戏,叫小助理先领殷遥去外面的保姆车里。

等她拍完过来,车就往万盛街开去。

到了酒店,正准备去吃饭,肖樾的电话打来了,殷遥猜测应该是到了他们放饭的时间。

一接通,就听到肖樾问:"你在哪儿?"语气有些着急。

"我回酒店了。"殷遥说,"听说你还有夜戏要拍,晚上结束了告诉我吧。"

肖樾没有回答,站在青砖垒起的断墙边,听着十几米外放饭的吆喝声,问她:"你怎么来了?"

"不是说好要来看你吗?"她的声音里带着笑,"我说话可是很作数的。你去吃饭吧,不然要被别人抢光了。我挂了。"

没听到他应声,她又催促一句:"快去吃饭。"讲完就挂掉。

肖樾这晚十一点下戏,一结束就告诉殷遥,但她没回复他。

剧组的车把大家送回酒店。

进了电梯,肖樾又发了条消息,问殷遥睡了没。

等了三分钟,收到回复:我在酒店左手边的街上,你下来。

他刚开了房门,看到这条,拿上身份证又立刻出门,电梯在一楼没上来,他走楼梯下去。

殷遥站在街角,路上时不时有散了工的群演经过。

她站在路灯下,旁边有一个已经收摊关闭的报刊亭。等了一会儿,远远看到一个熟悉的身影。他腿长,脚步快,身上穿着统一的长款羽绒服,因为个高,也不显得笨重。

他走到近前,殷遥将他拉到报刊亭后,冷风被阻断。

"婉婉说,你们住的酒店一直都有记者盯拍。"殷遥没那么了解娱乐界,不知道肖樾这种程度的男演员会不会有人盯,她觉得保险起见,还是远离那个酒店。

肖樾知道她说的"婉婉"是指黄婉盛,今天看到她们两个站在一起。

他没有开口,静静地看了殷遥几秒,路灯从左上方漏进一片光,她的脸庞很白。

殷遥问:"你为什么不说话?"

"说什么?"他抬手碰她的脸。

"随便。"她抬了抬下巴,"这么久不见,都没话要告诉我吗?"刚说完,她整个人就被他裹到那件定制的宽大羽绒服里。

他头低下来,轻轻含住殷遥的唇,在她嘴里尝到奶味。

"又吃甜品了?"

"……婉婉给我买了芝士蛋糕。"

"好吃吗?"

"嗯。"肖樾的羽绒服里只有件线衫,贴得太近,殷遥几乎能感觉到他身体的热量不断地传给她。

这话之后静了片刻,他将她抱得很紧,灼热的呼吸不断地拂在她耳侧的头发上。

"前面五百米有家酒店还不错。"他沉默了下,说,"我带了身份证。"

殷遥听明白他的意思,轻轻地笑起来。

肖樾松了手,退开一点,垂眸:"笑什么?"

殷遥弯着眼睛,说:"我可没打算跟你去另外开房间。"

肖樾不说话,觑着她的眼睛。

殷遥慢慢地收起笑容:"听婉婉说,你们明天四点钟起床化妆,是不是?"

他点头。

"你需要休息。"殷遥别有意味地看着他,"你知道,如果你和我住,今天晚上我不会让你睡觉的。"

肖樾默不作声地站了一会儿,告诉她:"明天晚上我不用拍戏。"

殷遥点头:"好,我等你。"她轻轻踮脚,手从他的后颈绕过去搂他的脖子,贴在他耳边说,"我在片场的时候,是不是会影响你工作?"

肖樾不太想回答。

但殷遥这句话问得很温柔,他不想骗她,承认了:"我会想看你。"

"为什么?"

"不知道。"

殷遥又笑起来,故意说:"我去看婉婉演戏,她就不受影响。"

"……一样吗?"

"有什么不一样?"

肖樾别过脸,懒得和她说,可过了两秒,又忍不住转回视线,严肃地告诉她:"也有别人来探我的班,我也没有受影响。"

殷遥却抓偏了重点:"有人探你的班?"

"……是以前。"

"女人吗?"

他不回答。

"是追你的人?"殷遥点头,"我知道了,是追你的人。"

"我又没有答应。"肖樾说,"是她自己要来的,我没有和她说话。"

殷遥:"你和她说话了,我也不会知道。"

"……"

都不知道话题怎么扯到这里，总之又刷新了两人在一起后幼稚对白的下限。

憋了几秒，肖樾低声问："你是在吃醋吗？"

殷遥不说话。

肖樾蹙眉，唇抿了下，手从羽绒服兜里摸出个包装好的苹果递给她。

"……"

殷遥被他突然变出来的苹果成功地逗笑了，这是什么路数啊？

这人真是不按常理出牌。

她故意不接，肖樾直接拉过她的手，把苹果放到她手里："给你。"

碰到她手腕时，他低头看了眼，惊讶："你戴了这个？"是他送的手链。

"是啊，挺好看的，我为什么不戴？"说完她睨他一眼，淡淡地说，"不像你，我送的手表你都不戴。"

肖樾因为这一句愣了下，眉微皱，没有多想地说："我想留着。"

"留着干什么，做古董吗？"

"拍戏不方便戴。"他解释，"片场混乱，怕弄丢了。"一旦开工就总是在不同的片场辗转，剧组杂物本来就多，经常找不到东西，每场戏又有专门的服饰要求，手表一戴一摘的，他身边没有专门的助理跟着拿东西，确实不好保管。

这个理由殷遥倒是理解，她又想问"那香水怎么不用呢"，想想又觉得没意思，像小学生似的。

以前薛逢逢吐槽时说过"谈恋爱降智"，想起刚刚那个无聊幼稚的探班话题，殷遥觉得这话不无道理。她原本也就是想口头上逗逗他玩，结果还真把自己逗进去了，上赶着吃一桶老陈醋，与她十七八岁谈恋爱的样子没差。

可她已经快要二十六岁了。

殷遥捏了捏手里的平安果，抬头问："这是剧组发的吗？"

"嗯。"

"你特地留给我的？"

肖樾点头。

殷遥想想也知道这个时间外面应该不好买到，再过一刻钟就不是平安夜了。

不过是剧组免费送的一个平安果，她就抛掉了那个诡异的探班争论，主动去抱肖樾："好了。"

肖樾一愣，嘴角扬起，脸庞在昏暗光线中棱角清晰。他将她搂紧。

殷遥便听到耳边一串低低的笑，他带着笑音问她："你不生气了？"

"没时间跟你生气。"殷遥脸靠着他的胸口，声音瓮瓮的，想起他四点要起床的事，"我们是不是该回去了？"

肖樾却不动："再待一会儿。"

可是这个"一会儿"过得飞快。

殷遥转头看看前面路上，路灯下依然有不少人来来往往，拍完夜戏的群演一茬又一茬，除了群演，可能还有游客，或者娱乐记者。

她转过头，伸长手臂将肖樾的羽绒服帽子戴上去，宽大的帽檐遮掉他半张脸。

"可以了。"她牵起肖樾的手，"走吧。"

两人从报刊亭后绕出来，沿着路往前，到了距离酒店大门几十米的地方，殷遥松开手："我先进去，你等会儿进来。"

她也不等肖樾回答，脚步飞快地走向酒店门口，不忘回身朝他挥一挥手。

肖樾看着她的身影消失在门口。

他独自站了会儿，心情有一丝复杂。

不知道是不是黄婉盛教了她，她才学会这样生疏又仔细地帮他避着也许对他并不感兴趣的记者。

殷遥第二天没有去片场，在酒店待着。黄婉盛有半天要拍戏，下午空闲，她中午下了戏回来和殷遥吃饭，说起片场的事，忍不住要笑。

"哎，你家那位今天难得来和我说话了。"

殷遥正在吃一块排骨，有些惊讶地抬头："他说什么了？"

"你猜一下。"

"是不是跟你讨论戏？"

黄婉盛摇头："不是。"

殷遥思考了一会儿："难道和我有关？"

"嗯。"

"……向你打听我的事吗？"不至于吧。

黄婉盛不卖关子了，告诉她："今天跟他有场戏，我拿鞭子抽他，后来中间休息，他过来跟我说谢谢我照顾你。"她越说越想笑，"……就特别一本正经的，你想象一下，还叫黄老师，我以为他要说什么。哎，他是不是觉得你是他的人了，向我宣示所有权来了？"

殷遥被逗笑："那你跟他争了吗？"

"我需要争吗？昨晚你可是睡在我的床上。"

两人一齐笑起来。

笑完，黄婉盛正经了点，给殷遥舀了碗汤："我还真想象不到你们俩平常相处什么样，他这性格，应该很容易认真吧。"

"是有点。"殷遥说，"不过还挺好玩的，现在跟我熟了，他也有些变化。"

至于什么变化，殷遥也说不清楚。

黄婉盛笑问："是被你带坏了吗？"

殷遥认真地点头："确实有这个趋势。"说完又笑。

黄婉盛很温和地看着她："你看起来确实比以前开心很多。"

殷遥点头："是啊。"

这天晚上，殷遥也是和黄婉盛一同吃饭，吃完去她房间拿东西，然后去几百米外的另一个酒店办入住手续。

她将房间号发给肖樾。

七点钟肖樾收工，跟剧组的车回去洗了澡，换一身衣服就去找殷遥。

听到敲门声，殷遥在吹头发，她将吹风机丢在床上，过去将门开了道缝。见肖樾站在门外，身上是件中长款的连帽外套，她打开门让他进来。

肖樾将手里的纸袋放在桌上，扯下帽子。

殷遥一看纸袋上的 logo 就知道他带了吃的，走过去打开，里面是咖啡和蛋糕。

都是她喜欢的。

"我最近可能真的要胖了。"她一边这样说,一边毫不停顿地将东西拿出来,先喝一口咖啡。

肖樾在脱外套,衣服扔到床上,回头看她一眼,说:"没胖,还是很瘦。"

"男人的话不能信,你不知道吗?"殷遥靠在桌边,一边喝一边看着他,目光忽然停住,她走过去,隔着很近的距离仔细看他,"你眼睛怎么了?"

肖樾顿了下,反应过来:"拍了场哭戏。"

"哭戏?"

他点头:"戴着隐形眼镜,就这样了。"

"你不是只有轻微近视吗?"

"不是近视才戴的,赵殊……"他耐心地解释,"我演的那个角色,不是中原人,是小时候被将军府收养的,眼睛会跟别人不太一样。"

殷遥听懂了,戴隐形是调一下瞳孔颜色,这是很常见的操作,昨天她在片场都没看出来,应该是在近景镜头里会比较清晰。

殷遥皱眉:"所以你整部戏都要戴?"

"嗯。"

殷遥又问:"你用了护眼液吗?"

肖樾摇头,看她有点紧张的样子,他笑了。

"你笑什么?"殷遥抬着头,仔细看他眼睛里明显的血丝,"有点严重。"

"没事,"肖樾不在意地说,"明天就好了,你晚上吃的什么?"

"婉婉带我吃的,一个港式餐厅,菠萝包不错。"殷遥问他,"你呢,剧组盒饭?"

肖樾点头:"不然呢?"

"好吃吗?"

"还行吧,不难吃。"他语气很放松,有一种工作之后的疲惫和懒散,说话时垂着眼,目光随意地落在殷遥脸上,清楚地看到她右边脸颊有一个小小的微肿的红点,并不是多严重,但她皮肤很白,又细腻,对比起来就显得突兀。

肖樾抬手碰她:"这里怎么了?"

"不知道,早上就看到了,可能蚊子咬的吧,"她眉微扬了点,带着笑说,

"你们横店也真奇怪,冬天还有蚊子。"

肖樾也笑,声音略低:"怎么就只咬你?"

"大概欺负我吧,毕竟我是新来的。"

殷遥往旁边走两步,坐到床上,低头喝一口咖啡,问他:"你今天拍戏怎样?婉婉说,她今天拿鞭子抽了你,你是因为这个哭的吗?"

"不是。"肖樾走过去,将椅子拉过来,坐在离她两步远的地方,"这有什么好哭的?"他停顿一下,声音低缓地说,"是大哥死了。"

殷遥抬起眼。

"战死的。"肖樾表情很淡,略微垂眸。殷遥便感觉到他还没有完全从今天的戏里出来。其实,连她听到这个剧情都惊了一下,明明昨天去片场,他那位"大哥"还好好的,没想到今天就演到这里。

殷遥想安慰他,但在这方面她很拙劣,最后只低声问出一句:"那他今天是杀青了吗?"

肖樾低头笑了:"没有,不是按顺序拍的。"

殷遥点头,表示明白。现在再看他的眼睛,能想象这场哭戏可能拍得并不容易,以至于他的情绪到现在还受影响。

她将手里那杯咖啡放到床尾的长凳上,起身过去握他的手。

肖樾抱了她。

殷遥是站着的,比他高,她弯腰,安慰地亲一下他的额头。过了会儿,她被肖樾拉了一把,坐到他身上。

这个姿势,适合接吻。

屋里有半分钟十分安静,然后有渐渐加重的呼吸声。

肖樾的手臂稳稳地抱着殷遥的腰,他们贴得太近,近到殷遥清楚地感觉他身上是怎样起了变化。

直到这个亲吻结束,肖樾依然没有松手,他将人抱到床上,关了房间的大灯,顺手摁亮床头的壁灯,起身脱自己的上衣。

殷遥躺在床上看他,恰好他也睇来一眼,漆黑的眉动了动,像在问她看什么。

殷遥不说话,目光渐渐变得很热。

她笑了一下，等肖樾重新过来，她没有给他时间，很果断地将人扑到身下。

"昨天在那儿看到你，就想这样……"她俯身亲他的眉和眼，异常认真，嘴唇触到他柔软的睫毛，他不得不闭上眼睛，他喉结滚动了一下，想说话，但最终没有说出口，任由她这样放肆。

殷遥的身体和他一样热，她有点昏头涨脑，不由自主地乱说话，脸贴着他的肩，声音又低又慢："你应该穿昨天那身，我替你脱靴子……解腰带，再扯掉你的束发带……"

肖樾的理智因这话彻底乱掉。

他没有耐心受她慢慢折磨，翻身将主动权拿了回来。

殷遥是典型的嘴巴厉害，实战一般，前半程还勉强凑合，到后面就完全没有招架之力，全由着他。她被肖樾抱着，脸埋在枕间，眼睛潮湿，气息混乱，又不想让他停，弄到最后，迷迷糊糊中生出一点后悔之心。

不该乱说话。

也不知道折腾了多久，殷遥完全没有时间概念。

等一切都缓下来，意识渐渐恢复，她趴在被子里，手指不安分地碰肖樾的眉："你不是拍了一天戏吗，怎么还这么……"

后半句没说，但意思很明显。

她深切地意识到男人和女人的力量悬殊。

肖樾侧眸看了她一眼，将她汗湿的额发往旁边拨开："累坏了？"

殷遥不愿意承认："还好，没那么严重。"

肖樾的视线落在她唇上，那里被亲得有些红。他轻轻将人搂到怀里，低哑的声音道歉："我今天，有点控制不住。"

殷遥"嗯"了声，他今天确实有点……

但她也要担下一半的责任："是我先招惹你的。"

她仍然玩他的眉，语气轻松地与他说话："赵殊，这名字好听。"她又问一个曾经问过的问题，"你在这戏里谈恋爱了吗？"

肖樾摇头："没有。"

"应该有人喜欢赵小将军吧？"

他点头。

"他不喜欢人家?"

"嗯。"肖樾说,"他喜欢公主。"

"公主不喜欢他?"

他又点头。

殷遥真有点忍不住,笑了好一会儿,揉一下他的脸:"可怜。"

怎么老演这种爱而不得的角色呢。

肖樾显然不在意这些,目光温温地看着她:"我在这戏里,会抱公主一下,大概后天拍。"

殷遥一愣之后明白了。他曾经答应,有亲密戏要提前告诉她。

他把她的玩笑当真了。

怎么这么傻啊。难怪婉婉说,他这样的性格,很容易认真。

肖樾态度这样好,殷遥也不想再告诉他那时候她是随口瞎说的,她应一声:"好,准了。"

这样在床上瞎聊了半小时,殷遥又起来洗澡,洗完坐回桌边吃蛋糕。肖樾独自躺了几分钟,也起来洗澡。

殷遥想了想,还是决定下楼给他买支滴眼露。

刚刚看,他眼睛好像更红了。

殷遥穿了外套,趁着肖樾洗澡的时间跑了一趟。酒店左边一百米就有药店,她根据药店医生的推荐,买了眼药水和护眼液。

刚进酒店大厅,就接到肖樾打来的电话,他洗完澡出来,没看到她。

"我上来了,在楼下呢。"她接通回答一句,笑道,"你着什么急啊,我又没跑。"

上楼敲门,肖樾在穿衣服,长袖 T 恤套了一半,他一边穿袖子,一边过去开门,殷遥走进来把买的东西递给他。

肖樾将袋子提起来看看,愣了下:"你去哪里买的?"

"旁边就有药店,很近。"殷遥说,"你用下试试,会舒服点。"

她走去床边,脱了外套,又坐回去继续吃蛋糕,回头看他一眼,催促:"快去用一下。"

肖樾拿着东西去卫生间。

过一会儿，他出来了。

殷遥问："你感觉怎么样？"

"挺舒服。"

"那以后拍戏带着吧。"殷遥从纸袋里摸出另一个小勺，递给他，"要不要吃？"说完一看时间，已经快十点，对演员来说，这个点吃东西十分罪恶。

不过肖樾没有拒绝，陪她吃了一点。

殷遥沉默了会儿，转头对他说："我明天要走了。"

肖樾抬头："明天什么时候？"

"十点钟走，你还是要早起拍戏对吧。"殷遥说，"你不要操心，婉婉的司机会送我，不过后面我就没机会再来了，你是不是一月份杀青？"

"一月中旬。"肖樾说，"我拍完就会回去，年底之前应该不会有新戏开拍了。"

"好。"殷遥笑着看他，"那我在北京等你。不过我年底会有一点点忙，可能要去趟美国，所以也不一定有很多时间能和你在一起，所以你一回来就赶紧找我，好不好？"

肖樾当然说好。

两人就这样约定了。

第二天殷遥睡醒，肖樾早已经走了。他今天依然是四点起床去化妆，她昨晚想着要和他道别一下，但睡得太沉了，根本没有醒，闹钟应该响过，但肯定是被他关掉了。

殷遥摸到手机，看到微信上有他留的两条消息。

"对不起，不能送你。"

"路上小心。"

殷遥昨晚就看出他因此自责，一直到睡觉情绪都不太高。但她其实特别理解他们这种职业，时间不是自己的，一个人掉链子会影响很多人，她不会因为这种小事对他不满。

她回复：没事，不要放在心上，再见。

殷遥这趟回北京不是很顺利，天气不好，飞机延误，折腾到傍晚才落地。她下飞机后本想先回家一趟，换身衣服，但时间紧张，只好直接赶去谢云洲那儿。

因为她前几天答应了，要去吃晚饭。

路上堵车严重，殷遥打座机电话，是家里的方姨接的，只说谢先生在书房忙。殷遥赶过去，已经迟到了四十分钟，过了饭点。

她拖着箱子，一脸风尘仆仆地进门，方姨过来接她手里的包："哎，遥遥小姐，这是从哪儿来？"

"出了趟远门，刚回来。"殷遥笑笑，"飞机延误了，所以弄到这么晚，就直接过来了，我哥呢？"

"还在楼上呢。"方姨说话温温柔柔，"谢先生最近忙得很，天天都要挺晚才休息。刚刚倒是下来问了我，知道您还没来，叫我把菜热着，再等等。"

殷遥顿时更愧疚："我上楼去叫他。"

她将外套脱了，理了理头发，上楼去谢云洲的书房。她当然不敢贸然闯进去，在门外先敲两下门，听到他声音，才推开门。

谢云洲在讲电话，殷遥没打搅，进去坐在沙发上，等他讲完，才说："对不起啊，让你等久了。"

谢云洲没追究什么，他脸色有些疲倦，淡淡地扫她一眼，手指着旁边书柜最下面一层："看看那里，是不是都是你的东西？"

殷遥走过去，看到一个挺大的方形纸盒，她蹲下来，伸手将盒子打开，一看就愣住了。几秒后，她转过头问："这哪儿来的，怎么会在你这里？"

"靳绍拿来的。"谢云洲按了按眉心，声音也不大高兴，"说是梁津南结婚前给他的，让他还给你，他送我这儿来了。"

已经在这放了几个月，他一直没跟殷遥说，今天她来了，他才提起。

"如果你还要，就拿走。"谢云洲说，"不要，我就处理了。"

殷遥没有说话，脸又转回去，看了看最上面那个软毛小猴，那是妈妈送的，旁边有个零钱罐，那是小姨送的。她那年回国，寄了一堆东西回来，地址写的是梁津南住处，后来两人崩得太突然，她再也没去过他家，东西也不要了。

现在已经过去三年多。

殷遥一件件地将东西往外拿,全都是熟悉的,看了一半,她没再往底下翻,又都放回去,最后将盖子盖上,转身说:"等会儿吃完饭,我带走。"

谢云洲点点头,沉默半晌,到底还是说了一句:"听靳绍那小子说,梁津南今天办离婚手续。"

殷遥没有说话,蹲在那儿将纸盒从书架里拉出来。

谢云洲看着她的背影,拧了眉头。已经这么久了,对于这件事她仍是这样一副不愿沟通的样子。

"你听到没有?"他的声音沉下来。

殷遥转过脸:"你为什么跟我说这个?"她声音平静,眼里也看不出明显的情绪起伏。

"我是在告诉你,没必要再惦记他。"谢云洲评价别人仍是一贯的刻薄又理智,"他这样糟糕的处事能力,比我预想的更差劲,你当年就是跟了他,也是过不好的。"

殷遥明白了他的意思:"你是觉得我对他还有想法?"

谢云洲没有说话,眼里意思很明确,他就是这么认为的。

殷遥也不知道他这样判断的根据是什么,想了想,说:"我觉得,好像在你们看来,我就应该放不下梁津南似的。"

"你这几年什么样子,自己不知道?"谢云洲脸色严肃地看着她。

殷遥:"我什么样子?"

谢云洲懒得说。

殷遥沉默了下,低眸看着地毯上的花纹,平静地说:"别把我想得那么长情,我现在发现,换个人也不是不行。"她说到这里略微停顿,抬头笑了一下,"忘了告诉你,我有男朋友了。"

谢云洲一愣。

他不清楚她是不是随口胡诌。

"你看,你并没有那么了解我的事,所以还是操心你自己吧。"殷遥挑一下眉,语调轻松,"上回听靳绍说,金城地产的大小姐最近天天堵你,你躲她像躲瘟神一样,怎么回事啊?听起来还挺劲爆的。"

"……"谢云洲的脸立刻就黑了。

殷遥嘴角露出笑,颇有兴致地说:"要不你就从了她吧,那我就有嫂嫂了。"

"胡说什么。"谢云洲冷着脸,不悦地睨她一眼,"吃饭。"

他窝着气站起身。

殷遥笑得坐到地上。

谢云洲呵斥一句:"像什么样子。"

"我就是这样,"殷遥无所谓地说,"我又不要你喜欢。"

谢云洲懒得说她:"下楼吃饭。"

殷遥心情甚好地起身,跟在他身后。

饭后殷遥没有多留,谢云洲让司机送她。

殷遥在车上接到薛逢逢的电话,没讲正事,不过就是问她顺利回来了没有。殷遥这趟出门打的旗号是去看黄婉盛,薛逢逢全然没怀疑,还问她探班怎么样。

殷遥面不改色:"我又不是第一回探班,拍戏都是那一套,也没什么新鲜的跟你汇报。"

"行吧,你回家歇着去,好好养精蓄锐。"

殷遥应道:"知道了,我晚上先看看你发的方案,明天跟你讨论。"

薛逢逢喜欢她态度积极的样子,笑道:"明天午饭带你开小灶。"意思是不在工作室的餐厅吃,要带她出去下馆子。

薛逢逢挂了电话,靳绍端着调好的酒过来了:"遥遥回来了?怎么不叫她来?"

"飞机延误折腾一天,又跑去她哥那儿,这还得来看你?你多大脸啊。"薛逢逢白他一眼,不客气地夺过他手里的酒,喝了两口,将杯子"砰"地放下,"你说梁津南怎么就不能跟白小鸟儿花好月圆白头偕老呢?郎才女貌的多可惜,这梁、白两家不是大户吗,就没钱建个锁妖塔给他俩锁里头去?"

靳绍嘴里一口酒差点喷出来。

"你要不要这么大怨气?"他笑道,"梁津南好不容易脱离火海,他母亲被气得,这会儿可还躺在医院呢,人家也够可怜了吧?"

"他自找的,可怜什么?"薛逢逢脾气上来了,出口成刀,"我话放在这儿了,他要是敢仗着个二婚之身再来祸害遥遥,别怪我不饶他。"

"……"

靳绍朝她竖拇指,他很想笑,但到底还是顾及兄弟之谊,说:"至于吗?他有这么罪大恶极?你们女人啊,就知道个爱憎分明,可到我们男人这儿有这么简单就好了,你是不清楚他家里……"

他喝口酒,给薛逢逢讲:"梁津南他母亲三十八岁高龄才有的他,真是赌了命生的这儿子,差点人就没了。这些年梁家老的少的谁不宠着她由着她,早些年老太太在她跟前,说话都软三分,你说她非拿身体折腾,梁津南怎么反抗?"

薛逢逢不为所动:"既然他有这么个妈,那别招惹遥遥啊,早早分手了事。"

靳绍摇头笑一笑:"你看你,特会说轻巧话,谁会打一开头就想认命啊?他的确是早知道家里属意白家那位做他未来妻子,但原本还有个希望,想着劝遥遥回谢家,但你知道遥遥什么性格,津南哥了解她,一直到最后都没开这个口,你说他不爱遥遥吗?我看是太爱了,一丁点儿都不想勉强她。"

薛逢逢皱眉审视着:"你这么明目张胆地帮着他讲话,遥遥就活该了?"

"我哪说遥遥活该了。"靳绍无奈地一摊手,"我不说话了还不行?我喝酒,我喝酒。"

酒吧那边台上,新来的男歌手低吟浅唱。

吧台这里暂时安静了片刻,薛逢逢将杯子里的酒喝到见底,没憋住还是问了句:"所以那浑蛋这么'忍辱负重'好不容易结婚了,离什么?白折腾一遭好玩啊?"

"这你又不懂了,"靳绍抬着下巴,"你这人年纪比我大,这窥探人心的能力还是够差劲的。日子真过起来哪有想的那么容易,白迎迎什么人啊,人家也是家里娇惯着宠大的,本来就够刁蛮,心气高气性大,她再喜欢梁津南,被冷多了,还能天天热脸去贴冷屁股?可不就成了一对怨偶,天天吵天天吵,多喜欢都磨没了吧,那白迎迎可不是个逆来顺受的主儿……

咦,"靳绍后知后觉地想起来,"我是不是没告诉你,这离婚还就是她先闹出来的,绝食都用上了。"

薛逢逢惊奇:"白小鸟儿这么刚烈?"

"岂止。"靳绍凑近了点,手遮在嘴边,慢悠悠地说,"听说绿帽子都给我津南哥戴上了。"

薛逢逢瞪大眼睛,这回真惊讶了:"厉害啊,白姑娘比梁少爷有种多了啊!"

听靳绍这货瞎侃一晚上,总算听到点儿对胃口的。薛逢逢莫名兴奋:"这才结婚多久啊,他俩相爱相杀的,演电影似的,真是爽,活该是一对!"

"……"

靳绍无语:"行了吧!你这幸灾乐祸的,还能再明显点儿吗?别一高兴把我酒吧给拆了!"

"我拆你酒吧干什么?"薛逢逢心情大好,"今天这酒我请了!"

第六章

我不信你

薛逢逢的好心情持续好几天。梁津南和白迎迎离婚的消息并未公开，因此除了靳绍那个小圈子，薛逢逢可以说是唯一了解内情的，她原本并不乐见梁津南离婚，现在倒觉得神清气爽。

殷遥对此一无所知，只是觉得这几天薛老大变得很好说话，有求必应，甚至连殷遥同她商量想把一月底的拍摄提前，她也答应去沟通。

当然，沟通的结果很好，殷遥如愿地将去美国的行程提前。她这样做只有一个目的，为的是将一月下旬完整地空出来，这样等肖樾杀青回来，她就不用再出远差。

元旦过后，一切都按照殷遥的计划进行，她十五号从美国回来，肖樾十八号杀青，他订了十九号的机票。

殷遥当天有拍摄，没法接他，他的经纪人小山有空，主动去机场接人。殷遥傍晚趁着吃晚饭的时间给肖樾发消息：我家密码还记得吧？我要很晚收工，你自己吃晚饭，困了就早早睡觉。

隔一会儿，她又补充一条：天气冷，你多带些衣服，衣柜左边都是空的，你随便放，如果有剧本要看，也可以带过来。

殷遥其实没有多想，只是上回听他说过年底不会再开新戏，理所当然地认为会有比较多的时间在一起。可她发的消息内容无论给谁看，隐含的意思都值得揣度一番，看上去很像在邀请他同居。

消息发完,她匆忙地去工作。这天晚上,拍摄直到十一点才结束。

殷遥婉拒了薛逢逢的邀请,在大家一齐离开去吃夜宵的时候,她回办公室收好东西,下楼去取车。

手机上有肖樾十点钟发来的微信,问她什么时候回去。

殷遥坐到车里,给他回复:现在回来。

几乎一秒内就进来一条新消息。

肖樾:我在你工作室外面。

殷遥一愣,看完那行字,将手机丢到一边,发动车子开出去,右拐往前几十米,果然看到站在树下的身影。她将车停下,看见他走了过来,街灯将他的影子拉长。

殷遥有种异样的感觉,已经很多次这样深夜收工,开车沿这条路回去,只有今天有人等在这里。

她转头开门下车,从车头绕过去,在右车灯的位置停下。肖樾已经走到她面前,身体遮住了昏淡的一片光,脸庞晦暗不清。

殷遥什么话都没说,已经被抱住了,她的脸颊蹭到肖樾胸前的衣服,明显凉飕飕的。她几乎是下意识地抬起手指去触碰他的脸,果然也是冰冷的,忍不住摊开手掌帮他捂一下:"什么时候来的啊?"

"没多久。"低沉的声音经过北京夜风的裹挟,显得有些干冷。

殷遥知道他说的是假话,但即使戳破,他也不会承认。

"不是让你在家里睡觉吗?"她的声调不高不低,语气里有一丝嗔怪,"为什么不听我的话?"

肖樾低着头,目光在她脸上停留,发觉她明显比上次见面清瘦了一点。

他淡淡地反问:"为什么一定要听你的话?"

"……"

殷遥也说不出理由:"你坐飞机不累吗?我心疼你,你不知道啊。"

肖樾当然知道,但他懒得多说,直接牵起她的手:"我就是想接你,非要理由吗?"说完带着她往车边走。

"我开车。"他拉开副驾的车门。

殷遥不自觉地听从他的安排,坐进车里。肖樾关了车门,走到另一边,开门上车。

他发动汽车,侧过头说:"你累了就睡一会儿。"

殷遥确实很累,也许是见到他,心里放松下来,紧绷了一天的身体也变得十分懒,原本想和他多说一点话,可是等车开过两条街,她已经靠着座椅睡过去。

随着汽车前行,一路昏昏沉沉,不知什么时候就到了地方。

殷遥迷迷瞪瞪感觉到车停下来,有人伸手抱她,睁眼时脑袋已经在肖樾的臂弯里。她浑身困倦,懒懒地看着他:"你打算抱我上去吗?"

"不打算。"肖樾准备收回手,殷遥没让,只是轻轻地搂住他的脖子,就让他的上半身都进到车里。

偌大的停车场,深夜寂静无声。

殷遥被压在座椅里,手臂被制住,肖樾有点凶地咬她的唇。殷遥挣扎好半天,一只手逃脱,趁着空隙将他推开一点,低低地喘着气,眼里微微泛了些红,话音都是断的:"去后面……好不好?"

这话说出口,不单让肖樾一怔,殷遥自己也愣了几秒,她后知后觉地拧了眉头,觉得自己真是被他弄得昏头昏脑了,她今天生理期呢!

殷遥遗憾地推一下肖樾:"都怪你。我今天不行……"

"什么……"肖樾刚问出口,突然一顿,明白了。

耳后热度明显升高,他喉咙发紧。

殷遥这时拉住他的袖子,有点情绪地说:"你抱我出去。"

目光交汇,肖樾避开她的眼神,这回他没有唱反调,弯腰将她捞到怀里,弓着背往后退,仔细注意距离,没让她撞到脑袋。

将人抱到车外再放下来,去拿她留在车里的手包,他关了车门,回过身,见殷遥有点温柔地看着他。

"你今天很累?"她说,"或者是不开心?"

肖樾顿了顿,眼睛里明显有些波动。

殷遥过去拉他的手:"是因为等久了吗?外面那么冷,你不高兴了?"

"不是。"他停了下,说,"我没有不高兴。"

他牵起她的手,往电梯的方向走。

其实殷遥说得没错,肖樾心里的确有些情绪,因为下午小山说的话,也因为殷遥发的消息,他在等她的时候胡乱地想起其他事,不知怎么,生出一股烦躁感。

不希望那部戏真的是她插手,也不想做她"招之即来"的人。

可是,那么久没见,很想她,没法一见面就拿这些去质问。

肖樾走得很快,殷遥跟着他的步伐,心里仍然留有疑惑。

她没那么迟钝。虽然今天是肖樾先主动抱她,但他话很少,也不怎么笑,不像上次在横店,他的开心是很明显的,会笑,会顺着她的话说,看她的时候眼睛里很亮。

可他现在不愿多说,也不好逼着开口,殷遥猜测可能是工作上的原因,打算找机会问问小山,幸好上次小山给她留了名片。

殷遥状若自然地与肖樾说话:"你确定年底没有新戏了吧?"

"嗯。"他情绪好了一些,声音温淡地说,"接了两个本子,都是三月再开。"

"那就好。"她笑一笑,忽然又想起什么,问道,"过年呢,你要回家去吧?"

她在网上看过他的履历,知道他是南京人。

肖樾点了头。

这时到了电梯间,他停下,摁上行键,另一只手还牵着她,问:"你呢?"

殷遥随他走进电梯,平淡地说:"我不回。我妈妈去世了,我就没家可回了。"

肖樾偏过头,殷遥看到他的眼神,笑了一下:"你不用心疼我啊,已经很多年了,我都习惯了。"

电梯匀速上升,数字依次跳转,肖樾收回视线,沉默着没出声。在电梯门打开的前几秒,他又侧眸看她,随意地说:"要不要去我家?"

殷遥愣住了,有点傻傻地看着他。

肖樾对上她的目光,不大自然地转回脸。电梯门打开,他仍牵着她的手往外走,但他仅走出两步,脚步就倏然顿住。

殷遥也在同一时刻看到眼前的人,双手几乎不自觉地轻颤了下。

空气仿佛在这瞬间凝住。

梁津南站在墙边，脸色发白，一双眼睛森寒地看着肖樾。

谁也没有说话，这是殷遥梦里都不会出现的场景。她僵着脸，看了梁津南几秒，心里一股气升腾不止。平复一瞬，她低声对肖樾说："你先进屋。"

肖樾却不动，一直看着她。

殷遥对上他漆黑的眼睛，将那里的情绪看个分明。她没有说话，握着他的手往门边走，从梁津南面前经过。

殷遥摁了指纹开门，手摸进去打开入户的壁灯。

肖樾先进了门，给她拿鞋。

殷遥又说："你在家里等我，就几分钟。"

她将门关上，转身往电梯间走，梁津南跟在她身后进了电梯。轿厢下行的过程中，两人都不说话，殷遥甚至没有看他，她瞥着角落，勉强压住脾气。

电梯行至最底层，殷遥先走出去，穿过窄窄的走道，转个弯，停在车库的第一根柱子前。

梁津南走到她身旁，她站远了点，转过头说："你来这儿有事吗？"

梁津南唇动了动，没说出话。

"你干吗啊梁津南？"殷遥的火气彻底压不住，"第二次了，你凭什么这样跑到我家门口，当北京都是你们梁家的吗？是不是因为我上次没说？那我现在告诉你，不要再有下次！"

"……我离婚了，遥遥。"梁津南声音微哑。

殷遥盯着他几秒，有点儿想笑，眼睛却被气红了："所以呢，你结婚要来找我一下，现在离婚了还要特地通知我吗？你当我是什么，你婚姻破裂又不是我造成的。"

梁津南心中酸楚，低着声说："我没有碰过她。"

"那是你的事，跟我没关系。"殷遥语气有点儿嘲弄，"你不会指望我给你守身如玉吧？你都看到了，我已经有别人了。"

"你这几年身边不是一直有人？"梁津南红着眼睛笑了下，"这些人你真的喜欢？你敢说你对他们和那些年对我是一样的？我喜欢不了别人了，我不信你可以。"

他的声音不自觉地抬高,在空旷的车库里十分清晰。

肖樾停在过道里,没再往前。

一两秒,听到熟悉的声音:"那你就别信吧。"

她一句辩驳都没有。

梁津南的脸越来越白,片刻之后,头低下去,问了句:"你当真不给我一点机会了?"

殷遥不知道他怎么还能问出这句。

她忽然觉得就不该下来跟他在这掰扯,感情也许彻底没了,但愤怒却极易滋生,她也不知道为什么情绪还会受到这个人影响,轻易就气得想哭,也许是因为她从来没有好好为这段感情发泄过一场。

那年分开愣是一句都没跟他吵过,她断得匆促又决绝,不听他一句解释,也没在他面前掉一滴眼泪,像是一场没办完的后事,缺一个哭丧落棺的步骤,她硬生生地憋了几年,这会儿却好像不行了。

梁津南心慌地看着她:"你别哭。"

身后十几米外的走道里,肖樾垂着眼,唇抿得极紧,视线一动不动地盯着白墙上一块黑乎乎的泥迹。站了片刻,他转身返回。

一两分钟后,殷遥抹了眼睛,低缓地说:"梁津南,我遇到个很好的人,我已经很喜欢他了,你不要打扰我,行吗?"

梁津南心中难受至极,盯着她看了半晌,没说行,也没说不行。

殷遥转身往反方向的电梯间走,心里像卸掉了什么,轻松了,走去坐电梯上楼。

进门没看到肖樾,她去卧室,见他坐在前面落地窗边的地毯上,低着头看手机,他没开大灯,只有床那边的一盏落地灯亮着。

听到动静,他抬头看过来,脸庞上落了一片柔柔的灯光。

殷遥一时不知该说什么,站着没动,她觉得需要解释,可他一句都不问。

"你……"

"厨房里有吃的,绿色锅里。"肖樾忽然这么说道。

殷遥一愣,点头:"哦。"她停了两秒,往外走,进厨房揭开盖子,里面是芋圆甜品。

她怔了怔,低头去看旁边的厨余桶,有些紫薯皮。

所以……是他做的。

殷遥坐在餐桌边吃甜品,听到脚步声,转过头,看到肖樾从卧室出来了,拿着衣服去了卫生间。

在他洗澡的时候,殷遥将那一小碗都吃完了,心情好了起来。

她注意着卫生间的动静,听到门开了,起身走过去。

肖樾在擦头发,回身看到她,没有说话,又继续忙他的。殷遥走近从身后抱住他:"你好厉害,好好吃。"

肖樾手停下,脸微侧了一点:"你照着网上学,也能做。"

他声音平平淡淡,殷遥试图从中发现点什么,但并没有,她将脸贴在他的背上,闻到清淡的沐浴露味道。

肖樾回过身,抬手碰了碰她微红的眼睛。

殷遥主动说:"刚刚那个是我以前的男朋友,我和他谈了几年恋爱,后来分手了,没怎么见过,我已经告诉他不要再来找我。"

她说完去抱他的腰:"你有没有生气?"

肖樾没出声,殷遥知道他情绪不对,她想哄他,却忽然有点找不着门路,如果她今天身体方便,她有很多事可以做,但很不巧。

踌躇半晌,殷遥抬头,脚踮起来,去亲他的嘴巴。

"我补偿你,好不好?"她声音温软,看他一眼,低头。

肖樾还没明白,她已经在他面前蹲下去……

他脑子里一蒙,终于知道她要做什么,皱了眉,伸手捏她的肩要将她拉起来,却被她紧紧扣住了手指。

凌晨一点半,殷遥躺在床上,手里摩挲着她送给肖樾的那块腕表。这是她在床头柜上发现的,没想到他这次戴着了,应该是不用拍戏,所以就戴了。

她试着将表套到自己手上,太宽松,很容易就会掉下来。

肖樾过来时,她仍在玩着。等他躺到旁边,她将表摘下来,帮他戴上。

"我送你的香水呢？是不喜欢气味吗？"

"喜欢。"肖樾淡淡地回她。

"那你不用？"她笑着看他，"你是怕用完就没有了吗？"

肖樾没有回答，右手捉住她乱动的手。

殷遥默认这就是他的意思。

"你用啊，用完我再送你，"她摸他的眉，"你的香水我承包了好不好？"

终于逗得他笑了一下，殷遥躺在他旁边，有一搭没一搭地和他说话，他回应得不是特别热络，但她并不在意。

除去那个意外出现又被她顺手解决的遗留问题，今晚的其他事都很好，他们分别后重逢，他特地去接她下班，还潜心钻研了甜品，当然，她也成功地将他哄得不生气了。

想起他那时的样子，他应该是舒服的。

殷遥忽然翻个身，手支着脑袋，侧眸看他："你有没有想去玩的地方？我说国外。"

肖樾想了一下，说："冰岛。"

"冰岛？"殷遥很意外，"我去过，十九岁的时候，我去那儿拍过极光。"她笑一笑，"我还想再去，年后有时间，我们一起去好不好？"

肖樾："不一定有时间。"

"不要扫兴。"殷遥说，"也许有呢，你跟我去吗？"

他点了头。

殷遥又去亲他，把他的身体弄得热起来，贴在他耳边问："你还想要吗？"

肖樾整张脸都红了，抿着唇，抢先扣住她的手，定定地看着她："不要了。"

眼前好像又浮现她微红的带着潮湿雾气的眼睛。

他对她又爱又气，压着繁杂难受的心绪，有点控制不住，将她困在臂弯里，用力地抱了一下。

殷遥隔天清早去上班，肖樾还在睡，她起床的时候很注意，但还是惊动了他，他蒙眬地睁开眼睛。

殷遥小声说:"没事,你继续睡。"

他摸到她的手轻轻地拉住了,又闭上眼睛,小半张脸陷进被子里。

殷遥有一瞬间几乎不想走,内心切实地挣扎了一会儿,慢慢拨开他的手指,起身下床。

一整个白天的工作,几乎没有闲下来的时候,只能在午饭的空隙摸到手机,给他发消息,一共也讲不了几句话。

幸好晚上收工不算晚。

殷遥回家,肖樾正靠在沙发上看剧本,穿着她之前买的一套家居服,听到门口的动静,他抬眼看过来,有点愣。

没想到她这么早回来。

殷遥朝他一笑:"换衣服吧,出去玩。"

靳绍最近想在酒吧里搞甜品,殷遥也不晓得那么个赔本地方有什么好折腾,但靳老板很有兴致,于是今晚有个小小的甜品试吃活动,当然不是对外开放,他那本来也没几个客人,无非是自己弄来玩玩,特地叫了殷遥。

殷遥挺乐意,一方面她喜欢甜品,另一方面,也想带肖樾玩玩,想看他高兴一点。

肖樾问她去哪儿。

"去吃好吃的,顺便见一下我朋友。"殷遥说,"他店里实在冷清,所以不会有很多人,愿意去吗?"

肖樾点头。

换完衣服,发现殷遥还在衣帽间没出来,他走到门边看了一眼,殷遥换了件白色衣服,正拿着包在试,转头问他:"你看哪个好?"

难得看到她像普通女孩儿一样纠结搭配,皱着眉头的样子……很可爱。

肖樾回答:"黑色的。"

殷遥听了他的话。

八点多到了地方,果然如殷遥所想,并不比平常热闹多少,仅有零星的几桌,她环视一遍,带着肖樾去了吧台。

靳绍老远看到他俩进门,眉略微抬了下,等人走近,夸张又做作地朝殷遥笑,像朵大牡丹花。

殷遥无视了他满脸的灿烂，对肖樾说："靳绍，这儿的老板，小时候和我一起玩的，你不用和他客气。"

靳绍故作心痛状："只给人家介绍？重色轻友。"转头看向肖樾，却已换了表情，淡笑着说，"幸好我认识你，听遥遥说过了，欢迎光临。"说着，端一杯酒给他。

"谢谢。"肖樾接了，侧头看一眼殷遥。

"你喝吧。"殷遥笑着说，"我都尝过了，今天不碰酒。回去我开车。"

靳绍兴味盎然地看着他俩互动，心道殷遥这爱好还真没规律，不只是脸不是同一型，性格跨度也这么大，之前那个嘴甜活泼会来事儿，这个完全不是。

肖樾低头喝酒，殷遥注意到那边的驻唱歌手，实在佩服靳绍的喜新厌旧程度："又换了一个？"

"是啊。"靳绍有点儿得意地说，"这个长得还行吧？是不是挺像你以前那小模特，都是单眼皮……"

他口无遮拦，被殷遥狠瞪一眼，讪笑着耸耸肩，叫人给她拿甜品，他自己绕去窗边那桌招呼几位客人。

殷遥转头去看肖樾，正对上他的目光。他没说话，视线偏移，也看了眼那个歌手，看完继续喝酒，没什么情绪地说："是挺像的。"

殷遥："……"

突然就很想揍靳绍。

周束这一茬好不容易过去了，现在又被翻出来，而她这次完全没话可说，因为该解释的上次都解释过了，说不出新花样。殷遥尴尬地低咳了一声，在吧台底下摸到肖樾的手。他没有拒绝，任她握住。

侍应生过来上了甜品。

靳绍这时走回来，用他那半吊子粤语叹了一声："香港难嘅同胞真系腌尖。"

殷遥猜测应该是他的甜品被挑剔了，她看向窗边，注意到有人也看向这边，是个打扮蛮雍容的短发女人，年纪不好判断，保养倒是不错，脸上很有光泽。

"你的朋友？"

靳绍叹息："哪啊，贵客，我小舅舅交代的，这几天让我陪着人家玩，"他凑近，也不在意旁边的肖樾，对殷遥说，"那女人老趁机摸我。"他语气懒散，神情中也并没有几分愤然。

如果是平常，殷遥一定会不客气地损他一句"看你也挺享受的，干脆从了吧"，但今天肖樾在，她下意识地克制，半开玩笑地说："那你保护好自己啊。"

吃了两份甜品，殷遥觉得有点腻，给靳绍提了意见。

靳绍又弄了一套上来，殷遥显然吃不了那么多，靳绍便让肖樾来尝。

殷遥提醒道："他们做演员的，要很费劲保持身材，你别祸害他了。"

靳绍："这么年轻，新陈代谢多厉害，你操什么心？"

肖樾倒也不在意，还真的帮他尝了剩下的甜品，认真地给评价，随口提到某几种食材可以怎样替换。靳绍眼睛一亮，对他有点儿刮目相看："大哥，你研究这个啊？"

殷遥："他比你年轻！"

靳绍顾不上理她，跟肖樾讨论起怎么改进甜品。

殷遥反倒成了局外人，但她看肖樾似乎也不厌烦，便不打扰他们，去洗手间给薛逢逢回电话。

等她再回来，吧台边那两个男人在喝酒，走过去才发现肖樾的脸和耳朵都已经红了，不知道喝了多少。

他不是这样不节制的人，所以一定是靳绍的问题。

殷遥看了看肖樾，确定他还清醒，问："回家吗？"

肖樾点头，靠近了些对她说："我要去洗手间。"他脸庞是淡淡的绯红色，眼睛深黑，声音低得只有她能听见。

殷遥有一丝心痒："要我陪你去吗？"

他摇头："我没喝醉。"

"好。"

肖樾过去了，殷遥转头看向靳绍："你故意的吧，带他喝那么多酒干什么？"

靳绍淡淡一笑:"这不是替你试试酒量嘛,回头带出来玩,也好帮你挡酒啊。"

"你少操心了。"殷遥低头打开包,去拿车钥匙。

靳绍顺手往她包里丢了两张名片。

殷遥不明所以,摸出一张看了下:"给我这个干吗?"

靳绍意味深长地笑,靠近她,压低声音说了句话。殷遥脸色就变了,一把推开他:"你脑子没问题吧,拉人都拉到我这儿来了?"

"……我就是帮人问问你,"靳绍没想到她反应这么大,这事儿太平常了,"你要是暂时没打算放人走,也就算了,留个名片又没坏事儿。"

"你们这些人究竟拿别人当什么呢?"殷遥冷了脸,"货物吗?还带随便转手的?就算我以前找过模特,也没这样对待他们,何况这是肖樾。"

靳绍看出她是真生气了。

她曾经说过肖樾不一样,但他没当真,这会儿算是不敢不信了。

靳绍最受不住女孩子生气,尤其这是殷遥,他有点儿头疼,讨好地说:"好好好,我错了成吗?"

殷遥不想理他,撕了手里的名片扔过去,正要去包里找另一张,肖樾这时过来了。

"走吧。"他说。

殷遥缓了脸色,应声:"好。"

肖樾抬头,视线越过她,正准备同靳绍道别,她没给机会,拉着他就走了。

靳绍一腔苦水,无奈地叹口气。

肖樾这晚确实有点喝多了,一路坐车回去,进屋在沙发上靠了一会儿,酒意就上来了。殷遥洗完澡见他不动,过来看看他:"怎么了?"

肖樾勉强维持住精神,朝她看一眼,不由自主地靠过去,脑袋伏在她肩上。

"头疼。"

殷遥皱眉:"谁让你喝那么多?"

他眼睛闭着,低低地在她颈边说:"他让我喝的。"

难得这么有问必答。

殷遥看着他长长的眼睫:"他让你喝你就喝吗?傻不傻。"

肖樾这时有点不清醒,又难受得很,不太像平常的样子,他攥住了殷遥的手指,闷声闷气:"你为什么骂我?"

"我没有骂你。"殷遥无奈地伸手将他抱到怀里,"靳绍挺坏的,下次不要跟他玩了。"

说这话时好像忘了明明是她自己带肖樾去的酒吧。

"你松松手,我给你弄点热水喝。"殷遥说了一句,怀里的男人却纹丝不动,脸甚至往她肩颈那儿蹭了蹭。

殷遥甚少见他这样无赖的样子,笑了:"你干吗啊。"

他不说话,也不松手,微沉的呼吸落在她颈间的皮肤上。

殷遥也懒得动了,随他这样抱着,也不知道在沙发上待了多久,后来哄着把他弄到床上,澡也没让他洗,就那么睡去了。

第二天,殷遥依然要工作,她清早起来没立刻走,在厨房对着肖樾买的那个小锅研究半天,然后找到米,把粥给煮上了。

临走前去卧室看一眼,床上的男人还睡得很沉,大抵是酒劲的原因,任何动静都没能惊扰他。

殷遥在床边俯身看了一会儿,想起他昨晚的样子,有点好笑地亲一下他的唇,掩上门走了。

殷遥十点多才看到肖樾回过来的消息,告诉她,他已经吃了粥,还特地说一句"粥煮得不错"。

殷遥在茶水间喝咖啡,看到这条笑了一下。

她没有回复,因为马上有拍摄。

到下午两点,中途休息,她想起件事,才略匆忙地给肖樾发消息:今天家政阿姨上门清洁,大概三点半过来,你看家里有什么活儿,看着安排吧。

想了想,她又发一条:我书房挺乱的,你让阿姨帮我收拾下。

没等到他回复,殷遥又去工作。

幸运的是,今天收工早,四点半结束拍摄,殷遥没有立刻回去,而是去商场买防寒服。

明后天空闲,她临时有个想法,想和肖樾去金山岭野长城看冬天的日出,因此特地从工作室带走了新购的镜头。

防寒服好挑,就几种款式,殷遥选了最简单的黑色,买了两套一模一样的,男款和女款,穿上就是情侣装。

她开车回家,将车停好,镜头和新买的衣服一样都没拿,全留在后备厢里,免得明天又要再拿下来。

上楼进屋,便能感觉到家里有深度清洁过的痕迹。

客厅没人,她去卧室找肖樾,也没见到人。她转头出来,听到书房有声音,走过去,看见肖樾站在桌前,书房已经收拾好,几个空出来的纸袋和盒子放在门边,桌上很整齐。

殷遥看到敞开的置物格中摆放着她的旧玩具,棕色的软毛小猴软趴趴地坐在那儿。

她有点惊讶地走过去:"你帮我整理了吗?"

肖樾低"嗯"了声,转过身,将叠放的两个纸袋递给她:"我不知道这些放到哪儿,你自己放吧。"

殷遥下意识地伸手接过来,要跟他说话,他却没看她,径自走出了书房。

殷遥一愣,低头去看手里的东西,将两个纸袋都打开,只瞥了一眼,手就顿住了。

是那些年她和梁津南互寄的一摞跨洋信件。还有她给梁津南拍的照片,从他二十岁到二十五岁。

殷遥僵站了片刻,丢下这些,走出书房。

肖樾站在客厅,不知在想什么,殷遥过去牵他的手,被他避开了。

他往前走了几步,殷遥没有跟过去。

"我不是故意看你的东西。"肖樾没有回头,背着身说了一句。

殷遥一时不知该接什么话,迟疑间问出一句:"你很生气,是不是?"

"我不该生气吗?"肖樾忽然转过身,漆黑的眼看着她,"是你说你都扔了,你忘了吗?"

殷遥没有忘,她确实对他说过前男友的东西都扔掉了。

她不说话,肖樾的脸色更难看,他紧紧抿着唇,僵了两秒,沉冷的声音问:"你心里有喜欢的人,为什么要找我?"

殷遥皱眉:"不是你想的那样。"

"那是怎样?"他过度压抑的声音异常平静,"你藏着别人的照片,为什么还要给我拍照?你为别人做的事情,是不是打算都再对我做一遍?"

殷遥因这话愣了下,开口解释:"那个盒子是我最近才拿到的,我以为里面装的只是我自己的东西,并不知道有那些信和照片,如果我知道,不会一起拿回来的。这件事我没有骗你,你相信吗?"

"我不信你。"憋在心里的问题堵得难受,逼得肖樾脱口而出,"你在他结婚的那天来找我,是为什么?"这话已经在心里折磨他两天,那晚从车库回来,他在手机上查了梁津南,一切细节都对上。

肖樾厌烦这样难堪地向她讨要说法,但现在没法忍住。他眼睛微红,问她:"你拿我当什么?"

殷遥张了张嘴,发现无从解释。那晚她为什么要去找他,真的和梁津南没有关系吗?她心里清楚,即使后面不一样了,但这个开始,她确实不无辜。

没有想过有一天会面对这样的质问,而她唯一能解释的信和照片,他也不相信。

这样无法破局的处境让殷遥很不舒服。

难道所有事情都只看一开始吗?

"肖樾,"殷遥看着他,"说白了,你就是不相信我对你是认真的。如果这么久了,你都不能确信这一点,那你告诉我,我要怎么做?"

客厅异常沉闷。

两人互相注视着。

几秒后,低低的几个字打破了寂静。

"结婚,你想过吗?"肖樾微微攥紧手指,嘴唇很轻地颤了颤,"你想过跟我结婚吗?"

殷遥愣住了,定定地看肖樾几秒,忽然笑了下:"你才几岁啊,结婚?"她在这一秒觉得自己对他真的不够了解,原来他比她想的幼稚,这么轻易就提这两个字?

肖樧被她的笑刺到了："你从来没想过。"

"是，我不想骗你，我确实没想过这个。"谈了几个月恋爱就去想结婚？殷遥觉得自己可能也就十六岁的时候想想吧。

"我们才在一起多久啊，能谈结婚吗？"殷遥说，"我们的感情也不是只靠结婚证明的，我不会把这两个字挂在嘴边，这是很慎重的事。"

"我知道你的意思了。"肖樧脸色青白，"我本来在你心里就和周束没什么区别。"

"你够了没有？"

殷遥突然觉得与肖樧无法沟通了，她的感情一再被否认，直到现在他还在提周束，她心里瞬间腾起怒气："你跟他当然有区别。你比他好看，所以我睡了你，我还喜欢着梁津南，找你就是为了玩一下，你就是想听这个吧，反正我在你心里就是这样的人。"她眼睛酸热，被气到了，别开脸，"你这么不舒服，还待着干什么，我又没锁着你。"

这话直直戳到肖樧的心。

他静静地盯了她半响，微白的唇动了动，找着声音："你让我走就走？你不是很厚道吗，你对周束那么好，送他去美国，你给我什么了？"

殷遥嘴角微动，眼睛已经红了，她什么话都没说，几步走到玄关处。边柜上放着昨天带出去的包。她从包里翻出一张名片，塞到肖樧的手里："这个人看上了你，向我要你，她最近一周都住柏悦酒店，你想要什么，她都能给你，拍电影，上电视，给你买个'影帝'都行，去吧。"

她平静地说完话，看他几秒，转身走去卧室。

不知过了几分钟，听到外面门被关上的声音。

殷遥在卧室墙边站了很久，再走出去，客厅已经没人了。

几分钟前这里还剑拔弩张，此刻阒静，仿佛什么都不曾发生过。灰色墙面上的挂钟以它一如既往的节奏无声地走动，指针显示时间已经过了六点半。

落地窗外是灯火初上的北京。

殷遥在暗房待了近两个小时。

手机在客厅响了几遍,她走出去,接通来电,薛逢逢在那头问:"怎么回事?不是说了让你今晚在办公室等我吗?我出去一趟你人就没了,最近天天这样,一收工就跑得不见踪影,你到底在忙些什么?"

殷遥嘴唇动一动,发现无话可说。

薛逢逢喊她:"遥遥?"

殷遥捏着手机勉强应了一声,眼睛看向墙壁:"我也不知道。"

薛逢逢无语:"我还想着你最近辛苦,打算带你吃饭呢,你倒好,连机会都不给我一个。"她说完话又没听到殷遥回应,察觉到异样,"你在干吗?心不在焉的。"

"没事。"殷遥回过神,视线收回来,"你现在吃饭了吗?"

"这不是才刚回来吗?我水都没喝一口,哪有时间吃饭?"

"我也没吃。"殷遥低低地说了一句,停顿了下,说,"那我请你吃饭吧,我来接你。"

"你来接我?"薛逢逢惊讶。

殷遥应一声:"我现在过来。"

挂掉电话,殷遥脱了身上的毛衣,去卧室换另一件,拉开衣柜的门,一眼看到左边的那几件,黑衬衣、帽衫和外套,她顿了顿,又将柜门关上。

她转过身,瞥见床头矮柜上的腕表,底下压着写满备注的剧本。

八点半,殷遥出门,开车返回工作室,接到薛逢逢,带她去五道营胡同的一家日料餐厅。

从上车起,薛逢逢就察觉殷遥不对,但也说不出哪儿不对。

到了地方,两人坐下吃东西。

薛逢逢打量她:"今天收工那么早,你去干什么了?"

"去逛了下,买点东西。"殷遥在吃虾卷,也不抬头,认认真真地吃了两个,"这个不错,好吃。"

"好吃也别吃太多,容易胖。"

这时手机振动,殷遥接到一个陌生来电。

电话里是个清脆的女声,对方礼貌地告诉她系统失误,她订的那个房型目前暂时不供使用,问她是否可以更换。

殷遥耐心地听完，问："我可以取消吗？"

对方似乎愣了一下，说："您确定要取消吗？"

"嗯。"

薛逢逢看她讲完了电话，说："怎么了？"

"酒店的管家，这么晚还工作。"

薛逢逢疑惑："你要出门？"

殷遥抬头又拿一个虾卷，说："想去附近玩两天，不过现在不想去了。"

"为什么？"

"太冷了。"

薛逢逢看看她："你今天怎么了，怪怪的。"

"没怎么。"殷遥低头吃东西。

薛逢逢暗自揣测一番，一个念头跳进脑袋里，她顿时皱眉："是不是梁津南找过你？"

殷遥僵了一下，有点难受地抬起头："能不能别提他？"

她这种表现，使薛逢逢更加确信自己的揣测，整个人气愤得差点跳起来："那个浑蛋有病吧，他还真有脸找你复合？他以为他是谁啊，离婚了就行了？做什么春秋大梦！"

殷遥："你别这么激动。"

薛逢逢愤愤不平："你千万别理他！他要是再来找你，你一定要告诉我！"

殷遥点点头："我没打算理他。"她不知道怎么同薛逢逢解释，她现在情绪不好和梁津南没什么关系，是因为另一个人。

这晚殷遥不太想回家，晚上和薛逢逢一起回去在她那儿赖着，两人深夜在客厅用投影仪看一部文艺电影，折腾到很晚才各自去睡。

殷遥在床上躺到半夜，摸到床头的手机，无所事事地看着微信列表，又去翻看朋友圈。黄婉盛在六小时前分享了一张烤饼干的照片，靳绍在七小时前晒了自己改进的甜品，几个合作过的演员、模特无一例外又更新了自拍……

殷遥找不到别的事做，手指机械地往下滑，停在六天前，看到肖樾的名字。

他捏了一个小雪人。

那天横店下雪,他中途等戏,在片场无聊就自己玩。

殷遥当时看到了,给他发微信消息,说:肖老师好兴致。

他回了个"昂首挺胸小骄傲"的表情,是从她这儿偷去的,他不喜欢发这种,和她聊天多了,才开始用她用过的这些。

殷遥盯着小雪人看了半晌,点开肖樾的头像,再点一下"发消息",对话界面跳出来,聊天记录停在昨天下午,她在说家政阿姨的事,他回了"好",又问:你晚上想吃什么?

殷遥说随便,他又回了"好"。

短短几行字,没有后续。

凌晨四点钟,殷遥扔开手机试图睡觉。

北京这一晚又开始下雪。

第二天中午殷遥离开薛逢逢家,车不好开,路上堵得令人烦躁。她反正不用上班,坐在车里听摇滚,不知是昨晚没睡着精神不佳,还是纯粹因为雪天路况不好,她撞到了护栏,等报警处理完一切,已经是傍晚。

进门开灯,一切都是原来的样子,鞋柜里那双红黑混色的球鞋还在,卧室里也一样东西没少。

她头痛得厉害,昏昏沉沉地趴在沙发上,什么都不再想。

第二天醒来,殷遥感冒了,不是很严重,只是鼻塞、嗓子疼。

外面已经开始化雪,她头发乱乱地从沙发上爬起来,站在落地窗前往外看,是个大晴天。

她转身去卫生间洗漱,刷牙的时候看着旁边的另一支牙刷微微发愣,移开视线盯着水池。过了会儿抬眼,又看到置物架上的剃须刀。

殷遥匆匆洗完脸,套上外衣,揣了手机下楼,在附近随便找家餐厅吃饭,吃完也不想回去,无所事事地在小区花园里晃荡。

去金山岭的事作废了,这两天她没有任何安排,不用工作,也没有其他任何应酬,第一次觉得闲得发慌。

幸好接下来的工作很满,早出晚归地过了一周。

周五晚上，有个约。

黄婉盛最近研究烘焙，有不少成果，请殷遥去试吃。

殷遥并没有吃多少，倒是帮着她一起做起饼干来。两人坐在餐桌前忙碌。殷遥仔细地往一个一个模具里刷油。黄婉盛转头看她一眼，说："你状态不太对。"

殷遥抬头。

黄婉盛关切地看她一眼："上次我们在一起，你总是会看手机，今天你过来已经快两个小时了，一次都没看过。"

殷遥不得不说："你真厉害。"

黄婉盛笑了一下："你跟他是怎么了？吵架了？"

"我不知道，可能……"殷遥微微垂眼，"比吵架严重。"

"说了分手？"

殷遥沉默了下："我没说。"

"那他呢？"

她又摇头。

"那现在有联系吗？"

她还是摇头。

黄婉盛看看她的眼睛："那你准备怎么办？"

"我也不知道。"

殷遥又低头继续做事，听到黄婉盛轻轻地叹了一口气。

晚上准备回家时，收到一条通讯录请求，是肖樾的经纪人小山。

她迟疑了下，添加了他。

小山发来一个打招呼的表情，礼貌地和她寒暄几句，然后才提到正事。说今天在公司闹了点矛盾，公司想让肖樾去上一个综艺节目当常驻嘉宾，肖樾不愿意，两方僵持着，因为合约期也快满了，这个时候跟公司杠上，很可能就不会被续约了。

小山的意思是想让殷遥帮忙劝劝，他想着肖樾那个性格，谁说话都没用，说不定殷老师可以试一试。

显然，他并不清楚状况。

殷遥不知怎么告诉他，最后只回复：抱歉，我没办法帮你。

见她这么说，小山有些讶异，因为上次见面她态度很好，以为她应该会答应。他有点失望，但也不好多说什么，回一句客套话，说打扰她了。

夜里十点多，殷遥提着两盒饼干回家，进门换鞋时又看到放在墙边的男士拖鞋。

她去卧室，腕表和剧本依然放在原处，阳台那边的地毯上有一双他的毛袜子。她想换件家居服，打开衣柜也有他的衣服，去洗手间依然有他的东西，连去厨房开冰箱拿瓶果酒都能看到他买的锅碗瓢盆。

十一点钟，殷遥坐在卧室阳台喝完了一瓶果酒，起身去拿手机。

她没给自己犹豫的时间，划着微信列表，找到那个黑白的大提琴头像，很快地发过去：你什么时候有空，来拿一下你的东西。

发完丢下手机，她又去厨房拿酒，靠着墙壁慢慢喝完。

半个小时后，回到卧室，手机上已经多了一条新消息——

不要了，你扔了吧。

第七章

希望你以后都好好的

殷遥的生日是在北京开始回暖的时候。

三月中旬之后,最低气温再也没有跌至零下,殷遥就是在这个时候回的国。

她走的时候天寒地冻,回来已经是桃花初绽,界限分明地经历了一个季节的变幻。

薛逢逢说她运气好,一月底到二月初最冷的那一段,也就是农历新年前后的那段时间,她在伦敦工作。二月的中下旬她去西雅图陪伴小姨,始终徜徉在温带海洋性气候的怀抱,完美地避开北京寒冷彻骨的后半个冬天。

Yin Studio年后新签了两位摄影师,又招进几名实习生,队伍进一步壮大。

薛逢逢将一切管理得有条不紊,殷遥依然安心地做甩手掌柜,回国当天连工作室都没去,直接发短信跟薛逢逢报到,从机场拖着箱子回家,进电梯前接到谢云洲的电话。

上回见他还是在去伦敦之前,腊月二十三,小年夜。

那时他们讨论的是殷遥要去哪里过年的问题,殷遥婉拒了亲哥哥的邀请,接了伦敦的工作,在新年之际飞出去做勤奋达人。薛逢逢因此在除夕夜专门为她发一条工作花絮,配上文字——"远在异国他乡独自过年的殷老师",显得她可怜巴巴。

殷遥并没有看到这条,她已经很久不上微博,连微信都很少看,一切工作要事走邮箱。

谢云洲打这个电话，是催促殷遥过去吃饭。

她这个月初刚过二十六岁生辰，那时人在外面，谢云洲没法给她过生日，连一顿饭都不能一起吃。不知是不是这个原因，他最近连着联络两次，就是为了叫她回国后去吃饭。

殷遥从电话里听到熟悉的声音，谢云洲还是那副不冷不热的语气，问她到哪儿了。

"楼下，马上进电梯。"殷遥摁上行键，听到谢云洲说已经叫司机来接她，马上要到了。

他习惯下命令、做安排，殷遥现在也学着不跟他唱反调，应声："知道了，上去换身衣服就走。"

在外待了很久，家里门窗封闭，进门便有轻微的窒闷感，殷遥将窗户打开，走去卧室换衣服，又去衣帽间挑选手包来搭配，无意地瞥了一眼墙角的两个纸箱，有一瞬间，心口微微地窒了一下。

那晚，她借着酒劲叫肖樾来拿东西，无非是笃定有他用心标注过的剧本在这里，他对工作总是认真，怎么都会再来一趟。

没想到，他比她想的更果断决绝，连这个都不要了。

显然是不想再见她。

那条消息在殷遥心里翻覆了一晚上，她再也不找他，清晨气势汹汹地爬起来找了箱子一件一件地将他的东西装起来，像是清理某种残骸。

装完最后几样，连着他的剧本一起扔进去，忽然又泄了气。

不知道这气究竟有几分是对他，又有几分是对自己。

已经是一个多月前的事，殷遥不愿意再想，很快地拿着包出去了。

谢云洲在家等殷遥。他嘱咐方姨做了一桌菜，挑的都是她喜欢的。

殷遥一看那架势就知道的确是为她补过生日。

她很捧场，谢云洲坐在对面看着她喝汤，开口说了句："你工作不需要那么拼命。"

殷遥一愣："我没有拼命。"

谢云洲蹙着眉："你瘦成这个样子，不要告诉我和工作没有关系。"

殷遥顿了顿，也不知道怎么辩解，又把头低下去，筷子拨着碗里的一块豆腐。

谢云洲一贯只关注工作，能分出一些心思放在这个妹妹身上已经不容易，他没法从她的神色中看出什么，但也觉察到她的状态没有上次好。

看了她一会儿，他脸上有了些郁色："你有什么难处，不妨告诉我。"

"告诉你也没用啊。"

谢云洲："你不说就知道我办不到？"

这话真是……

殷遥听笑了，抬头看他两眼，转移话题："听说婉婉送了你小饼干。"

谢云洲没想到她突然提起这个，微愣了下，淡淡地应声："嗯。"

殷遥于是又问："你吃了吗？是不是挺好吃的？"

"还行。"谢云洲并不想回答这些问题，睨她一眼，"你老问她做什么？"

"我没有老问她啊，我才问了一次。"殷遥注意着他的表情。上次打电话，听黄婉盛说起这件事，她就觉得有点不可思议。

殷遥不了解具体情形，只知道他们在靳绍那儿碰上，黄婉盛当时正在分发小饼干，她如今把这种手工小饼干往"伴手礼"的方向发展，经常随身带上几盒。

在殷遥的印象中，她哥哥对女人总是冷淡，小时候女同学送的东西就从来不收，就算是偷偷塞到他书包里的，他也不会去用。最后的归宿要么是在垃圾桶，要么是到了殷遥手里，所以想象不到他提着两盒小饼干的样子。

谢云洲看着她的表情，不大高兴："你又在想什么？"

殷遥摇头笑笑："没什么。"

这天，殷遥不仅吃了饭，还收了礼物。

谢云洲送东西自然是大方，殷遥瞅着那条项链，没敢碰，转头看向坐在沙发上看报纸的人："这不会是你拍回来的吧？"

谢云洲视线移过来，瞥她一眼。

殷遥说："太珍贵的话，我不敢戴。"

"不贵。"谢云洲回了一句。

殷遥没再多问，收好东西，没有多打扰，傍晚从他家离开。

她没有回家，隐约记得这几个月哈苏相机要出新产品，便过去店里看看。没想到在商场里碰到个人。

小山是过来还公司合作品牌赞助的衣服，他正要上扶梯时看到了殷遥，她站在一家甜品店门外，不知在想什么。

小山起先还不大敢确定，走近几步才喊她："殷老师？"

殷遥听到声音回过头，看到是他，愣了一下。

小山已经笑了："还真是您啊，我还当是看错了，您怎么瘦了好多。"

殷遥一时不知该作何反应，有些机械地点了点头，看看他手里的袋子，问："你来买衣服吗？"

"不是不是，是公司借来的，正要去还呢。"小山向她解释。

殷遥点头："哦。"

小山这时也觉得有点尴尬，虽然肖桦从来不提，但很多蛛丝马迹都已经告诉他这两人分开了，至少现在是没有联络的。

他有点儿踌躇，挺想从殷遥这儿问点什么，但又苦于不知如何开口。

正纠结着，听到殷遥问："他最近好吗？"

小山微微惊讶，如实告诉她："不太好，他跑到甘肃那边去了，前几天听说还弄伤手了。"他说着叹口气，有一丝无奈，"公司合约到了，也不提续约，他自己接的这个电影，那导演是他朋友，特不靠谱，要投资没投资，又是第一次拍，男一号都没人要的，就把肖桦坑过去了，没有片酬也就算了，还倒借出去五十万，全程都在西北那边，条件又很艰苦。"

殷遥沉默地听完他的话，忽然有点后悔问他。

小山看看她的表情，试探着询问："殷老师，你们两个是不是、是不是……"后半句没说出来。

殷遥知道他的意思。

自那条消息之后，他们没有任何联系，这样不算分开，那算什么？

她点了头。

小山神色遗憾，叹息一声，也不敢再细问，和她道了别，上楼去还衣服。

从商场离开，小山又去了一趟公司，等到晚上才有空给肖桦拨个电话。

他知道那个不靠谱的电影摄制组最近在阿克塞的博罗转井小镇，条件特别差，连手机信号都不行，等了好半天那边才接通，人的声音没听到，倒是先听见了呼呼的风声。

小山对着手机喊了肖樾一声，问："你的手怎么样了？到医院看了吗？"

风里传来几个字："没什么事。"

声音是沙哑的。

小山又问："你现在在干吗？晚饭吃了没有？"

"没吃，现在去。"

小山忍不住叹气，也不知道还能说什么，犹豫片刻，迟疑着告诉他："我今天……碰见了殷老师。"

电话里静了一会儿，小山没听到肖樾说话，又喊一下，听到他应了。

"我去还衣服，在商场里碰见的。"小山又继续说道。

肖樾没接话。

他捏着手机沿路往前走，脚踩在砂石上，隔着鞋子都硌得慌。前边放饭，有人喊他，他抬起手应了，脚踢到路边的石块，听筒里这时又传来小山的声音："殷老师她瘦了好多。"

肖樾没再往前，低头站在路边的碎石上。

那头，小山还在一口一个"殷老师"地说着，他没出声阻止，也不主动问，连她的名字都不愿意提。

小山说完了，没听到回应，讪讪地说："你们两个有没有可能再……"他停顿了下，"我是说，也不是非要分开的吧？殷老师挺好的，如果是吵架了，你就让让她，殷老师再怎么说也是个女孩子，也要哄哄的，你……"

"小山，"肖樾终于打断了他，低哑的声音说，"不要说了。"

"不是……我也不是非要劝你什么，"小山叹了口气，"我就是觉得吧，殷老师还是关心你的，我说你手受伤了，她看起来有点难过的样子。"

小山不知道肖樾听到这话怎么想，反正他在电话里没有得到回复，听筒里传送过来的只有大西北夜晚的风声。

知道肖樾最近天天要拍夜戏，也不好耽误他吃饭，小山嘱咐几句就挂了电话。

肖樾在原处站着，前边大帐篷里有人探出半个身子喊他。

他将手机揣到工装裤的口袋里，大步走过去。

晚饭后有一点休息时间，肖樾在帐篷里等戏，连着几天都没有时间好好睡个觉，他其实很困倦，然而眼睛合了会儿又睁开。

他压着烦躁的心绪，拿过手机玩一个小游戏，连赢两局，没了兴致。随手点开微信，朋友圈里最新的一条是黄婉盛发的，她拍了自己刚做的蛋糕，有张配图有别人入镜，没拍到脸，只有一只手握着裱花袋往蛋糕上挤奶油。

肖樾看了一眼就知道那是谁。

她的手背上有一块小小的暗红色疤痕，是旧伤。

手指停了一会儿，他将手机丢到旁边，拿剧本来看。

此时此刻，殷遥和黄婉盛一起完成最后一炉小蛋糕，长长地舒了一口气，颇有点大功告成的意思："好有成就感。"

黄婉盛给她装了两盒，说："你刚回来就来帮我干活，真是不好意思。"

殷遥懒懒地瘫到沙发上："我都没想到我这么勤劳。"

"你还不勤劳吗？"黄婉盛笑道，"大过年都在工作，简直是女超人了，异国他乡漂了有两个月吧。"

殷遥"嗯"了一声，黄婉盛扭头看她一眼："怎么样？这样出去换换环境，心情有好转吗？"

"还行。"殷遥淡淡地笑了一下，"你也知道，我不是第一次失恋，有经验了。"

黄婉盛听出她这话里的自嘲意味，迟疑了下，还是问道："你会想他吗？"

"我说不想，你信吗？"殷遥拿起一只蛋糕咬掉上面的奶油。

黄婉盛看看她的样子，笑了笑："没想过找他？"

殷遥摇摇头："他不会理我了。"

"你怎么知道？"

殷遥将蛋糕吃完，声音清淡得没有起伏："如果是我，我也不想理我自己。"

那次争吵中的口不择言，她反复计量，每一次都更确定一分，自己恶劣可恶。

她对靳绍说不曾以侮辱性的方式对待过别人,何况是肖樾,然而却又用那种手段最直接地还击了肖樾。

他不过就是说了一句气话。

"他跟我在一起,不开心。"殷遥告诉黄婉盛她的反思结论,"我们在一些观念和态度上有很明显的分歧,也许我并不适合他,再多纠缠,只会伤害他。"

黄婉盛有点惊讶,难得从殷遥口中听到这种明显带着理智色彩的话。

"所以,你打算就此放弃了?"她问。

殷遥:"理智上是这么想。"

"那感情上呢?"

"……尽量保持理智吧。"

殷遥并非空口说说话,实际上,在后来的几个月里她确实是这么做的。整个 Yin Studio 的同事都察觉到她状态的变化,似乎将生活的重心都转移到工作上,以前收工就走人,现在喜欢待在办公室,只要在北京,每日就如常上下班,一日三餐基本都在工作室的餐厅解决,出差频次比以前更甚。

天气热起来,拍摄就变得很辛苦,尤其是外拍。殷遥的体重原本在五月回升了一点,忙完一个六月,又猛地掉下来,比先前更瘦。

这回连薛逢逢都有些担心,连续几天带她改善伙食。

殷遥倒是无所谓,瘦点正好,她肆无忌惮吃甜食薛逢逢也没什么可说的。只是最近没什么新东西可尝试,因为黄婉盛进组拍戏去了,殷遥已经有两个月没见到她,听说她现在拍的这部戏是个历史正剧,所以拍摄时间很长。

直到七月中旬,黄婉盛才跟剧组告假回了趟北京,因为正在热播的那部古装剧《明月》反响极佳,收视和口碑都不输脸面,剧组要办见面会。

这剧殷遥并不陌生,她去年十二月去探过班,只是没想到现在就播了,听到黄婉盛说起,她明显愣了一下。

黄婉盛见殷遥一无所知的样子,就知道这人依然处于断网状态,微博不上,电视也不看的。

她到底还是提了一句:"你可以去微博看看。"

殷遥疑惑地看着她。

黄婉盛:"我说肖樾。"

殷遥微微一顿,突然意识到已经很久没有人在她面前提起这个名字。她刻意掩饰了情绪的波动,问:"他怎么了?"

"还记得吗?我说这部戏上了,他会上一个台阶,你说我像经纪人。"

"记得。"

黄婉盛笑了笑:"事实证明,我还真有经纪人的潜质。"

殷遥听明白了。

"这剧播到现在,他的讨论度都压过男主角了。"黄婉盛观察着她的表情,轻轻地笑着说,"你真的不好奇吗?好歹是去探过班的,不想看看成品是什么样?"

殷遥沉默了下,说:"最近有点忙,晚点有空再看。"

"行。"黄婉盛以为会被问今天剧组见面会的事,结果殷遥什么都没提,她也就没说肖樾没来。

这天之后,黄婉盛回横店,而殷遥去了里斯本,一周后生着病回来了。

大热天的闹感冒,真不好受。

薛逢逢给殷遥调假,殷遥在家睡了三天,周一下午去工作室。她没拍摄,只有个会要开,也就懒得化妆,她头发很长时间没剪,已经将肩遮过了一截,散在身后,加上刚刚生了病,精神没好起来,脸色有些苍白,整个人都显得没精神,和前一阵的状态相比又差了。

薛逢逢难得关切地问:"要不要放个长假?你这身体实在有些透支了。"

殷遥觉得没必要:"其实也还行,没那么严重。"她低头喝着汀汀送来的热咖啡。

薛逢逢说:"靳绍托我问你,你为什么大半年都不理他了?"

殷遥没有回答。

"他明天晚上办生日宴,说希望你能去。"薛逢逢挑了挑眉,"哎,你俩到底怎么了?我也挺好奇,他是不是犯了什么死罪?譬如撮合你和梁津南复合?"

"不是。"殷遥说,"我就是很忙,顾不上理他。"

薛逢逢并不相信,但也没纠结这个,又问她:"那明晚去不去?"

"再说吧,累就不去了。"

殷遥在办公室待到晚上,留在这里吃晚饭。她去得比较迟,餐厅已经没多少东西,只坐了两桌人。

她自己一桌,三个实习小姑娘坐在过道那边的另一桌。

殷遥吃完,那三个女孩还没走,围在一起坐着看手机,很兴奋。她只听到一点点声音,似乎是个电视剧,配乐不错。

殷遥走过去,本是想提醒她们早点回学校,注意安全,结果说完话要走的时候,随意地看了眼手机屏幕,视线就停在那里。

她左手边的女孩很活泼,特别惊讶地问:"殷老师,您也在追这个?"

殷遥没答话,不自觉地说:"我看一下。"

那女孩激动地说:"殷老师,给您看今天最新的,啊,太虐太虐了!"说着退出了界面,很快从热搜列表重新点了一个。

殷遥清楚地看到那四个字——"赵殊 战死"。

新的界面跳出来,短视频开始播放,时长两分半,是赵小将军死前的片段,从他中箭摔下马开始,到最后浑身是血,跪倒在帅旗旁。

回忆中出现的是打马走过京城街道的劲装少年,锦带皂靴,衣袂生风。

画面拉近,他手里攥着被血浸湿的平安符。

旁边女孩给殷遥解释这里的"虐点",那个平安符根本不是他喜欢的小公主所赠,只是公主身边一个暗恋他的婢女送的,可他到死都不知道。

殷遥从来不知道,原来这部戏,他的结局是这样。

她不由自主地想起,去年冬天在横店见他,他眼睛红红,说是拍了哭戏,因为大哥死了。

她问他有没有感情戏,他跟她报备,说要抱公主一下……

这天晚上,殷遥回家后什么事也没做成,她在暗房待了三个小时,洗废了一堆照片,凌晨的时候,她躺在床上看肖樾的微博。

他七个月以来毫无动态,评论区却热闹得很。

殷遥爬起来，走到露台上给肖樾打电话。

即使鼓足了勇气，在电话拨通的时候，殷遥心跳依然过速，不自觉地捏紧了手机。她往旁边走两步，后背倚在玻璃上，仿佛找到一点支撑。

节奏绵长缓慢的"嘟"声结束，殷遥后知后觉地意识到她并未想好措辞，不过没等到她开口，电话里就传来一个兴奋的声音："殷老师！"

殷遥一愣。

是小山。

"是您吗？"小山很惊喜。

殷遥应声："是我。"

"啊，您怎么这时候……哎，"小山实在太过惊讶，"那什么，肖樾他在拍戏！他手机在我这儿保管着，我们现在在西安呢！"他语速很快地说到这里，明显有些着急，"他今天又是夜戏，还没结束，要不……要不等他收工，我让他给您回电话？"

想想又觉得不行，今晚估摸着得到两点之后，怎么好让人家等到那时候？他立刻又说："干脆我现在就去找他吧！"桌上的羊杂汤只喝了半碗，本来要给肖樾带一碗，现在也顾不上了，他急匆匆地给夜市老板掏钱结账，对殷遥说，"就一点点路，您等会儿啊！等会儿我一定给您回过来！"

殷遥想说不必这么着急，小山急着走路，没等她说话就已经把电话给挂了。

片场在一个废弃的工厂。

小山赶过去，戏还在拍着。导演特爱抠细节，一个动作不满意也要再来一遍，小山等了半个多小时，越等越急，好不容易等到肖樾从那辆旧皮卡上下来，导演又把他叫过去说话，后面要拍的演员已经就位。

临时牵拉的电线绕在树上，剧组的大灯高高悬着，白惨惨的光线照出每个人疲惫不堪的脸。天气太闷热，又毫无避暑设施，衣服早就被汗浸得湿透，唯一的动力就是再熬几天，等一个杀青。

小山心急地候在树下，等导演讲完，他立刻抓住空隙把肖樾拽过来。他拉的是肖樾的右手腕，刚刚那场打戏，肖樾的右手撞到车门，痛得厉害。现在被他一拽，连着整个肩膀都颤了颤。

小山没有发觉，连拖带搡地把人推进剧组临时搭建的化妆间里。

"快快快，殷老师给你打电话了！"

肖樾正低头摁着手肘，听到就愣住了，黑漆漆的眼睛望向小山，疼得微白的脸上都是汗珠。

"人家都等你一个小时了。"小山边说边从通话记录回拨过去。

肖樾还未反应过来，手机已经塞到他手中。

化妆间里没有其他人，小山二话不说把门给关上了。

殷遥等到凌晨一点，已经不指望肖樾会回电话，但她也没有睡着，窝在被子里看一张相片，很久以前用胶片相机偷拍的那张，当时征得他的同意留下了，她后来洗了出来，彩色的，今晚又用那张底片重新洗了黑白的，这种并不好把握，所以废了好多张。

不得不说，抓拍永远比刻意的造型更令人惊喜。

他的身体放松而自然，漆黑蓬松的头发，随意抬起的左手，流畅的背肌……光线在他身上留下最真实的阴影。

枕侧的手机突然振动，殷遥回过神，视线移过去，看清屏幕上的来电。

她意识到自己是有点激动的，手心微微地发热，可当她接起电话时，却又不确定电话那头是谁，迟疑地贴着手机"喂"了声："……小山？"

并没有人回答，但殷遥分明听到轻微的呼吸声。

"肖樾？"她不自觉地叫他。

几秒后，听到一声极低的"嗯"，殷遥莫名顿了顿。

"你……收工了？"

"没有。"

肖樾的声音有一丝明显的沙哑，殷遥不经思考地问他："你生病了吗？"问完想起曾经有一次也是这样，那时他在横店拍《明月》。

那算是他们最好的时候。

不知肖樾是不是也记起这个，他没有回答。

电话里过分安静，似乎都无话可说，可偏偏谁也没挂。

后来，是殷遥先说话，她怕这样拖沓着耽搁他拍下一场，压着乱糟糟的心绪说："我打电话，是想和你道歉，也许有点迟了……就算分开了，也想让你知道,我并不想伤害你,那时我说的话不是真心的,对不起。"

肖樾低头站着,五脏六腑都被扯了一下。他手边是张矮桌,杂乱无章地摆满化妆用品,狭仄的化妆间闷得像蒸笼。隔着破旧的木板门,外面是奔忙的剧组人员,嘈杂的指令无可避免地蹿进来,他的右手疼得难受。

他憋着劲过了五个月这种生活,被她一个电话弄散了意志。

电话里,殷遥的声音艰涩:"我后来想一想,你说得对,我不该因为他结婚就跑去招惹你,的确很不负责任,你怪我是应该的,我把你的生活都弄乱了。"

说到这里,好像够了,又好像不够。

她盯着手里的相片,理智在此刻压过了其他,轻轻地说:"希望你以后都好好的。"

肖樾听明白她的意思,怔怔地攥着手机,半晌说不出话。

他以为……

原来是这个意思。

他嘴唇僵硬地动了动,自嘲地低头一笑。

缓了半分钟,他后背靠到门上,淡声说:"我懂了。"停了下,"吵架的事,你不用道歉,我也说了过分的话。"

隔着电话,殷遥无法看到肖樾的表情,听他这么说,便道:"那好,这件事就算过去了吧。"

她想想又说:"我看了你的新剧,很好。"这一句语气刻意放轻松了。

肖樾没什么回应,只"嗯"了声。

门外,有人来叫肖樾去拍下一场,小山和那人闹了起来,动静不小。

"急什么急什么!等会儿拍怎么了,什么人啊,还不是他把我们坑过来受罪!"

大抵是太气愤,小山的声音穿墙破壁,一扇破门根本挡不住,连殷遥都听到了那头的嘈杂,只好说:"你去工作吧,我不打扰你了。"

没听到肖樾应声,她等着他挂电话,但不知为什么,他一直没挂,乱糟糟的声音不断地传过来。

殷遥以为他忘记摁掉,于是自己切断通话。

化妆间的门被拉开，小山刚把那人骂走，怒火正冲天，下一秒转身看到肖樾，立即换了脸："怎么样？"

"我去拍戏。"肖樾把手机递给他，往前走。

小山跟上去问他："和殷老师聊得怎么样？"

肖樾一句都不想回答，也不知道怎么回答。

小山借着剧组的大灯，看清他的脸色，心里猜到了结果，失望地叹口气。

白忙活了。

殷遥这晚算解决了心结，她认为至此为止，在处理自己与肖樾的事上，已经足够理智，她甚至用谢云洲那种思维思考过"适不适合"的问题。

这个遗留了很久的残局收拾完毕，殷遥指望能因此轻松起来，便不再刻意回避和肖樾有关的一切，娱乐新闻也偶尔会看，零星地了解到他的情况。

他的电影杀青了，从西北回来，赶上《明月》二轮播出，终于有娱记能拍到他的行踪。殷遥在微博上看到了机场照，他戴着口罩，被一堆人围着，看不清脸。

她从没认真关注过这个行业，第一次真实地感受到红与不红的差距。他以前露着一张脸，大庭广众下牵着她看电影都无人关注。

至于后来，肖樾接了什么广告，有哪些剧与他接洽，殷遥就不清楚了。这期间去纽约忙了一阵，只是在和黄婉盛打电话聊天时听她提起，肖樾和她一起受邀参加某个电视台的节目，殷遥没有多问。

从纽约回来后，赶上合作方的慈善晚宴。

比去年晚了快两个多月，定在九月二十号。

晚宴地点是柏悦酒店。

今年殷遥的礼服是薛逢逢提前挑好的，她选的款实在豪放，几乎露了整个背。首饰没有另外去搭配，直接戴了谢云洲送的那条钻石项链。

见到殷遥穿上礼服，薛逢逢真心觉得还是瘦点好，越瘦越好，这腰真称得上"盈盈一握"。再加上那肩和背，单看背影就足以令人心动神摇。

"我每天都后悔，没带你闯荡演艺界。"

殷遥听薛逢逢又开始说胡话，懒得应声，转头看看她那一身白色西装，由衷赞叹:"你还挺帅的。"

"那是当然。"

薛逢逢眼尾一挑,抬手帮殷遥扯了扯礼服,作势要袭她的胸,被殷遥捉住手:"别闹了。"

她们傍晚到酒店,殷遥挽着薛逢逢走红毯,一堆举着相机的记者不停地拍照,忙碌得很。等进了晚宴厅,总算自在了些。两人由礼仪小姐领着,走到桌边落座。

薛逢逢没坐片刻就起身忙着交际,殷遥被迫跟在一旁。

等一圈人问候完,脚都站酸了。

殷遥回去坐下,黄婉盛发来微信:"过来啊,一起去洗手间。"

殷遥抬眼寻找,不知道她是什么时候来的,穿着一身亮眼的白色深V礼服,坐在靠近舞台的那一桌。

殷遥起身过去,黄婉盛站在走道里等她。

殷遥走到半途就停住了。

那边迎面走来一个人,黑西装,白衬衣,身形修长。

殷遥已经整整八个月没见过肖樾。

她有些失神地站着,直到黄婉盛回过身向她招手,才走过去。

殷遥确定肖樾也看到了她,因为他的脚步明显顿了一下。如果不是因为他的座位在这里,过道是必经之处,他是不是不会走过来?

这个问题,她无暇去想。

黄婉盛拉住殷遥的手,想夸夸她的礼服,眼角余光瞥到肖樾已经走近,便转过脸,朝他笑了一下。

肖樾走过来和黄婉盛打招呼,叫她一声"婉盛姐"。

《明月》播出后,赵家姐弟情意外成为煽情点,剧里令人动容,剧外两家粉丝难得融洽,直到现在还在以"阿姐""弟弟"相称。上个月跑电视台宣传,都是几位主演一道,谈话节目还好,那种太活跃的游戏类综艺,肖樾这种个性不太能适应,因着殷遥的缘故,黄婉盛对他总归比对别人要照拂一些,在现场免不得多带带他,几次下来两人也更熟悉了,在她的要求下,肖樾总算不再喊"黄老师"。

黄婉盛刚刚在采访区就看到肖樾，她对殷遥耍了小心思，这会儿当然要把这心思完成。

"刚看到你座位好像在那边，"她笑着给肖樾指个方向，转头拍拍殷遥的手，"哎，我忘了拿包，你等我一会儿。"说着就往酒桌那边去了。

这一处就剩下两个人。

一边是嘈杂的红毯采访区，一边是热闹的晚宴大厅，不时有人沿着走道过去。殷遥轻轻提起礼服的裙摆，往边上站了站，抬头，见肖樾没走，正看着她。

本以为他和黄婉盛讲完话就会进去……

站这么近，才发觉他瘦了，也黑了点，毕竟在西北待了近半年，他皮肤底子还是好，换了别人都不知道糙成什么样。也许是因为瘦了，头发剪短了，相比之前，更凸显了脸庞的棱角。不知是这个原因还是别的什么，他看上去更成熟了一点。

如果单单是论这张脸，殷遥觉得一辈子都是看不够他的。

但也不能这么看下去，她想要说点什么，却没找着开场白。

上一次联系，已经是两个月前，那时他还没杀青，人在西安。他们草草通了一个电话，事情说清楚，也就没有理由再找他。

当朋友一样联络，也不大现实。谁也不缺一个朋友。

殷遥手心不断泛热，捏着裙摆，见有人走来，又往旁边挪动。再次抬头时，她对肖樾笑了一下："还是第一次看你穿西装。"

刚刚远远看到就有些惊讶，他似乎能驾驭任何风格，永远给人新鲜感。殷遥其实想夸一句"很好看"，但这话在舌尖转了转，又咽回去。

她反省过自己的毛病，自然不能在他身上再犯。

殷遥看着肖樾的眼睛，不知道他此刻在想什么，他的眼神淡淡的，听到她的话也只是点了一下头，唇轻轻地抿着，似乎不打算开口。

既然不想说话，为什么还站在这里不过去？

殷遥微微皱眉，转瞬又觉得自己不可理喻，她无法控制地因他而心绪浮动，手心已经被汗浸湿。这种紧张毫无意义。

她垂眼不再看肖樾，目光落在他一尘不染的皮鞋上。这时，前面走来个熟人，人没到，响亮的声音就先传来了："殷老师！"

是之前合作过的一个时尚杂志的总编，和薛逢逢关系很好。

殷遥上前打招呼，对方挽着她的手，夸她今天的礼服特好看，又仙又性感，寒暄了好一会儿，等她回过头，发现肖樾已经走了。

她独自站了片刻，看到黄婉盛走过来。

拿一个包拿这么久，殷遥再笨也知道黄婉盛是故意的。

去了洗手间，殷遥问出口，黄婉盛一脸无辜："我不知道肖樾要来啊，你们两个自己的缘分。"

殷遥边洗手边说："我又不傻。"

黄婉盛笑了声，看她一眼，压低声音说："你也知道我向来不愿主动去管别人的事，但是吧……你好像还是特别喜欢他，我只好自作主张了。"

殷遥没有否认什么。

"怎么样？不至于一句话没说上吧？"黄婉盛问道。

"说了。"殷遥低头笑了下，像是对自己无奈，"他没有理我。"

这晚的宴会盛大而热闹，殷遥却心不在焉，偶尔侧过头看向左边，那人在灯光下坐得安安静静，他左右都是女演员，不见他和谁寒暄。

后来在那宴厅里再没有机会单独见他。

散场时都是各自坐车走，殷遥和黄婉盛在停车场分别，眼见着黄婉盛的保姆车开走了，她依然站在原处，因为薛逢逢还在和合作伙伴们聊得火热。

殷遥站在停车场，给工作室的司机打电话，让他现在把车开来。

挂了电话，刚把手机放进包里，转头就看见有人从电梯出来，殷遥顿了一下，收回视线看向前面，一辆黑色汽车驶近，停在不远的地方。

后车门拉开，小山探出半个身子。

他第一眼看到的不是肖樾。

"殷老师？"他惊诧地从车里跳下来，几步走过去。

殷遥朝他笑了笑："小山。"

"这么巧啊。"小山咧嘴一笑，眼睛看向她身后的肖樾，一时摸不清状况，也不敢乱说话，只好尴尬地笑两声，"您也来了？"

殷遥点头。

"那您开车了吗？要不我们送一送您？"他看一眼肖樾，向肖樾示意，却听殷遥说"不用了"。

这时，又有一辆汽车开过来，殷遥对他说："我上车了。"

"哎，好……"小山略失望，看她提着裙摆走去那辆商务车，视线跟过去，这才看到她那件礼服后面的设计，有点看傻了，"这衣服……很性感啊，殷老师今天也太好看了吧。"

等殷遥上了车，他才猛然回过头，一看肖樾的脸色，立刻澄清："别误会，我对殷老师是很尊敬的，没有别的想法啊！"

肖樾没理他，径自上了车。

小山跟着坐进去。

开车的是公司新分过来的助理，挺老实的孩子，小山也不避着他，兀自说道："殷老师怎么又瘦了，上回还比这次好点，我刚刚看，那腰细得……"他挠挠脑袋，瞥一眼肖樾，见肖樾脸色很不好看，眉头紧蹙。

小山跟了肖樾这么久，再怎么样也比别人要了解他，叹口气道："你心疼她，憋在心里有什么用，她又不知道……"

殷遥九月份的忙碌并没有以这个慈善晚宴画上句号，北京这边有两个紧急项目等着，她一周内完成，决定给自己放个假。

薛逢逢也心疼她累了许久，给她空出整整十天。

殷遥在家窝了两天，独自背个包去了广西，没告诉谁，也没安排行程，每天都临时起意，想出去就出去，不想出去就待在酒店。

回程的前一天，她在南宁停留，夜里出去吃夜宵，随手拍了张烟火气十足的夜市一角，发在朋友圈。

黄婉盛给她点赞，留了条评论：去哪儿玩了，这么悠闲？

殷遥回复：休假呢，在南宁。

小山看到殷遥这条朋友圈时，人在横店。肖樾已经进组半个月，虽然现在有小助理跟着，但他有空还是过来看看。

肖樾拍完一场，回化妆间休息。小山仍坐在那儿看手机，嘟嘟囔囔说一句："殷老师真是难得发条状态，专业的果然不一样，随便拍一拍都这么有意境啊……"

肖樾去他身边拿包，瞥了一眼，没说什么，从包里找出护眼液用了一点，又出去了。

过了会儿，几个刚下戏的年轻演员走进来。

剧组条件有限，这个大化妆间大家共用，一整排化妆桌堆满东西，小山将肖樾的背包从椅子上拿开，放到桌上，给两个女演员腾出位置。

他走到门外给肖樾的小助理打电话，让对方把车开过来，谁知道话刚讲了几句，就听到化妆间里一声响，好像什么东西打碎了。

他走进去，闻到一股浓郁的柑橘香味儿。

那个穿着戏服的女演员傻了眼，把背包拾起来，手忙脚乱地去收拾地面，旁边的人也去帮忙。

肇事的女演员连连向小山道歉，对方是个不到二十岁的小姑娘，小山不好说什么，好言好语把人家安慰了一通，对方说要赔给他，也被拒绝了。

一瓶香水而已，没必要，搞得人家以为他们脾气不好耍大牌，那就因小失大了。

空气里的香味依然很重。

地上的残骸被收拾起来，堆在角落，等那小姑娘走了，小山一头雾水地看了看，这香水不是他的，那肯定就是肖樾的。

不知道肖樾没事往包里塞一瓶香水干吗，也没见用过。

九点钟，拍完剩下的几场，剧组终于收工。副导演喊大家吃饭，剧组客气，给肖樾过生日，中午刚分了蛋糕吃，晚上又出去聚餐。

小山提着背包去找肖樾，让肖樾在车里换了衣服。

车开到半路，他才跟肖樾提起香水的事。

肖樾靠在座椅上，闻声转过头。小山看到他的表情，愣了愣："怎么啦？这么点小东西，你总不会真想着让人家赔吧？"

肖樾没有回答，整张脸都有点冷，眼里情绪不明。

小山吃了一惊，搞不懂他什么情况："哎，不是……你要是真喜欢，回头我再给你买一瓶就是了，我也没见你用啊……"

肖樾仍一言不发地沉默着。

前面的小助理也感觉到气氛不对,从后视镜里看了一眼。

小山还想再说点什么,却见肖楸转开了脸,眼睫垂下,声音低落地说:"算了。"

殷遥这晚快十一点才回酒店,她没有立刻睡觉,洗过澡后躺在露台沙发上看窗外夜景。

这是最后一天假期。

零点的时候,她和黄婉盛打个电话,聊了半小时就有了睡意,挂掉后将手机丢在旁边的木桌上,也懒得起身去床上,迷迷糊糊地闭上眼睛。

不知睡了多久,恍惚中听到电话响,她本能地伸手去摸手机,眼睛还未看清屏幕上的来电人,手指已经点了接听。

殷遥在窄窄的沙发上翻个身,将手机贴到耳边,听到电话里的声音,身体僵了一下,以为是在梦中,直到又听他说了一句。

她有点儿愣:"……肖楸?"

他并不回答。

听筒里传来微重的呼吸声,几秒后,听到他低沉喑哑的声音:"我把香水摔碎了……"

这一句没头没尾,殷遥熟睡过后的脑袋也不太清明,缓了片刻,贴着话筒问他:"你喝酒了吗?"

那头好一瞬没有动静,他没有应声。

殷遥从沙发上坐起来,揉揉额头,过了几秒,又听到一句:"你会不会骂我?"

殷遥可以肯定肖楸喝了酒。

他上一次喝酒,是在靳绍那儿,被靳绍那个坏蛋带的,喝得脸红红的,回来后就在沙发上缠着她,问她为什么要骂他,和现在一模一样的状态。

她知道今天是他的生日,所以很可能是庆祝的时候喝酒了。

殷遥脑袋有些混乱,一时不知道怎么应对,想了想,再次问他:"你在哪里,有没有人照顾你?"

"没有。"极低的一句。

殷遥皱眉:"小山呢,他不在你身边?"

电话里又没声音了,不知他是不愿回答还是没听明白问题。殷遥无奈,说:"我现在挂电话,联系小山,让他去找你,好不好?"

"不好。"这一句倒是答得毫不犹豫。

殷遥捏着手机,没有出声,没一会儿又听他在那边不太清醒地说话:"我摔碎了……"

殷遥已经明白他的意思。

她送过他一瓶香水,大概是那瓶摔碎了。

"碎了就碎了吧。"殷遥说,"你不要想了。"她其实想说大不了再送你一瓶,但这话不能随便说。以前倒是说过,用完了会再给他送,甚至大言不惭地说要承包他的香水,但现在不一样了。

"我先挂电话,帮你找小山好吗?"

答案仍然是不好。

他呼吸沉沉,低哑的声音十分执拗:"不要挂。"

殷遥:"……"

头一次陷入这种问题,远程面对一个醉酒的人,不知道怎么沟通。她踟蹰地听着电话那头断断续续的声音,有些手足无措。

也不知道僵了多久,殷遥唇抿了抿,总算开口哄他:"香水没了就算了,我明天再给你买,好吗?"

又是一阵沉默。

不知道那人此刻混沌不清的脑袋里究竟在想些什么,电话里压抑的呼吸声令殷遥很不好受。

之后终于等到几个字。

"……一样的?"他声音低得几乎听不清了。

"嗯,一样的。"

"你不能骗我……"

"不骗你。"殷遥在他身上显露出莫大的耐心。

不知肖樾是不是满意了,这一句之后,迟迟等不到回应,后来再也没听到他的声音,这通电话莫名其妙地断掉。

殷遥回拨过去，提示关机。

应该是手机没电了。殷遥给小山打了个电话，知道小山已经在肖樾身边，她放下心，多问了一句，从小山口中得知他确实是聚餐时喝多了。

挂掉电话，殷遥才去想香水的事，突然后悔不该随便承诺。那是去年的周年纪念款，已经买不到一样的。完全被他闹得昏头了，甚至忘记去想，分开了还给他送东西算不算藕断丝连玩暧昧，现在倒好，话已经说出去了，倘若食言又像骗了他。

殷遥越想越觉得进退两难，好像栽在了这个电话上。

他真是好本事。

第二天上午，殷遥落地北京就去找香水，一模一样的是真找不到了，只能拿个同款柑橘香调的，她微信上找小山要来他们在横店的地址，准备当天就寄过去。

小山正在酒店餐厅吃饭，给殷遥回完消息，有点兴奋，坐在对面的小助理看得一脸蒙："小山哥，怎么了？"

小山摆摆手，几口把饭吃完，带一份午餐去楼上客房找肖樾。

他有房卡，直接进门，听见卫生间里的水声。

肖樾在洗漱。

小山把饭菜放在桌上，靠在卫生间门口干笑了一声。肖樾侧过头，他脸没擦，挂着水珠，眉和眼睫都湿漉漉的，闷哑的嗓音问怎么了。

小山假咳了下："没事，先洗脸先洗脸……"

肖樾扯了毛巾擦干脸庞，沉默地在洗手台前站了一会儿，头依然有些昏沉。

他后悔喝酒。

几分钟后，他走出来，坐到桌边吃东西。

小山坐在一旁给他梳理后面的通告，指着中间一栏："对了，这个拍摄，时尚部那边的赵姐会跟进，我请的假就在那几天。"

肖樾点头。

小山说完正事，不再打扰肖樾吃饭，坐到床上看公司群里的消息。他连60秒的语音消息都听完了，也没见肖樾有什么动静，憋不住了，坐过来问道:"你昨晚给殷老师打了电话?"

肖樾神色顿了一下,筷子停在碗里。

小山又问一句:"你们说了什么啊?"

"你不是听到了?"肖樾反问了一句,眼睛没看他。

"我哪儿听到了?"小山无辜得很,"我来的时候你都说完了,手机都关了。还是殷老师给我打电话,我才知道你找过她,你不会一点都不记得了吧?"

肖樾并非一点都不记得,但他没有答话。

他神思渐乱,不由自主地想起昨晚,嘴角压低。

小山见他有点走神的样子,耐不住性子,焦急地问:"你们是不是和好啦?殷老师找我问地址,是要来找你吧?"

肖樾怔住了一秒,看向小山:"她问你要地址?"

"是啊。"小山挺高兴,脸上笑笑,打趣他,"厉害啊,真没想到,一个电话就搞定了殷老师!"

话说到这里,助理打来电话,车已经开过来,要赶去片场。

整个下午到晚上都没休息,肖樾的戏份很重,在两个组换着拍,收工之后才有时间碰手机。

回到房间已经快十二点,他想给殷遥打电话,又觉得她可能已经睡了。他找到殷遥的微信,对话框中的聊天记录停留在一月份,她让他去拿东西,他说不要了,叫她扔了。

看多少遍都一样难受。

但他还是发了一条新消息给她,问她睡了没有。

这条没等到回复。

第二天上午,小山急匆匆地跑去片场找肖樾,他进摄影棚看了眼,肖樾还没拍完,他在边上站着等。这一场结束,肖樾休息,他赶紧把新收到的快件拿过去。

肖樾愣了下,伸手接过去。

"原来殷老师要地址是要寄东西,她这是用了加急吗?还挺快的。"小山兴致勃勃,"快看看是什么!"

一旁的小助理这时也好奇地凑过来，蹲在旁边看肖樾拆快递。

盒子封口整齐，沿着封线撕开胶带，一下就打开了。

小山看到里头的香水，先是惊讶，随后恍然大悟。他一拍脑袋，前因和后果联系到一起，顿时神思清明。

那香水底下压着一张便笺纸，小山伸着脑袋凑近，想知道便笺上写的什么，还没看清，那纸已经被抽走。

肖樾从助理那里拿到手机，看到殷遥回了消息。

"昨晚睡了。"

时间是早上六点四十。

现在是十点十分。

肖樾问她：现在能不能给你打电话？

等了半分钟不见回复，他往外走，停在剧组临时搭起的假山旁，拨通殷遥的电话。

殷遥正要离开办公室，走到门口折返，看到手机屏幕上那个名字，迟疑了一下才接起电话，那头杂音很多，可以听出他在片场。

殷遥靠到桌边："肖樾？"

很快听到他应声。

"是我。"

电话里的声音与那天夜里不同，稳重清醒，殷遥便等着他开口，几秒后，听到他说："我收到了。"

她就明白了，低头瞥着鼠标垫上的图案，"嗯"了声。

没有听到她说话，肖樾心里莫名有些异样的感觉，手指无意识地攥紧了手机，声音低了："那天晚上，我……"

他停了一下，似乎在组织语言。

殷遥大概能体会他在这停顿中的情绪。她知道他是有点骄傲的，那晚的失态于他而言确实不是很能接受的体验。

无意令他难堪，殷遥主动接了话："我知道，你那天喝了酒，所以不太清醒，这很正常。"

殷遥抬头，瞥见薛逢逢站在办公室门口朝她打手势催促，她点头应了，时间紧张，只好对肖樾说："这件事你不用放在心上，我现在要工作去了。"

肖樾没说完的话被堵回去，他不可能不让她工作，只能应一声"好"。

这个电话仓促地结束了。肖樾低头看手里的便笺纸，右下角印有"Yin Studio"字样，是她工作室专用的，纸上两行略潦草的黑色小字——

抱歉，我没能买到一样的。

生日快乐。

小山站在假山后头听完全程，一共也没听到几句话。他看着肖樾的背影，恨铁不成钢地摇头，走过来说："你不是下周一就有通告了吗？很快就能回北京了。"

肖樾侧过头。

小山眉毛扬了扬，朝他咧嘴一笑："去找她啊。"

第八章

太难过了,我不想分

殷遥休假结束,回归后连续工作四天,又适应了工作量充足的感觉。她不排斥忙碌,所以当薛逢逢提到临时给她转了一个项目时,殷遥并不在意,几乎没有迟疑地应下了。

这项目原本定的是 Yin Studio 的另一位摄影师,方案都已经谈好,结果因为摄影师的私人原因近期无法安排,杂志方不满,薛逢逢这才把殷遥搬了出来。

而殷遥直到看到方案才知道要拍的是谁。

她看到那个名字,愣了好一会儿才回过神。

前一瞬还觉得太巧,这么多摄影师,肖樾怎么会就落到她手上,下一瞬又觉得太正常了,以他现在的势头,时尚资源只会越来越好,都在一个大圈子里打转,拍到他是迟早的事。

殷遥猜测肖樾应该也知道了,不知道他怎么想,但只要他敢来,她也没什么不敢的。

拍摄定在周三。

这期间,殷遥与肖樾没有联系,他们的交集还停留在上周那通潦草的电话。那天她实在匆忙,被薛逢逢催得着急,甚至没时间听他说话。

拍摄的当天时间紧张,因为肖樾上午有通告,所以下午两点开始,棚拍,用的是 Yin Studio 的 C 棚。

殷遥从办公区过去，棚里已经很多人，有杂志方安排来探班的，也有肖樾公司时尚部的，所有工作人员各司其职，都在做准备。

肖樾从化妆间出来，殷遥正在试光，调相机参数，视线在他身上微微停留了一下，看到他穿的第一套。不知道是谁定的，纯黑色的搭配，禁欲高冷风。

至于效果，她并不意外，七分的造型在他身上也会有十分的惊艳。

殷遥与肖樾的目光短暂地碰了一下，轻轻地朝他点个头。

他脸上上了妆，也许是妆后的效果，殷遥发觉他的眼睛有些变化，瞳色很深，眼尾薄细，冷不丁一眼看过去，的确……

挺勾人的。

意识到他一直在看她，殷遥不甚自在，她不愿意在工作时被影响，下意识地避开与肖樾的眼神接触。

当然，这在拍摄开始后是无法避免的，她必须从镜头里看他。

幸好，一旦拍摄开始，殷遥习惯性地进入专注状态，并没有那么容易分心。不知是不是因为对肖樾比对别人更了解，她似乎知道他怎样的表情、怎样的姿势最有表现力。随口几个字，就能得到想要的效果。

越往后，他表现得越好。

殷遥说："看着我，眼睛冷一点。"他就能做好。

她说："笑一下。"他也能笑得人心荡神摇，棚里的姑娘们看得眼都不眨。

殷遥几乎想要夸他。

整个拍摄过程很顺利。

唯一让殷遥不太舒服的是肖樾带过来的一个女孩，应该是他们公司的。殷遥不知道这种不舒服是否出自私人原因，但在那女孩又一次帮肖樾整理衣服时，殷遥莫名有些烦躁，不确定她是否故意去碰肖樾的身体。

偏偏她整理出来的效果并不令人满意。

拍到最后一套时，殷遥想让肖樾的衬衣袖子卷起一点，开口说了一句，就见那女孩拉着肖樾的手腕就开始往上撸袖子。

"多了。"殷遥皱眉说，"再松垮一点。"

她听到，看了殷遥一眼，又将袖子放下一些。

仍然不是想要的样子。

调整了几回，都不合心意。殷遥将相机递给旁边的助理，走过去自己动手。她将肖樾的袖子往上推起一些，再轻轻扯动，做出舒适慵懒的效果，避免紧绷。

肖樾站在无影墙前低头看她，摄影灯的白光过于明亮，连她左耳小小的耳洞都能看见。

他喉结动了动，低着声问："好了吗？"

殷遥闻声，抬头看他，他神情里并没有厌烦，瞳孔净黑，目光没多热情，但也没那么冷。站在这个位置，清楚地看到他眼尾有一点很淡的红色，是眼影的效果。

这个色用多了显妖娆，但在他这里并没有，细细薄薄的一点，用得很克制，自然得像眼睛本来的样子，但也不妨碍他勾魂摄魄，把人家小女孩迷得快黏上去。

殷遥没答他的话，移开视线，低头又扯了扯袖口，从他身边离开。

肖樾眼神黯了一些。

拍摄继续，换到另一个背景布前，布景已经弄好，造型稍稍调整，加了副眼镜，衬衣扣子解开几颗，搭配一件松松的拖地长裤，又是另一种气质。

最后几张，殷遥让肖樾随意坐到皮沙发上，她从镜头里看过去，肖樾忽然抬头，视线寻找她，那眼神让她莫名怔了下。

短暂的一两秒内，她眯起眼，按下快门。

结束的时间不算太晚，殷遥放下相机，才发现薛逢逢不知道什么时候过来了，正和杂志方的负责人谈笑风生，旁边另一位，似乎是肖樾公司的总监。

这种联络商业感情的事，薛逢逢驾轻就熟，殷遥看到她在，就安心收拾自己的东西。

谁知道这三位相谈甚欢，没聊够，打算换个场子继续。

甲方请吃饭并不是稀罕事，要是薛逢逢不在，殷遥推掉也就算了，可今天她没这个权力，只不过去了趟洗手间，就被薛逢逢一个电话打过来，催促她去停车场。

殷遥过去时,肖樾正要上旁边一辆车,他已经换了自己的衣服,看到她走来,他停在车门边。

目光碰到一起,殷遥听到薛逢逢在喊,她转头坐进车里。助理汀汀坐到她旁边,有点小激动:"他怎么那么帅啊。"

工作室常年都在拍各种艺人,能做明星的有几个不好看?然而,谁会对漂亮男人审美疲劳?来一个夸一个。

何况肖樾长成那样。

汀汀这句夸赞太正常,殷遥点头赞同:"是不错。"

"以前怎么没发现呢。"汀汀疑惑地说。

殷遥没再接话。

吃饭的地方在一条小胡同里,难得的是不太吵闹,风格不错,适合夜宵。

一共要了两个小包房,Yin Studio 这边的工作人员多,单独坐一桌,薛逢逢和两方的负责人坐一起,殷遥自然也和她一桌,再加一个造型师和肖樾公司的服装助理。

桌旁还剩几个空位。

肖樾去了洗手间。

殷遥看着对面那个位置,觉得这一天过得挺黑色幽默的,以为会成为陌路人,再难有交集,转眼却要坐在同一张桌上吃饭。

肖樾在洗手间的走道里接到小山打来的电话。他以为有什么急事,顺手就接了,在墙边停下脚步。

小山的声音过于洪亮:"拍完了吧?"

肖樾应声,将手机从耳边移远一些。

小山音量不减:"今天殷老师掌镜?"

"嗯。"

他听明白小山打这个电话没什么正事。

小山有点激动,又有点遗憾。

公司群里传了一堆花絮照,都刷屏了,他才知道这次拍摄换了摄影师,没想到请假回趟老家,就错过了这么重大的事情。群里讨论得热火朝天,他插不进一句嘴,这才打电话来问肖樾。想起群里那些人说的,他颇有意味地问道:"听说殷老师占你便宜了?"

肖樾眉头蹙了蹙,眼睛盯着木质地板的纹理。

"……卷个袖子也算?"他声音很淡,几个字从齿间出来,"她没抱我,也没亲我。"

小山:"……"

那你这么不高兴干吗?

这句反问被小山咽了回去。肖樾这话说得反常,语气淡得没温度,言语间却憋着一股气,任谁都能听出来。小山挠挠头,趁这机会往上添了一把火:"那什么……你们都分开了,殷老师迟早要抱别人亲别人的吧?"

这话一出,电话里就静了。

过了几秒,发现肖樾把电话挂了。小山倒也不在意,笑了声,将手机揣进兜里。

包房内,殷遥在和造型师说话,她声音低,完全被另外几个人的聊天声盖过。造型师说了句什么,她靠近去听,不经意地一抬眼,便看到有人走进来,在对面落座,旁边的服装助理将倒好的一杯清酒搁在他面前。

肖樾的视线落过来,殷遥已经侧过头,回答造型师刚刚问的话。

菜陆续上了,大家吃得都不多,聊天倒是很热络。席间话题被引到肖樾身上,他公司时尚部的那位总监很健谈,有意为他拓宽道路,想争取杂志方的后续合作,又提及公司有计划为他拍一套写真,希望之后还能请殷遥掌镜。

薛逢逢一口应下。

殷遥没说什么,她有些疲惫,低头看手机,耳朵里依然能听进对面那女孩和肖樾说话的声音。

她无意中碰倒酒杯,袖口沾了清酒。

殷遥意识到自己心绪渐躁,有点压不住,和薛逢逢说要去下厕所,到了门口才打个电话,说先走了。

十月中旬的气温已经降过一轮,出门便觉得冷飕飕,风一吹,被酒浸湿的衣袖贴着手腕,凉得难受。

殷遥往前走了没多远，转个弯，上了另一条路。

胡同里有人跟出来。

殷遥走到一片挂满藤蔓的砖墙边，被追上了，高高的身影拦在她面前。

殷遥顿了顿："有事吗？"

"你怎么了？没有吃完。"肖樾微蹙眉，借着路灯的光线看她。

"不想吃了，回去睡觉。"殷遥淡淡地说。

"……是因为我在？"

殷遥没有说话，抬眸看向他。

"你是不是不想见我？"他声音低冷，语气也有些锋利。他不傻，能感受到今天殷遥对他很冷淡，一直不看他。

殷遥默然几秒，想起种种，顿时气躁："是啊，我有什么理由想见你吗？"

这一句说出口，感觉到他僵了一下。

右手边一盏路灯不甚明亮，投过来的光又冷又淡。

殷遥心里已经闷了很久，厌烦自己今天一直因他而情绪波动，此刻也不想再顾及他的感受，直截了当地说："你是没有分过手吗？如果不想跟我扯在一起，就不该再找我。那次是你喝醉酒了，我可以不计较，但其他时候不可以，下次我不会再接你的拍摄，既然要跟我断掉，就彻底一点。"

"我没想跟你断掉！"肖樾抬高声音打断了她，她的话无情无义，他明显被激到，难以接受，胸口起伏明显。

"那你想怎样？"殷遥误解了他的意思，眼神都冷了，"你再这样在我面前晃，我不一定能控制自己，到时你别说我不负责任招惹你。"

肖樾薄薄的唇抿紧，暗淡的光线下，他的眼神晦暗难辨。

这一处清静，半天不见行人，偶尔才有辆车从路上驶过。殷遥没再多说，今晚已经有些失控，她不想再弄得更糟，转过身要走，手腕一热。

被他拉住了。

"我不想分开。"肖樾攥住她的手指，"不管你喜不喜欢我。"

这话说得冲动，不经思考。

一瞬间戳到殷遥的怒点，和上次的争吵联结在一起。

她心口一股怒气难以抑制，直冲得喉头酸涩，忍不住回过身脱口而出："我不喜欢你，我上赶着追你哄你？我就那么缺男人吗？谁要管你喝没喝醉，你香水碎了关我什么事……"她想起今晚，更是躁闷，憋得眼睛泛潮，"我就是有病，才会跟个小姑娘生气，吃你这种没劲的干醋，跟我有什么关系啊，我又不是非你不可……"

后面的话没说完，她被肖樾抱住。

他的手指摸到她潮湿的眼睛，低头去吻她。

殷遥推他，被捉住手。

不知道他是生气还是怎么，手上力气很足，嘴巴也是。殷遥挣扎一番，落败了，泄了气似的不再乱动。

汽车的声音从耳边过去。

两个人都喝过清酒，在彼此口中尝到一样的酒味儿，很淡。唇舌碰到一起，难以避免地失了神，所有的反应就像是本能。殷遥不自觉地扯住了肖樾的衣衫，紧紧地倚靠着他。过了许久，他终于松了手，殷遥转开脸，喘息声微重。

她脸上仍是潮湿的，被风吹过，一阵凉意。

两人之间隔开了一点距离，不说话，像是做了不该做的事之后，无法收场的样子。过了一瞬，肖樾走近一步，低头认认真真地看她："我没想让你哭。"

殷遥抬眸。

互相看了一下，肖樾抬起手，又扣住她后颈，慢慢亲她的嘴角，然后把人抱到怀里。他的脸轻轻地埋在殷遥颈间的头发上，闷沉的嗓音说："我是没有分过手……"

殷遥愣了愣，感觉到他的脸动了一下，唇贴到她耳下的皮肤，灼热的呼吸中伴着低而又低的几个字："太难过了，我不想分。"

又一辆车从路上驶过，带来难以忽略的噪音。

刚刚那瓮瓮沉沉的几个字好像被风带走了，留在殷遥颈间的只有肖樾呼出的气息，她任他搂住，有点呆呆的，过了一会儿，总算抬起手去抱肖樾的背。

肖樾几乎愣了一下，隔了几秒，压不住心绪，他收紧手臂，嘴唇克制地在她的耳垂上轻轻碰了碰。

　　殷遥便觉得耳朵都麻了。

　　也许是在这时，她意识到，这大半年以来她过得多么寡淡，怀里这个男人依然能让她脸红心跳。

　　心里太多情绪堆叠，一股莫名的委屈占了上风，眼睛不受控制地泛热，殷遥脑袋动了动，额头抵在肖樾的左胸，有点难受地扯住他的衣服，手指攥紧最下面的一颗金属扣，冰冷坚硬的触感让人觉得真实。

　　肖樾感觉到了什么，抬手去碰她的脸，指尖触到湿凉的皮肤，微微一震。

　　她今天和从前很不一样，已经哭了两回。

　　肖樾皱了眉，想要替她擦眼泪，被她握住手。她的脸颊在他外套上蹭了蹭，将他的衣服洇湿一块，总算舒服了些，单薄伶仃的身体紧紧贴靠着他，完全是眷恋和依赖的姿态。

　　这样的殷遥令肖樾说不出话，他心底又软又躁，暗自忍了一会儿，渐渐无法压抑，按住殷遥瘦削的肩背，一手捧起她的脸庞，压住唇瓣亲吻，舌头轻轻地撬进去，将她弄得喘不上气，眼里水雾蒙蒙，仍然觉得不够，甚至……想咬她。

　　他不想让殷遥知道，他的身体已经起了反应。

　　他想跟她做那样的事，特别想。

　　殷遥强挤出的一分理智让她推开了肖樾。这是在路上，即使有些僻静，也不代表可以肆意妄为。她往后退开一步，听着他浊重的呼吸，同样难耐。

　　两人都冷静了一会儿。

　　温柔的夜风吹得身后藤蔓轻轻摇摆，发出窸窣的声响，气氛有一点点尴尬。

　　殷遥垂下眼帘："你还要不要回去吃东西？"

　　肖樾说："不去。"停了一下，"是因为你在，我才来吃饭。"他的声音又恢复到稳重自持的样子，说的话倒是比以前坦诚。

　　"你公司的人……"她只提了这几个字。

　　"我说过了。"

殷遥没有问他是怎么说的，转头看看路上："我现在回工作室，你要去吗？"

肖樾没有迟疑地点头。

殷遥低头抹抹脸颊："那走吧。"

这路上不好坐车，两人往前走了一段，去坐出租车。一路上都无交流，在车上也很安静，他们都需要一点时间来平复今晚混乱的心情。

Yin Studio 的影棚空无一人，办公区也寂静无声。

殷遥去影棚拿到电脑，回楼上办公室。

她的包在办公室，车钥匙也在，本想拿到东西就走，但不知怎么的，记忆跳跃到很久之前。她扭头问身后的肖樾："想不想喝咖啡？"

肖樾微怔地看她两眼，似乎也想起什么，点了点头。

殷遥拿起杯子去茶水间。

肖樾站在她的办公桌旁看桌上的杂志封面，旁边有个日程本，她准备放进包里，还没来得及收，密密麻麻的一栏一栏。

他随手翻到最新的那页，今天的拍摄也在，右上角画了个星星标记，她用字母简写他的姓名：xy。

殷遥将两杯咖啡放到桌上，浓郁的香味儿弥漫在冷清的办公室中。

两人都没坐下，倚在桌边站着。殷遥喝了小半杯，指指旁边的椅子，招呼他："你坐吧。"

肖樾没有同她客气，坐到她的办公椅上。

殷遥仍靠在桌边，手里捏着奶白色的杯子。搅拌一会儿，她侧过身，背靠向桌子。

肖樾抬头望向殷遥，她唇上残留一点棕色的咖啡沫。

殷遥思考过后，低头淡淡地说："那些过去我没法改变了，有和别人谈过恋爱，也有一些……像和周束那样的关系。当初去找你，也确实目的不纯，"她视线微垂，落在他的脸上，"听起来我是个挺荒唐的人，你确定你能接受？"

肖樾沉默一下，点头："嗯。"

"还有，结婚……"殷遥神色认真，"我现在还是不能和你承诺这个，我们不是谈了恋爱就会结婚的,我还是这么想,你也能理解吗?"

肖樾眸光微顿,想了想,仍然点头。

殷遥眼神柔了。

她定定地看他几秒,嘴角露出笑:"有可能我和你在一起很多年,等你四十岁,把你的大好青春都消耗完了,然后再……抛弃你,这样也不介意?"

故意调笑的语气。

但看到肖樾的表情,她就后悔了,以为他能听出来,谁知道……

殷遥厌恶自己死性不改,立刻解释:"我开玩笑的。"

肖樾点点头,直起身将手里的杯子放到桌上,侧过头对她说:"四十岁,那我还有十六年,挺长的。"

殷遥皱了眉,脸色难看起来:"很长吗?"

她好像丝毫意识不到自己有两重标准,她开别人玩笑时口无遮拦,被反击一下就像被戳到痛点。

肖樾说:"我也开玩笑的。"

殷遥听不进这话,将他推到座椅上,欺身压上去。她动作有些粗暴,将肖樾的嘴唇亲得一片红,手指触到他领口,去解他里面衬衣的扣子,一连扯开两颗,被他扣住手指。

他确定她是来真的,眼里有些震惊。

殷遥水润的眼睛睨他一下,轻轻笑了声,沿着他的下颌往下亲吻。她花样繁多,把他弄得招架不住。理智残存的片刻,肖樾摁住她半边雪白的肩膀,热得眼睛发红:"你确定……要在这里?"

殷遥低哑地说:"你忍得住吗?反正我忍不住。"

肖樾眼里藏了火一样凝视着她,一言不发,然后抬手扯掉了她另一边肩上的衣服。殷遥眼神深深的,趴在他身上没动,没几秒,被他抱起来。

身后是宽大的办公桌。

十一点半,Yin Studio 的办公区依然亮着一室灯光。

殷遥靠在沙发上,神色倦倦,看肖樾收拾她的办公室。

荒唐之后的一片狼藉,连殷遥都觉得不甚自在,尤其是白天还在楼下棚里正儿八经地拍他,晚上就在这里扒了他的衣服,实在是……

对比过于强烈。

殷遥看着肖樾将那些用过的东西丢进垃圾袋里,想起要解释一下为什么她的抽屉里会有安全套。

"那个……"殷遥开口。

肖樾回过头。

殷遥指指桌上剩下的:"是很久以前的,我没有用过。"

肖樾没有接话。

"当时是想过试一下,但是没用到。"殷遥略尴尬地向他坦白,"因为不喜欢那个人。"至于是谁,她已经不记得。

殷遥说到这里,不知怎么,思路一偏,忽然想到什么,"啊"了声:"会不会过期了?"

肖樾:"……"

他转身拿起桌角的小盒子,看了两眼,告诉殷遥:"还有一年半。"

"哦。"

殷遥没再说话,伸手去拿杂志柜上的手机。

过了会儿,肖樾收拾完,走过去坐到她身边。

殷遥一抬眸,看到他衬衣上那颗被扯坏的扣子,她拿手指揪住扣眼:"我喜欢你这件衣服,不要丢。"

肖樾低低"嗯"一声,垂头看看她。

"衣服穿上吧。"他声音压低,就显得仍有两分沙哑,说完,把手里那一件递给她。

殷遥点点头,身体倾过去,靠到他胸膛上:"你抱我一会儿。"

肖樾抬手接住她,脸庞转了个角度,把她搂在臂弯里。

殷遥似乎犹豫了数秒,盯着他锁骨下方被她弄出来的一块红印:"那时候,我说了好难听的话。"她唇瓣翕张,"你……"

没有说完,后面也不知道用什么措辞。

感觉到肖樾低头了,殷遥仰起脸,视线对视了下,她低声说:"我太坏了,是不是?"

肖樾没有应声,但殷遥看出他眼神变了。她不知出于什么想法,执着地想要答案。

被她看了许久,肖樾终于点头:"我是这么想过。"

殷遥眸光黯了一秒,手指僵僵地从他的衣服上松开,却被肖樾捉住了。

"我知道那是气话,你不会真的那么对我。"肖樾说,"我不在意这件事了。"

殷遥哑然无声地垂下眼睛。

安静许久,她愧疚又眷恋地抱他,手指轻轻地按在他心脏的位置:"你罚我吧。"

这话说完,等了几秒,没有动静。殷遥正要抬头,耳边一道热息,是他低哑的嗓音。

"……刚刚已经罚过了。"

这是什么意思,殷遥当然懂。

他今天确实有点折磨她,但她也没有好到哪里去,或许是有种失而复得的意味,就……很难控制。他们在彼此身上留下了很多痕迹。

肖樾的这一句成功地让殷遥不说话了,但并没有松开他,她贴得近,身上的一切都能感觉到。

"你怎么瘦了这么多?"上次在柏悦晚宴厅见到,他就想问,后来她去和别人打招呼,不再理他。

殷遥说:"我不知道。"

"你没有好好吃饭吗?"

"吃了饭也没长肉,可能……睡不好吧。"

"睡不好?"

殷遥点点头,抬头看看他:"你也没长胖啊,瘦了十几斤有没有?"

"十斤吧。"

十斤对他算多了,他的身材本来就是不用减重的,拍某些戏恐怕还要增肥。殷遥又仔细看他的脸:"你在西北待了好久,上次看你有点黑了,现在白回来了。"

肖樾"嗯"了一声。

那段时间过得很糙，也不太注意防晒，好多次拍大夜戏，连着两天脸都不洗的。

"小山说你手受伤了，现在怎么样了？"殷遥低头看他胳膊。

"没事，都好了。"

殷遥还想再问几句，又有些顾忌，于她而言，那时是他们分开之后最难过的一段时间，不知肖樾怎么样。虽然和好了，但不代表他心里就真的毫无芥蒂。

尤其是他们争吵时，他说的那句不信她，不知道现在是否有几分改变，她今晚也向他表明是喜欢他的，但他内敛又执拗，说难听一点，就是死心眼，也许还需要更多时间来让他确信这一点。

想到他说"不管你喜不喜欢我"，殷遥又觉得他怎么能傻成这样。她心里软得不行，抬头把他往后推，伏在他身上密密地吻他嘴巴。

肖樾受不住她这么弄。

两人又腻了一会儿。

已经接近十二点，不能一直在办公室赖下去。

殷遥问："去我那儿？"

肖樾没立即应声，似乎在考虑事情，殷遥又问："不方便？"

肖樾点头，把事情告诉她。

他明天有活动，今天拍摄结束，助理才匆匆赶去拿到衣服，已经送到他家里，想让他晚上试过给反馈，有问题的话明天清晨还能赶早处理。

殷遥清楚他现在更忙了，不可能再像从前一样，回了北京就待在她身边，没有通告，窝在家里看几天剧本也没人找。

一时间，他们都没说话，然后忽然又同时开口，刚说了一个字，眼神一对上，就知道想到一块儿去了。

十二点整，车从 Yin Studio 开出去。

凌晨道路空旷很多，一路通畅。

殷遥坐在副驾，看着前面，有点疑惑，虽然已经很久没去他那儿，但还是记得的。

"是这里吗？"她转头问。

"换地方住了，公司租的。"肖樾将车停在路边，旁边是个便利店，他对殷遥说，"买点东西。"

这个时间，也只有二十四小时便利店还在营业。

肖樾从兜里摸出个黑色口罩戴上了，殷遥第一次看到他这样，不太习惯，多看了两眼。

"这样就认不出来了吗？"她说，"可是我觉得，你的眼睛还挺特别的。"

"别人不会看那么仔细。"肖樾牵她的手，推门进去。

除了柜台后的店员，店里没别人。

殷遥跟在肖樾身边，看他拿了牙刷毛巾、一次性的女士内裤，到收银台边上，似乎迟疑了下，但在结账前还是从货架上取了一盒安全套放在柜台。

不知道他是不是第一次买这东西，他看上去还挺自然的，只是眼睛没看她，就算有什么表情，也被口罩遮住了。

结完账离开，车没开一会儿，到了地方。殷遥一看小区，就明白他为什么会搬到这儿来，私密性比他之前住的地方好太多了。

电梯停在八楼，肖樾带殷遥出去，按指纹开门。

灯一亮，他先找一双没穿过的拖鞋给她。

殷遥进屋看了看，偏工业风，比一室一厅的标准配置多了个衣帽间，客厅不算很大，但比 loft 宽敞很多，开放式厨房，屋里收拾得很干净，可见他一如既往地保持着好习惯。

时间太晚了，殷遥没磨蹭，先去洗澡。

她没睡衣换，吹完头发，裹着浴巾出来。见肖樾在打电话，她指指衣帽间，看到他点头，便自己进去，没拿T恤，挑了件不太新的衬衣，是他惯常爱穿的风格，黑色。

她走出去，肖樾还没挂电话，人靠在阳台上，偏过头来看她一眼，视线就没再离开。

殷遥没注意他，走到中岛台边，从包里找到自己的手机，站在原处看工作群里的消息，刚洗过的长发披散着，和身上衬衣的黑色融在一起，从远处看，黑衬衣下的长腿雪白。

殷遥低着头给薛逢逢回消息，忽然被抱住了。

身后的男人低下头，闻她发丝上的香气。

"不去洗澡吗？"殷遥依然在编辑文字。

肖樾没动，手掌扣着她的腰肢："你在干吗？"

"回信息啊。"殷遥告诉他，"薛逢逢的留言有一串呢，我一句不回有点过分了吧。"

他"嗯"了声，没说别的，但也没松手。

殷遥觉得自己有一点点明白他的想法，也许他和她一样，也觉得有点不真实吧。昨天还是互相不联系的陌路人状态，今天就……

有点像做梦。

殷遥刚刚洗澡时，看着浴室里他的一切，就是这种感受。

殷遥任肖樾抱了一会儿，后来是他自己松了手。

"我洗澡去，你先去卧室睡吧。"他说。

殷遥拿着手机去了房间。

他的床上是灰色的四件套，殷遥在枕头底下发现他的剧本，随意地翻了翻，看剧名像个古装武侠戏，他已经看了小半，台词都有做标记。殷遥想起落在她家里的那个剧本，不知道后来他是不是又重新要了一本。

肖樾洗完澡进卧室，殷遥依然在发消息。他掀开被子躺到她身边，下巴抵在她肩上，看了一眼手机屏幕："还没回完？"

"嗯，生气了。"殷遥说，"我哄哄她，今晚不是半途放了她鸽子吗？"

肖樾没出声，看她发完一条，才开口："所以，你为什么没吃完就走？因为我吗？"

"不然呢。"殷遥侧眸望他一眼，"我说过了，你忘了？"

肖樾没忘，她那时生气地朝他大声说话，都是气话，但也透露出她吃醋了。

"她是公司安排来的，负责我的衣服。"他向殷遥解释。

"我知道。"殷遥反省过，"是我自己的问题，不知道怎么了，就不想看到她碰你，在影棚里就有点生气了。"

"……所以你才帮我弄衣服？"肖樾眉目微动，"你不理我，是因为这个生气？"

"不是。"殷遥侧过身，目光笔直地看他，带着秋后算账的意味，"我就是不明白，她摸你碰你都没关系，我碰一下你就催我？"

"我没有催你。"肖樾愣了下，"我只是想和你说话。"

殷遥："……"

无语。

她盯了他两秒，手伸过去想敲他脑袋，但最后也只是轻轻地放在他的头发上，用力地揉了一下。

"服了你。"她的脑袋埋在他胸膛上，手臂越过他的身体，将手机丢到床头柜上，"睡觉。"

"你困了吗？"

"还好。"殷遥说，"但你明天要早起工作。"

"嗯。"肖樾这样应了一声，抬手摁掉卧室的灯，但他并没有睡觉，在黑暗中搂起殷遥的腰，换了个姿势，手摸过去解她衬衣的第一粒扣子……

在客厅看到的时候，他就已经想这么做。

殷遥还真没料到他会这样，按住他的手："你不想睡了？"

"睡不着。"他亲下去，认真地开始前戏部分。

殷遥被他揉捏得晕头晕脑，糊里糊涂地问他："你是不是禁欲太久了啊……"

没指望他回答，但他在进来的那一刻，他嘴唇压到她耳朵上，哑着声音告诉她："嗯，九个月了。"

天亮的时候，殷遥茫然地醒了一下，翻个身，浑身发酸，困得想要继续睡过去，手胡乱地一摸，身边已经空了。

她怔了怔，忽然彻底惊醒，从卧室门底下的缝隙中看到外面灯是亮着的，心又落回去。她坐起来，捡起床尾的衬衣穿上，起身下床。

开了房门，看到客厅里的男人，一身笔挺的西装。他正在系领带，回头看到她，愣了一下。

殷遥走过去，站在他面前："我帮你。"

她仰起头，捏着那条酒红色的领带，手指在他衬衣领子下方忙碌了一会儿："好了。"

肖棋："我吵醒你了？"

"没有。"殷遥朝他笑一下，身体贴到他身上，正要说话，忽然感觉到了什么，她惊讶，"你……"

肖棋皱眉。

殷遥伸手去碰，被他隔开了。

殷遥笑眼弯弯："你怎么回事啊？"

"现在是早上。"

"哦，意思是，不是因为我，是……"殷遥扯住他的领带，踮脚凑到他耳旁，说了两个字。

肖棋脸都红了，将她按到怀里："别闹了。"

殷遥被他搂住，就听话地不闹了，手指松开，认真地将他的领带抚平。

她显然睡眠不足，困意犹在，身体懒懒地靠着他，在他身上闻到香水味儿。其实刚刚就闻到了，若有若无的，现在靠近了才更明显。这款男香一贯清淡，有种年轻纯净的气息，越闻越舒服。

"你穿西装真好看。"这是上次晚宴上碰到他时就想说的话，她声音也同样的懒，软绵绵的，手指捻着他的一粒西装扣，"你今天要工作一整天？"

肖棋应一声，告诉她："下午录个节目，要很晚才结束。"

殷遥点点头。

肖棋看着她细密的额发，说："我明天回横店。"

"……明天？"殷遥抬眸。

"嗯。"他垂着眼，睫毛微微动了动，"还有部戏在拍。"

殷遥明白了，他只是回来跑通告，并没有杀青。

这样连轴转有多累，她可以想象，当然不会向他抱怨见面时间太短。反倒是肖棋更在意这个，皱了皱眉说："晚上结束了，我去找你。"

"好啊。"殷遥笑了下，"那你好好工作，晚上见。"

她从肖棋身上离开，站直身体帮他扯一扯西装的肩袖。

肖樾的助理打来电话，车已经到了，在楼下等着。

殷遥不再耽误他，送他出门，看他走到电梯外，摁了下行键。

殷遥仍站在门口。

在等电梯上来的这点时间，肖樾侧过头看她，在电梯快要到八楼时，他忽然走回来，低头说："亲我一下。"

这么突然的索吻，弄得殷遥很意外，但她顺从地仰起脸吻了一下他。

肖樾走后，殷遥在他的床上睡了个回笼觉，八点半离开，去工作室上班。

汀汀给她送早餐，注意到她还穿着昨天的衣服，这种情况不多见，汀汀心中讶异，带着疑惑出去了。没过三分钟，薛逢逢走了进来。她的眼神不会比汀汀差，猜都没猜就说道："你昨晚在外面过的夜？"

殷遥："嗯。"

薛逢逢自从靳绍口中得知梁津南去了南边，殷遥和他没什么牵扯之后，已经放下心。再加上今年工作愈加繁忙，她无暇关心殷遥的私事，只要不影响工作就懒得过问。

殷遥原本有意坦白和肖樾的事，但对方没问，她也就不提，打算晚点再说，毕竟他们才刚刚和好。

薛逢逢过来主要是谈公事，谈完之后，她约殷遥下班一起去靳绍那儿。上回靳绍生日，殷遥人没过去，托薛逢逢带了份礼物给他，也确实很久没见，殷遥点头答应了。

靳绍压根没指望殷遥这天晚上会去，所以看到她时实打实地愣了一下。

薛逢逢看到一桌熟人，过去打招呼。

殷遥径自走到吧台，靳绍朝她露出招牌式笑容，语气中却颇有几分郁闷："我当你这辈子都不来了呢。"

殷遥说："我前段时间好忙。"

靳绍淡笑了声，没戳穿这借口，给她递一杯起泡酒："不带他来了？"

这个"他"指的谁，他们俩都知道。

"他没时间。"殷遥接了酒，"都快忙死了。"

看来还在一起啊。

靳绍眉微挑，手肘撑在吧台上："他红得挺快啊，我最近都看到他的广告了。"他面色颇遗憾,"看来是没机会找他试甜品了,上回喊他,他就没来,我还当你们分了呢,原来是真忙啊。"

"上回?"殷遥一愣。

"是啊。"

"你怎么找他?"

靳绍无辜地说:"我有他微信啊,之前喝酒加的。"

殷遥:"……"

"你什么时候找他的?"

"好几个月了。"靳绍回想了下,"五月还是六月?"

殷遥:"他理你了?"

"理了啊。"靳绍说,"人是没来,说他在拍戏,发了段语音远程指导,帮我调整了食谱。"

殷遥惊讶:"语音还在吗?"

"在吧。"靳绍拿起手机翻了翻,给她看,"这儿。"

一条 38 秒的消息,肖樾的声音低沉,语速不快不慢,他说食谱里的牛奶多余,可能会影响味道,又说到几种调整方式,中间偶尔停顿,有轻微的呼吸声。

殷遥心绪复杂,不知肖樾当时是以什么样的心情回答这样烦人的靳绍。

脾气好得有点傻。

她告诫靳绍:"你以后别随便骚扰他。"

"我哪儿骚扰他了,这不是讨论正经问题嘛。"靳绍说,"别说,我跟他还挺投缘的,你下回带他来玩啊。"停一停,摸摸鼻子,"上次那样的事儿,我保证不再犯还不行吗?我拿他当你男朋友,好好招待。"

"他本来就是我男朋友。"想起上回他带肖樾喝酒,把人给弄醉了,殷遥皱眉说道,"他喝不了那么多酒,跟你玩不到一块儿去。"

"男人喝点酒怎么了?"靳绍一笑,"你护他也护太紧了,这要成了你老公还得了,门都不让出了吧。"

也许是突然听到"老公"这两个字,殷遥愣了一下,有种异样的陌生的感觉。

215

靳绍真是破天荒地看到殷遥类似"脸红"的表现，难免震惊。她从前和梁津南在一起，靳绍从没见到过她恋爱中是什么模样，那些年她不回国，也不跟大家联络，若不是梁津南向他们兄弟几个透露，谁也不晓得这件事，后来这几年她身边虽有人，却都不是正儿八经的关系。

靳绍这回总算确定，殷遥的确是来真的，动了感情。

他感慨地垂头，心中叹息一声，想到去年年底梁津南在这儿喝得酩酊大醉，含含糊糊地说一句"没可能了"。

此刻，靳绍总算有了同感，免不得暗暗惋惜。可怜梁津南还在南边耗着，家里不顺利，出了岔子还把他拉过去收拾烂摊子，前妻远走国外，现在挚爱又有了新欢，实在背到家了，也不知道年底能不能回北京来。就算回来，恐怕也只会应了那句，没可能了。

殷遥不在酒吧多留，陪薛逢逢喝完两杯酒，频频看表，八点一过，打包一份糖水先走了。

薛逢逢看着她匆匆出门的背影，眉头皱起："不知道急着干什么。"

"约会呗。"靳绍接了一句。

"你也知道她身边有人？"薛逢逢审视地看他一眼。

"是啊，你以为只有你知道？"靳绍笑一下，"她男朋友我还见过呢。"

"男朋友？！"

"是啊，你不知道？"

薛逢逢："……"

殷遥回到家并没有闲着，从衣帽间拖出两箱东西，一样样拿出来，又将肖樾的衣服都放进洗衣机清洗一遍，烘干后挂回衣柜。

忙完这一切已经快到十二点。

肖樾还没回来，殷遥并不奇怪，她早就从黄婉盛那里了解到，录节目录到凌晨之后是常有的事，肖樾也说了要到很晚结束。

她没有干坐着等他，在书房忙自己的事。

为肖樾拍的样片，修图师已经完成后期，挑不出差错，但殷遥总觉得不是十分合心意，于是趁这个时间，她自己重新修一修，想看看不同风格。

一旦忙起来就很容易忘记时间。

听到敲门声时,殷遥才发觉肩膀已经有些酸了。她起身去开门,最先看到的不是肖樾,而是一束粉百合。

不知道他这么晚哪里买的,好大一束,飘着淡雅的香气。

殷遥接过花,看到他明显疲倦的脸庞,伸手拉他进来。

"忘记密码了吗?"

他摇头,却并不说为什么不自己进来,殷遥也没有继续纠结这个问题,弯下身子帮他拿拖鞋,依然是以前穿的那双,她打开鞋柜时,里面那双红黑的男款运动鞋还在。

肖樾看到了,目光微顿了顿。

他没有说话,低头换鞋,将外套脱了放在边柜上。

殷遥走进去将花放下,回头见肖樾跟过来,看出他已经很累,她问:"要去洗澡吗?"

肖樾点头。

他从棚里直接过来的,家都没回,除了那束花什么都没带。

殷遥指指卧室:"你的衣服在衣柜里,缺什么和我说。我在书房,还有点事情先去做完。"

"好。"

肖樾进了卫生间,随意看一眼,他的毛巾、剃须刀和洗漱用品都换了新的,位置没变,还放在老地方。他草草冲了澡,用了殷遥的浴巾,去她的卧室穿衣服。

一切摆设几乎都是老样子,连床品的颜色都没变,唯独落地窗边那块地毯上多了个毛茸茸的熊猫。

打开衣柜,他的衣服好好地放在里面,抽屉小格里有他之前还没穿过的内裤。

殷遥忙完,回到卧室,见肖樾在落地窗那边,拿着那只大熊猫在看。他刚洗过澡,头发蓬蓬的,身上穿着去年她买的那套灰色的棉质T恤和长裤。

殷遥在他身边坐下:"你喜欢这个?"

肖樾侧过脸。

殷遥笑一下:"婉婉送我的,可爱吗?"

"嗯。"

停了两秒,肖樾低声问她:"你为什么没扔掉我的东西?"

"……"

殷遥一时间不确定他是认真在问这个问题还是故意的,明明不是多笨的人,这么简单的事实,能有什么原因?

"你是真不知道吗?"她说。

"我想听你说。"

所以就是想听好听的话?

偏偏他言辞认真,没有半点和她随意调情的意思,殷遥也不能含糊过去。这事其实想想仍然有一丝意难平,他当初叫她扔了,那条信息真是绝情。

现在由他先提起,显得他在这件事上不管怎样都占了上风,这如果放在以前,殷遥必定不会服输,起码也要反问一句"你让我扔我就扔,我怕你啊",但现在不会去同他争这口气,因为知道他对待这段关系用了几分心,所以不忍心再和他玩多余的博弈。

"我是想扔的,但没做到,没舍得。"她探身过去,压住他腿边的那只熊猫,"因为喜欢你。"

熊猫的整个胸脯都瘪了下去,殷遥揪住它一只胳膊。

"是真话。"

"我没说不信。"几个字出口,双唇微翕,淡淡的红色。

殷遥看到他嘴角的弧度,心情随之起伏,身体倾过去,近得能闻到他脸上须后水的味道:"你是不是就想听这个啊。"她伸出手指,碰他刚刚刮过的下巴,"有点红了,蹭到了?"

"嗯。"

"怎么晚上也要刮?"明明也没长出多明显的胡楂。

"怕扎到你。"他说着话,就势靠过去。

殷遥膝下的熊猫不知被压成什么样子,她身体不稳,一晃悠,腿从熊猫的肚皮上溜下去,抱着肖樾一起跌在地毯上,脑袋刚好压住落地窗边的靠枕。

没想到肖樾的手掌更快一步，本来是要护住她的脑袋，结果沿着窗玻璃剐蹭下去，结结实实被压到。殷遥吓了一跳："怎么样，是不是很疼？"

肖樾摇头："没事。"

殷遥想起身看看他的手，被摁住肩。

"你再说一遍。"

"什么……"

"喜欢我。"

殷遥失笑，望进他干净的眼睛："嗯，喜欢你。"

她眼睑微动，被正上方悬挂的一盏小吊灯照着，有点难受，睫毛微微闭合了下，一两秒后，被肖樾的手掌盖住眼睛。刚要说话，软软的唇悄无声息地贴住了她的嘴巴。

他没有更过度的举动，就这样遮着殷遥的眼睛亲了一会儿，把人扶起来，伸手去拿被踢到远处的熊猫。

殷遥猜他心情不错，还不想睡觉，可能要再玩一会儿。

"喝不喝糖水？"看到他有点疑惑的眼神，她一笑，"我去拿。"

晚上从靳绍那儿带回来的，想着他现在瘦，吃一点也没事，她去厨房拿过来，捏着勺子喂他一口。

"怎么样？"

溜溜滑的手工芋圆进了嘴里，肖樾吃完，说："不错，你吃。"

殷遥自己吃了一口，又舀一勺送到他嘴边。肖樾在看手机，给小山回消息，她喂什么他都张嘴，一份糖水两人吃得一点没剩。

过了凌晨一点，肖樾躺到床上，殷遥收拾好一切，从外面进来，发现他已经睡着了，占了小半张床，侧躺着，枕头没好好枕，被子也没盖，手机还在床上。

这沾枕即睡的状态，看来真是累坏了。

殷遥把薄绒被抖开搭在他身上，关了灯躺在旁边，听着那道呼吸声，也睡了过去。

第二天早晨殷遥醒来去了超市，回来后从厨房找出塞在橱柜里的小锅，时隔大半年，又一次研究怎么煮粥，这回按照网上搜到的方法，放了不少东西。

估摸着快要煮好的时候，她又去清洗长久不用的碗碟。

肖樾起床后循着动静去了厨房。

他看上去睡得不错，皮肤好得出奇，只是眼睛还有些蒙蒙的，殷遥叫他去洗漱，他也不走，站在旁边看她冲洗一把小瓷勺。

殷遥也不再催促，任他看着。

过了一会儿，她洗完了，准备和肖樾说话，却突然听到开门的声音，她眼睛还看着他，两个人同时愣了一下。紧接着，殷遥反应了过来。

差点忘了，除了肖樾，还有一个人知道她家密码。她下意识地压低声音告诉他："是薛老大。"

即使毫无准备，殷遥也不打算这时候还遮遮掩掩，但是不管怎样都需要征询肖樾的意思。她自己倒没有多紧张，只是怕他会不自在。

"你要见她吗？"

肖樾当然点头，不见的话难道躲在厨房吗？何况是她的好朋友。

薛逢逢在楼下连发了三条消息都没等到殷遥回复，直接打她的电话，没接通，这才亲自跑上楼来。

进门没见到人，她在门口边脱鞋边喊殷遥，谁知道鞋没脱完，就眼瞅着殷遥从厨房出来，身后还跟着个人。

薛逢逢当即就是一愣。

昨晚还对靳绍那货的话三分信七分疑，今天就给她来了一出"铁证如山"。

殷遥看到薛逢逢难得一见的"一脸蒙"神态，忽然乐了，这种心情盖过了因为"隐瞒不报"而产生的那一丝心虚，她笑笑冲薛逢逢挑了一下眉。

不需要多解释。

她指指肖樾："我男朋友。"

肖樾侧过头看薛逢逢一眼，主动打招呼："薛小姐。"

"不用那么见外，"殷遥说，"你叫她逢逢姐。"

薛逢逢鸡皮疙瘩都要起来了，脸色不大好看，赶在肖樾开口前制止："免了免了！"她瞪着殷遥，"你矫情个什么劲……"

瞥一眼肖樾，后面的话没再说，她露出颇无语的表情："真是来错了时候。"说着穿鞋出门。

殷遥走到门口："我煮了粥，你不吃一点？"

薛逢逢冷哼："我怕酸死。"

她踩着高跟鞋，进电梯前丢下一句："别忘了你今天上班！"言下之意是"晚点再跟你算账"。

这点小插曲并不影响殷遥，倒是肖樾似乎有点什么想法，吃早餐的时候频频看她。殷遥一抬眼，他又低头喝粥，一副若无其事的态度，弄得殷遥有点莫名，偏偏他看上去心情很好，并没有不开心，吃完了还去刷锅洗碗。

殷遥跟进去，闲闲地看着，有一搭没一搭地和他聊几句他在拍的这部新戏。不过碗刚洗完，没歇上几分钟，就接到电话，从小区停车场入口的安保室打来的，是小山到了。

殷遥送肖樾下楼。

保姆车已经在地下停车场等着。

小山一眼看到前面过来两道身影，抢先开了后车门，伸出半截身体和殷遥挥手："殷老师！"

他昨晚得知他们两个和好了，兴奋的心情一直延续到现在。

得到一个回应的微笑，小山咧开嘴，高高兴兴地看着他们走过来。

快到车边上，肖樾停下脚步，转个身，扯下口罩。

小山眼见着他低头把身后的人护在怀里亲，咳了一声，赶紧四下环顾，确定没人才松了口气，眼观鼻鼻观心，假装抬头望天。忽见前方驾驶位上的小助理趴在车窗上看着，他伸手一拍人家脑袋："乱瞅什么。"

小助理脸红红的，缩回脑袋。

肖樾坐上车，殷遥隔着车窗叮嘱："路上注意安全，落地给我消息。"

他点头，眼睛自上而下地看她："多吃点，别再瘦了。"

殷遥一笑："嗯。"

"你上去吧，我走了。"肖樾说。

殷遥点点头，靠近车窗："手给我。"

肖樾一愣，小山和前头的小助理都好奇地看着他抬起左手，被殷遥握住。

她将他的衣袖往上拂，摸出手表戴到他腕上，又将袖子拉下来。

"再见。"

她站远，示意驾驶座的助理可以走了。

汽车发动，肖樾透过车窗看着外面。

殷遥朝他挥挥手，看着那辆车开走。

小山见肖樾在看那块手表，出了神似的，忍不住凑近瞥了一眼。那表盘被肖樾的袖口遮住小半，他一时辨不出是什么牌子，挺特别的，只看那精致程度，也知道一定不便宜。

不过，女人送男朋友手表也是蛮正常的，尤其是殷老师这样不缺钱的女人，送贵一点也没什么，不至于看这么久吧？

除非……

"情侣手表吧？"小山心里很懂，谈恋爱的人都喜欢这样，尤其这俩还是刚刚和好，如胶似漆的，很正常。但秉着职业态度，他还是要煞风景地提醒道，"遮严实了，可别被拍到，现在的粉丝太厉害了啊。"

肖樾打消了他的顾虑："不是情侣款。"

"哦哦哦。"小山轻松了，"那你随便戴！"

殷遥没有磨蹭，换身衣服去工作室。她自觉地去找薛逢逢，进办公室没看见人，走去咖啡吧，薛老大果然在吃早餐。

她要了杯咖啡坐过去。

薛逢逢抬头瞥她一眼，又低头浏览网页。

殷遥也不着急，一直等薛逢逢看完。薛逢逢将手机放到旁边，眼睛平视着殷遥："就一个问题，你是没打算告诉我？"

"不是，打算晚点跟你说。"

薛逢逢翻个白眼："所以连靳绍都排在我前面？"

"……我怕你对他评头论足。"殷遥如实解释。

薛逢逢被噎了一下。这倒是事实，但她挂着"时尚评论家"的名头，并不认为爱评论是缺点。她反问殷遥："所以你认为我会对他评价不高？你对他没有信心？"

她总能一针见血，殷遥与她交流需要始终保持逻辑清晰，不被带偏。

"我不是对他没有信心，我是知道人无完人，我不想看到他的任何一点有可能被挑出来贬低。"殷遥趁势说道，"所以不管你赞不赞成，我都想和他在一起，我会努力不让私事影响到工作，伤害 Yin Studio 的利益。"

说到这里，本以为薛逢逢会不高兴，没想到她却笑了。

"我又没反对你，着什么急。"薛逢逢眉目略扬，眼里计算明显，"就靠今年一个男二号已经火了四个月，我有什么好贬低他的？你是不是忘了，我曾经想走的可是艺人经纪的道路，对这种稳赚不赔的，我天然有好感，你和他谈恋爱，只要将来公开恋情，我捞点汤就够撑住 Yin Studio 的热度了。"

殷遥："……"

这是什么套路？

"你真是彻头彻尾的商人逻辑。"殷遥无语地吐槽，"这算不算利欲熏心？"

"我不商人逻辑我还能干什么？"薛逢逢一摊手，"你知不知道你早上跟他说话什么样子？"

"什么样？"

"回不了头的样儿。"

"……"

殷遥无言以对。

这时，她收到肖樾发来的微信消息，有张照片。他拍了自己的机票，不知是不是刻意的，左手的表带也入了镜，底下几个字：我要上飞机了。

几秒后，又发来一条：你要好好吃饭。

后来的几天，殷遥发现，肖樾发来的微信好像延续了这种模式，有几次讲什么话都要拍照给她看，譬如告诉她收工了，会给她看有点混乱的片场。有时候不发文字，单单发来一张小猫小狗的照片，弄得她都快记熟了他片场周围的小动物们。

两人就这样靠着电话和微信联络。

殷遥手头堆着几个项目，肖樾走后的第三天，她去了香港，这中间没看过微博，回程那天收到薛逢逢发来的截图，才知道她给肖樾拍的那组照片上了热搜。杂志官博发了封面内页的完整大片,又放了彩蛋花絮,Yin Studio官博跟着放出了另一支花絮,毫不费力地获得高讨论度。

薛逢逢也是够闲的,居然还截了高赞评论,都是粉丝极夸张的表达,什么"帅到失声""血槽已空""又欲又纯"之类的,最受欢迎的是戴眼镜的那张。

在一堆"啊啊啊"中有一条显得有点不同:

"殷遥老师镜头下的哥哥眼里有星星。"

不能低估粉丝的吹捧能力,她们永远有更多的漂亮话。

当天晚上,黄婉盛也联络殷遥,她刚在非洲拍完电影,才回国没两天,看到网上的消息就有了猜测,从殷遥这里得到验证,颇有喜闻乐见的意思,问:什么时候请我吃饭?

殷遥回:你不用进组吗?那下周一吧。

真到了周一,请吃饭的却不是殷遥,原本她要替薛逢逢补过生日,精心挑了饭店,结果赶巧,碰上少东家,直接给免单了。

除了靳绍,谢云洲也在。

靳绍让殷遥去包厢打个招呼,殷遥拒绝了,但临走的时候在电梯口撞上了,这本不是什么大事,可偏偏她扶着一个醉意浓浓的薛逢逢。

谢云洲刚刚应酬结束,喝了酒,脸有些红,他穿一件深灰色衬衣,大衣拿在手里。

殷遥叫他一声"哥",他点点头,问:"喝酒了?"

"喝了一点。"殷遥老实地回答,看着他的脸庞,心想你不也喝了嘛。

谢云洲这回倒是没说什么,叮嘱道:"有空回来吃饭。"

殷遥乖乖点头。

谢云洲的目光在她身上停了几秒,移向旁边。

意识到他看过来,黄婉盛笑了一下,没出声打招呼。

谢云洲神色微凝,收回视线。

殷遥注意到这微妙的细节,假装没看见。

电梯到了停车场,各自上车,殷遥叫的代驾也到了,她先将薛逢逢送回去,再回家。时间不早了,洗过澡,收到肖樾发来的微信,说收工了。

殷遥给他回语音消息:"回酒店了还是在路上?"

他同样发来语音,声音略疲惫,说已经在酒店。

殷遥:"你赶紧洗澡吧。"

肖樾:"嗯。"

一直都是这样,如果他收工晚,殷遥就不会和他多聊,只催促他休息。她照例估摸着时间,大约二十分钟后,道一声"晚安"。

他也回了同样的两个字。

但过了不到三分钟,肖樾忽然又发来一条语音:"能不能视频?"

他们还从没在手机上视频过,倒也不是多讨厌,就是……谁都没有这样提过。所以肖樾忽然这么说,让殷遥觉得意外。

她问:"怎么了?"

肖樾:"没怎么,想看看你。"

殷遥身上穿着一件低领口的丝质吊带睡裙,她第一时间低头看了看,考虑要不要从衣柜里找件衣服套上,转念又觉得和自己的男朋友视频,应该不需要太在意衣衫吧。

肖樾的视频电话打过来,殷遥接通,手机握得不稳,屏幕乱晃,她调整好角度,看到他。摄像头的效果当然和现实中见面没法比,网络不佳,画面偶尔还会卡顿,不过他还是挺好看的,眼睛黑黑的,刚洗过的吹得蓬松的头发看上去很柔软。

他好像穿着卫衣,露出的领口是灰色的。

两人都不大习惯,又调了调角度,殷遥问:"你看得清楚吗?"

肖樾:"能看清。"

他说完这句也没有别的话,眼睛倒是很专注,还真像他自己说的,就自己看看她。

这要是面对面,殷遥不会觉得有什么,但隔着屏幕就有一丝不自在,问他:"……聊天吗?"

肖樾低"嗯"一声,微不可察地移了些视线,有点热,想脱卫衣。

"你困不困?"他主动问。

殷遥说:"我在和这么好看的人说话,你觉得会困吗?"

肖樾笑了，略微疲倦的眉目都舒展开："你想我吗？"

"不想。"

肖樾并不生气，仍然那样看着她。

殷遥跳了话题："我中午在微博看到你拉大提琴。"

肖樾反应过来，是他之前录的一个节目，有中场表演。

"好帅。"殷遥毫不吝啬地夸他。

肖樾只看着她，不接话。

"你还有什么是我不知道的？"殷遥问。

"你想知道什么？"

"你的一切，从皮到骨。"

肖樾："……"

殷遥在那头笑得眉眼灿烂："肖老师是不是觉得这台词太烂了？"

她逗他的时候总是这样，每回都把自己逗得最开心，笑起来身体微微晃动。肖樾不自觉地看向某个地方，喉结微动，喊她的名字："殷遥。"

"嗯？"

"衣服拉一点。"

殷遥听到了，明白他是怎么了，笑得更开心，低头将吊带的领口往上提起一些："这样行吗？"

"行了。"

殷遥并不打算这大晚上还招他，万一把火拱上来又没法帮他灭，便说："不早了，那你睡觉啊，今天也很累了。"

他点头，却没动。

后来是殷遥先关掉视频，给他发一条消息：快睡。

肖樾：嗯。

殷遥想了想，又编辑一行字：我忙完下周，会有几天假，来陪你拍戏好不好？

很快地跳出回复：真的？

殷遥：嗯，但你要快点睡觉。

他仍然回得迅速：好。

殷遥言出必行，处理掉几个紧急项目，找薛逢逢要了四天假，赶着十一月的尾巴去了横店。

肖樾当天要拍戏，小山来接她，没把人送去酒店，直接带到片场，叫小助理给她买晚饭。

肖樾中途过来，殷遥还坐在保姆车里吃饭，车门忽然拉开，就见他一身古装打扮，白衣白靴，矜贵潇洒，说"郎艳独绝"也不为过。

殷遥在吃一根豆角，肖樾坐进来，手指抹掉她嘴边一滴酱汁。

"好吃吗？"他声音温和。

"挺好吃啊。"殷遥看一眼外面，车门没关，小山像放哨一样堵在车门前。

"你这个造型不错。"她看向肖樾，"演的是名门少侠吗？你使什么兵器，剑？"

"没有兵器。"肖樾看着她眼底微微的青色，"用毒。"

不出意料地看到她脸上露出惊讶的神色。

"害怕？"

"我怕什么？"殷遥眼睛弯一弯，"你又不会对我用。"

小山在外面听着这两人的对话，赶紧把车门拉上了。

殷遥吃完最后一根豆角，放下筷子，肖樾将餐盒收起来，装在袋子里放到一旁。

殷遥在喝奶茶，问："你喝不喝？"

他摇头。

殷遥又喝了一口，告诉他："还不错。"

"是吗？"他靠过去，将她圈在座椅的那部分空间里，含住她的下唇，微微往上，舌头抵了进去。

殷遥手里捏着才喝了两口的奶茶，怕不小心挤出来弄到肖樾的白色戏服上，她后背紧贴着座椅，身体不敢动，只有唇齿间的回应。

有一个月没见，肖樾有些沉溺，亲完就抱着殷遥，接下她手里的奶茶，等她呼吸平顺了，递到嘴边，她咬住吸管，就这样喝掉半杯。

这时，小山在外面敲车门，下一场准备。

肖樾在殷遥耳边说："困了就在这儿睡觉吧,我得拍到收工了。"

殷遥点头,摸一下他的腰带:"和女主角对戏吗?"

"不是,都是男人。"他停顿一秒,声调压低,"有感情戏,我会告诉你的。"

殷遥笑了声,推推他的肩:"去吧,不要被导演骂。"

收工已经是晚上。

殷遥在车里睡了一觉,直到车门被拉开,她才醒过来,听到小山说肖樾下戏了,她扶着车门,往外看一眼,见到那边有个身影走来,到半途,被人叫住。

是个女演员。

他们说了几句,肖樾走了过来。他头套摘了,戏服也脱了,换了一件休闲的黑色外套。

车开到酒店,仔细避着可能存在的记者,进了房间。

薛逢逢打来电话,殷遥去阳台接听,进来时听见浴室的水流声。

肖樾在洗澡。

殷遥听了一会儿,有点儿冲动,推开半掩的门,站在洗手台前,开了水龙头洗手,隔着一层透明玻璃,看到他在氤氲的热气中回过头,湿黑的眼睛看向她……

被抱到床上的时候,殷遥顺手摸到被子上的手机,已经过了十点。

所以,这个澡洗了一个多小时。

她裹着浴巾吹头发,肖樾帮她从行李箱里拿衣服,问她要穿哪件睡衣,她说随便,侧头看去一眼,见他拿了有猫咪的那套,可爱幼稚风,薛逢逢送的,并不是她喜欢的风格,只是临走时很匆忙,没有挑选,随手丢进箱子。

肖樾仍继续在箱子里寻找,殷遥提醒他:"右边,白色包。"

肖樾打开那个略小的内衣收纳包,拿了一件内裤。

套房里什么都有,条件比殷遥去年来探班时住的酒店要好很多。

肖樾收拾完换下的衣物,丢进洗衣机,去看了看冰箱里的存货,有一些蔬菜,鸡蛋也有剩,足够给她煮个面。

殷遥闻着香味儿走过去,肖樾正往锅里加鸡蛋,小小一锅面,绿叶菜、红番茄、鸡蛋,简单也丰富。

肖樾只侧眸看了她一下，又将脸转过去了。

殷遥心想他是不是不好意思，刚刚在浴室，他们实在闹得太过分。其实都怪殷遥，她在他面前一贯做不到矜持，在狭窄的淋浴间里被他抱着，最亲密的时候逗他叫姐姐，他显然不乐意。殷遥本着"你不愿意那就我来"的想法，叫他一声弟弟，大概是激着他了，没得到什么好果子，被他欺负得直讨饶，连叫了几回"肖老师"，都没能得到原谅。

结果就是把浴室弄得乱七八糟。

殷遥看着锅里煮得突突沸腾的面汤，问道："你在这里经常自己煮东西吗？"锅碗还挺齐全。

"不常煮。"肖樾拿筷子翻动着面条，"你去坐一会儿，快好了。"

过了没多久，肖樾将面倒进一个隔热碗里，端过去。

剩下半碗汤，他自己喝。

"你不吃吗？"殷遥问他。

肖樾摇头："你吃。"他喝了口汤。

殷遥猜想他应该是在控制体重，虽然已经够瘦，但演古装戏还真是要再瘦一点才好，束腰的衣服穿起来才好看。

深夜的爱心面，殷遥吃得很香。

肖樾甚至给她找出了一瓶小山弄来的辣椒酱，害她胃口更好。

她吃面时，肖樾也没去做别的，坐在桌对面看手机。殷遥吃到一半，抬头和他说话："你看我胖了吗？"

肖樾看看她，给出否定答案："没胖。"上次临走叫她好好吃饭，现在看起来作用不大。

他想了想，说："明天晚上给你做饭吃。"

殷遥惊讶，"你不拍戏啊？"

"明天戏份不多，四五点钟能结束。"

"可是我来探你的班，"殷遥笑着看他，"不是应该我照顾你吗？让你做饭的话，我好像不太称职。"

"称什么职？"

"女朋友啊。"

肖樾笑了一下："你很称职。"

因为吃了东西，殷遥没立刻睡觉，坐在沙发上检验这间套房里配备的大屏电视的质量，肖樾则在另一张单人沙发上温习剧本。

从十点半到十一点半，一个小时的时间就这样过去，平淡得好像在他们其中一人的家里。

殷遥看的是个综艺节目，一堆艺人在一起，热闹得很。她是随便选的，也是巧，重播的正好是黄婉盛去的那一期。

她看到快结束的时候，肖樾坐到她身边来了。

殷遥问他："你会不会上这样的节目？"

肖樾看了一眼，说："有点太热闹了。"

殷遥明白他的意思，他是觉得自己不适合，可能……也不喜欢。

"那如果你公司安排了呢，都能推掉吗？"

肖樾摇头："有时候推不掉。"

"所以，有时候工作也并不是很乐意，是吧。"殷遥微微抬着脸看他，他们其实很少交流工作上的事，今天不知道为什么就想和他聊聊。

肖樾没有否认，点点头："你呢，工作总是很开心？"

"怎么可能？"殷遥笑了笑，"有时候也会遇到不想拍的人，或者很难沟通的。达不到我想要的那种感觉，会比较难受。毕竟不是谁都像你这样，本身条件好，又聪明，听得懂我的话，是吧。"

肖樾也笑了，微停顿一秒，声调温和地说："我以为我表现不好，你都没笑过。"

殷遥解释："我工作的时候就是那样的状态，你没感觉到那天我工作室的人都很喜欢你吗？不费劲。"

"我没看别人。"

"好吧。"殷遥只能笑笑，"你那天特别好，我觉得你很适合拍杂志。"

肖樾没有说话，但显然是高兴的。

"你看电视吧。"他身体舒展，放松地靠到沙发背上，又重看一遍明天的戏份，琢磨一些细节。

殷遥继续看了一刻钟，结束了。她关掉电视，靠过去看一眼肖樾的剧本，故意问道:"要不要我陪你对戏?"

肖樾知道她在开玩笑,把剧本丢到一旁:"困了,睡觉。"

躺到床上,灯关上,殷遥被他捞到怀里,黑暗中清晰闻到彼此身上的气息。

殷遥小声叫他:"肖老师。"

他没应声,下巴动了动,抵住她额头,示意自己听到了。

"有没有女同事敲你的门请你对台词?"

"……"

就知道她喊"肖老师"没好事。

肖樾无奈地捏她的手:"不要胡说。"

"没有胡说啊,我只是好奇问一下,"殷遥说,"之前听婉婉科普过剧组乱象。"当然,黄婉盛只是隐晦地提了一点,以她的性格,极少会在背后道人是非。

"没人敲我的门。"肖樾回答了她,但没有说,类似的事确实有,他不是第一天拍戏,已经知道怎样避免。

殷遥点点头,不再多问,在他下巴上亲了一下:"晚安。"

第二天,肖樾要早起做造型,他四点半起来,殷遥正在沉睡中,醒来看到他发的微信,她在酒店吃了早饭,上午没出门,午饭后才去逛了逛。

傍晚收到肖樾的消息,殷遥正在去超市的路上。因为他说要做饭,所以她自告奋勇去买食材。给他发了定位,就进了超市。

肖樾来的时候,殷遥在挑胡萝卜,身旁一道声音:"太大的不好。"

殷遥一转头,看到他戴着口罩,只露出眼睛。其实殷遥也做了伪装,她戴了帽子,不过是贝雷帽,遮不住什么,口罩被她塞在口袋里,结账出门的时候,就戴上了。

同样的黑色。

坐上扶梯,殷遥自觉地隔出一点距离,肖樾朝她看了眼,走近一步。

殷遥有点疑惑地看他。

"有没有觉得……很麻烦?"他低着声音,"这样像偷偷摸摸的。"

殷遥知道他要说什么,看看四周,同样压着声音回答:"不会啊,还挺刺激的。"

"……"

肖樾只看到她的眼睛,弯弯的,所以她是笑着说这句话的。

他要去拉她的手,扶梯已经到了,殷遥脚步很快地走下去,他只好提着东西跟在她身后。

沿路都是人。

傍晚夕阳柔和了整条街道。

两人依然隔着一点距离,不紧不慢地往酒店走。中途经过小店,殷遥停下脚步,肖樾问:"想看看吗?"

"好啊。"

是个蛮文艺的干花店,地方不大,风格倒是独特。里面没有几个人,没想到横店这样浮躁的地方还有这样安静的小店。

殷遥走了两圈,看中了一束。

肖樾摸出钱包结账,弄得旁边等待结账的鬈发女孩多看了他一眼。一般来说,在这里随手掏钱包的都是艺人,因为手机支付容易泄露信息。

她这一看,就有点愣,想认又不敢认,只觉得眼睛像极了。

不会这么巧吧,对于追星女孩来说最大的惊喜莫过于此。

她傻愣的时间过长,眼见着肖樾拿起那束干花递给身后的人,两人一道出了门。

殷遥原本打算在横店过满假期,但这个想法在第三天早上就泡汤了。又是上回一样的事,因为持续的恶劣天气,原定的摄影师航班被取消,人还在国外,殷遥又被喊回去救场。

她甚至来不及当面和肖樾说一声,临时收拾东西赶去机场。

肖樾到中午才看到她发的微信,当然只能接受,在片场忙碌的时候还好,下了戏回到酒店,房间里空荡荡,就有些受不了。

她什么东西都收走了,只落了那顶贝雷帽。

肖樾拿在手里看了看,拍张照片发给她,没有回复。

他等了几分钟,拨了一个电话过去。

殷遥还在望京的一个影棚内,没有时间接到这个电话,她的手机在汀汀那里保管着。

震动了两下,汀汀看到屏幕上的来电人:肖老师。

这个电话汀汀没接。

她经常需要在工作时保管殷遥的手机,替殷遥接紧急电话也是被允许的,这其中甚至包括某些私人来电,例如黄婉盛这类相熟的朋友。但也有一些电话汀汀是不敢接的,就像现在,她不确定来电方是谁,是公是私,因为不太符合殷遥以往那种"有名有姓"的无差别备注方式。

其实与工作室合作过的肖姓艺人就那么一个,但汀汀没有往这方面想。等到模特换衣服的空隙,她过去告诉殷遥,有这么一个电话。

殷遥听到汀汀一本正经地说"有一位肖老师",差点笑了。

"好,我晚点回电。"她同样正经地答道。

但这个电话直到两个小时后才回过去。

工作室的车送殷遥回去,她靠在后座上,听着手机慢悠悠的"嘟"声,并不是很着急,反而享受这样的时刻。结束一天忙碌的工作,然后在深夜的归途中给那个人打一个电话,有种奇妙的仪式意味,显得自己生活得勤奋努力又有期待。

当然,勤奋努力也许是被迫的,但期待却是真实的。

殷遥在思考这种单薄的没有多少深刻意义的人生体悟时,电话接通了,听到肖樾的声音,她没有说话,就先笑了。

肖樾被她笑得莫名,他站在窗边,面前有盆藤蔓植物悬挂在墙上的吊篮里,叶片绿油油,他看了两眼,耐心地等她说话。

"嗯……我今天收工晚,"殷遥向他解释,"你是不是等很久了?"

"还好。"肖樾问她,"还在路上?在开车?"

"是在路上,不过没开车,工作室的司机师傅送我。"她顺口问他,"你今天好像收工挺早?"打电话那时候大概不到九点。

肖樾告诉她:"八点多歇了。"所以回来得也早,如果殷遥今天没走,他是想着带她出去逛逛的,去夜市吃点好吃的。或者她想去那些小店里淘点东西也行,他可以陪着,但现在这已经是不能完成的计划。

他问:"你看到我的微信了吗?"

"还没呢,上车就先给你打电话了。"预览框里显示有图片,但她没点开,"你发了什么?"

"你的帽子落在这儿了。"

"我知道。"殷遥说,"上飞机就想起来了,你帮我收着。"那个颜色她很喜欢,现在已经买不到同款,要是真丢了还挺让人懊恼。

说到这里,她免不得想问他一句:"你什么时候杀青啊?"

"还要二十多天。"肖樾想了想,语气肯定地告诉她,"不到一个月。"

"圣诞节前能回来吗?"

其实肖樾并不能确定,但他应声:"嗯。"

于是殷遥有了新的期待,项目堆积如山的十二月也显得可爱起来。

第九章

我没把你当弟弟

殷遥去了一趟里加,为品牌拍摄广告大片,因此错过肖樾走红以来的第一个花边新闻。她是回国后才听到薛逢逢说,绯闻对象是他正在拍的这部古装戏的女主角,出道不到两年的新人,演过一部小火的偶像片,因为甜美的外形受到广泛关注,据说是投资方指定的女主角。

绯闻的源头是几张片场路透照,经几个八卦博主的主观渲染、推测,成功地引起讨论,不过没几个人相信,明眼人都看得出这些推测毫无依据。粉丝对于肖樾突然被安排上绯闻对象这事很激动,大骂营销号胡编乱写。后来双方经纪人借媒体之口辟了谣,事情就算过去了。

薛逢逢给殷遥提这事主要是想让她了解一下当红男艺人的粉丝心理。

"演艺界最难的位置是什么?男明星的女朋友。"薛逢逢言简意赅,"什么事都不用做,一夜之间就成为万千少女的公敌,你提前预习一下这种感觉。"她敲敲桌子,"我开会去了。"走到门口,脚步又停下,回过身说,"我有点后悔了,万一到时候看到别人骂你,我一定受不了。"

殷遥笑起来:"你是不是想太远了。"

"你们俩给我注意了,"薛逢逢严辞警告,"没有想好怎么应对,就不要被拍到。"

殷遥点头:"知道了。"

她虽然这样应着,但其实并没有多担心,就她目前和肖樾见面的频率来看，被拍到的概率极低。

不过，薛逢逢提供的这个信息，给了她一个契机。殷遥当天晚上就给肖樾发微信：你是不是有什么事没跟我坦白？

他几乎秒回：绯闻的事？

殷遥：你还有别的事？

肖樾：我以为你不关心。

所以是在等她主动问？

殷遥还是第一次这么迅速地 get（理解）他的脑回路。

她回复：我刚回国啊，前几天都没上网，是薛逢逢提到，不然我还不知道呢。刚刚去微博搜索了一下，你的绯闻女友还挺漂亮的，上次在片场黑灯瞎火的都没看清，好可惜。

肖樾回她一个"不想说话"的表情。

殷遥看笑了，逗完了他，发语音过去："好了好了，不许在片场跟人家多说话，要是再上一次热搜我要生气了。"

他回过来一条："没和她多说话，照片只拍了一半，是导演在讲戏。那天要跟你解释的，但你在忙，后来小山就处理好了，所以我没有提。"

一共十二秒，语气认认真真，殷遥自然相信他。

进入十二月下旬，肖樾所在的剧组仍不见杀青迹象。

拖慢进度的因素有很多，但找原因也没什么用，他依然在圣诞节回了北京，乘坐晚上十一点半的航班，将近凌晨两点落地首都机场。

时间太晚，肖樾在机场附近住下，天亮后直接去找殷遥。

不到七点钟，殷遥在门口捡到个人，哦，除了人，还有个又胖又软的毛绒公仔，巨可爱的长耳狗。

殷遥以为自己算是足够擅长制造惊喜的，没想到某人也会，明明前几天还说杀青延迟。

"你是骗我的？"她将他和狗狗一起搂住。

肖樾被她弄得撞到门上，低头笑着拨开长耳狗的脑袋："能不能让我把这个放下？"

殷遥松开手，拿过他怀里的玩偶，让它坐在边柜上。她什么话都没来得及问，就被肖樾抱进怀里。

他身上有冬天清晨露水的气息，让殷遥开始去想他是什么时候回来的，昨天晚上还是今天早上？不论是杭州机场还是义乌机场都没有这么早的航班。

"怎么回事啊？"她仰着脸，轻轻摸他额头上的一条淡痕。

"被树枝刮了一下。"拍野外戏，这种算极小的伤了。

殷遥："你昨晚回的？"

肖樾点头："只赶上十一点多的飞机。"

那就是凌晨之后到的。

"所以杀青了吗？"

他摇头："只是回来一下，下午就走。"

"下午？"

"嗯，五点的航班。"

"那为什么跑回来？"殷遥皱起眉头，"也太折腾了。"

肖樾没立刻回答，手指摸了摸她的下颌，低头亲了她，才说："答应过你的，忘了？"

殷遥当然没忘。

"可是没杀青啊。"她不知道是心疼更多还是无奈更多，"外套脱了吧，都出汗了。"

"嗯。"

屋里暖气够热，肖樾去卧室换了件薄卫衣，出来发现殷遥在厨房。

"做什么？"他过去问。

"早饭啊。"殷遥打开冰箱，"三明治。"

肖樾："你会做？"

"我学了。"殷遥斜睨他一眼，"是不是士别三日，当刮目相看？"

肖樾笑了，看着她往锅里打鸡蛋，煎好之后夹出来，动作不是很流畅，但也过得去，接着又煎火腿和土司，再将这些东西包好，涂上酱，整个过程挺像模像样。

她将三明治沿着对角线切开,一边摆盘,一边告诉他:"幸好上周我以为你会杀青,还买了牛奶在家里,要不然你今天就没得喝了。"

她继续给他热牛奶。

肖樾在一旁看她,几秒后问道:"我可不可以理解为,你是为了我学做早餐?"

殷遥侧眸,笑一笑:"不然呢,我有第二个爱喝牛奶的男朋友吗?"

看到他的眼神,殷遥就知道这个惊喜效果可以,大概足够他开心一天了。

吃早餐时,殷遥告诉他:"我以为你不回来,今天中午还约了婉婉呢,她也刚回北京没几天,今天晚上又要走了。"她本想着打个电话和黄婉盛取消约定,忽然有了另外的主意,半开玩笑地问肖樾,"你也好久没见她了,她还是你阿姐呢,要不我们一起去吃火锅?免费的,在她的新店。"

肖樾吃完了最后一口三明治,回答:"好。"

殷遥有一丝惊讶:"真的?"

他点头,眼睛里有些笑:"不然你会被说重色轻友。"

"重色轻友"这件事殷遥是不介意承认的,而且她相信黄婉盛也了解她是这样的人,并不会多么意外。

事实上,确实如此,相比之下,殷遥说要带肖樾一起去,这更令黄婉盛意外。

约定的火锅店在商场的四层。黄婉盛去得略早,在包间里坐了十分钟,才等到另外两个人。

殷遥和肖樾由服务生引进门,黄婉盛在发微信消息,抬头看到他们,就笑了,朝他们招手。

殷遥走过来坐下,说:"生意挺兴隆的?"

"还行。"黄婉盛笑着看看她,意有所指地说,"心情好,人都更漂亮了啊。"

肖樾坐到殷遥身旁,喊了声:"婉盛姐。"

黄婉盛笑道:"前两天见张导,还跟我夸你呢,他手头有部新戏,估计这几天要找你。"

肖樾也淡淡地笑了:"他之前也没少骂我。"

是说拍《明月》的时候。

张导脾气不怎么样，除了黄婉盛，谁都被骂过。偶尔有些小细节，肖樾表现得没合他心意，也免不了被念叨几句，但和其他人比起来，已经是频率极低的了。

那部戏对肖樾提升很大，他其实对张导很感激。黄婉盛自然听出这句是玩笑，诧异于肖樾此刻的轻松状态，前面整个宣传期，都能感觉到他闷闷不乐。

上回三人碰面还是九月份在慈善晚宴上，那时气氛尴尬，这两个人状态都不好，现在情势大不同了。

黄婉盛打趣道："我现在就很像电灯泡。"

其实到后面，像电灯泡的反倒是肖樾。吃饭时，他说话不多，几乎都是殷遥和黄婉盛在聊，不过他并不觉得被排斥了，反而很喜欢看殷遥在好朋友面前的样子，无论是夸张地向黄婉盛吐槽薛逢逢，还是有点骄傲地说自己学会了做三明治，都很可爱。

快要吃完时，话题又回到张导将要拍的那部戏，黄婉盛想了想，善意地提醒肖樾："我听说女主角要定程怡默，投资方属意的，万一真是她，你注意一下。"

肖樾不明所以，露出疑惑的神色。

黄婉盛表情复杂地笑了下："遥遥和她合作过，应该也了解一点。"

肖樾看向殷遥。

其实殷遥对程怡默的印象不深，只知道她曾经在采访时半开玩笑地透露过很容易因戏生情，万一控制不住就只能主动去追，言辞间一派豪放作风，以至于后来时常和合作对象传绯闻。这些是殷遥听薛逢逢吐槽的，当时并没有嫌恶感，甚至在没见到真人前还觉得这姑娘性格有点儿率直，之后拍摄时也只是觉得她太娇蛮了些，爱摆架子压人，好像还把身边的助理小姑娘骂哭了。

后来眼见着她在八卦新闻里和黄婉盛的男朋友扯到一起，才多关注了一下。

也许是因为以前这些和自己没直接关系，现在想到那种颐指气使的态度有可能落在肖樾头上,殷遥才有些异样的感觉。她微皱了皱眉,只说:"不是很好相处。"

黄婉盛点头,又对肖樾说:"还没最后定下来,也未必是她,我只是先说一下,你心里好提前有个底。"

肖樾点点头。

吃完饭,他们在商场里逛了几家店,也是一样,两个女孩在前头,肖樾走在后面。

商场里又红又绿的,圣诞衣,圣诞树,颇有气氛。逛到最后,没淘到多少好东西,但还是很开心。

下午两点多,三人在停车场一起上车。殷遥顺路送黄婉盛回去,再送肖樾回家,收拾好一些要带去横店的东西,接到小山电话,说十分钟后到,接肖樾去机场。

这么点时间,做什么都不行,只够多说几句话。

殷遥仍然记挂着黄婉盛说的那个消息,心里有些矛盾。一方面,她并不想去插手肖樾的工作,包括他接戏时的选择,这应该是他自己的事;但另一方面,她有私心,第一次因为他的工作产生了一点焦虑。

"如果张导真找你了,女主角是程怡默,你接吗?"殷遥没忍住问了他。

"你不希望我接?"肖樾说,"那就不接。"

"那也不行。"殷遥皱起眉,"张导的戏很好,也不能因为这个就放弃。"

肖樾从未看到过她这样为他的事纠结着,摇摆不定的样子。他并不在意这部戏会和谁合作,反倒因为殷遥的态度有种微妙的愉悦,问她:"你到底在担心什么?"

殷遥说:"我怕她欺负你。"

肖樾看着她的表情,笑了:"并不是谁都能欺负我。"

他并没有说别的话,但殷遥似乎看懂他隐藏的后半句,心里忽然轻松,也笑了一声:"看来我白操心了。"

肖樾低头抱她。他并没有说,他喜欢被她这样关心。

第二天,殷遥拍外景回来,才知道自己上了热搜。当然,她只是顺带的,主要还是黄婉盛和肖樾。

薛逢逢给她发了微博上被疯狂讨论的照片和小视频,是在商场里逛街时,他们三个当时都戴着口罩,殷遥不习惯捂太长时间,后来到了人很少的相机店里,看器材时她顺手将口罩拉下来,短暂地透了个气,没想到也被镜头逮到。

而另外两人是经常出现在公众眼前的,即使戴上口罩,也经不住深扒,身形、发型、衣服配饰都可以拿来分析。

殷遥回到工作室,先去餐厅。

薛逢逢边吃饭边看八卦,见到她,将手机推过去:"网友真乃神人。"

殷遥看到的是微博评论页面,已经几万条。

她往下翻了翻,肖樾的粉丝们好像有点气大了,毕竟距离上一次绯闻还不到半个月,又来一出,太过分了。

"温馨姐弟情不行?牵手了吗?拥抱了吗?哪里看出有亲密举动?"

"眼瞎啊,明明是三个人,当殷遥老师不存在吗?"

"弟弟和两位姐姐都合作过,朋友见面有什么问题?"

……

黄婉盛的粉丝则是另一番面貌——

"不好意思,我家姐姐官方CP是殷遥老师。"

"睁大你的眼睛,我姐姐牵的是殷遥!"

殷遥看到这里,笑了出来,但心里也有担忧。她给黄婉盛发消息,收到一串"笑哭"的回复,紧接着跟了一条:不要担心,这个锅我还背得起,我来处理,没大事。

小山也联络过殷遥,说想与她沟通一下。殷遥回了电话过去,从小山口中得知肖樾从昨晚拍夜戏一直到今天上午,两个小时前才回酒店睡觉。

"他今天白天不用去片场,我就没叫他,让他多睡会儿。"在这种时候,小山说话倒是比平常多几分沉稳,"我就怕他醒来,看到了,就想公开了。"

小山这么说不是没有依据,肖樾之前透露过想法,他不喜欢殷遥和他一起,见不得人一样,需要一直躲着,更不愿意在别人面前撒谎说自己单身。

"目前还真不太适合。"小山斟酌着说,"不过我也在为这事儿考虑呢,琢磨着等明年他那电影上了,找个时机,慢慢铺垫铺垫,不至于那么突然。"

殷遥没有异议,她也不想影响肖樾的事业,答应小山:"好,如果他提了,我会跟他说的。"顿了顿,说,"如果他自己没看到,那就不用告诉他。"

小山也赞同:"行。"

下午殷遥在棚内拍摄,没再关注后续,等到晚上再看,热度已经降下去。

殷遥看了下残留的新闻,有一条说到黄婉盛亲自辟谣,用了六个"大笑"的表情,然后黄婉盛的工作室账号还转发了。

这事儿就算消停下来。

殷遥是从搜索界面去看的,有一些新发的微博显示在靠前的位置。

一个粉丝不到五千的美妆博主发了这样一条——

"为什么大家的思路如此一致,就没人有另外的脑洞吗?三个人有几种配对呢,排列组合没学好吗?"

底下评论快两百条,一溜的"哈哈哈哈哈",也有人表示"深有同感"。

殷遥点进去,看到这个博主另外发了一条,不带话题,也未提及姓名,只有一行字:不妨去查找一下,她拍过的所有艺人花絮中,还有没有这样的?

附了六张截出来的动图,是那次拍摄时,殷遥给肖樾卷袖子的一幕,很明显是从杂志官博先前放出来的花絮中截取的。在完整花絮中这里属于快速播放过去的一幕,这样被截出来,有些细节就被放大了,譬如肖樾低头时的眼神。

第二张动图上,他嘴唇动了,无法看清说了什么。

然后就是殷遥抬头的动作。

最后一张是两人对视。

截得实在太仔细了,连肖樾喉咙吞咽了一下都被做成了单独的一张。

评论不到一百,其中有一条:完了,我觉得有点甜是怎么回事……

殷遥继续看其他的评论,有一条被很多人回复,头像是肖樾的西装照,挺长的三行字:我不敢说话……哥哥应该是有女朋友了,因为我在横店碰到过,我看到哥哥给她买花了[心碎][心碎][心碎]。是不是这一位,我不确定,我还抱有一丝侥幸心理,有没有可能是我认错了呢,但是太像了啊啊啊。唉,这条等会儿删吧,让我哭一会儿先,我真的难过好久了……

看得出来，这些粉丝都好喜欢他。

殷遥退出了微博，点开微信，对话框里有新消息：刚刚下了雪粒子，也许晚上会有大雪。

看来，他应该是忙着拍戏，到现在为止还没有看到今天的娱乐新闻，身边人也没有告诉他。这样也好。

殷遥回复：那你又可以堆雪人了。

接着又加一句：多穿衣服，不要冻到了。

没有等到肖樾的回复，因为他今天依然是夜戏。

殷遥在工作室留到九点多，其间接到靳绍一个电话。那家伙典型的看热闹不嫌事大，在电话里哈哈地笑了一通，问她："有个大明星男朋友，刺激吧？"

殷遥无语地回驳："是啊，有本事你也找一个。"

"我可不敢，我这么帅，到时候天天上娱乐新闻，我爸能放过我？"他半开玩笑半认真地说，"哪像你啊，自由自在的。"

殷遥没回应，靳绍又说："圣诞聚会都不叫我，真不够意思。你家那位呢？带他过来玩啊，我闭店迎接你们，保证不被拍到。"

"他拍戏呢，回来了再说。"

殷遥以为肖樾今天又要通宵，回家后便去忙自己的事，睡前收到肖樾发来的消息：如果我说我想公开告诉别人我们在谈恋爱，你怎么看？

殷遥原本正在揪着怀里长耳狗的毛绒耳朵，看到这个，顿了一下。

她认真思考怎么回复，肖樾却好像没什么耐心，打了视频电话过来。

殷遥坐起身，拿手指梳了梳头发，接受视频请求。当肖樾出现在屏幕上的时候，殷遥第一眼先看到他的脸上又多了块红痕。

"这里……"她手碰屏幕，反应过来，又指自己的脸，"你这里又弄伤了？"

"没事，不严重。"肖樾调整屏幕角度，看到她臂弯里的毛绒狗狗脑袋。

殷遥扯住狗狗耳朵给他看："可爱吗？"

"嗯。"他应了，唇却微微抿起，眉头也是轻蹙的，并不是放松的状态。

殷遥也认真起来："你知道了？"

肖樋点头。

"我也是中午才知道,记者真是厉害。"殷遥说。

肖樋："你没回答我。"

"嗯……是。"殷遥在略微失真的屏幕上看他黑白分明的眼睛,"你知道,公开了,对你不可能没有影响,你才二十四岁,很少有男明星这么早谈恋爱吧,至少在公众面前他们是单身的。你明白我的意思吗?"

"我知道。"

"你知道什么啊,"殷遥半开玩笑,温缓地说,"你的粉丝会很伤心,说不定会因爱生恨,骂你自私、恋爱脑,以前夸你帅的也会说你丑……你还会丢掉很多工作机会。你都可以接受?"

肖樋点头。

"我确实在谈恋爱,不想做出没有女朋友的样子,让别人误解,"他略微抬眉,严肃地说,"骗人也不是什么好事情吧。"

"你真的……"殷遥笑了一下,没把话说完。小山真是足够了解他。

"你呢,"肖樋反问她,"你怎么想?"

"我会有点压力。"至于有哪些压力,她没有具体说,思考了下,问,"你能不能多给我一些时间?"

肖樋沉默片刻,点头。

"不急,"他按捺着性子说,"我只是问问你。"

关于这件事,两人的沟通暂停于此,但网友们的八卦兴趣却并没有就此打住。只要够执着,没有线索也能扒出故事。

有博主找出九月份慈善宴的视频,抠出少得可怜的镜头,剪在一起,显示出的效果居然不错。譬如这两人在晚宴上几次朝对方的位置看,加上之前花絮中的卷袖子内容,再穿插肖樋的各种现代装角色,配上音乐,硬生生创造一出虚构剧情,转载居然有大几千。

小山持续地关注着舆论细节,发现这两位竟然有了一小撮 CP 粉,真是神奇。

肖樋一月上旬离开横店,新戏杀青,他却并不能休息,各大卫视都开始了春晚的准备工作。他也有一个表演，钢琴弹唱，回去后只歇了一天，就开始练习，等待彩排和录制。

殷遥下班便去练习室找他。

在所有的乐器中，他大提琴最擅长，钢琴要差一些，而且很久不碰，练习时便很认真。殷遥过去时，只有他一个人在。

她推开后门进去，他弹得专注，毫无感觉。

殷遥站着听完，最后一个音落下，她轻轻鼓掌。

肖樾转过头，看到她，眼眸亮了一下。

她往前走了几步："我还想听。"

"想听什么？"

"随便，你选吧。"

肖樾弹了《船歌》。

殷遥靠在墙边看他，他弹得很好，修长漂亮的手指掌控着琴键，游刃有余，殷遥知道为什么他的粉丝中有很大一部分对他的手那么感兴趣。

音乐停止时，她仍靠着墙没动。

肖樾侧目看过来，殷遥回过神，走过去，弯腰在他脸上亲了一下。

肖樾笑了："这是奖励？"

"你可以这么想。"殷遥抬头，还未直起身，被肖樾拉住，坐到他身边。

"陪我。"他握着她的手指放到琴键上。

"恐怕不行……"殷遥说，"我是好久之前学的了，还半途而废了，不然你教我？"

肖樾没有应声，带着她的手指摁下一个琴键。他手指温温的，并非真的要教她，只是想和她一起玩一会儿。

"为什么你学得这么好？"殷遥问他，"你小时候有没有练琴练到哭过？"

肖樾摇头，眼睛看向她："你哭过？"

殷遥坦诚地叹口气："我哭了好多回，我妈妈对我好失望。你不知道我那时好凄惨，整天都想哭，我堂姐练得好，我哥哥练得好，连梁津南也……"

她忽然噤声。

肖樾看到她眼中一瞬间的无措，顿了顿，轻轻握紧她的手指。

"对不起，我不知道为什么会说到他……"殷遥皱眉，"可能在我小时候的生活里，他出现得太多了。"

肖樾眼睑微垂："我也想认识小时候的你。"

"我小时候……"殷遥笑了声，"我五岁学琴，那时候你……嗯，两岁半？"

肖樾抬起眼，殷遥目光温软："应该很可爱。"

肖樾转开了脸。

殷遥凑近亲他的嘴角："你应该知道，我没把你当弟弟。"

肖樾脸庞侧过了一点，嘴唇与她碰触。

两人心无旁骛地接吻。

门忽然被推开，小山提着个纸袋子，迈步进来，眼见着坐在琴凳上的两人很快地分开，登时知道自己来错了时候。

他进也不是，退也不是。

殷遥站起身，绕过琴凳，和他打招呼："小山。"

"哎，殷老师。"小山装模作样地假咳了一声缓解尴尬，走过来把手里的纸袋给肖樾，"我买了吃的，那什么，你们继续，继续。"说着挥挥手，麻溜地往外走，还顺手把门带上了。

七点半，两人一起离开，去靳绍的酒吧。

靳绍今天只接待几位熟客朋友，都在楼上，整个一楼都是空的，连驻唱歌手今天都不上班。

他看到肖樾进门，笑得满面春风。

殷遥警惕性十足："你没什么不良居心吧？"

"我多善良啊。"靳绍给肖樾调了酒，坐过来，"你有一年没来了吧，我还以为你跟遥遥分道扬镳了呢。"

殷遥瞪靳绍一眼，靳绍露出无辜的表情："别这么凶。"转头看向肖樾，"我打算整一家甜品房，你要不要加入？"

殷遥都不知道他在想些什么："赔本没赔够吗？你自己玩好了，别坑人。"

"坑不到你头上。"靳绍不以为然,淡笑着说,"他还不是你老公吧,别管这么严,小心人跑了。"

他就是那种三天不打就欠收拾的德行,殷遥被他激得好胜心陡增:"跑什么跑,他迟早都是。"

肖樾微顿。

靳绍笑了两声。

殷遥看他一副"欠嗖嗖"的样子:"不信你问他。"

两人一齐看过去,肖樾的视线与殷遥碰上,收到她的眼神示意,他不知怎么就笑了,也不说话,喝了口酒。

感觉到袖子被人扯住了,他半侧过脸,眼神在她脸上停留。

几秒后,他冲她点了个头。

也许殷遥只是与靳绍斗嘴,话赶话脱口而出说了那样一句,却让肖樾整个晚上都很开心。殷遥很少见他与别人说那么多话,他虽然没有加入甜品屋的想法,但还是与靳绍相谈甚欢,以至于殷遥一个不留神,没有看住,他又喝多了,比去年那次更厉害,已经远远超出了微醺的程度。

他们走的时候,靳绍再三挽留,大有"依依不舍"的意思,殷遥觉得他简直有毒,决定再也不要让肖樾见他。

殷遥不是没有处理过喝酒后的肖樾,但这次和前两回并不一样,他情绪高涨,有点儿不正常的活泼,话说得比平常多很多,但没什么逻辑,要出电梯时缠着她不让她出去。直到殷遥打了他两下,他才乖了。

进屋后,殷遥给他喝蜂蜜水解酒,指望他能睡觉,但作用不大。她帮肖樾脱衣服,将人哄到床上,结果他安静不了三分钟,在她给小山回电话时,又撑着手臂,坐起身。

"你和谁说话……"他揉着额头,整个人都靠向她。

殷遥被他打扰,勉强听清小山的话。

"下午一点,是先到公司对吧?"她确认了一遍,得到肯定回答,说,"好,我会告诉他,那就先这样,如果明天有空我送他去吧,等明天早上我再跟你确认,你……"

话没有说完，手机连同她的手指都被肖樾握住了。他晕乎乎的，力气却不小，将她的手攥住不放。

殷遥侧过头，看到他那双微红的、不是很清醒的眼睛。

"又闹什么啊？"她佯装生气，"给你经纪人打电话呢，你现在又接不了电话，我还要帮你记工作行程，我都成你的小助理了。"

也不知道他听懂没有，殷遥轻轻地将他的手拨开，凑近手机很快地说了一句："我挂了啊小山，肖樾太闹腾了。"

小山将那头的话听得一清二楚，憋着笑连声应好。

殷遥丢下手机，又去照顾某人。

"睡觉好不好？"

他摇头，脸还是红红的，精力实在充沛，就那样侧躺着搂住她一侧的肩膀，手指还不闲着，像在探究什么似的，摸她背上的蝴蝶骨，口齿含糊地叫了她一声。

殷遥心里好笑，他清醒时可不是这么称呼她的。

"再说一遍。"

"遥遥。"

还挺听话。

殷遥从中发现了乐趣，趁这时候逗他："遥遥是谁？"

醉酒的男人让人难以捉摸，头脑时而清楚，时而糊涂，反应迟钝几倍，这对他来说似乎是个不太容易的问题，好一会儿也没有给出答案。

殷遥："遥遥是坏人，是不是？"

他眉头皱起。

殷遥："我帮你打她。"

"不准。"音调低下来，有些生气的样子。

殷遥感觉到他的身体都绷了起来，处于防御状态。

她不舍得再逗弄他，也不嫌弃他满身酒气，好好地亲了他一会儿。肖樾好像是高兴了，身体放松下来，人也很快睡着。

第二天，肖樾忘掉了大部分事情，殷遥因此肆无忌惮地诓他："……你还做了什么，你不知道吗？你欺负完别人，睡个觉就忘了，太过分了吧。"

肖樾不相信地关掉剃须刀，转过身看她，他唇周的剃须泡沫还没弄干净，有一片都是白色的。

"我怎么欺负你了？"他走近一步。

其实他的姿态并不带有压迫性，只是因为身高差距，殷遥在他跟前显得有点儿无处可逃，像被他堵在了洗手台边。

她抬手抹一把他脸上的泡沫："白胡子，难看。"

"……"肖樾重新开了剃须刀，将没刮完的地方慢慢刮过一遍。

这个过程，殷遥一直看着，肖樾也不回避她的眼神。

有过一个挺俗套的讨论，男人哪个瞬间比较性感，扯领带的时候，解袖扣的时候，刮胡子的时候……

殷遥看到肖樾抬头时喉结更突出了，她手指抬高去碰了一下。

肖樾眸光垂下，觑了她两眼，把下巴刮干净才说："你摸一下。"

"啊？"

肖樾捉住她的手指往上带，碰他自己的下巴，问她："扎手吗？"

殷遥摇头。

肖樾淡淡地笑了一下，是很克制的愉悦，完全不是昨天晚上的黏人精了。

下午，殷遥送他去公司，她没把车开到门口，隔着一段距离就将车停下。她现在有经验，和他出门会下意识地提高警惕。

肖樾从兜里摸出口罩，刚下车没走两步，又被叫回来。

帽子落了。

他站在车窗外弯腰，殷遥帮他戴上那顶黑色的毛线帽，他扯下口罩要亲她，被殷遥阻止。

"小心被拍到。"

"拍到就拍到吧。"

殷遥有点儿无奈，笑着推他一下："好了，快去吧，如果赶得及，我傍晚来接你。"她停顿一下，问，"今天还要练琴吗？"

"不练了。"肖樾往后退远，"关窗吧。"

殷遥挥挥手，说："去啊，我看你过去。"

肖樾笑了一下，拉上口罩，转身走了。

殷遥看着他走过马路，升上车窗，启动汽车去往工作室。

她年底清闲很多，五点过后就歇下来，和薛逢逢坐在咖啡吧里聊天，被问起过年安排。

"是去美国陪你小姨，还是和肖樾过？"薛逢逢说，"他要回家的吧？"

"嗯，应该回的。"说到这里，殷遥记起去年的事，那时肖樾问她要不要和他一起回家，但是后来吵架了，这事没有再提。

"不知道他会不会让我去他家？"

薛逢逢一愣，没有掩饰惊讶的神情："你说肖樾？"

殷遥点点头："他去年说过。"

"这是见家长？"这一点实在出乎薛逢逢的意料，"见家长是结婚的前奏啊。他还真是奇怪，这么年轻，就想结婚了？"

殷遥也并不是很确定肖樾对于结婚的想法，虽然之前争吵中提及过，但那时他情绪糟糕，不知道说那样的话是不是有一时意气的成分。

"你呢，你自己怎么想？"薛逢逢看着殷遥的神色，"如果他今年又邀请你，你去不去？"

殷遥思考之后说："我应该不会拒绝他。"

"行吧。"薛逢逢说，"随便你，反正我留在这儿，你要是没处可去还有个保底安排。"

肖樾如期参加了卫视春晚的彩排，后来在廊坊完成录制，又跑完另外几个通告，腊月二十五才歇下来。他手里接了两个本子在看。

殷遥清早起床，便看到某人在卧室阳台兢兢业业地读剧本。她没去打扰，走去外面，厨房飘来甜粥的香气。

洗漱完，回到卧室，看到肖樾依然保持之前那个姿势，胖胖的长耳狗就在他脚边。窗帘拉开了小半，晨光倾泻在羊毛地毯上，将他也笼在其中。

殷遥找着手机，拍下了这个画面。

她走过去，将手机递到他面前。

肖樾看了一眼，又将手机还给她。这意思就是他不介意被她拍，她可以保留这张。

殷遥得寸进尺，靠过去很小声地说了句话。

肖樾侧过脸看她一眼，殷遥笑着看回去，结果被他捏了脸颊。

殷遥倒在他身上。

两人闹起来，又把阳台弄得像被扫荡过一样，总归是殷遥占了上风。后来肖樾的手机响了。他接通的时候，殷遥还趴在他身上，顺口问了句："谁啊？"

肖樾握着手机，说："我妈。"

殷遥顿了顿，有点儿愣愣地抬头看他。

肖樾背靠着阳台玻璃，接通电话，没说几句，基本都是那头在说话，他在应着。直到这通电话挂掉，肖樾才发觉殷遥一直乖乖地在他怀里。

他低下头，正对上殷遥的目光。

"你妈妈好温柔。"

肖樾没应声，看她的脸色。

殷遥说："你有她的照片吗？"

肖樾在手机里翻了翻，递给她。

殷遥看了两眼，抬头说："很漂亮，她跳芭蕾？"

"嗯，她是舞蹈老师。"

"你的眼睛和她有一点像。"殷遥又看了一会儿，把手机还给他，"你要回家了，是吧？"

"再过两天。"

殷遥点头："也不早了，快要过年了。"

肖樾沉默了下，察觉到她有些紧张，他并不想给她压力，问道："你呢，过年什么安排？"

"……要去看我小姨。"

肖樾"嗯"了声，没再说话。

肖樾是腊月二十八回南京的。

家里少了个人，显得冷清起来，殷遥觉得自己很矛盾，肖樾没有提让她一起回去，她其实松了一口气，但又隐约有点失落。这种奇怪的感觉在除夕这天更加明显，原本殷遥是要去美国，但得知小姨正在欧洲旅游，就放弃了，于是除夕夜去薛逢逢家吃了一顿简单的晚饭。

之后她们去靳绍的酒吧，靳绍那家伙陪他奶奶吃完年夜饭，也火速溜了出来，还有他的另外几个小伙伴。

大家在酒吧里跨年。

殷遥喝了酒，在沙发上靠着，凌晨收到肖樾的微信消息：新年快乐。

只是最普通的新年祝福，但她突然就很想他。

殷遥在微信里回他一个"新年快乐"，然后问他：你在干吗？

大约过了两分钟，收到他的回复：发红包。

殷遥问：给谁发啊？

刚发送出去，红包提示就跳出来了，上面那行小字写着：给遥遥。

不止一个，又接着跳出了一排。

殷遥被连续的红包炸弹弄笑了。真是奇怪，明明是男人都会的最普通的套路，放在肖樾身上，也好像是不一样的。她心情甚好地回复：谢谢肖老师。

然后，就看到他打了电话来。

四周太吵，殷遥起身往楼下走。靳绍关了店，一楼空无一人，殷遥在窗边坐下，接通后听到肖樾的声音："你在哪儿？"

他知道她没去美国，想来应该是和薛逢逢一起过年。

殷遥觉得大过年的来喝酒也不是什么好事，撒了谎："在薛逢逢家里。"

肖樾没有怀疑。

殷遥问他："你在家怎么样啊，是不是玩得很开心？"

"还行，也算不上很开心，"肖樾犹豫了下，低着声音说，"很想你。"

殷遥第二天就买了机票，飞南京。

坐上飞机，才觉得自己过于冲动了，她孤家寡人的，说走就走也没什么，可他一年能有几天回家陪伴亲人？这才大年初一，她就这么过去，肖樾那点时间还得分出一部分给她。

太自私了吧。

可是飞机已经起飞，没有回头路可走。

中午落地禄口机场，殷遥没有和肖樾联系，自己找了地方住，靠近秦淮河畔。

殷遥当然不是第一回来南京，她外祖母家原先住在苏州，与南京离得不远，她小时候也曾前来赏玩，而且 Yin Studio 之前也有接到南京的项目，但很奇怪，自从她认识肖樾之后，这一年多都没有来过。

知道这里是肖樾长大的地方，便有种不一样的感受。她独自玩了两天，带着相机走过不少地方，傍晚在酒店整理照片，忍不住给肖樾发去一张。

他一眼认出她拍的景，回了个"？"。

殷遥心想自私就自私吧，于是告诉他：我今天去了这里。

六点多，殷遥见到肖樾。他开车来的，殷遥并不知道他开的什么车，颜色、车牌统统都不清楚，但当他出现时，她还是一眼认出来。

肖樾穿着宽松的黑色羽绒服，帽子和口罩都戴了，捂得很严实。

殷遥从酒店的台阶走下去，在周围来往不断的行人中被拉住手，挂在她手臂上的背包也到了他手里。天色已晚，光线不够理想，肖樾的脸又被口罩遮住大半，殷遥只能看看他的眼睛。但她还没能看上两眼，他已经转过身，牵着她往前走。

一路上都是人。他脚步微快，走了一小段路似乎意识到她跟不上，放慢了点，转头看她一眼，手指握得更紧，一直走到停车的地方。

肖樾找了个背风的死角，拉下口罩。

殷遥朝左右看看，抬手将他的帽子往下扯了扯："你的车停哪儿了？"

"后面。"肖樾垂眼看着她，声调低低地问，"来了怎么不早找我？"

"怕给你添麻烦啊。"殷遥笑了下，"我只是来玩一趟，旅游。"

"添什么麻烦？"他即刻反问，然而目光温和，嘴边挂了笑，任谁都能看出他心情极好。

殷遥没答，避开他的目光，转而说道："你要请我去哪儿吃晚饭？"

"我家。"

"啊？"

"我家里没别人。"肖樾看出她心思,"他们去上海探亲了,明天晚上才会回来。"

殷遥惊讶:"把你一个人留在家里?"

"不是。"他低头笑一声,"还有一个。"

当殷遥坐进肖樾的车里,就知道还有一个是谁了。她和后座的小男孩大眼瞪小眼,互相看了三秒,最后还是小男孩先反应了过来,圆圆亮亮的眼睛眨了两下,很友好地把手里的彩虹糖递给她。

殷遥有点儿愣,接也不是,不接也不是。

肖樾扣好安全带,侧过脸,看热闹似的瞧了她一眼。

小男孩扭过身子,喊他:"舅舅!"

殷遥于是知道这小孩是他的小外甥,怪不得眉毛、眼睛都长这么漂亮。他们家基因就是优越。

小男孩叫奇奇,五岁。殷遥没和这么大的小孩相处过,在她心里,小孩是挺烦人的生物,能远离最好远离,但她坐了一趟车,发现没她想的那么可怕,有个漂亮小孩奶声奶气地叫她姐姐,还喂她吃糖,换谁都扛不住。

等到下车时,奇奇已经拉上了殷遥的手。在电梯里,他一刻不停地讲话,兴致勃勃地介绍他看过的超人电影。殷遥问他谁最厉害,他仔仔细细地回答,仰着小脸庞给她比画,弄得肖樾半天插不进话。

幸好他今天玩得太疯,累坏了,进屋后没多久就睡着了。

殷遥给他盖上毯子,去厨房找肖樾,说奇奇睡了。

肖樾正在往锅里放咖喱,看她一眼,问:"你累不累?"

"还好,他挺乖的。"殷遥闻着香味,走到他身边,"他是你姐姐的小孩?"

"嗯。"

"亲姐姐?"

"不是,表姐。"

"所以大家都去探亲了,留你在家带孩子?"

"是啊。"肖樾盖上锅,朝她走近,"饿吗?"

殷遥承认:"有点。"

"快好了。"他摸摸她的脸,"五分钟让你吃上饭。"

殷遥笑着说:"好,那我现在开始计时。"

过了五分钟,就真的开饭了。殷遥问他:"不喊奇奇?"

"他吃过了。"肖樾坐在桌边看她吃完,收了桌子,出来见她站在客厅镂空的陈列柜旁,看得很认真。

他走过去,殷遥指了指里面的东西,说:"那个是什么?"

"测风速的。"

"这个呢?"

"也是。"

整个柜子里摆放的都是仪器模型。

肖樾告诉她:"是我爸的东西,他研究这个。"

殷遥:"气象?"

肖樾点头:"嗯。"

"好像很有意思。"殷遥显得很感兴趣,将每样都观察一遍。肖樾很有耐心,但凡他知道的,都告诉她。

他们在客厅待了一刻钟。

肖樾看看时间,问她:"要不要上去休息?"

"去你房间?"

"嗯。"

肖樾的卧室在楼上,是最宽敞的那一间,和他在北京的屋子很不一样,这里有很多承载他成长轨迹的东西,书架上的一排旧书、两整格的唱片、一些属于男孩的童年玩具……殷遥还看到了他中学的毕业照。

这一切都让肖樾在她这里更真实可触。

她在一排男生中找到他,他穿统一的夏季校服,白色上衣,黑色长裤,脸庞青涩干净。

殷遥问:"是不是有很多女同学追你?"

肖樾看了她一眼,没回答,她就当他默认了。她放下这张毕业照,发现一个倒扣的小相框,拿起来看一眼,笑了出来。

"好可爱。"圆嘟嘟的。

"你居然有这么胖的时候。几岁啊?"

肖樾看一眼:"五岁吧。"

那就是和奇奇一样大。

殷遥越看越想笑:"也太可爱了。"

肖樾不满地揉她脑袋:"别笑了。"他将她抵在书桌前,抽走了她手里的相框,还没来得及做别的,就被人抱住了大腿,低头一看,奇奇不知道什么时候来了,正和他面面相觑。

碍于这个小电灯泡在,什么都没做成。

两个人的夜生活就是陪小电灯泡看傻傻的动画片,一连看了六集,小孩依然没有要睡的迹象。

殷遥熬不住,先去睡了。

奇奇没能用糖留住她,看着她走掉,有点失望地扭过头。

"姐姐身上香香。"

肖樾已经听他叫了一晚上姐姐,到这时才纠正:"不是姐姐。"

奇奇一脸茫然无辜。

肖樾无语地抱起他:"睡觉。"

这晚,殷遥留宿在肖樾的房间,而肖樾则带奇奇睡到客房。

殷遥迷糊中醒了一下,感觉被人抱着,周身都是肖樾的气息。不知道他是什么时候过来的,她清醒了点,问他:"不带小孩了?"

只听到他含糊地答了一句。

殷遥循着热量贴到他怀里:"你身上真舒服。"

"为什么来南京?"没头没脑的一句。

殷遥拿他当人形取暖器,昏昏沉沉快要睡过去,听到的声音不太真实,她无意识地嗯了声,不作思考:"为你啊。"

人在这个时候防备极低,她向他交了底:"我就是想见你……"

傍晚碰面时,她给的理由是"只是来玩一趟,旅游",这明显是牵强的借口。殷遥也不知自己是出于什么考虑,或许是觉得才分开几天就这样打飞的追过来,显得太黏他,有点没面子?

反正,她此刻说了实话之后就不在乎什么面子了,甚至坦诚得过头,带着睡意的声音叫他的名字:"肖樾……"

他应声，便听到她半是无奈半是苦恼地说："我好像离不开你了，怎么办呢？"

肖樾心里像被什么热乎乎的东西揉了揉，他在黑暗中低下头，与她脸颊相贴，找到她的嘴巴碰了一下，又碰一下，细细密密的情绪都在其中。

"那就别离开。"他说。

殷遥享受被他亲近，可又觉得自己日渐沉溺，前景堪忧，他这种工作性质，有个黏人精女朋友的话，简直太可怕了。

"……本来你回家过年，我没想打扰的，可是……"

可是什么呢？事实就摆在眼前。

"殷遥。"肖樾听出她语气中的纠结，直白地告诉她，"我喜欢你这样，你什么时候都可以找我。"他再次低头吻她，好心情持续蔓延。

甜言蜜语的力量很强大，他成功地安抚了殷遥的轻微焦虑。

气氛太好，殷遥没了睡意，回吻了他："我不想睡觉了。"

她准备帮他脱衣服，被阻止了。

"你带了吗？"

"什么？"她问完反应过来，"带了，在行李箱里，我的行李箱在酒店。"

"……我家里也没有。"肖樾摁亮床头壁灯，撑肘坐起来，"我出去买。"

"现在？"殷遥也坐起来，将睡得一团糟的头发胡乱地拂到耳后，看了下手机。

凌晨两点半。

太晚了。

还得找那种通宵便利店。

其实也不是非做不可，殷遥放下手机说："算了吧，别出去了。"看到他的神情，又笑了，"怎么了，你想？"

肖樾没说话。

殷遥自动解读出他的想法，觉得他是想要的，便说："那我帮你？"

肖樾摇头："睡觉。"他又关了灯。

然而一躺下来，身体相贴，殷遥就发觉他是有反应的，还很明显，这怎么可能睡得着？

"你是打算就这样等它自己下去吗？"她轻声问他。

肖樾低"嗯"了声。

"不难受吗？"殷遥不理解，"我知道你自制力是很好，不过……没必要吧，你知道我有办法帮你。"

肖樾当然知道，他对那个晚上印象深刻，却不愿意再让她做那样的事。可殷遥误解了，凑在他脸侧问："是不是我弄得你不舒服？"

"……不是。"肖樾希望她不要再说这个话题。

殷遥摸摸他的身体："你身上好热。"

肖樾扣住她的手："你在外面玩了一天，不累？"

"还好，已经休息好了。"她更关心他此刻的状况，"我帮你吧？"

这次，他没有拒绝。

殷遥感受到他的每一点反应。

结束的时候，肖樾打开灯。

不知是空调太暖和，还是因为刚刚那件事的影响，殷遥发现他的脸有些红，眼睛黢黑，好像不管经历是少是多，他身上总让人有种感觉……

觉得好像亵渎了他。

离天亮还早，但是两人都没有睡觉的意思，于是开始聊天。

殷遥问年后的工作安排，肖樾在手机里找到行程表给她看，几乎排得满满当当，找不到几天空闲，广告代言有好几个，护肤品、腕表、饮料。

"看来你也就只能歇这么几天了。"

"嗯。"

工作的事总归不轻松，殷遥跳过这个话题，向肖樾坦白之前撒的谎："那天你打电话，嗯……就是除夕那天，我其实不在薛逢逢家，是在酒吧里。"

"靳绍那儿？"

"嗯，薛逢逢也去了。"

"只有你们三个？"

"不是。"殷遥说，"还有些人，都是和靳绍玩得好的，你不认识。我怕你觉得我过年这么凄惨，就撒谎了。"

肖樾不至于跟她计较，也向她说了心里话："我是想带你回南京的，但是……"

他敛目,眼睫动了下。

殷遥明白他的意思:"你觉得我不愿意?"

肖樾点头。

"我确实还没做好准备。"殷遥诚实地告诉他,"有点害怕见你家人,万一他们不喜欢我……"

"不会的。"

殷遥笑了:"你觉得我很讨人喜欢?"

"嗯。"他答得很肯定。

殷遥知道这是滤镜的作用,但依然挺高兴,沉吟几秒,说:"明年,好不好?我会做好准备的。"

肖樾有点惊讶,看了她一会儿就笑了。

"我当真了。"他说。

"嗯,不会骗你。"

第二天中午殷遥回北京,休整一天就开始工作。

而肖樾也在隔天开工,飞日本取景拍广告,紧接着就是新戏定妆、开机,中间完全没有空当。让殷遥松了一口气的是,他新戏的女主角不是程怡默,听说是在开机前不久才换的人,因为程怡默卷进了一桩负面新闻,被传插足某男演员的婚姻,造成不小的影响。

殷遥没空去关心这件事,她在看微博时不小心看到了黄婉盛前天更新的一张图。其实很普通,只是一张寻常的生活照,拍摄的地点是在洒满晨光的阳台上,背景已经被虚化处理过,但殷遥还是发现了不普通的地方。如果她没记错,那是谢云洲在西城区的一处房子,角落那盆植物还是她之前送的。

殷遥确实惊讶,但也并没有到多么夸张的地步。她有点儿好奇,那个爱摆臭脸的家伙不是一向对女明星没有好感吗?

殷遥直接截了那张图发给黄婉盛,说:你猜我发现了什么?

过了半小时,被回复了一个猫猫笑脸,跟着来两条消息。

"……你是不是太厉害了点？"

"好吧，本来也不打算瞒着你。"

殷遥向她确认：所以，你是把我的毒舌哥哥收了吗？

得到了肯定的答复：暂时是这样。

至于这其中有什么具体故事，黄婉盛没时间细细交代，她正在机场，很快要登机。

殷遥恰好有点空闲，便趁着这个机会去看望谢云洲，主要是想把小姨寄来的新年礼物给他送过去。她打了个电话，得知他在公司，就开车过去。

谢云洲刚刚结束一个视频会议，殷遥去他的办公室，他正在窗边打电话。

殷遥听了两句，觉得不像在讲公事，语气没平常那么冷，再往后听，就确定是私人电话，他在嘱咐电话那头的人不要只顾着减肥不吃饭。

这通电话大概讲了三四分钟。

殷遥好整以暇地看着，等他走过来，才问道："是婉婉？"

本以为他会惊讶一下，没想到他神色如常，只平静地应一声："嗯。"

殷遥笑了："你用了什么手段吗？"

"我需要用什么手段？"谢云洲皱眉。

"我就是有点奇怪，你脾气挺差的对吧，婉婉喜欢温柔的，"殷遥十分自然地说，"而且，演艺界里多的是漂亮男人……"

谢云洲黑沉着脸："所以你找了个男演员？"

殷遥也不意外他知道这事，但她不喜欢他的语气，一瞬间变成了战斗模式，反问："男演员怎么了？婉婉也是女演员，你不照样喜欢得很？"

谢云洲不知道她有什么好炸毛的："我说什么了？"

"你的语气。"殷遥严肃地表明立场，"你对演艺界有偏见是你的事，我不要听你阴阳怪气的。"

她本来是好心来看望他，现在被气了一下，不想跟他多说，起身指指桌上的礼物："小姨送的，我只是来跑腿。"

"脾气倒是大，多大人了还像小孩儿一样。"

"谁像小孩儿了？"

谢云洲说："我不管你的闲事，你自己心里想好，他们那个行当，男人二十四五岁,能有什么定性?"

殷遥反驳:"你女朋友也是那个行当的,你真不怕我告状?还是说,你现在有两重标准,只单单看不上男演员了?"

"遥遥。"谢云洲神色微凝,"我不过是关心你。"

他语气好转,没有跟她吵架的意思,殷遥却较上劲了:"我知道,可你并不了解他,也不知道他是什么样的人。就像婉婉,你以前还不喜欢我跟她来往,但是现在呢?"

谢云洲没有接茬。

殷遥知道这话他没法反驳,这是事实,她明显占了上风,笑了下:"有空找个机会一起吃饭吧,我带他见你。"

她没有多留,转身离开,出电梯时碰到个人。两人几乎迎面撞上,都愣了下。

后来,梁津南先往后退开了一步,殷遥走出电梯。

已经一年没见过,不知道他什么时候回的北京,去年曾有耳闻,他家里出了棘手的事情,一团乱,他爷爷也是去年走的。

更具体的情况,她不了解。

这么碰上了,梁津南也没有料到,他看着殷遥,发现她头发更长了,没化妆,气色很好,想来应该过得不错。

"来找你哥?"他开口问一句。

殷遥点头,沉默几秒,也问他:"你家里的事情解决了?"

梁津南应了声:"差不多了。我和你哥哥有点事要谈。"

殷遥点点头。

梁津南定定地看了她片刻。

殷遥说:"我先走了。"

他只好点头,按了上行键,回头看一眼,她的身影已经出了大门,从视线中远去。

元宵节后,年味淡去,人们重回忙碌。

肖樾进组后,难得有机会回北京,除非是有活动,而他回来的时候,殷遥又未必在，两人连情人节都没见上面。殷遥从香港回来，已经是二月下旬，到这时候才见到她的情人节礼物。

她想不到肖樾会送她什么，猜测也许是首饰，也许是玩偶。拿到之后，发现都不是，他送的是相机，两款新发布不久的中画幅相机，她还没来得及去看。

殷遥惊讶得在微信上给肖樾发了一排感叹号。

他回过来一句：不喜欢？

殷遥当然喜欢，问他：你自己挑的？

肖樾：嗯。

其实并不是，他自己的确研究了一下，但最后还是请懂行的朋友帮忙看的，因为不确定她更喜欢哪个，就两款都要。所以，确切来说，不能算是他挑的。但在收到殷遥发来的"猫猫拥抱"的表情之后，他就不打算解释了，回复她：不亲我吗？

于是，一秒后，如愿地收到了"猫猫亲吻"。

他心情很好，告诉殷遥：我下月初回北京。

肖樾回北京是为了电影宣传。

他去年拍的那部《浪静风平》定档在三月，所以有一系列宣传活动要跑，首映礼和各地路演都缺不了。

网络上，预告片早已经发出来，作为大银幕首秀，这次他的角色与以往剧中大不相同。而这部作品背后的拍摄和制作过程本身也很有故事，宣发很好地挖掘了这些内容，又得益于肖樾这大半年里疯狂上涨的人气，电影未播先热。

首映之后，口碑远远好于预期，票房也出人意料，热搜榜上挂了几次，话题点很多，最好玩的是关于摄制组很穷的梗。

有博主发布了视频合集，剪辑了主创们的采访，简直是一盆辛酸泪。比如，很多演员都是被导演一顿火锅骗去的，零片酬友情出演。其中最惨的就是肖樾，投资了一百二十万不说，还另外白借了五十万给导演，积蓄都掏空了。那时候，他们没有一个人觉得这电影能赚，导演压根就不是冲着赚钱去的。还有，拍摄时，车不够，剧组摄像忍痛贡献了自己的越野车，等到拍完就彻底报废了……

网友在评论区"哈哈哈哈"。

电影热度挺高,即使殷遥上网不频繁,也没有错过相关消息。她还没来得及去影院看,就已经从微博上知道了很多。

热搜上挂着"肖樾哭戏"的话题。

三分钟的短视频转评了几万次。

电影原名叫《李渠生》,导演原先是个拍纪录片的,取了这样一个接地气的名字,后来宣发阶段才改为《浪静风平》。

在电影中,李渠生这个人自始至终没有出现,他是一个父亲,失踪了十五年。肖樾饰演他的儿子李旭,他辗转西北,什么都没有找到。

倘若换成另一个故事,大抵会这样处理:即使没有找到人,也会从其他途径了解到被隐藏的秘密,知道真相,或许是伤感的,或许是温暖的,然后就释怀了。

但在这个故事里,什么都没有。

这场哭戏是电影的结局,他处理得很好。

评论区有条高赞留言:哭得我心都碎了……

殷遥也赞了这条,如果肖樾在,她真想抱抱他。

他拍这个作品的时候,正好是他们分开的那段时间。她听小山说过,他那时处境很糟糕,公司不想要他了,他自己接了这个电影。

殷遥关掉这段视频,另外去找了他路演的采访看。

他和导演还有另一个胖胖的男演员一起接受采访,说的多是拍摄时的趣事,或是互相吐槽,场面很欢快。他现在面对采访像是比以前放得开了,偶尔还能看到他露个笑,回答得也不错。

看到一半,薛逢逢过来了,殷遥没来得及关掉,被看见了。

薛逢逢意味深长地拍拍她的肩:"下班就能见着人了,你至于吗?"

"就是刚好看到了。"殷遥说,"他天天都有通告,我也不是一下班就能见到。"她退出页面,看一眼时间,五点半了,"没什么事,我先走了。"

"这么急?"

"嗯。"殷遥边收拾东西边说,"今天要去接他。"

薛逢逢"啧"了一声:"行了,你赶紧走吧。"

肖樾今天在怀柔那边拍戏,殷遥赶过去,等了一会儿,七点半接到人。

肖樾帮相熟的导演客串一个角色,只拍一天,今天早上三点就起了,从早到晚没歇,坚持到现在已经很疲惫。他走得很快,没戴口罩,只是将防风外套的拉索拉到了最上面,又是一身黑色,乍一看有点生人勿近的意味。

其实是累蒙了。

殷遥等他坐进来,发动汽车,说:"你睡一下。"

她单手掌着方向盘,空出右手摸了颗润喉糖给他。

肖樾接了,将她的手牵了一会儿才松开,也的确撑不住,眼合上,很快就睡着了。

殷遥在路上开了一个半小时,到了吃饭的地方,她将车停在路边,让他多睡一刻钟才叫醒。

肖樾真的睡糊涂了,醒来的一瞬眼神很蒙,看了她两秒,喊了声"遥遥",嗓子是哑的。

殷遥借着车内灯看他微微翕动的睫毛,心疼坏了。

"可怜死了。"她说,"我们到了,下去吃点东西?"

肖樾点头,朝她笑一下,倒是挺灿烂的。

殷遥捏他的脸:"笑什么,都累傻了。"

她弯腰帮他解安全带,被他捞到怀里。

"遥遥。"他又叫一声,也不说别的话。自从他回北京的那天晚上,亲密时这样叫了她,现在天天这样。

"你不许说话了,嗓子都成什么样了。"这个姿势并不舒服,但殷遥没动,皱眉说,"你最近工作太多了。"

肖樾懒懒地应:"嗯。"

殷遥说:"跟小山沟通一下,通告减少一点,没必要这么累。"

他却摇头:"没事。"

殷遥又说一遍:"不许说话。"

肖樾笑了声,捉住她的手,写了个字:"好。"

原本两人是要去吃饭,但是中途肖樾接到一个电话。

殷遥听他讲话,猜到是他的朋友,因他说话的语气十分随意,谈的也不是公事。果然,肖樾挂了电话就说:"有人请吃夜宵,一起去?"

"你朋友?"

"嗯,有三个人。"

"……他们知道我?"意思是知道她在和他谈恋爱吗?

肖樾点头:"知道。"

殷遥便明白,那应当是很好的朋友。

去了之后,才知道请吃饭的就是肖樾出演电影的导演杨东,也就是小山曾经说过的那位"特不靠谱的",因为《浪静风平》,他一跃成为今年颇受关注的青年导演。

除了他,包间里另外两位都是演员,一位是肖樾的师哥马轲,另一位是他的师妹陶斯斯。两人是一对儿,和肖樾一样,都是被杨东忽悠过去友情出演,几个人一起在西北苦了半年,也算是"共患难"的交情。

殷遥原本还担心会尴尬,后来发现想多了。没想到肖樾那么闷,他的朋友们却都是又开朗又逗的类型,尤其是他的小师妹斯斯,活泼得像男孩子,很有意思。

他们几个男的说话时,斯斯就和殷遥说拍戏时肖樾的糗事。

"……你不知道,他那时候脾气臭得史无前例,天天闷着个脸,一共都没见他笑过三回,我们都说他失恋了,后来发现原来真失恋了,哈哈哈!"

见肖樾看过来一眼,斯斯吐了吐舌头,完全无视他的警告,笑嘻嘻地告诉殷遥:"还有啊,我们在德令哈,有个当地的群演,藏族姑娘,瞧上了他,天天来,天天来,他就整天想办法躲着人家,一到放饭就去厕所……啊!"她被马轲敲了一下,捂着脑袋接了人家递过来的梅酒。

殷遥被逗笑,转过头看一眼肖樾,后者接收到她眼神里的意思,唇抿了抿。

这时,杨东又给肖樾倒了半杯酒,他有些迟疑,酒杯端过来给殷遥看。

自从他上回又一次醉酒,殷遥就不允许他多喝,不过今天这场合,算是例外,殷遥也不想扫他的兴,随他去了。

夜宵吃完,十点多散场。回去的路上,肖樾又睡了。

这一觉之后，他的精神好了很多。

到了小区的停车场，殷遥下车去开后备厢拿薛逢逢今天带给她的一篮水果。肖樾跟过来，从她手里提起篮子，瞥见倒在右边角落的纸袋，说："那是什么，不用拿上去？"

殷遥顺着他的视线看一眼，拉过纸袋，想了起来。

是她去年买的两件防寒服，后来没用上，就一直丢在后备厢里，还是全新的，吊牌都没拆。

"也拿上去吧。"她提起纸袋。

上了楼，她才把衣服拿出来，抖开，摘了吊牌，让肖樾试穿那件男款的。

她买的号正好合适，肖樾问她什么时候买的衣服，她没答，一边帮他脱下来，一边说："你猜。"

她把两件衣服都拿出来，挂到衣帽间的最边上，打算明天清洗一下。

肖樾看到纸袋底下的票根，拿起来看了眼，走进衣帽间。

殷遥回过头，对他说："本来想跟你去看日出的，所以买了防寒服，然后我们就吵架了，我后来看到这衣服就堵得慌，一直想扔了。"

肖樾看她说话时微微蹙起的眉，和嘴角一点自嘲的笑容，心念一动，上前将她抱住了。

殷遥强词夺理："我让你来拿东西，就是想见你，谁知道你那么狠心。"

"我以为……"

"你以为什么啊，我每天都想着你，你倒好，惹了个藏族姑娘追着你……"想象那个场面，心里像泼了一缸醋，两人都只穿了袜子站在地板上，她想也不想就踩了肖樾一脚。

肖樾低头看她的样子，不知怎么就笑了一下。

殷遥瞪着他。

肖樾收敛了："你冤枉我了，我没有惹她。"

见她不说话，他也沉默了下，神色认真："斯斯不是告诉你了吗，我那时在失恋，哪有心情想别人？"

他这句让殷遥愣了愣，没话说了。

本来也不是真和他生气，但是心里就是控制不住又吃起没必要的醋。

她也知道，分开的那段时间，他一定也是想着她的，她不开心，他过得也没好到哪里去。

殷遥不舍得再和他闹，脚也从他的脚上拿下来，好脾气地说："你也踩我一下吧。"

肖樾当然不至于跟她这么锱铢必较，他眼神有点深地看着她，有种很难表达的感觉。很多时候，她是成熟理智的，就像她的外表。化上妆，工作的时候，不笑的时候，很冷淡，一副难以亲近的样子，但她常常又很可爱，就像现在。

是只在他面前这样吗？

殷遥没有等到肖樾的报复，她抬头的时候，看到他的眼睛，想要再说话，被吻住了嘴。

他的姿态有点霸道，将她抵在墙边，他嘴里有酒的味道，亲她的时候手掌按在她的胸上，后来可能是觉得衣服太碍事了，帮她脱了毛衣。

殷遥真没想到他想在这里，衣帽间是挺空的，但有一面挺大的穿衣镜，他做什么，她一抬眼就在镜子里看得清清楚楚，这种体验……

挺难描述的。

当然，后来也没有什么理智去描述了。

肖樾洗澡时，殷遥趴在床上刷微博，发现那个执着于挖掘她和肖樾恋情的福尔摩斯博主又更新了。

这次分析的是肖樾上个月作为嘉宾参与录制的一档节目，截了中间一段主持人和嘉宾们聊天的内容，只有两分钟不到，没头没尾，不知道他们怎么讨论到星座的话题。女嘉宾说："……天秤座和双鱼座还蛮奇怪的，其实这两个有蛮多共同点的，都是万人迷型，都还蛮在乎异性的容貌，但是这两个放一起就是天生不合，情海艰难，没有好结果。天秤爱起来还蛮投入的，但那个双鱼就不会搭进去多少感情，怎么说……就是比较渣啦。"

女主持接话："不是有句话嘛，你单身就是没人追，但天秤和双鱼单身其实是没有满意的人追。异性缘真的不愁。不过，双鱼女还蛮容易对天秤男痴迷的，我身边好几个这样，不过一个都没成。"

这时男主持出示平板电脑，一脸蒙："什么情况？我跟你们不是一世界吗，为什么我搜到说天秤和双鱼绝配？"

然后大家一起哈哈地笑起来。

博主详细分析了肖樾在这段对话中的表情，一共只有三个镜头，居然写了一大段，最后说：X是天秤座不用我说了吧，Y是什么星座你们不确定可以去搜一下[笑而不语]。

殷遥觉得这个博主有点可爱。她像一个吃瓜路人看完了肖樾和她自己的八卦，然后退出微博，照例查看邮箱，回复邮件。

肖樾洗完澡过来了，他只穿了裤子，上身是光着的。

殷遥瞥了他一眼，提醒道："小心着凉。"

她扯了旁边的毯子裹住他，闻了一下："你身上好香。用的是我的？"

肖樾"嗯"了一声："另一瓶用完了。"

"哦，明天给你买。"殷遥没有再看他，盯着手机屏幕，敲完字，点了发送。

肖樾侧过身靠近："忙什么？"

"看邮件。"她手指点了"返回"，回到新邮件列表，下一封未读来自"周束"，她忽然警醒。

"怎么不看了？"他的声音低了，明显有情绪的变化。

殷遥只好点开那封邮件，周束说给她寄了生日礼物，请她注意查收。她照例回复，回完见肖樾已经躺了回去，拿着手机在玩一个单机小游戏。

"别弄坏眼睛了，坐起来玩吧。"殷遥说。

他应了声，却不动。

殷遥就知道出问题了："闹什么脾气？"

"没闹。"

"唉。"殷遥叹口气，亲一下他，"我跟周束什么情况，你不知道啊？"

"知道。"

"知道你还这样？"

"我和那个藏族女孩也没什么，你也吃醋了。"他墨黑的眼看着她，"这样说，你懂了吗？"

这个逻辑无懈可击。

殷遥当然懂了，点点头。

肖樾："我玩一会儿，就会好了。"意思是这个情绪他自己会消化，她不用在意。

"那你坐起来玩。"殷遥从他身上下来，让他坐了起来，而她则趴在枕头上，半眯着眼睛酝酿睡意。

过了会儿，感觉到自己被抱了起来，她懒得睁眼，慢慢地说："明天晚上和我哥哥一起吃饭，带你见一下他。"

"好。"

静了一会儿。

殷遥在他怀里换了个姿势，脑袋枕在他肩窝。刚刚说起周束，她又想起一个遗留的疑问，小声地说："问你个问题。"

"什么？"

"我们第一次见面那天，你是有点讨厌我的吧？"

肖樾没答。

殷遥又问："是不是啊？"

他垂眸看她一下："你觉得呢？"

"我觉得是。"

没听到否定的回应，殷遥觉得他默认了："唉，我就知道。"

肖樾没说话，眼睛看着手机，手指操作着，一局结束，退出了游戏。

屏幕显示时间：23:59。

他点开 APP，在新微博编辑框里敲出一个表情：[蛋糕]。

殷遥说完那句话，就很安静地窝在他的怀里，好像犯困了，已经闭上眼睛。

肖樾手指停在屏幕上，微侧过头看了她一眼。

那天从公司谈完事出来，小山很啰唆，在车上说了一堆话，肖樾当时情绪不怎么样，回应寥寥，但有几句还是听进心里。

"不管怎么样，你得考虑她的想法吧，想想她愿不愿意……还有，咱们得承认，粉丝没那么理智，负面舆论总归是没办法完全避掉的，你不在意，那你能保证她也不在意吗？万一她觉得做你女朋友怎么这么麻烦，不愿意了,那怎么办……"

肖樾那条微博最终没有发出去,遗留在草稿箱里。

不止如此,说好的第二天"见家长"也未能成行。

殷遥傍晚接到电话,谢家老太太进了医院。这已经是今年的第四回,看样子也到了撑不住的时候。谢云洲自然要赶过去,就没法给殷遥过生日了。

这个消息在殷遥这里没有引起多大波动,她在谢家的时候,根本和那位老太太没有几分祖孙情。至于生日,她本来也无所谓,只是打算趁这个机会一起吃饭,带肖樾见自己哥哥罢了。

于是这天的生日晚餐,变成几个朋友的小聚,薛逢逢、靳绍,再加上殷遥和肖樾,黄婉盛还没回北京,只能缺席。

聚餐结束后,肖樾陪殷遥回工作室。

与殷遥相熟的人都了解她的个性,因此也不会在社交平台上大张旗鼓地送祝福,但是仍然有合作过的艺人朋友往工作室寄礼物,她的办公桌上堆了不少。肖樾帮她收拾了一下,看到周束送的也在其中,是一副限量版的耳机,算不上过于亲密暧昧的礼物,他便像没有看到一样,同样帮她收好。

回到家已经很晚。

殷遥在洗漱台前卸妆洗脸,她换了新的精华水,感觉不舒服。她皮肤薄,这种情况以前也有过,怕变得更严重,赶紧又把脸洗了。

肖樾走进来时,她满脸水珠,正对着镜子看。

"怎么了?"

"你看看我……"殷遥侧过脸,"我的脸是不是红了?"

肖樾低头,仔细地看了看她:"是有点,过敏了?"

殷遥"嗯"了声:"用错了东西,洗掉了。"她擦干手,重新抹水乳,见肖樾还站在那里,便说,"你先去睡,明天不是要早起?"

肖樾没有说话,却也没有出去。等她抹完了,才又走近一步,从休闲长裤的兜里摸出个东西递给她。

是个绒面的首饰盒。

殷遥看他一眼,接过来打开,取出里面的耳环,红玉髓和钻石的组合,很少见的样式,属于不张扬但越看越觉得惊艳的风格。

殷遥笑了起来，抬头："你知道我有耳洞？"

她应该有三四年没戴过任何耳饰了，起码在他面前是一次都没有的。

肖樾只是笑笑地看她，没说话，眼睛里明显有种"你的一切我都有关注到"的意思。

殷遥对着镜子试戴，他在一旁看着，她为了洗脸方便绑了束发带，酒红色的，莫名地和耳环很搭。

"你喜欢吗？"他问。

殷遥："当然，你眼光很棒。"用他粉丝的话说，叫"审美一直在线"，每回被拍到的"私搭"都低调又好看。

停顿一下，她问："你不是已经送我礼物了？"

早上，她在鞋柜上发现一双新球鞋，女款的，正好是她的码数，当时肖樾已经出门了，她自觉地认为那是生日礼物。

没想到现在又来了一份，还是一看就知道不便宜的首饰。盒子上并没有任何品牌标识，再加上样式也独特，并非她熟悉的某些奢侈品牌的风格，所以殷遥猜测是他找某位独立珠宝设计师制作的，一般是手工做出来，每个款都是独一份。

干吗要送两份礼物？

……不过也没有任何规定说只能送一个。

肖樾并不解释，抬手帮她正了正束发带上的尖尖"兔耳"，露出困倦的表情："可以睡觉了吗？"

"好好好。"

肖樾又回了横店。

关于电影的一系列宣传任务已经基本结束，剩下的一些并不一定要在北京，比如有媒体约了要做采访，还没敲定时间，如果定了，也可以让对方去横店。

说起来，《浪静风平》作为肖樾的第一部电影，他在各个环节上都算是很尽心，私下聊天时，杨东导演也说他"给力"。

殷遥在肖樾离开的那天晚上，和薛逢逢一起去电影院看了这部电影，时长一百分钟。据说这个剧本是导演杨东自己写的，情节设计得挺精巧，不断有小的反转，情绪一直被带动。如蝼蚁浮萍，戏中人人都有最真实的无奈，有良善与邪恶。

殷遥看完全片才知道原来肖樾有那么多打戏，难怪他会受伤。她不知道该给这部电影什么定位，是带有公路元素的文艺片？还是偏文艺风的公路片？

反正薛逢逢的评价是："看来他粉丝也没瞎吹，的确不全是靠脸。"

一周后，殷遥终于和忙碌许久的黄婉盛碰上面了。而且，还是"公费碰面"。

黄婉盛接了一档综艺，叫《我和我的朋友们》。她通告很多，原本是不答应的，但节目的制作人与她交情甚笃，亲自开了口，她不好拒绝，答应录两期。

人人都说黄婉盛性子好，求她帮忙最可靠。事实确实如此，她惯会勉强自己，却极少勉强别人，给殷遥发信息，也只用询问的语气，问殷遥愿不愿意，有没有空作为她的朋友去录"半期"。

她还额外补发了一条：我了解你是不大喜欢出镜的，但我的粉丝都知道，你是我的官方CP，所以针对这个综艺主题，我应该把你排第一顺位，等你拒绝了我才可以邀其他人对吧？

末尾有个超萌的斜眼小兔表情包，紧接着，又发来一条，是语音："好啦，意思就是你不想就可以说不。"

她这样说，殷遥反而不想拒绝，大概是受够了她这样为别人考虑到极致，所以偏要反着来一回。

所谓的录制"半期"也就是说这期的前半部分内容已经有了安排，殷遥只需要在下午出现，然后和黄婉盛一起待到晚上就可以。至于这期间要拍什么内容，节目组没有明确的脚本，编导会给些建议，但主要还是尊重艺人自己的想法。

因为看到黄婉盛经常在微博发一些烘焙照片，编导建议可以安排在家里做糕点，或者再玩些别的，反正本来就是记录明星私下生活状态的节目，并不一定要多么跌宕起伏的情节。

黄婉盛入行多年，深谙这类综艺的套路，即使录不到什么，后期剪辑也会自己创造话题点，根本不劳艺人费心。她在录制的前一天晚上和殷遥通电话，提醒道：我们聊天时要谨慎些，其他和平常一样就好。

　　虽然这么说了，但真正录制时，做到这一点不大容易，有摄像，有跟随的编导，黄婉盛的助理也在。幸好她们两个有事可做，聊天内容就围绕着正在做的烘焙和其他不算危险的中性话题。

　　傍晚她们去了旁边的公园，黄婉盛最近鼓起勇气在学轮滑，殷遥陪她练习，两人边玩边闹，因为有摄像机在跟拍，引来不少群众的围观。

　　录制七点多结束，两人找了个小店吃东西。黄婉盛问殷遥感觉怎么样，后者摇头笑笑，往嘴里塞了一小块咕噜肉。平常做惯了镜头后的人，今天在镜头里生活半天，真是完全不同的体验。到这时，才能畅快地说话。

　　"你下期还要录？"殷遥问。

　　"是啊，签了两期。"

　　"哦……"殷遥故意问，"你会不会请我哥来？"

　　"怎么可能？"

　　"也对，谁要看他那副冷面寒霜的样子，影响收视率。"

　　黄婉盛听笑了："哎，好歹他现在是我男朋友，你客气一点啊。"

　　"知道啦。"殷遥喝一口汤，罕见地八卦了一下，"所以他是怎么追到你的？"

　　"……也没有怎么追。"黄婉盛略微低头，嘴角仍有笑容，"就是……碰到了。"

　　"碰到了？"

　　"嗯。"她说，"在唐佳灵的婚礼上。"

　　唐佳灵是曾经和黄婉盛齐名的女演员，去年嫁给了商人林至衡，据说是奉子成婚，孩子都快要生了，现在已经是半退圈状态。

　　那天黄婉盛原本是没法去参加婚礼的，后来因为某些因素原定的广告拍摄取消了，她才有时间赶过去，然后就在电梯里碰见了同样姗姗来迟的谢云洲。

　　"不知道你有没有那种感觉……"黄婉盛的神色不自觉地柔和起来，"就真的很巧。"

殷遥觉得自己大概能明白。

黄婉盛像想起了什么，兀自笑了一下，没有往下说。殷遥便也不再问，总之，看到面前的人此刻温温柔柔又心情很好的样子，可以判断，她那个哥哥在谈恋爱这件事上应该还不赖。

她们后来说到肖樾，不可避免地聊到他的新电影。

"非商业片，这个票房很可以了，片子拍得是不错。"黄婉盛说，"听说他合约快到期了，在谈解约是吧？"

毕竟是业内人，获得消息的渠道比殷遥多，这件事肖樾没说，殷遥还真不知道，她停下筷子。

"你不知道？"黄婉盛告诉她，"那天也是听我经纪人提了一句，我们公司好像挺想签他的。"

殷遥回忆了一下，想起去年的这个时候，小山说，肖樾的公司不想要他了，拖着不愿续约，现在看来，在那之后应该还是续了一年。又想到更久之前，她同样从小山口中得知的，肖樾被换掉角色的事情。

以肖樾的资质，他从电影学院毕业就签了这家经纪公司，但凡公司对他好点，都不至于几年碰不上一个靠谱的机会，据说《明月》里"赵殊"那个角色还是人家导演自己找上来的。

黄婉盛也表示："他考虑解约其实很正确，他们公司这一两年都沉迷于把艺人往各种综艺里塞。"这种路线显然不适合肖樾。

殷遥点头，说："我也想看他开开心心地拍戏。"

临走的时候，黄婉盛又关注到殷遥今天穿的球鞋："我早上看着就觉得有点眼熟，这是情侣款的吧？"

殷遥正在系鞋带，愣了一下："啊。"

她低头看了看。

"嗯，本季新款。"黄婉盛笃定地说，"我一定见过。"

"这是肖樾送我的……"殷遥话音停住，想到了什么，然后就轻轻地笑了出来，"我知道了。"

某人就是故意的。

但他不说，殷遥便假装自己不知道，只是在回去后，走进电梯时，闲着没事，开了手机的摄像，自上而下对着自己的鞋拍了一张照片发给某人。

大约在半个小时后收到回复：视频？

殷遥刚卸完妆，趴在床上给肖樾发了视频请求，很快就在屏幕上看到刚从片场回来还没有换衣服的肖樾，一件最普通的黑色运动外套，拉链习惯性地拉到了最顶上，帽子也还戴着，只看得到半张脸。

殷遥看着晃动的画面，知道他在走路，问："在哪儿呢？"

"在一楼吃完东西，现在回房间。"

那不是要进电梯了？

她说："那我先挂，等会儿再……"

肖樾："不用，我走楼梯。"

殷遥露出不能理解的表情，揶揄他："是想靠爬楼减轻你吃夜宵的负罪感吗？"

肖樾将镜头拉近，殷遥看到他笑了。

因为他在上楼，镜头不稳，殷遥一会儿看到他的帽檐，一会儿又看到他黑色外套上晃动的拉链头。

终于等到他进了房间，她能好好看看他的时候，屏幕上的视频界面却突然跳掉了。殷遥重新打过去，无法接通，她改拨电话，提示关机。

应该是没电了。

在她准备放下手机时，又进来新的视频通话请求，显示"小山"，一接通就看到肖樾。他已经摘了帽子，外套也脱了，穿着灰色的T恤，跟她解释："我手机在充电。"

殷遥"嗯"了声："也不用这么着急，等你充好也行，我还不困……"

"没时间了，只是回来歇一下，"他说，"等会儿回片场，今天还有夜戏。"

"……那不能睡觉了？"

"嗯，明天可以睡。"

殷遥点点头，眉微微皱了起来："那你现在先休息一下，我不说了。"

肖樾却不愿意："才两分钟。你今天和婉盛姐做什么了？"

他主动开启话题，殷遥只好回答："也没做什么特别的事，就像平常一样地相处、烤蛋糕、吃饭，还有陪她练轮滑了。我现在知道你录节目什么感受了，"她微微一笑，"嗯……还挺不容易的。"

肖樾也笑了："你轮滑很好吗？"

"还行，过得去吧，反正比婉婉好多了，她对这种运动有恐惧心理，今年才开始学这个。"殷遥告诉他，"我小时候学的，这算是我玩得不错的运动了。"

肖樾说："那下次陪我玩。"

原来在这儿等着呢。

殷遥笑着不答话，看见屏幕上他的神情，更觉得有趣："肖老师不是只喜欢打球吗？"

他点头，回答："你愿意的话，陪我打球也行。"

殷遥："我又不会。"

"我教你。"

"那我也打不过你。"

"我可以让你赢。"他说这句时已经藏不住笑，眼睛里亮亮的，一整天的疲累好像都消失了。

直到小山从隔壁过来，他们才结束这种毫无营养但是令彼此都很开心的对话。

殷遥觉得他今天真讨人喜欢，顺手把他的微信备注改成了"肖可爱"。

四月下旬，《浪静风平》下映，最终票房 7.4 亿，随后在视频平台上线，口碑不减，作为电影处女作，对导演和主演都有特别的意义。

有电影博主紧跟热点，讨论这个"最穷电影剧组"的票房分成，帖子写得很"真实"：勒紧裤腰带投资一百二十万，零片酬出演的男主角可分多少？史上最惨摄像的越野车能否赚回？

博主发布了精细的算法，引来粉丝和路人的围观。最后得出的结果是肖樾的投资所得还比不上某些演员的单部电影片酬。但是粉丝已经满意了，热门评论都很可爱——

"啊！博主，还有我们哥哥借给导演的五十万！五十万！"

"哈哈哈哈哈哈，我宝宝有钱买牛奶啦！"

薛逢逢日常刷娱乐新闻，顺手发给殷遥，问出疑惑：买牛奶是什么梗？

殷遥回复：他爱喝牛奶。

这句回过去后，收到一串省略号……

明显是表示"无语"的意思。

过一会儿，薛逢逢又发了语音过来："他那个写真的拍摄，方案确定好了，你要是真想自己拍的话，也不是不行。"

殷遥有点儿好笑："不是你让我避嫌的吗？我都跟他说好了，别变动了吧。"

薛逢逢："OK！"

其实她就是突然良心发现，看在他俩聚少离多的分上，打算仁慈一下，给他们一个公费碰面的机会，但既然殷遥如此有觉悟，那她也乐得轻松。

薛逢逢认为，她作为一位负责的经纪人和靠谱的朋友，已经尽到该尽的义务，在这段感情尚不成熟之时，尽可能地保护它。但她很快就意识到，这并不是容易的事。

五一假期刚过，一则娱乐新闻没有预兆地出现在微博上，等薛逢逢去看的时候，肖樾和殷遥的名字已经并列挂在热搜榜。

那些曝光的视频和照片显然是偷拍的，晚上十点多，在停车场，从电梯口走向停车点的那段路上，肖樾手里拿着带吸管的盒装饮料，递给殷遥。她只喝了一点就朝他摇头，他便拿过去自己喝了。

视频不到一分钟，两个人都戴了帽子，肖樾的帽檐压得很低，但还是能认出是他们。

如果只是同框，还可以打打马虎眼说是朋友，但偏偏拍到这样的，简直是铁板钉钉。

薛逢逢早就为这一天做过心理准备，但也想不到会这么突然。根据殷遥穿的衣服，她判断视频是三月份拍的。

居然现在才放出来？

暂时搁置这个疑惑，她点开评论。

其实评论是什么样子，大抵可以想象到，任何一个年轻的男明星恋情突然曝光，都是相似的结果，会有祝福，也会有粉丝震惊伤心、在线脱粉，还有很多人吃瓜看热闹，跟风感叹几句"可惜了""没事业心"之类的。不过，在这个消息下，表示震惊的路人占了很大一部分，觉得这两个人让人完全想不到，毕竟只是有过一次合作而已，连微博都没有互关。

令薛逢逢略感安慰的是，殷遥一贯远离媒体，对社交网络也不甚热衷，从没硬往演艺界挤，网上关于她的信息其实很少，路人好感度似乎还行，至少到目前为止没有看到特别恶毒的攻击，评论里的吵吵嚷嚷主要还是围绕肖樾。

很多粉丝其实并不是真的排斥和自己偶像谈恋爱的人，她们只是不能接受偶像不是单身的事实。这种心理很容易理解，但依然会被嘲讽。

"路人粉，这一堆哭号的真搞笑，人家也二十四五岁了，谈个恋爱怎么了？人家女朋友又漂亮又优秀，祝福就完事了。"

"他又不是偶像出身，实打实一部戏一部戏地拍出来的，有脸有演技，要靠你们这些女友粉吃饭吗？"

"不是从去年《明月》后就一直在不间断拍戏？这叫'没事业心'？非要天天微博冒泡、综艺里乱窜、时不时炒作一把才叫上进？"

"……"

等薛逢逢从这则新闻的评论区退出去，热搜页面已经刷新，有新的词条被顶上来：肖樾、殷遥花絮。连黄婉盛也跟着上了热搜，点进去看到的是上次他们三个逛街的旧新闻，黄婉盛当时澄清时发的六个"笑哭"的表情也被拿来分析。

热度一高，之前只在小范围内传播的蛛丝马迹全都无法隐藏。

一个微博名叫"人人都爱薛定谔"的博主去年发的分析帖被大量转载，已经出现在热门微博上，评论大几万。

薛逢逢因此去浏览人家的微博主页，结果看乐了，这居然是个执着的CP大粉，最新的一条微博是整整两行的"啊啊啊"。评论区仿佛过年，欢天喜地。

看到这里，薛逢逢轻松很多，放下手机煮了碗面吃，边吃边琢磨着要跟肖樾的经纪人沟通一下。结果她还没吃完,小山先发了消息过来。

之前为了谈肖樾的写真事宜,他们有过联系。

这时已经晚上十一点半。两个人在电话里互相交流了情况,肖樾还剩最后两天的戏份,现在正在山里拍大夜戏,而殷遥今天刚刚完成海外的工作,晚上的飞机,漫长的国际航班,一时半会儿也落不了地。

两个当事人都还不知情。

讨论完,双方达成一致意见:暂不回应,不接媒体电话。

临挂电话时,薛逢逢对小山说:"我总觉得奇怪,你看那视频,三月份拍的吧,为什么能憋这么久才放出来?"

小山迟疑了会儿,把自己的猜测告诉她:"薛姐,我也不瞒你了,我看搞不好就是我们公司……不,前公司干的!"

小山一说,薛逢逢就懂了。

演艺界有个常见定律——解约前后必遭大黑。经纪公司对艺人的信息足够了解,多少掌握着不为人知的"把柄",约满到期也很难好聚好散,能留住人最好,留不住也要抓住时机打压一番。毕竟出了门就不再是一家人,竞争关系取代了合作关系,谁也不愿养虎为患。

对于一个上升期的当红男艺人来说,出其不意曝光恋情是很有力的掉粉和降热度手段,前车之鉴比比皆是,好不容易走红,谈个恋爱结个婚就没声响了。

薛逢逢理解商人逐利,但这种明摆着给人使绊子的行径,她也鄙视。

这天晚上,薛逢逢将自己的工作手机设置为静音状态,没去管它,但她的私人号上还是收到了不少"关心",靳绍就在其列,这家伙一副看热闹的劲儿,还问:遥遥怎么没回我呢?

薛逢逢懒得搭理他。

直到睡觉前,网上的舆论还是那样,但是薛逢逢睡醒之后就发现风向在半夜就已经变了。

不知是有人故意为之,还是网友的好奇心使然,讨论点偏移到殷遥身上。有网友半遮半掩地爆料她与合作艺人、模特的不清不白,还有传言说她曾插足他人感情,没指名道姓,也没放出任何确凿的证据,但在这个风头上,任何一点动静一经发酵都影响很大。在很多人眼里，肖樾成了被"段位高超"的"玩咖"诱惑的"恋爱脑"。

这样一来，自然有人去扒殷遥的背景。

网友神通广大，去年慈善晚宴上殷遥戴的那条钻石项链也受到关注，据说曾在佳士得拍卖，连当时的匿名买家是谁都说得像模像样，殷遥和谢家的关系，谢家的种种陈年旧闻……牵丝攀藤，全都成为话题。

和殷遥相关的搜索词高高挂着：殷遥背景、殷遥本名……

无论点进哪条，都能看到有关她父亲当年的婚外情和私生子、母亲抑郁自杀的介绍，不少"吃瓜"经验丰富的老网民忙着给后来的小朋友科普旧瓜，评论里热热闹闹。

当讨论到殷遥十几岁改姓出走，突然有人评价她"挺有骨气"，获得不少点赞，进而又有人很有内涵地说肖樾聪明，而该网友一个小时前明明还在发博表示"xy一看就玩不过殷"。八卦风向无法把握，大众只为满足自己，立场一时一换。

然而薛逢逢看到这些，已然做不到像昨天那样平静。

她不管殷遥的航班什么时候落地，先发出一条微信留言，只告诉殷遥：不要上网。

下午一点，殷遥到达机场。手机恢复通信，信息提示音不断，看完几条微信，她有点蒙。

薛逢逢的电话卡着点打了进来，殷遥赶到出口和她会合。

一碰面，薛逢逢就问："上网了吗？"

"没上。"

"行。"薛逢逢提过箱子。

坐上车，她只把情况简单地告诉殷遥，嘱咐道："明天上午的拍摄没法取消，你今天别碰手机，我送你回去好好睡个觉……我跟肖樾的经纪人联系过，这事儿我们在处理了。"

殷遥没问怎么处理，她自己并未看到那些议论，还没有实感，看薛逢逢的样子，应该是很糟糕。

殷遥明白，对她个人而言，只要不去看，那些闲言碎语不会有什么实际影响，但站在薛逢逢的角度，她的形象和工作室的利益是绑在一起的，所以这算得上不小的危机。由此，殷遥又想到肖樾……可以想象，因为他们的关系，现在所有有关她的争论对他也会影响很大。

"那肖樾……"

她开口，薛逢逢接过话头："他打过电话来，我说过了，让他今天别烦你，一切都等他明天回来再说。"

殷遥听出她提到肖樾时语气不佳，顿了顿，低声说："也不是他的错。"

薛逢逢不置可否，把车开出去，过了大约三四分钟才开口："我当初确实想过你们在一起，Yin Studio 将来可以借他的人气，但我现在觉得这种人气不要也罢，别提隐私了，连你去世的母亲都要拿来讲，这样把别人的伤痛翻出来剥皮拆骨的架势，之前落在别人头上我没什么感觉，现在轮到你了，我还真忍不了。"

本以为她犯愁的是这件事对工作室的影响，没想到是因为这个。

"逢逢，"殷遥告诉她，"没这么严重，我不看就是了。"

薛逢逢待到晚上才离开。殷遥听薛逢逢的话没有上网，但是手机里有一些未回的消息，她又看了看，然后给黄婉盛回了一条，沿列表往下滑动，点开对话框，视线停在昨天傍晚和肖樾的对话上。

不知道是不是薛逢逢凶了他，他这么听话，真的没有找她。

看看时间，他此刻应该还在山里，杀青前的这两天，连续的通宵夜戏，他今天晚上也没有时间睡觉。薛逢逢说得对，有什么事都明天再说吧，至少让他好好结束工作。

第二天的拍摄需要大半天，在 Yin Studio 自己的影棚里，下午结束后，送走甲方，殷遥先回办公区。

她穿过回廊，进门，正要上楼，听到助理汀汀的声音，回过身，见左手方向的客户接待区有个人站了起来，脚步微快地朝她走来。

殷遥一愣，还没叫出他的名字，那人已经走过来，伸手抱她。

他身上穿了件材质偏硬的外套，触感冰凉，殷遥闻到一点淡淡的膏药味道，不知道他又有哪里弄伤了。

团队的其他成员收拾完东西,从影棚那边过来,正巧碰上这一幕。

昨天的娱乐新闻沸沸扬扬,要说完全不知道状况,也太假了,只是吃瓜吃到自家老板头上,大家感受复杂,也不敢议论,工作时都在默默观察老板的脸色,没想到绯闻男主角自己跑上门了。

去年杂志拍摄,肖樾还是 Yin Studio 的客户,如今却成了老板的男朋友。

都说 Yin Studio 的团队专业素养好,不论见到咖位多大的明星,从没有当面哇哇乱叫影响工作,但现在这种情景,大家难免有点激动,一时不知道该看还是不该看。

直到薛老大过来,接收到她的眼神示意,大家才赶紧收回视线,各自去忙。

肖樾和殷遥没说上话,薛逢逢走过来。

这时候,还站在接待区的小山也走上前。

薛逢逢对殷遥说:"我和他们谈谈,有个短会,你去主持。"她将手里的文件递过去。

殷遥看一眼肖樾,见他点点头,便又望向薛逢逢,眼神意思很明显,想让她别为难肖樾。

不过,这眼神被无视了。

把人带到会议室,薛逢逢开门见山。

"虽然现在我们控制得还行,但事情并没有解决。要是没被公开,你们俩就私下谈谈恋爱,一点儿问题没有,但现在被拍到了,等于公开了,掉粉掉一大片是肯定的,从你长久的发展看,影响更大。虽然说你也可以靠脸靠演技,但现在什么时代?这里头的道道小山也清楚,他可以慢慢告诉你。"

她话头一转:"再说遥遥,以后她在公众视野里出现一回,她自己还有她家里那些事就永远要被炒剩饭,她妈妈的死当年对她伤害很大,总这么一回一回地往外扒拉,谁也受不了。"

她说到这里停下了。在这件事之前,几次碰面,她对待肖樾没多热情,但也算客气,今天明显不一样。

小山见状接过话:"薛姐,您这意思是……"

"意思是从你们的利益出发，有个最好最省事的办法，你们可以不做任何回应，等热度完全淡掉，过几个月，随便找个时机在媒体面前透露出你分手了。对你的粉丝来说，谈过恋爱不算黑点，恢复单身那是可喜可贺，尤其是摆脱了这种看起来家世复杂、风评不佳的前女友，你的人气甚至会再上一层……"

她手指轻敲两下桌面，继续往后规划："只要保持这个势头发展，地位稳了，三十岁一过，你想找什么样的女朋友没有？到那时，谈恋爱结婚就是全网祝福了，这个路线是最适合你的，只要现在和遥遥分开你就……"

"这是遥遥的意思吗？"肖樾打断了她。

他脸色很不好。

薛逢逢："不是，这是我的意思。"

肖樾说："那我不答应。"

小山也算听出来了——薛姐这是干吗？棒打鸳鸯的节奏吗？

他立刻打圆场："薛姐，这、这不合适吧，他们两个感情特别好，哪能说分开就分开了……"

小山还打算再说说，哪知道薛逢逢挑了挑眉，特别爽快地说："不分也行，我就随便建议一下。"

小山有种被捉弄了的感觉。

"好了，"薛逢逢收敛神色，"你们那边回应肯定要有的，都已经证据确凿了回避显得太没担当。"

"对。"小山表示赞同，"我们是准备发微博了，正打算跟您商量一下。"

"不行，这时候由肖樾发微博那是明着秀恩爱，对粉丝是最直接的刺激，她们的不满和失望会更明显，肯定会有很大一部分反噬到遥遥身上，"薛逢逢说，"不是有媒体一直在联络你吗？挑一家由你这个经纪人给个官方回应就行了，你手头那些路子能用的都沟通沟通，舆论引导一下。"

小山点头："这好办，交给我。"

"另外，"薛逢逢目光转向肖樾，"以后少秀恩爱，起码未来一年里保持低调，别再被拍到。别让人把你们两个完全捆绑在一起，最理想的状态是能让人看到在事业上，你们是完全独立并且优秀的个体，恋爱关系并不影响其他。"

小山解释:"薛姐,其实我们一直都低调着呢,根本也没……"

"那拍到的是假的?"

小山:"……"这有点强词夺理吧……

肖樾应道:"好,我知道了。"

薛逢逢略微停顿了下,说:"我清楚在你们这一行保持热度很重要,炒作营销是十分正常的方式,但无论什么时候,我都不允许你拿遥遥来做这样的事。"

肖樾皱眉:"我不会那么做。"

薛逢逢审视地看了他一眼,点头:"行。"

殷遥开完二十分钟的短会,收好材料,薛逢逢走过来。

殷遥问:"肖樾呢?"

"在你办公室。"

"你们说什么了?"

"没说什么。"薛逢逢说,"帮你试探了下,嗯……还不错。"

"啊?"殷遥没听明白。

薛逢逢淡笑了下,拍一拍她的肩,拿过她手中的文件夹,转身走到门口,又回过头说:"别忘了谢谢你哥,这事他也插手了。"

殷遥回到办公室,肖樾坐在沙发上,她一进去,他就站起了身。

落地窗的帘子拉了一半,办公室里暗暗的,殷遥说:"怎么不开灯呢?"她顺手把灯摁亮了,朝他笑一下,"小山走了?"边问边走到窗边,将帘子完全拉开。

肖樾看着她。

殷遥走过来:"怎么了,都不说话。逢逢和你说什么了?"她猜测着,"是不是把网上那些人骂我的事都算到你头上了?你别在意她说的,我和你谈恋爱,这种情况我早就想过了,而且我也没去看那些,对我不会有影响,还是……你在难过自己掉粉了?"她故意说得轻松,但看到他的眼神,又觉得不该这样开玩笑,只好抱抱他,却听到他说"对不起"。

肖樾这句道歉里有无法说出口的自责,因为给她带来的言论伤害,也因为得知了她母亲的事……或者更多的是因为之前几次动过公开的念头。他意识到自己幼稚和自私的一面。

现在殷遥百分百确定薛逢逢一定对他说了一些话。

她低叹了口气:"唉,逢逢是不清楚状况,你还不清楚吗?本来我们两个可没什么关系,你好好地做着别人的偶像,什么事都没有,是我追的你,说到底,还是得怪我,是不是?"

肖樾抬眼:"不是。"

"怎么不是?"殷遥露出一点得意的神情,"你看,我都得到你了,占了这么大的好处,总要有一点点不好,才公平吧。追男神没有一点代价,哪有这么便宜的事?"

终于看到他笑了一下。

气氛也随之轻松了。

肖樾眼睛看着她,低声重复:"追男神?"

殷遥:"我没有追吗?"

他又低头笑了一下,不知想了些什么,静默几秒,略微俯身,脸庞向她靠过去。

门口一声咳嗽,肖樾抿唇,别开了脸。

薛逢逢手扶着门,对殷遥说:"来一下。"

殷遥走到门边,与她谈完事情,见肖樾站在原处,便很快走过来说:"你坐一会儿啊,我给你找点喝的。"

她离开办公室,去外面的公共茶水间。

肖樾跟过去。

茶水间里有早上新填充进来的饮料、水果和小零食。殷遥从饮料架上取了罐装牛奶,扣着拉环打开,放了根吸管进去,递给肖樾。

她挑了几样水果,耐心地切成小块,装到盘子里。

肖樾在一旁看殷遥。

两个实习的小姑娘过来泡咖啡,他们俩还在,殷遥在吃一片猕猴桃,看到她们站在那儿又尴尬又紧张的样子,笑了一下,把空间让出来,拉着肖樾走了。

两个女孩对视了一眼，此刻很难做到"在工作时间不八卦"的要求。

在咖啡机工作的声音里，她们小声地交流，有个相同的结论——好像感情挺好的样子，看起来网上的风波没有影响到他们。

"我们有没有可能要个签名？"

"所以老板的男朋友，我们要叫什么？"

"不知道，没有这种称呼吧，他还喝旺仔哎，好可爱的样子……"

下午，殷遥手头有些遗留的工作需要处理，肖樾先和小山回他自己的公寓。

殷遥傍晚开车回去，在路上，接到谢云洲的司机老高的电话，说带了些方姨做的点心，问她什么时候在家，给她送一趟。

殷遥猜到是谢云洲的意思，一看时间，便说自己离得不远，可以过去拿。

老高等在公司的停车场。

殷遥到了地方，发现谢云洲也在。之前打电话时只听说他在开会，没想到这么快就结束了。

殷遥站在车门边，从他手里接过点心盒子，打开看了一眼，地道的苏式点心。

谢云洲受母亲影响，小时候爱吃这种口味，家里宠他，老太太特地托人从苏州找了厨子，就是现在的方姨。如今已经过了很多年，他的口味早有改变，但只要方姨做了这些，他仍然会多吃一点。

殷遥心想这回可能是方姨做多了，他实在吃不了吧。

她盖上盒子，想起薛逢逢说的话，迟疑了一下，开口说："我是不是给你惹麻烦了？"虽然没看，但也能猜到，既然网上都能议论到她母亲，那么牵扯出来的其他话题也不会少，对他对谢家都会有影响。尤其最近谢家老太太病危还在医院，这种时候出现这种纷扰，想必那个家里有人会借此把压力转嫁到他身上。

然而谢云洲并没有回答这个问题，只是看了看她，淡淡地说了句："东西不要留，早点吃完。"

殷遥抬头看他，沉默几秒，笑了笑："嗯。"

"最近不要在网上乱看。"谢云洲脸上还是那样无风无雨，但也算不上多温和。

殷遥说："知道，我没有看。逢逢让我谢谢你。"

"嗯。"谢云洲应了声，略微抿唇，沉吟一瞬，没有告诉她其实这件事梁津南比他反应快。他觉得应该没有必要再在她面前提起这个名字。

站了一会儿，谢云洲再开口："老太太可能就这个月的事了，我猜你不愿再见她了，是吧？"

殷遥点头。

谢云洲垂眸道："那就算了。"

他没怎么停顿，忽然一转话题："他待你好吗？"

殷遥顿了下才反应过来他在说谁。

她点头："婉婉应该和你说过吧，他是很好的人，其实和你印象里的那些人不一样。"

上一次谈到肖樾，她曾语气尖锐，和他辩驳，现在倒是好脾气地解释。吃软不吃硬，和小时候一个样。

谢云洲点了点头："走了。"

看着他坐进车，殷遥敲了敲车窗，等玻璃降下来，和他说了一句："谢谢哥。"

肖樾六点钟到殷遥家里，屋里还是黑的。

进门开灯，从鞋柜里取出干净的拖鞋换上，走进去随意扫了一眼，发现客厅有点小变化，沙发换了新的，还是那个颜色，风格也类似，但是比之前的长一些，上面凌乱地放着毯子、衣服、几本杂志还有绕成一团的耳机。

肖樾将毯子和衣服随意叠了两下放在一旁，在沙发上坐下来，看了眼那团以诡异造型绕在一起的耳机线，拿到手里研究了一会儿就解开了。

坐了五分钟，他起身，收拾几本杂志放到杂志柜里，直起身，看到上方置物格中那张小小的合照。是殷遥和她的母亲。

她说，这是十二岁的时候。也就是说，在两年后，她母亲就去世了。

他抬手碰了碰照片里的女孩。

殷遥提了一盒点心回来，发现肖樾已经在做饭了。他在外挺久，忽然又出现在家里，在久未使用的厨房忙碌，让殷遥有种奇妙的感受。无论他在公众面前是怎样如星如月的耀眼，回到她身边，他仍然和最初一样，真实生动。

殷遥喂他吃海棠糕，等他一连吃掉了三块，她才想到一个问题："这个热量挺高的吧。"

肖樾："嗯。"

"那你还吃这么多？"

肖樾低头盛汤，没有答话。

殷遥自己揣测了一下，笑了："是不是我喂什么你都吃啊。"也不等他的回答，好像得了多大的乐趣似的，笑着把他盛好的汤端走了。

肖樾离开了一个多月，那时天气还算冷，现在已经暖和起来。洗完澡，他已经没法穿卫衣和家居服，觉得热，可在衣柜里没有找到短袖T恤。

他记得之前有一件在这里的。

只好去问这家里的另一个人。

殷遥回想了半天，"啊"了声："我把你的衣服丢在纽约了。"

肖樾："……"

殷遥向他解释前因，因为那天出门，想要在里面搭一件宽松的白色T恤，结果试了自己的都太贴身了，于是就去他的衣柜里找了一件，然后就有去无回。

"你那件很适合我，我穿着好酷的。"她笑着说，"明天赔一件给你。"

肖樾有点无奈地揪了一下她发带上的"兔耳"，走近一步，她身上有洗浴过后的淡香。他低头靠近："遥遥。"

他的声音很低。

殷遥抬头，他们靠得非常近。

"是不是很想我？"她说。

他点头，也不再说别的话，低头亲她。

这次恋情风波的后续，殷遥依然没去关注。她所了解的仅限于薛逢逢告知的"小山会作为经纪人向媒体回应"这一点，至于回应之后又会是什么情况，就不清楚了。说起来，她对网络世界一直没有什么依赖，所以保持这个状态并不难。

原本薛逢逢担心她之前参与录制的综艺播出来又会掀起话题，结果很巧，似乎节目送审环节出了问题，一直压在那儿没播。

无论怎样，喧闹最终都会归于平静。

相较这些，殷遥更关心的是肖樾签新东家的事。

他的上一部戏杀青了，和前经纪公司已经解约。或许也有最近这些娱乐新闻的影响，他暂时没有接新的工作，原定的写真拍摄决定推迟，正在谈的品牌合作也先搁置，因此有了一段假期。

当时解约，小山与他一道离开，所以可以这么说，目前他的团队实在伶仃，只有他和小山两个人。有公司抛了橄榄枝，但是还在接洽。

小山有几次过来与肖樾谈这事，殷遥也在家里。他们就在客厅说话，并不避着她，所以她知道他们没有做决定，仍然在考虑中。

这期间，除了回去南京一趟，肖樾所有的时间都留在北京，殷遥也尽量把这个月的工作安排在北京和附近城市，他们难得过了一段很规律的生活。

殷遥都快习惯了每天回去看到他。

他手头有一个之前接的本子，民国题材，所以空闲时间在看一些书，又因为角色的需要，他试着学方言，上海话，最开始一本正经地念"册那""小赤佬"，殷遥每回听得笑倒。

她有一点点苏州话的底子，半桶水晃荡，装着样子要教他。

起先只是和他闹着玩，结果为了做好这个半调子老师，还真的很有热情地学习起来，也许是有基础，显得很有优势。肖樾早上甚至收到她在办公室发来的叫他起床的语音，软软的吴语调子，讲着："弟弟，好爬起来了。"

肖樾听了几遍，将这条收藏了。

第十章

我可以亲你吗

月底肖樾敲定了新东家，和黄婉盛同属一家公司，一周后他结束假期，收拾东西进组。

这段时间独挑大梁的小山到这时才好好地喘一口气，不管怎样，有了新公司，算是有了后盾。关键问题解决了，其他的也就不慌了。小山现在的心态好了很多，他相信一切都会走回正轨。

实际也如他所想。风风雨雨过后，留下来的粉丝依然对自己的偶像保有感情，关心他是否受到伤害，也愿意调整心态继续支持。超话页面有了新的置顶规则，在相关的微博下粉丝自觉地维护秩序，强调"专注作品"，很多大粉也如常营业，看起来一切都恢复了和谐。

在这之后的一段时间肖樾几乎没有出席商业活动，加之他的微博停在很久之前，所以基本上算是"半消失"的状态，连剧组的路透都极少。

这不免让人联想是之前的事情影响到他。

直至这个夏天彻底过去，一部压箱底的电视剧开播，使得肖樾又重新受到关注。除了作品本身，自然也无法避免被提及私生活，毕竟他的恋情是上一季度的大新闻。网上忽然又有一些猜测，说他和殷遥经历之前的压力，已经分开，因为自那之后，再没有见到他们同框，连很久之前网传的要和Yin Studio 合作拍摄写真的事也没有后续。

类似的议论在业内情侣身上屡见不鲜，"被分手""被离婚"都很寻常。

不久之后的明星慈善夜，殷遥的缺席无疑为这种猜测增加了说服力。有人去搜往年的全员名单，发现她之前连续三年都有露面，偏偏今年没去，很可能是为了避开与某人同时出席。

不过，这种盛会的关注度一向很高，那天晚上的热搜实在繁忙，明星艺人集体上榜，这个话题也只是其中之一，热门讨论实在太多，从座位安排、女星礼服到红毯采访，抑或是谁和谁多说了两句话，谁又和谁姿态暧昧……

而黄婉盛则因为与前合作对象凌凡座位相邻却全程零交流引发热议。

他们当初在一起直至分手都没有公开，只有部分业内人知情。毕竟曾是红极一时的荧幕情侣，如今形同陌路不免让人诧异。因着这两位的当红程度，这个话题在晚宴结束时已经飙至热搜第一。

散场后回家，黄婉盛向人在广州的殷遥吐槽："我高估了自己，我就应该拿着名牌去和别人换座位。"

殷遥反问了句："你觉得谁敢和你换？"

人人都知道，这样的场合，座位可不能随便坐，稍有不慎，就会收获全网嘲讽。

"嗯……"黄婉盛一边卸妆，一边看着手机屏幕，"你说肖樾有没有可能看在你的面子上愿意帮忙？"

殷遥在喝甜汤，喝了一小口，说："如果时间倒流，我帮你问他。"她抬头，"你们真的一句话都没说吗？我是说你和凌凡。"

黄婉盛："点头打个招呼就过去了，也没什么好说的，是吧？"

殷遥："嗯。"

"所以你有什么建议？如果你哥哥因为这个生气，我做点什么比较有效？"

"你居然在想这个？"殷遥告诉她，"不理他就行了，他会自己找台阶下的，男人不能惯着。"

黄婉盛："这是你的恋爱经验吗？"

"那倒不是，肖樾比他可爱多了。"

黄婉盛："……再见。"

殷遥笑了起来，然而乐极生悲，差点呛到，黄婉盛好笑地看着："好了，你慢慢喝,我洗澡去了。"

她们结束视频通话,殷遥继续喝剩下的半碗甜汤,顺便趁这个时间登上微博。在这之前的小半年里,这个APP在她的手机里处于停用状态。人人都有分享欲和窥伺欲,只是殷遥这方面需求较低,不过从上个月开始,她的私人微博已经恢复更新,内容和从前一样单调,仍然只发闲暇作品。

没想到,复更之后,那才两万的粉丝中冒出不少活跃者,除了评论点赞,还会向她提些摄影问题,她最近常常抽空登录,回复几条。

从自己的评论区退出,她去看了今晚已经换过几轮的热搜榜,不出意料从一列艺人中看到某人,是个和其他话题风格迥异的关键词——"肖樾牛奶精"。

点进去,便看到被多个自媒体账号转载的视频,来自今天晚会的现场。

一位前辈艺人给了肖樾一盒牛奶,被镜头扫到的时候,他正在喝,一抬眼,有点蒙地笑了一下。与他一起入镜的还有旁边的另两位男演员,他们西装革履在吃手指小饼干。

画面有点搞笑。

粉丝之前剪辑的各种肖樾喝牛奶的路透合集也被转载过来。

网友调侃:"别的男人是努力赚奶粉钱,这一位是赚自己的牛奶费吧!"

殷遥笑着看完热评,点开微信。

聊天界面的消息是三个小时前,他在晚会现场,给她发过来一张出门前拍的照片,是他给家里客厅的花瓶换了新的花束,一大捧向日葵。

可惜殷遥要到后天才能回家。她看了时间,估摸着他应该已经在候机室,23:40的深夜航班,离登机还有一些时间。

电话拨过去,几乎没有等待,他的声音从听筒里传来,殷遥惊讶道:"你在玩手机吗?"

肖樾:"嗯,我在看你的微博。"

"啊……"殷遥很意外。

之前某次更博,他恰好在旁边,问她,我可以看吗,殷遥便把这个账号对他公开了。

"你经常看吗?"殷遥以为除了摄影爱好者外,不会有人对她的微博内容有长久的兴趣。

肖樾"嗯"了声。

"我看到你给别人回复。"他接过小山递来的一瓶水，低头讲着电话，"我在想……为什么你有时间回别人的评论，但是不回我的微信。"

小山很清楚地听见这句，男人的直觉告诉他恐怕是要吵架了。他假装什么都没听到，在长沙发的另一头坐下，拿出手机来玩，实则暗暗竖起了耳朵。

殷遥因为肖樾的话稍稍顿了一下，但回想他的声音和语气，觉得不像在生气，倒像真的在思考这个问题。她于是笑道："我申请解释。"

肖樾："嗯，解释吧。"

殷遥告诉他，她的微信设成"消息不提示"了，又因为黄婉盛和她聊天说到今天的热搜，所以她才会先去看微博。

"解释完毕，"她说，"请求肖老师原谅。"

没听到肖樾应声，殷遥叫他："肖老师？"

仍然安静。

不知道他是不是故意的。殷遥捏着勺子在甜汤里搅拌了两下，贴近手机："肖可爱？"

一秒后——

"肖宝？"

随即又叫："弟弟？"

几乎是能想到的所有爱称了。

肖樾已经听笑了，他神情放松地捏了捏手里的那瓶水，对殷遥说："我快要登机了。"

殷遥应声"好"，却不见他挂电话，正要开口，又听到他说："补拍完我就回来，九天……最多十天。"

殷遥愣了一下就笑说："好啊，等你。"

挂掉电话，她去手机相册里翻看照片，挑了一张之前拍的，肖樾和长耳狗玩的背影照，进行了简单的处理，确定除了他自己不会有别人认出来。这张照片被发到微博上，附上"My Precious"。

她存心要哄他开心。

结果是，效果超出预料，他在登机前发过来一条：你也是我的宝贝。

围观了全程的小山只有一个心得——男人的直觉还真是不靠谱。

结束广州的工作，殷遥回到北京，明显感觉到天气变得更冷了。从寒风中回到家，充足的暖气给人前所未有的幸福感。花瓶里的向日葵仍然保持着七分的精神。

她走去看冰箱上的便笺，果然有新的留言，某人为冰箱里的存货一条条写下了 deadline，严令警告她过期不可以吃。

殷遥拿了酸奶喝，又给花换了水。

睡过一觉，到傍晚，薛逢逢来了，难得地给她做了一顿晚饭。

说是晚饭，其实是带了现成的盒装肉和菜，只要把汤底加上水煮开，就可以烫火锅了。

这样的冬夜，吃顿热乎乎的小火锅实在很美好，如果不用加班的话。可惜，殷遥的电脑里还有未结束的工作。

饭后，聊完正事，她拿出电脑忙碌，而薛逢逢则是真正的"无所事事"，悠闲地玩着 Pad。

等殷遥终于忙完，在沙发上瘫倒的时候，薛逢逢和她讲："我发现你们俩的这个 CP 粉真是绝了……"

殷遥："哪个？"

薛逢逢靠过来给她看，殷遥看到昵称就有印象了。

"你怎么找到的？也太闲了吧。"

"也就比你闲点儿。"薛逢逢坐起来，"我发现这姑娘真有意思，神通广大的，我怀疑她是不是潜伏在你们身边，竟然知道得比我还早。"

殷遥惊奇："看不出来，你还会'挖坟'。"

"这难道不是基本技能吗？"薛逢逢说，"我准备长期关注她，说不定将来你们两个领证结婚我还得靠她爆料。"

殷遥："……不要这么记仇。"

她点进页面的小头像，看到博主不知什么时候将简介改了，变成几个字——"blx 不要想糖吃"。

"Blx 是什么意思?"

"玻璃心,"薛逢逢嘲笑她,"你落伍了。"

殷遥没法证明自己不落伍,因为即使薛逢逢解释了,她仍然不理解为什么要写成字母。忽略掉这个问题,她注意到博主今天早上更新的视频,是肖樾新戏的探班采访。

记者问了几个有关他所饰演的角色的问题,他回答得很认真,也不算太严肃,只是因为刚刚熬完一个大夜戏,看上去有些疲倦。

直到最后一个问题,记者问:"听说你为这部戏还自学了上海话,是跟着视频学的吗?是不是还特地找老师上课了?"

"上海话……"他重复了几个字,停顿了一下,忽然笑了。

记者有点莫名,但好像被他感染,跟着笑起来:"是想到什么有趣的事啦?"

肖樾微一垂眸,仍带了些笑意,点头:"嗯,是有个老师。"

殷遥看到这里也跟着笑。

薛逢逢一脸看傻子的表情:"至于吗?"

殷遥把 Pad 还给她,舒展身体坐直,告诉她:"我现在要跟男朋友打个视频电话,你要不要回避一下?"

薛逢逢果断地拿起 Pad:"我走了,别送。"

殷遥的视频请求并没有被接受,肖樾回信息说晚点找她。殷遥以为他在工作,直到一刻钟后,忽然收到黄婉盛发来的微信:猜我在和谁吃饭?

她拍了餐桌上的食物,一共三份餐具。不等殷遥回答,她就在半分钟后自己公布了答案。

因为太过惊讶,殷遥真实地愣了一下。她来不及问谢云洲怎么跑横店去了,以及他们是怎么凑到一起吃饭的,第一反应是:我哥态度怎么样,他有没有欺负肖樾?

黄婉盛:……

黄婉盛:没有。

殷遥放心了,又问:场面是不是很尴尬?

黄婉盛:是有一点尴尬,不过现在好点了,他们在聊天。

殷遥:聊什么?

黄婉盛:演艺经纪合同的性质、娱乐产业的运营机制以及……你不吃葱的问题。

殷遥:……

还好,虽然有点奇怪,但都不是什么冲突性话题。

大约到了十点多,肖樾才回拨过来。

连线成功,殷遥看到他已经在宾馆的房间里,应该是刚回来,才摘掉帽子,头发乱乱的。他大概也意识到了,用手整理着,问她:"等久了?"

殷遥摇头:"婉婉告诉我了,你们一起吃饭。"

肖樾:"嗯。"

殷遥很直接地问:"你觉得我哥哥怎么样,他是不是很严肃?"

"还好。"肖樾说,"你们有一些地方很像。"

"我哪里和他像了?"

肖樾笑了一下:"比如他和你一样,也不吃葱。"

"好吧。"

看着她的表情,肖樾又笑了。微微停顿一下,他说:"这样,我算是见过家长了吗?"

殷遥:"你说呢?"

她笑盈盈地看他:"见过家长了然后呢?"

肖樾没有接话,也许因为被质疑过,他不想再随意说出那两个字,而是更愿意一步一步去做到。沉默了一下,他开口说:"我最近看了几处房屋资料,我想知道你比较喜欢哪个,可以发给你吗?"

殷遥感到意外:"你打算买房了?"

肖樾点头。

"你的钱已经够了吗?"

"嗯,应该。"

"那你介意我问吗,"她笑一下,"你有多少钱啊?"

肖樾也笑:"你可以自己看,卡在卧室床头柜的抽屉里,密码都是120312。"

"你不怕我全部卷走跑路?"

"好啊。"他淡淡地说,"把我也带上。"

殷遥又被他逗笑:"那你要快点回来,不然就不等你了。"她看了一眼时间,结束这个玩笑,有些认真地看他,"你看起来好累,早点睡吧。"

肖樾点点头:"晚安。"

"晚安。"

殷遥完全能感受到肖樾是如何认真地对待她。自然而然地,她回想刚刚的对话,理解了他为什么有短暂的沉默。

"我们不是谈了恋爱就会结婚的",她曾经这样向他表明不能给他结婚的承诺。

这是十分理性的态度。

可是理性常常会和"做不到"画上等号,扪心自问,殷遥现在已经有了奢望。她想,只要肖樾没有厌倦,她就和他一直在一起。如果他想结婚,也没什么不可以。

肖樾回京这天正是"大雪"节气,很巧,北京开始下第一场雪。

收到消息时,殷遥没料到他回来,只以为他是照常聊天,便告诉他自己在靳绍那儿。

雪天喝酒,是种享受。

靳绍五点钟就闭了店,空出整个晚上来招待老朋友。

殷遥有点感冒,和大家一块儿喝了酒,困得不行,独自跑去二楼沙发上睡觉。等她从梦中惊醒,天已经黑透,窗外是鹅毛大雪。

萦绕在耳边的音乐不知什么时候换了风格,是一首外文歌。她在混混沌沌中转过脸,看到靠在窗边的身影。

那人低着头,在玩窗口的积雪。

殷遥没有实感,翻了个身,继续睡,迷糊中感觉被人亲了额头,温温热热的气息。

她睁开眼。

"难受?"肖樾靠近,垂目看她微有红晕的脸。

殷遥摇头,抬手摸摸他的眼睛,有点迷糊地朝他笑:"你从哪儿冒出来的啊,弟弟?"她伸长手臂想要抱他,"我亲亲你。"

"好啊。"肖樾笑着俯身靠近,唇贴过去,顺手把她捞了起来。

殷遥就这样迷糊着,被带上了车。

雪天路况差,车开得缓慢,殷遥昏沉沉地从后座爬起来,伸长手臂去碰前面男人的肩:"宝贝?"

她整天乱换称呼,最近越往"俗套"方向发展。

肖樾正好打了转向灯,将车慢慢停好,回过头看她:"头还疼吗?"

殷遥点头。

他从前面下车,开车门抱她出去。殷遥拾起后座上的随身包挂在他脖子上,整个人倚到他怀里:"我好晕。"

肖樾:"谁让你感冒还喝酒。"

"那大家都喝嘛。"她狡辩,"我不能扫兴啊。"

"以后不许这样。"他下命令。

殷遥有口无心地应"好好好",肖樾于是又低头亲她:"你能不能乖一点?"

"我不乖嘛……嗯?我哪里不乖?"她捏肖樾的脸,很不讲道理,"我还没问你呢,你为什么回来不告诉我?你告诉我,我就不会去,也就不会喝酒。"嗯……逻辑好像很清晰。

肖樾被她弄无奈了:"好,那是我的错。"

本以为只是普通感冒,谁料到夜里殷遥发烧了,一直出冷汗,又莫名呕吐不止,腹痛严重,把肖樾吓到了,凌晨载她去医院。他情急之下出门,只套一件羽绒外套,连口罩都忘记戴。

殷遥虚弱地靠在副驾,仍比他冷静几分,提醒他:"你给逢逢打电话,我们在医院门口等她来接我,不然……不然我们万一被拍到……"

"你不要说话。"肖樾打断了她,他脸色不比她好多少,皱着眉一边注意路况,一边拨小山的电话。

殷遥又开始出冷汗,肖樾讲完电话,腾出右手摸她额头,眉越皱越紧,到了医院没耐心等小山他们,直接抱她去急诊。

等小山和薛逢逢赶到,殷遥已经住进病房,正在输液。

病情也确诊,发烧加急性胃炎,薛逢逢一个电话打给靳绍,质问他是不是灌殷遥酒了。靳绍一脸蒙,还来不及回答,迎来劈头盖脸一顿臭骂,薛逢逢告诫他:"趁早把你那赔钱作坊关了拉倒!"

在殷遥昏睡期间,先后有几拨人来探过病,全靠靳绍这大喇叭,谢云洲和黄婉盛早上各自来了一趟,殷遥那时还在睡,这会儿她醒来,病房里只有薛逢逢在。

她探着身子察看殷遥脸色:"能不能行啊,现在弱成这样了?"

"你能不能有句好话?"殷遥拨开她伸过来乱摸的手,"我都病了,你也不知道温柔点。"说着,环顾四周,"肖樾呢?"

"回去了,给你拿衣服。"薛逢逢告诉她,"你先住两天。"

"需要住院吗?"殷遥感觉自己已经好多了,"明天还有拍摄。"

薛逢逢:"延后了,你歇着吧,工作停一段。"

殷遥惊讶地看着她。

薛逢逢瞥殷遥一眼:"医生说了,过劳、体质差就容易生病,我让你养好点,不然再累出什么毛病,恐怕某人要跟我拼命。"昨晚肖樾的脸色可真是差到可以,谈到住院停工的事情甚至完全没有要跟她商量的意思。

听到她这么说,殷遥也想起了昨天夜里的情况,看来真的有吓到他。她又记起肖樾那时着急地抱她进医院,没做任何遮掩,虽然是半夜,但医院里仍有往来的人。正想着,听到开门声,视线转过去,便看到他戴着口罩推门进来,手里提着鼓囊囊的纸袋。

殷遥朝他笑一下,他快步走过来。

薛逢逢接下他手里的东西,把位置留给他,停好车赶过来的小山这时刚进门,张口就说:"好像有记者在停车场……"

薛逢逢直接推他出去,关上了门。

但那句话殷遥还是听到了:"小山刚刚说……"

"你怎么样？"肖樾扯下口罩，也在这时开口，"胃还难受？"

殷遥摇头："好多了，只是没什么力气，"她转而又追问，"你们刚刚被记者跟了？"

"不知道，我没注意。"肖樾侧过身去看输液管，略微调整了流速，又去看她微微青肿的手背。

"肖樾……"殷遥拉他的衣角，"你坐下来。"

他应声坐到床边，殷遥看到他明显疲倦的脸庞，就知道他昨晚一定没睡过。

"你要不要休息一下？"她问。

"没事。"他盯着殷遥仍然苍白的唇，"你看起来还是不怎么好。"说着，眉又皱起来，"真的不能再喝酒了。"

殷遥感受到他的担忧，顺从道："我保证不喝了，你放心。"

"医生说你身体不好，以后都要注意，吃东西不能再不顾忌。睡觉也是，还有……"

"好了好了，我知道了，"殷遥受不了他这样看着她，又低着声音说话的样子，主动向他示好，"我全都听肖老师的，肖老师说怎样就怎样，肖老师说吃萝卜，我绝不吃青菜，好吗？"

以为至少能逗得他笑一下，但是并没有，肖樾叹了口气："你不要总是说得好听，喝酒也是，之前也答应过我。"

这一点殷遥承认，上次是答应过他一回，说他不在的话就不喝酒，但是没做到。这么说来，她的承诺确实存在可信度问题。

殷遥没辙了："你就再信我一回。"

肖樾无奈地点头，要亲她，她躲了一下："感冒呢。"

"你以前不也这么做的吗？"他仍然亲了，问，"想不想喝点粥？婉盛姐早上送来的。"

"婉婉？"殷遥一愣，"我记得她今天还有通告。"

"待了一会儿。"肖樾告诉她，"你哥哥也来了。"

"啊……"殷遥这才感觉到这个病生得貌似有点兴师动众，自嘲，"怎么好像我得了什么绝症一样。"

"不要乱说。"肖樾阻止她这样口无遮拦,"试试吃一点?"

"嗯。"

到了这天下午,小山出入医院几趟,已经可以肯定停车场那两个记者就是冲着他们来的,不知道究竟是什么时候盯上了肖樾。小山这次比先前冷静很多,先去和薛逢逢沟通,他们交换了各自手头的信息,研究了这段时间以来网络上关于这两人的风向,判断这次即使上娱乐新闻也应该不会再弄到八个月前那种境地。

虽然一直有传言说他们两个早已分手,但其实大部分粉丝对他们仍在一起也是有心理准备的,而路人网友对待这种"旧瓜"更不会像之前那样反应明显,舆论压力应该在可承受的范围内。

因为有前车之鉴,薛逢逢多想了一手:"其实最保险的办法,也不是没有,这不还有遥遥她哥嘛,实在不想那些照片视频流出来,也可以找他。"

"我倒觉得……这没必要,"小山说,"薛姐,您觉得他们俩感情好吗?有可能分开吗?"

薛逢逢看着他:"你有话直说。"

"我的意思是,如果他们俩一直不分开,那这后面日子可还长着呢,一直这么不同框,这么遮遮掩掩地低调下去也不实际,不是吗?"

薛逢逢听懂他的想法,若有所思,笑了一下:"你这是从一个经纪人的立场考虑呢,还是单纯为他们两个?真不怕刺激到你们家那些狂热的小粉丝?我看那个等着他们分手的妹妹还一天不落更新着呢!"说的是他们俩都知道的那个记录 bot——"今天肖樾分手了吗"。

"我这是认真考虑过的。"小山把自己的想法坦诚地告诉她,"薛姐,不能说我没一点儿私心,我也不瞒您,男艺人如果是单身当然是最好的,但是上次那么一闹,这个我肯定是没得想了。我现在就想啊,反正他们俩也完全没有要分开的势头,一直这么下去,最后的最后肯定也是走到完全公开的状态,与其这么模模糊糊偷偷摸摸,倒不如慢慢铺垫,偶尔露一点儿料。您想啊,本来那个时候弄得很不好看,大家不咋看好的这么一段,但他们偏偏就很好,我们肖樾您也看到了,妥妥的好男人,又重情又专一,这都不用硬造啥人设,纯天然,不用白不用啊。"

"你本事涨了不少啊。"薛逢逢打量着他,对他的话不置可否。

"嗐,往长了说,也能慢慢让大家接受他们两个的关系啊。毕竟时间证明一切嘛,时间肯定也能让大家从质疑转到支持,以后他们谈恋爱就能正大光明了。从咱俩这立场看,那也是双赢,"小山补充,"其实很简单,这次我们别插手了,就看看到底能怎么样,您看行吗?"

薛逢逢思考了两分钟,仍然拒绝:"时间是能证明一切,但现在,时间还不够长,我不冒这个险。"

小山的说服失败。

在这一点上,他暂时还不敢和薛逢逢硬杠。

思考了半分钟,薛逢逢再次开口:"这次我来处理,至于你说的,先交给时间吧。等他们更久一点。"

小山应声:"好,那就等更久一点!"

在所有人都忙碌的年尾,殷遥享有一段休假时光,肖樾只有短暂的空当在北京,照顾她一周后就又进组,到年关仍在忙碌。而这时候,殷遥得知小姨生病手术,腊月底飞去西雅图。肖樾回北京录卫视春晚,短暂停留两天,没能等到她回来。而他比去年的这个时候更忙了,仅仅在除夕回南京家里住了一夜,便又继续跑通告,紧接着回剧组返工。

两人再度见面是元宵节,殷遥去剧组看他。就像第一次一样,她有工作,忙完转道去找他,不同的是,他不再是那时候名不见经传的小演员,也无法再像从前那样深夜去街口便利店接她。

殷遥全程由小山安排,她九点到酒店,直到凌晨才见到下戏归来的肖樾。他仍是最常见的一身黑,进门便摘了帽子,扯下口罩。殷遥听到声响从床上爬起来,趿着拖鞋往外厅走,迎面被他抱住:"去哪儿呢?"

他的衣服上似乎有野外片场的青草香,殷遥被这种味道萦绕,除此之外,还有另外一种淡淡的香,她闻出来了,是一款挺小众的女香。

"你什么时候用女士香水了?"她抬头问。

肖樾一愣,反应过来:"今天那场,我跟你说过的。"有几个和女主角拥抱的镜头,拍了好几次。

殷遥"哦"了一声，仍然看着他。

肖樾不知她怎么想，迟疑了下："你不相信吗？"他再次解释，"走场对戏的时候，没有换衣服，所以这样了，我现在就换下来。"说着就已经动手拉开衣服的拉锁，被殷遥扯住里面那件线衫的领口。她有点粗暴地亲他，另一只手扯掉他脱了一半的外衣。

直到听到敲门声，她才停下动作。

肖樾过去开门，是小山送了夜宵来，鸡汤小馄饨。

太香了。

殷遥没扛住，吃完了整碗，放下筷子看着对面的人。肖樾洗完澡刚坐下来，才吃了一口，抬头看她："你不够吗？"话问出口，已经将他自己那碗推过来。

"我是猪吗？"殷遥说，"你自己吃。"

她在这个间隙看手机，查看微博消息，回复粉丝关于摄影的一些提问。

肖樾边吃边看着她，过了好一会儿，说："你还在不高兴吗？"

"我有不高兴吗？"殷遥没看他，手指仍在划动屏幕。

肖樾于是又低头继续，他吃完后起身收拾好餐盒，放到垃圾袋里。小山找他沟通事情，他坐到沙发上讲语音电话。

殷遥回完几条评论，照例去看私信，点开未关注人消息，看到最上面的那条，愣了一下。

是肖樾。

他发了一个小心心。

带红V的头像，用的仍是当时她为他拍的那套杂志首封照，他不爱更微博，头像也长久不换。

殷遥回一个"？"，侧过头看向沙发的方向，正对上他的视线。他在应着小山的话，眼睛却在看她。

两人对视了一会儿，殷遥起身过去，坐到他腿上。

手机听筒里小山仍在喋喋不休："那先这样，明天你多睡会儿，七点我来叫你，你……"

肖樾摁了"挂断"。

短暂地停留一晚，殷遥第二天中午返京，薛逢逢亲自到机场接她。回工作室的路上，她说到黄婉盛去年录的那个综艺《我和我的朋友们》："没什么预热，忽然就要上了，我看婉婉今天早上转了官博，第一期就有你。"

殷遥说："我怕拖她后腿，现在还能沟通吗，要不把我那段剪了？"

薛逢逢白她一眼："你有点出息好不好？再说了，你那点黑粉算什么，婉婉多硬的口碑，能砸你身上？她的团队也不是吃干饭的，会有考量。"

说的也是。黄婉盛自出道起，业务、品性有目共睹，无疑已经走到同年龄段女演员的前列，一个综艺节目而已，不至于有多大影响。

三月一号，节目上线，可能是制作方的宣发策略，当晚就有相关话题挂上热搜。这是黄婉盛首次在镜头前曝光自己的家，很多网友喜欢她家里的风格，殷遥和黄婉盛做烘焙、玩轮滑的视频片段也被很多人转载，因为是个慢综艺，整体节奏舒服，很有生活感，配的OST（原声音乐）也很好听，用薛逢逢的话说——"别说，还挺下饭解压的。"

靳绍不知道听谁说到这个节目，居然也跑去看，看完在小群里发一串问号：哇，好过分啊，为什么不喊我一起玩？我不是你们的朋友吗？

黄婉盛回他：因为你档期太难约啊。

殷遥则简单粗暴：玩你的勺子把去。

意料之外的是，这节目还有个小后续，有人扒出殷遥在节目中穿的那双球鞋，和肖樾一月份机场照中的鞋比对，发现是情侣款，引起小范围的讨论，对很久没吃到糖的CP粉来说，这是一针强心剂。

谁想到四月份肖樾又一次在机场被拍到，这次竟然还上了热搜。

他独自从上海回北京，殷遥当天还没见到他人，就先收到薛逢逢微信发过来的机场路透。他裹得很严实，帽子、口罩齐全，但她还是一眼认出。

那家伙抱个粉色的大树懒玩偶在机场睡觉，被人拍到，才蒙蒙地揉着眼睛坐直身体，把那个粉得要死的树懒往怀里藏。

简直了。

难怪他的粉丝爱拿他做表情包，各种状态下的"又蒙又可爱"。不出意料，这一幕也很快会被收入集锦，同样的，又会有很多人猜测他为何要带一个这样粉的公仔,是要送给谁?

而实际上,肖樾这趟回北京是因为有正经通告。他参演的电影处女作《浪静风平》取得了挺好的成绩,获得三项电影奖的提名,早已有业内人断言他会拿今年的电影新人奖。

肖樾正是受邀回来参加电影节的闭幕式和颁奖典礼。

行程仓促,小山傍晚在机场接到他,来不及让他回家,便马不停蹄去公司,造型团队忙碌起来。

在去会场的路上,接到殷遥的电话,她在拍摄片场,没有多说,只是担心他还没痊愈的咽喉炎,嘱咐他注意嗓子,不要忘记吃含片,末了不忘给他一句鼓励:"加油啊肖老师。"

当晚的颁奖典礼八点开始,全程直播。

可惜的是,殷遥没有赶上,她收工后才有时间碰手机,热搜上已经十分热闹,各种现场片段、男女明星的红毯集锦、嘉宾表演、获奖名单……

殷遥看到了肖樾的红毯和领奖视频,他穿的礼服西装剪裁极好,衬得身体比例十分优越,造型师设计的发型也契合他的气质,整个人清爽干净。高频的闪光灯打在他身上,殷遥真切地意识到,他是怎样的璀璨夺目。

微信小群里的消息不断,靳绍发了很多现场照片,这家伙借着他小舅舅的关系,跑去闭幕式凑热闹。

紧接着,殷遥收到私聊消息。

黄婉盛:恭喜你啊。

殷遥:所以你们那边结束了没?

黄婉盛:差不多了,你可以来接人了。

十一点半,殷遥的车停在会场附近。她身体懒散地靠到座位上,将正在播放的日文歌切掉,换了一首《when you say nothing at all》(当你说无所谓)。

手机忽然振动,收到一条新消息,她低头回复。

大约过了十分钟,一辆商务车靠近,在几米外停下,高高的身影从车上下来,刚走了两步又折返,朝车里伸手,小山把那个在后座搁了一整晚的树懒抱给他。

殷遥正闭着眼睛听歌，听到声响侧过头，开了车门，肖樾倾身坐进来。

"等久了吗？"他边问边把手里的公仔递过去。

殷遥忍不住笑："你这样抱着它，太搞笑了。"她接过来，抱到怀里，闻到他身上的味道，"你好香啊。"

肖樾告诉她："感觉林哥今天帮我喷多了。"林哥是他的造型师。

"难闻吗？"他知道她不喜欢太浓烈的味道。

"不啊。"殷遥看着他帽檐下露出的头发，又看他上过淡妆的漂亮的脸，不由自主地说，"真好看。"她从不吝啬夸奖他。而这样的夸奖，也的确很客观。

尤其是今天的他。

不知为什么，殷遥想起第一次在周束的出租屋里看见肖樾，也想起横店昏暗包厢里坐在角落的他……自然也想起好久之前，也是这样的一个晚上，她像此刻一样坐在车里问他："你不要我负责吗？"

晚风钻进半开的车窗。

殷遥轻轻地笑了一下，说："我可以亲你吗？"

肖樾摘了帽子，俯身靠近。

艾丽森·克劳斯正唱道：

There's a truth in your eyes saying you'll never leave me（你眼中的真情告诉我，你永远不会离开我）……

- 正文完 -

番外 / 她很好

殷遥收拾东西准备离开的时候,薛逢逢过来,再次与她讨论拍摄方案,将一些仍有疑虑的细节确定好。谈完后,她问:"你没问题吧?"

"什么?"

薛逢逢拿手指点了点桌上的策划案。

殷遥抬眉:"这有什么?工作而已,周束也只是回来跑通告,最多待三天。"

"你不觉得尴尬?"薛逢逢有点稀奇,"我都还记得很清楚,他好像是跟你最久的一个,是吧?"那时候殷遥也不瞒着他们,聚餐吃饭经常把人喊来。那男孩当年的样子薛逢逢还有印象,脸算不上多帅,不过身材可以,性格也还行,反正没让他们讨厌。所以后来殷遥放人家走,给他机会,薛逢逢也尽心帮了忙,没想到时隔三年,再见面竟是一起合作项目,还真是世事难料。

薛逢逢不得不感叹一句:"这么看,你眼光其实还过得去。"

殷遥无语地呛她:"那时候倒没见你夸我一句。"

"行,我的错,我有眼不识泰山。"薛逢逢拿起策划案,"那咱们正常走流程了,我跟他们定时间。"她往门外走,到门口又回过身,"这事儿……你打算跟肖樾说吗?"

"不用吧。"殷遥话说出口才迟疑了一下,"他在剧组,暂时不回来。"

薛逢逢眉目微扬,意味深长地看她:"他……知道这一个吗?"

殷遥点头,心想他可太知道了。

其实给周束拍片,殷遥是真不觉得尴尬。回想一下,当初她和周束确实也没有什么,不过在那时候的肖樾眼里,一切都不一样,他还真因为周束与她闹过情绪。本着"多一事不如少一事"的原则,殷遥觉得这事没必要特意跟他提,他那个性格,有时候爱多想又不愿意说,就自己不舒服着,还不如别让他知道。

殷遥这么想着,也就这么做了。

周束提前两天回国,在酒店安顿下来,主动联络殷遥,本想请她吃顿饭,结果时间凑不上。直到拍摄当天,他们才在棚里碰上面。

周束心里对殷遥一直抱有一份特别的感激,每次见她总是百感交集。想起从前的自己,也想起和她相处的一年,然而拍摄现场很多人,流程也很赶,他没机会和她讲太多话。一直到晚上七点多,拍摄工作结束,他婉拒了品牌方负责人的晚餐邀请,独自在 Yin Studio 附近的咖啡馆等殷遥收工。

殷遥开完会,回办公室才看到手机里的消息,这时候已经八点半,她回复了周束,收拾东西去停车场,将车开出去,在路口停下,周束走过来。

他上车后就像从前一样叫她:"殷遥姐。"

殷遥笑了一下,问他:"想吃什么?"

"你请我?"周束也笑了,此刻在她面前,他比以前从容很多。

"对,我请你,吃火锅好吗?"殷遥自然也能感觉到他成熟了,三年时间不短,他现在已经二十七岁,想必这几年在国外经历很多,当年她给的机会,他没有浪费。

殷遥选了一家川渝口味的火锅店,周束很惊讶。

早前他跟在殷遥身边,她总是保持着一段说不清的距离,会和他聊天,但不多,不会对他的事感兴趣,他说过的话感觉她也并不会放在心上。他一直以为殷遥可能都记不住他是哪里人,但没想到,原来她是记得的。

吃饭时,周束谈起在国外的生活,说想三十岁后就回来发展。

"好几年了,东西还是吃不习惯,"他边说边笑,"我就爱重油重盐的。"

以前在国内,每个月都要吃火锅。"说到这里,自然也想起了从前的生活,那时候在北京漂泊,很穷,很迷茫,也很简单。他沉默了一下,语气轻松地问起肖樾。

殷遥说:"他在剧组呢,最近赶进度,快要杀青了。"

周束点点头,想问"你们还好吗",不知为什么,又觉得开不了口。当时看到新闻,得知他们两个在一起,他并不惊讶,从她要肖樾微信的时候他就想到了,不过他以为是和他们之前一样的关系,后来和肖樾断断续续地联系,才知道不是那样,他们是真的在谈恋爱。

老实讲,周束心里挺复杂的。当年他对殷遥的感觉,不至于到男女之情,但也不能否认,她的确是不一样的存在。当年甘心离开,一方面是因为机会很好,另一方面,他也清楚,殷遥对他不感兴趣,他就算留下,他们的关系也不会更进一步。早就听业内的朋友聊过,她对谁都是那样,不会长久,他也只是其中一个而已。可是谁会想到,肖樾成了那个例外。

周束没有再想下去,给自己倒了一杯啤酒。

这时候,殷遥的手机振动了一下。

是肖樾发来的消息,问她收工了没,在哪里。

殷遥一时不知怎么回答,拍摄属于工作,不告诉他情有可原。可是和周束吃饭在计划之外,现在无论避而不答还是找个其他借口都像是故意欺骗。犹豫了一会儿,在周束开口问"怎么了"的时候,她决定如实回复。

消息发过去,两三分钟才有回应。

肖樾问:在哪里吃?我现在过来。

殷遥惊到了,连敲三个问号。

肖樾回她:我提前回来了,想给你惊喜。

这一条刚收到,电话直接打了过来,接通听到他的声音:"在哪儿?"语气淡淡的,音调有点低。

"你呢,现在在哪里?什么时候回来的啊?"殷遥试图判断他的情绪。

"在家,一个小时前。"

一个字都不多说,看来不怎么高兴。

殷遥立刻说:"我给你发定位。"

那头"嗯"了声就把电话挂了。

周束问:"是肖樾吗?"

"嗯,他回来了,等会儿过来,我们要个包厢吧。"殷遥招手示意服务员,请他帮忙换到包厢里。

大概半个多小时,肖樾到了。

周束去门口接的他,他进来时口罩没摘,殷遥只看到他的眼睛,对视了一下,她朝他笑,说:"加了你爱吃的菜。"

等他坐定,她才又问:"杀青了?"

肖樾摇头:"推迟了,放假。"摘了口罩,能看到他脸颊闷得有些红。

周束倒了啤酒,他接过来喝一口,问周束:"回来待多久?"

"后天走。"周束反问,"你呢,有几天假?"

"我大后天走。"

"行啊。"周束笑了,和他碰杯,"那明天打球。"

"好。"

这顿饭,整体氛围还算过得去。周束多喝了几杯后,话开始多起来,更像从前的样子。他回忆和肖樾一起的糗事,殷遥听笑了好几次,肖樾的情绪似乎也还可以,只是有几次殷遥看过去,总觉得他若有似无地回避她的目光。

快十一点,他们离开饭店。唯一没喝酒的殷遥开车,将周束送到酒店,再转道回家。

周束下车后,殷遥往外看了一眼,随口说道:"周束变了不少啊。"

没听到应声,她看向肖樾,他靠在座椅上看手机,是小山发来的语音,说明天接他去趟公司。

殷遥于是安静地等他回消息。

一两分钟,他揣了手机,放进口袋,却还是没有开口说话。

殷遥问他累了吗,他"嗯"了声。

"那你休息会儿。"

车里的氛围不知不觉地变了。

往前走了一公里,遇到红灯停车,殷遥又看他:"这么累吗?一句话都说不了,还是不想和我说?"停顿一下,又问,"是因为周束?"

肖樾侧过头看她一眼,说:"你什么时候知道要拍他?"

"上周。"

他点点头,又不说话了。

殷遥耐着性子:"所以,你不高兴了是吗?因为我拍他?"

肖樾没回应,只提醒她:"绿灯。"

殷遥只能继续开车。她回顾自己的表现,觉得问心无愧,但是肖樾不舒服,她也应该做点努力,便主动缓和气氛:"我都没想到你今天会回来,你可以告诉我啊,我去接你。"

"你有工作,没法接我。"他平静地说。

殷遥被堵了这么一句,索性闭嘴。

回去后,肖樾先去洗澡。

殷遥和薛逢逢讲视频电话,提及今天这顿饭,薛逢逢这家伙莫名兴奋:"有种啊遥遥,经典修罗场啊这是!"

殷遥无语:"你有什么建议?"

"我没有,你靠自己吧。"

殷遥:"挂了,再见。"

肖樾吹完头发,殷遥在喝咖啡,问他:"你喝吗?"

"不喝。"

他往卧室走,殷遥喊住他:"你有什么不舒服的,说出来好吗?这样算什么呢。"

肖樾回过身,站在卧室门口,看向她:"你觉得我无理取闹吗?"他眉微微拧着,"如果我没有回来,你是不是不会告诉我?"

"我为什么不告诉你?"殷遥有些无奈,"不就是怕你这样吗?本来我和他也没什么,只是工作,顺便吃顿饭而已,就像老朋友一样。而且,他不也是你的朋友吗?都过去那么久了,为什么你还是这么在意?"

她怎样说都有道理,肖樾更觉得自己无话可说,但是心里某个地方,就是清清楚楚地告诉他,他就是不舒服,就是介意。

沉默了一会儿,他低声说:"是我自己的问题,你先洗澡吧。"

殷遥:"可是你今天还没亲我。"

她走过去,也不等他的反应,扯住他的T恤领口,这已经是她的习惯性动作,他被扯得低下头,刚好够她亲一下额头。

"开心一点好吗?"她到底还是愿意哄他,"宝贝,肖老师?"

肖樾点了点头。

第二天殷遥仍然有工作,肖樾上午去公司,下午去赴周束的约,一起去工体打球。这也是他们以前的常规活动。那时候没多少工作,空闲时间多,打球、看球赛、去朋友的乐队玩都是常有的。

一转眼,生活已经完全变了。时间真厉害。

结束后,两人都是一身汗,瘫坐在休息区。

周束喘着气,感叹道:"好怀念从前啊,虽然现在也很好。"他接过肖樾递来的水,拧开瓶盖喝了一口,"那时候过得真简单,有活儿就干,没活儿就玩,就是收入不稳定。你比我好,我还靠你接济,幸好后来殷遥姐……"

他说到这里收住了,自知失言,尴尬地笑了下。

这两年,他们联系不算频繁,关于殷遥,更是极少提,莫名形成一种彼此心知肚明的奇怪默契。这种默契,某种程度上也可以说是"隔阂"。

不知怎的,周束忽然想试试打破这个隔阂,短暂的沉默过后,他坦然开口:"我还是想问问,你跟殷遥姐在一起,怎么样啊?"

肖樾捏着矿泉水的手微微顿了下,侧眸看向他,几秒后说:"很好啊,她很好。"

"呵……"周束扯着唇笑了一声,音调高起来,也轻松起来,"不知道是谁,那时候我问他觉得殷遥姐怎么样,还很不屑,没有一句好话。"

"我也没说坏话吧。"肖樾也低头笑了,"那时候,我根本就不认识她。"

"我说吧,她是很好的人,和别人不一样,"周束继续揶揄道,"你现在信了吧?"

肖樾"嗯"了声,身体放松下来,无目地看向场馆一侧,喝了口水,说:"我一直想跟你说谢谢。"

周束："谢什么？"

肖樾又笑了下，并不回答，只说："反正，想谢你就是了。"

周束哼了声："你是好了，幸福了，我还是单身呢。"

"在那边没谈过？"肖樾问他。

周束摇头："很忙，没时间，也没合适的，"他将手边的篮球砸到肖樾肩上，"哪有你这么好的桃花运，珍惜吧，结婚要喊我啊。"

和周束道别，已经是傍晚。

肖樾没回家，坐出租车去了 Yin Studio。以前也去，但都有提前告诉殷遥，今天他没说，不过并不影响。他和殷遥的关系现在算是半公开，不需要像从前一样谨慎，整个 Yin Studio 的同事没有谁不认识他，也都清楚他是老板的男朋友。他每回戴着口罩进出，仍不断有人和他打招呼，称他"肖老师"。

殷遥今天没有拍摄，在会议室忙碌，薛逢逢也在。助理汀汀进来，到殷遥身边才说："肖老师来了。"

她声音很低，但薛逢逢还是听到了："什么情况？"

殷遥看一眼手机，没有消息，她摇头："不知道。"

"你去看看。"薛逢逢大方地说，"给你五分钟。"

殷遥走进办公室，肖樾正坐在沙发上，揉着抱枕上的流苏，听到动静，侧过身，看到是她，站起来。

"你怎么来了？"殷遥走过去。

肖樾从体育馆过来，还穿着运动衣和球鞋。

殷遥过去拉他的手："你干吗啊，制造惊喜？"

"就来看看你。"他说。

殷遥："看什么？不能等我晚上回家？"

肖樾并不解释，垂目看着她白皙的脸，微微弯起的眼睛，像是心满意足了："好了，你去工作吧。"

"……你确定？"

"嗯。"

"那我走了？"五分钟也该到了。

她走到门边,又回头看,肖樾温温地朝她一笑。

殷遥几步折回,亲了一下他的脸颊:"你不许走,乖乖等我下班。"

他点头,带着笑音应道:"好啊。"

本书由君约委托长沙大鱼文化传媒有限公司正式授权广东旅游出版社,在中国大陆地区独家出版中文简体版本。未经书面同意,本书的任何部分不得以图表、电子、影印、缩拍、录音和其他手段进行复制和转载,违者必究。